Regen und Meer

Sarah Holland

Regen und Meer

Roman

Bibliografische Information der Deutschen Nationalbibliothek:
Die Deutsche Nationalbibliothek verzeichnet diese Publikation in der
Deutschen Nationalbibliografie; detaillierte bibliografische Daten sind
im Internet über http://dnb.dnb.de abrufbar.

Herstellung und Verlag: BoD – Books on Demand, Norderstedt

ISBN: 978-3-7526-8735-4

Und am Ende wird alles gut und wenn es dann gut ist,

dann sitzen wir endlich wieder am Meer!

Für meine Mutter,

auf die ich mich immer verlassen kann und die mich bei diesem Buch

tatkräftig, ermutigend und liebevoll unterstützt hat.

Kapitel 1

Caro konnte alles ganz deutlich erkennen, aber das war doch unmöglich. War das wirklich sie, die gerade durch einen Kreuzfahrt-Terminal schlenderte, als wäre es das Selbstverständlichste auf der Welt? Sie trat durch die große Glastür hinaus und blieb abrupt stehen, erschlagen von dem Anblick dieses gigantischen Schiffes. Sie hielt sich die Hand schützend über die Augen, um trotz der blendenden Sonnenstrahlen alles genau zu erkennen. Ihre Blicke wanderten über die vielen Decks, die Gangway bis hin zu den orangefarbenen Rettungsbooten. Sie bestaunte die Größe des Kreuzfahrtschiffes und versuchte, dessen Länge abzuschätzen. Lächelnd beobachtete sie die Passagiere, die glücklich an Bord gingen und dort freundlich mit einem Glas Sekt oder Orangensaft empfangen wurden.

Gerade als sie sich auch auf den Weg machen wollte und Kurs auf die Gangway nahm, wurde sie durch ein lautes Geräusch daran gehindert. Ihr Wecker klingelte unbarmherzig und ließ ihren schönen Traum verblassen. Sie wollte nicht aufwachen, jedenfalls jetzt noch nicht. Sie wollte an Bord gehen und in See stechen. Doch der Wecker auf ihrem Nachtisch ließ nicht mit sich verhandeln und gab erst Ruhe, als Caro die letzten Bilder ihres Traums abschüttelte, sich aufrichtete und ihn ausschaltete. Sie schaute kurz auf die Zeiger der Uhr und erlaubte sich noch einen Augenblick, um ihren nächtlichen Ausflug Revue passieren zu lassen. Es war alles so real gewesen und die Erinnerung daran zauberte ihr ein Lächeln auf die Lippen. Sollte der Traum etwa das Zeichen sein, auf das sie gewartet hatte?

„So ein Unsinn", schnell streifte Caro den Gedanken beiseite, schlug die Decke zurück und sprang aus dem Bett.

Im Bad betrachtete sie ihr Spiegelbild und war ganz zufrieden mit ihrem Anblick. Sie fuhr mit ihren Fingern durch ihre langen blonden Haare, um sie zu bändigen. Tagsüber frisierte sie sie gerne zu einem seitlich geflochtenen Zopf, der ihrer herzförmigen Gesichtsform noch mehr Ausdruck verlieh. Obwohl Caro nach ihrem Abitur eine Ausbildung zur Make-Up-Artistin in München gemacht hatte und viel Wert auf ihr Äußeres legte, benutzte sie selbst nur wenig Schminke, die sie aber gezielt einsetzte. So war sie sich der Wirkung ihrer tiefblauen Augen mit den langen dichten Wimpern bewusst und unterstrich diese noch mit ein wenig Wimperntusche. Auch benutzte sie gerne einen nudefarbenen Lippenstift, der ihren vollen Lippen etwas Sinnliches verlieh.

Als sie ihre Morgenroutine beendet hatte, drehte und wendete Caro sich noch einmal vor dem Spiegel und war mit ihrem Werk und ihrem Aussehen zufrieden. Sie war jedoch auch selbstkritisch genug, um zu wissen, dass ihretwegen der Verkehr niemals zum Stillstand kommen würde. Mit einer Größe von 1,67 m war sie weder zu klein noch besaß sie Modelmaße. Sie wirkte eher zierlich, doch durch die harte Arbeit auf dem elterlichen Hof war sie muskulöser, als ihr Anblick es erahnen ließ.

Als Caro das Schlafzimmer verließ, dachte sie noch einmal über ihren Traum nach und kurz überfiel sie wieder die Sehnsucht nach der Ferne abseits ihres kleinen idyllischen Dorfes im Allgäu, in dem auch ihre Familie und ihr Freund lebten. Ihre Eltern besaßen hier einen Hof mit umliegenden Feldern, die von ihrem Vater bewirtschaftet wurden. Ihre Mutter kümmerte sich um die Tiere. Anfangs waren es nur ein paar Hühner und Kühe. Mittlerweile gesellten sich noch drei Hunde, fünf Pferde und eine Herde Schafe hinzu. Ihr Bruder Tim war schon vor einigen Jahren mit in die Landwirtschaft eingestiegen und unterstützte ihre Eltern, wo er nur konnte. Eines der Pferde gehörte Caro. Sie hatte die Stute, die auf den Namen Penelope hörte, zu ihrem 18. Geburtstag bekommen und wann immer Caro es einrichten konnte, unternahm sie lange Ausritte in Begleitung ihrer Hündin Laila.

Caro hing an ihrer Heimat und ihrem Zuhause, dennoch verspürte sie stets den Drang, auch noch etwas anderes fernab des Hofes zu erleben. Das war auch der Grund dafür gewesen, dass sie sich an einer Make-Up-Artist-Schule in München beworben hatte. Ihre Mutter, die selbst aus einer Großstadt stammte, konnte Caro als Einzige verstehen und hatte sie bei ihren Ausbildungsplänen unterstützt. Caro war für drei Jahre nach München in eine Wohngemeinschaft gezogen, hatte unter der Woche dort gelebt und war über das Wochenende immer zwischen München und Kempten per Bahn hin- und hergependelt, um auch weiterhin mit auf dem Hof aushelfen zu können. Ein anderer Grund für ihre Stippvisiten war natürlich auch ihr Freund Samuel, von allen kurz Sam genannt. Er hatte sich beharrlich geweigert, Caro in München zu besuchen. In den drei Jahren ihrer Ausbildung war er nur vier Mal bei ihr gewesen und das auch nur, weil er zu Fortbildungen von der Bank aus nach München hatte reisen müssen. Sam mochte die Großstadt nicht, aber er bezweckte mit seinem Verhalten auch, dass Caro der Heimat nicht komplett den Rücken zukehrte.

Samuels Familie hatte den Hof direkt neben Caros Familie gekauft und die Nachbarn verstanden sich seither bestens. Von Konkurrenz war hier keine Spur. Umso begeisterter waren alle gewesen, als Sam und Caro vor sieben Jahren verkündet hatten, dass sie ein Paar waren. Obwohl Sam gelernter Bankkaufmann war und derzeit in einer Filiale in Kempten arbeitete, sollte er irgendwann gemeinsam mit seinem Bruder den Hof der Familie übernehmen. Er liebte es, direkt nach dem Bürojob in den Ställen noch zwei, drei Stunden weiterzuarbeiten. Für ihn war es ein Ausgleich und er wollte weder auf das eine noch auf das andere verzichten. Das führte allerdings dazu, dass Caro und Sam sich eigentlich nur bei der Hofarbeit sahen und, seitdem sie vor zwei Jahren zusammengezogen waren, kurz nachdem sie ihre Ausbildung in München abgeschlossen hatte, immerhin noch zum gemeinsamen Abendessen.

Das alles ging Caro durch den Kopf, als sie sich jetzt Frühstück zubereitete. Sam war bis Donnerstag auf einer seiner verhassten Fortbildungen und das ausgerechnet in dieser Woche, in der Caro praktisch Zwangsurlaub hatte. Der Friseursalon, in dem sie arbeitete, hatte wegen Betriebsferien geschlossen. Aber auch ihr Traum ließ sie nicht los.

„Hirngespinste", schimpfte sie mit sich selber. „Daran ist nur Kim schuld!"

Kim war Caros beste Freundin und sie hatten sich während ihrer gemeinsamen Ausbildung in München kennengelernt. Als Caro am Abend zuvor wieder einmal die Sehnsucht nach der großen weiten Welt beschlichen hatte und ihr Wunsch, andere Länder zu bereisen, fast übermächtig geworden ist, klingelte das Telefon. Am anderen Ende des Hörers hatte sie die Stimme von Kim vernommen, die ihr von ihrem neuen Job bei einem Fernsehsender berichtet hatte und von einem Kollegen dort, der sowas von heiß aber leider vergeben war. Immer noch in ihre Wunschträume versunken, waren die Worte ihrer Freundin kaum zu ihr durchgedrungen. Die mangelnde Aufmerksamkeit war Kim natürlich nicht entgangen und als sie deswegen nachgehakt hatte, hatte Caro ihren Gedanken freien Lauf gelassen. Sie hatte ihrer Freundin anvertraut, dass sie so gerne einmal Deutschland verlassen und andere schöne Plätze auf der Welt erkunden wollte. Sie hatte aber auch ihre Bedenken darüber geäußert, dass sie nicht über das nötige Kleingeld verfügte, um irgendwo einfach ein paar Wochen Urlaub zu machen. Kim, die sofort Feuer und Flamme gewesen war und sowieso die feste Überzeugung vertrat, dass ein Leben auf dem Land viel zu eintönig sein musste, hatte ihr schließlich das Hirngespinst mit dem Kreuzfahrtschiff eingepflanzt. Sie hatte Caro von der Option berichtet, auf einem schwimmenden Hotel zu arbeiten und auf diese Weise die Welt zu bereisen. Schließlich gäbe es auf diesen riesigen Schiffen einen eigenen Beautysalon und damit würde man in kürzester Zeit viele verschiedene Länder und Städte besuchen und nebenbei auch noch Geld verdienen.

Caro hatte unsicher nachgefragt: „Es gibt Schiffe mit einem eigenen Beautysalon?"

Kim hatte nur gelacht und gewitzelt, auf welchem Planeten sie eigentlich leben würde und ob man im Allgäu eigentlich gar nichts von der Welt mitbekam.

Dann hatte sie ihre Freundin aufgeklärt: „Kreuzfahrtschiffe sind der neuste Reisetrend und es gibt viele verschiedene Anbieter. Clubschiffe für Familien, Luxusschiffe mit gehobener Klientel, kleine Schiffe, große Schiffe, Megaschiffe und so weiter."

Caro hatte mit Erstaunen zugehört und war spontan von der Idee angetan gewesen. Sie hatte Kim freundlich abgewimmelt, mit dem Verspechen, sie bald zurückzurufen. Caro wollte sich erst einmal in Ruhe im Internet schlau machen und recherchieren, inwieweit ihre Freundin Recht hatte.

Schon bald war sie auf die Seite eines wohl sehr beliebten und großen Kreuzfahrtanbieters gestoßen und dort bei den Stellenanzeigen gelandet. Sie hatte erstaunt festgestellt, dass Jobs sowohl an Land als auch an Bord angeboten wurden. Schnell hatte sie sich entschieden, die Stellen an Land auszublenden, denn sie hatte andere Pläne und wollte schließlich nicht nur in einer Stadt sein. Sie war total nervös gewesen und hatte eine Stellenanzeige nach der nächsten durchgescrollt. Sie war sehr erstaunt darüber gewesen, wie unterschiedlich die Angebote waren. Barkeeper, Scout, Florist (es gab tatsächlich einen eigenen Blumenladen auf den Schiffen?), Koch, Rezeptionist … Und dann hatte ihr der Atem gestockt.

Sie war über die perfekte Stellenausschreibung gestolpert:

„Stellenangebot: Spa Friseur/in und Make-Up-Artist/in: Geh mit uns auf eine Reise an Bord unserer Kreuzfahrtschiffe und arbeite an einem der schönsten Arbeitsplätze der Welt. Wir suchen eine Friseurin und Make-Up-Artistin mit fachgerechtem Wissen und einer erfolgreich abgeschlossenen Ausbildung. Wir legen hohen Wert auf qualifizierte Kundenbetreuung. Daher solltest du:

- Erstklassige Kenntnisse in den Bereichen Haarpflege, Haarschnitt, Färbetechnik und Steckfrisuren mitbringen
- Idealerweise über eine Weiterbildung für neueste Schnitte und Modefrisuren sowie vertiefende Zusatzausbildungen als Visagistin oder im Bereich dekorative Kosmetik verfügen
- Gute Englischkenntnisse besitzen
- Dienstleistungs- bzw. verkaufsorientiert arbeiten sowie
- kommunikationsstark sein

Wenn diese Stellenausschreibung auf dich zutrifft, entdecke mit uns die Welt und sende uns deine aussagekräftige Bewerbung – idealerweise als Online-Bewerbung – zu.“

Eigentlich wäre es jetzt der richtige Weg gewesen, über alles in Ruhe nachzudenken und Sam sowie ihrer Familie ihre Pläne und Wünsche mitzuteilen. Doch aus einem Impuls heraus hatte sie anders gehandelt. Sie hatte sofort ihre Bewerbungsunterlagen herausgesucht, einen Bewerber-Account erstellt und damit begonnen, den Fragebogen auszufüllen, den Lebenslauf und ihre Zeugnisse hochzuladen und ein Anschreiben zu verfassen. Sie war so voller Tatendrang gewesen, dass sie nicht einmal Probleme bei den Formulierungen gehabt hatte und keine eineinhalb Stunden später war die Bewerbung abgeschickt.

Wie versprochen, hatte sie Kim zurückgerufen und ihr von der Stellenausschreibung und der abgeschickten Bewerbung erzählt. Kim war sprachlos gewesen und das sollte was heißen. Sie hätte nie geglaubt, dass Caro das wirklich durchziehen würde und dann noch so schnell. Caro hatte sie gebeten, die Sache für sich zu behalten, falls sie es sich doch noch anders überlegen sollte oder nicht angenommen werden würde. Kim hatte eingewilligt, ihr aber geraten, es wenigstens Sam zu erzählen.

Jetzt überkam Caro das schlechte Gewissen, als sie am Frühstückstisch saß und an ihrem Kaffee nippte. Wäre es nicht besser gewesen, mit Sam über ihre Wünsche zu sprechen, bevor sie eine Bewerbung abschickte? Doch hätte Sam dann nicht mit allen Mitteln versucht, sie davon abzuhalten? Und war es überhaupt richtig gewesen, so überstürzt eine Bewerbung abzuschicken? Diese Gedanken nagten an Caro und bereiteten ihr Kopfzerbrechen.

„Sicherlich antwortet sowieso niemand auf meine Bewerbung", versuchte sie sich selbst zu beruhigen.

Um hierfür auch eine Bestätigung zu bekommen, klappte sie ihren Laptop auf und öffnete ihre E-Mails. Sie traute ihren Augen kaum, als sie eine Nachricht von der Reederei in ihrem Postfach entdeckte. Als sie sie öffnete, stellte sie erleichtert fest, dass es sich nur um eine automatische Empfangsbestätigung handelte.

Gerade, als sie ihre E-Mails wieder schließen wollte, verkündete eine Stimme: „Sie haben Post." und es traf eine neue Mitteilung auf ihre Bewerbung hin ein.

Caro rutschte das Herz in die Hose. Sie wusste, was das bedeutete.

„Bei einer so schnellen Antwort ist es bestimmt eine Absage", dachte sie nicht ganz ohne eine gewisse Erleichterung. „Wie damals bei der Ausbildung als ich mich bei mehreren Schulen beworben hatte."

Die Elite-Schule hatte auch nach zwei Tagen eine Absage geschickt. Die Zusage ihrer Schule, an der sie dann gelernt hatte, kam erst drei Wochen später. Damals war sie froh gewesen, dass sie letztendlich dort gelandet war. Immerhin hatte sie da Kim kennengelernt und überhaupt war die Schule sehr familiär gewesen.

Doch nun stach ihr die gerade neu eingetroffene E-Mail in die Augen und sie hatte keine Wahl und öffnete die vermeintliche Absage des Kreuzfahrtunternehmens. Sie fing an zu lesen:

Ahoi Carolin,

vielen Dank für deine Bewerbung und dein damit verbundenes Interesse an unserem Unternehmen. Aufgrund einer Vielzahl von Bewerbungen ist uns die Entscheidung nicht leichtgefallen.

An dieser Stelle wurde Caro klar, was nun folgen würde. Denn genauso fingen alle Absagen an. Sie wusste nicht, ob sie enttäuscht oder erleichtert sein sollte. Immerhin müsste sie so ihrem Freund keinerlei Erklärungen abgeben. Gefasst las Caro weiter:

Trotzdem haben wir deine Unterlagen mit großer Begeisterung gelesen und freuen uns, dich zu unserem Bewerber-Casting am kommenden Samstag um 11:00 Uhr in München einladen zu dürfen. Bitte plane für das Casting einige Stunden Zeit ein.

Wir möchten dich außerdem bitten, uns diesen Termin per E-Mail zu bestätigen.

Bei weiteren Fragen stehen wir dir selbstverständlich jederzeit gerne zur Verfügung.

Wir freuen uns sehr, dich nun bald persönlich kennenzulernen.

„Immer eine Handbreit Wasser unterm Kiel"

Alexander Riede

Nachdem Caro diese E-Mail wieder und wieder gelesen hatte und zu dem Entschluss gekommen war, den nächsten Schritt zu gehen, griff sie zu ihrem Handy und wählte Kims Nummer.

Sie berichtete ihrer Freundin von der Einladung zu einem „Casting" und fragte Kim, was sie sich wohl darunter vorzustellen hätte. Sie ahnte bereits, dass es sich um kein gewöhnliches Vorstellungsgespräch handelte, sondern ihr mehrere Aufgaben bevorstanden, in denen sie sich beweisen musste.

Caro verabredete mit Kim, dass sie schon am Freitag zu ihr kommen sollte, damit sie zusammen die Vorbereitungen treffen konnten. Außerdem wäre sie bereits vor Ort und musste nicht bangen, dass ihre Züge am Samstag pünktlich fahren würden.

Im Stillen dachte Caro, dass sie auf diese Weise Sam erzählen konnte, dass sie am Wochenende bei Kim eingeladen sei, damit er keinen Verdacht schöpfte.

Kapitel 2

Sam brachte sie am Freitag widerwillig nach seinem Feierabend zum Bahnhof und wünschte ihr dennoch viel Spaß bei Kim. Er ahnte nicht im Geringsten, was Caro tatsächlich bevorstand.

Caro gab ihm einen Kuss und versprach ihm, sich zu melden, sobald sie gut angekommen war. Insgeheim hatte sie ein schlechtes Gewissen. Sie hatte Sam noch nie angelogen. Als sie noch einmal zu ihm hochblickte und in seine tiefen braunen Augen schaute, war sie kurz davor gewesen, ihm alles zu erzählen. Doch genau in diesem Moment traf ihr Zug ein und sie umarmten sich nur noch einmal kurz, bevor sie einstieg.

Während der Fahrt dachte sie flüchtig darüber nach, wie schwer Sam schon ein Abschied für zwei Tage fiel. Wie würde es wohl sein, wenn sie für ein halbes Jahr weggehen würde. Sie beschloss, diese Gedanken erst einmal zu verbannen und sich auf das Casting zu konzentrieren. Falls sie tatsächlich genommen werden würde, hätte sie noch genug Zeit, sich darüber Gedanken zu machen.

Mit Kim überlegte sie am Abend, was für Aufgaben auf Caro zukommen würden. Sie hatten recherchiert, dass mit Gruppenaufgaben zu rechnen sei und auch alltägliche Szenen an Bord nachgestellt werden würden, in denen der potentielle künftige Mitarbeiter einen Konflikt lösen sollte. Außerdem musste man während eines Bewerbungsgespräches einen Teil des Dialogs auf Englisch führen.

Als Caro dann am Samstagmorgen neben Kim im Auto auf dem Weg zum Casting saß, war sie sehr aufgeregt. Sie hatte sich von ihrer Freundin einen Rock, eine Bluse und einen Blazer geliehen, sich eine schöne Flechtfrisur machen lassen und dezent geschminkt. Sie fühlte sich wohl mit ihrem Look und obwohl sie angespannt war, war sie auch neugierig auf das, was sie erwarten würde.

Kim wünschte ihr viel Glück, als Caro aus dem Auto stieg. Sie versprach ihr, sie hinterher wieder abzuholen. Bei einem gemeinsamen Abendessen wollten sie dann in Ruhe über alles sprechen, bevor Caro sich auf den Rückweg nach Kempten machen würde.

Die Tür fiel ins Schloss und Caro war nun auf sich allein gestellt. Als sie das Gebäude betrat, fielen ihr sofort die vielen Bilder der Kreuzfahrtschiffe ins Auge. Der Raum war hell und freundlich und hinter dem Empfangstresen saß eine ältere Frau, die sie bereits erblickt hatte. Caro ging auf den Tresen zu und sie erkannte, dass dieser wie eine Art „Schiffsbug" aufgebaut war.

„Lustig", dachte sie, „wie viel Mühe die sich geben."

Sie stellte sich bei der Frau vor und teilte ihr mit, dass sie zum Casting eingeladen worden war.

Die Frau reichte ihr einige Unterlagen und einen Ablaufplan und bat sie, einen Moment lang Platz zu nehmen.

Caro setzte sich in einen Sessel und betrachtete den Ablaufplan. Als erstes würde eine Begrüßung stattfinden, anschließend eine Vorstellungsrunde der Bewerber, dann folgten ein Rollenspiel, ein Einzelgespräch und eine Fazitrunde – allerdings nur für den Fall, dass man soweit überhaupt kommen würde. Nach jeder Runde würden wohl einige Bewerber gehen müssen. Zwischendurch waren zwei kleine Pausen eingeplant.

Bevor Caros Nervosität überhandnehmen konnte, wurde sie von einem jungen Mann abgeholt. Er erklärte ihr auf dem Weg, dass er sie nun in den Konferenzraum bringen würde, wo es direkt mit der Begrüßung losgehen sollte.

Der Mann wirkte etwas gehetzt und Caro fragte sich, ob ihr Tag auch so laufen würde. Er hatte ihr nicht einmal seinen Namen genannt. Oder dachte er, es sei nicht nötig, weil er sowieso gleich vor allen sprechen würde. Wahrscheinlich hatte er keine Lust, sich jedem Bewerber einzeln vorzustellen.

Caro nahm in der zweiten Reihe Platz und inspizierte ihre Konkurrenten. Es waren ungefähr genauso viele Frauen wie Männer. Alle waren schick zurechtgemacht und sie dankte Kim im Stillen noch einmal für die Klamotten, die sie ihr geliehen hatte. Caro besaß zwar einige geschmackvolle Sachen, doch nichts, was sich für ein solches Gespräch geeignet hätte. Sie hatte schließlich noch nie ein richtiges Vorstellungsgespräch gehabt. Die Zusage von der Schule erhielt sie, ohne sich persönlich vorstellen zu müssen und anschließend arbeitete sie, quasi wie selbstverständlich, in einem Friseursalon in Kempten.

Auf der Bühne waren fünf Stühle aufgebaut. Auf dem einen nahm nun der Mann Platz, der sie abgeholt hatte. Neben ihm saßen noch drei weitere Männer und eine Frau. Einige der Bewerber schienen sich zu kennen oder hatten sich bereits kennengelernt und waren in ein Gespräch mit den Sitznachbarn vertieft. Als jedoch einer der vier

Männer zum Mikrofon ging und das Wort ergriff, verstummte die Menge.

„Sehr geehrte Bewerberinnen und Bewerber, ahoi Kollegen. Es freut mich, dass so viele von euch heute zu unserem Bewerber-Casting erschienen sind. Mein Name ist Simon Fistel und ich habe selber bereits einige Jahre als Offizier an Bord gearbeitet, genau wie meine Kollegen links und rechts von mir. Ihr werdet heute einige Stationen durchlaufen und wir wollen auf diese Weise feststellen, ob ihr euch für ein Leben aber besonders auch für die Arbeit an Bord eines Kreuzfahrtschiffes eignet. Bevor wir beginnen, wollen wir jedoch noch einmal wissen, wer ihr seid und warum ihr euch bei uns beworben habt. Dafür möchten wir jeden einzelnen bitten, der Reihe nach nach vorne zu kommen und sich vorzustellen. Meine Kollegen werden beginnen und dann, würde ich vorschlagen, fangen wir in der ersten Reihe an."

Caro rutschte auf ihrem Stuhl hin und her. Sie sollte sich gleich vor allen präsentieren? Hier saßen bestimmt fünfzig Leute, die sie anstarren würden.

Nachdem sich die ehemalige Crew vorgestellt hatte, worunter sich der junge Mann, der sie abgeholt hatte, übrigens als Herr Müller und ehemaliger Chef-Rezeptionist entpuppte, meldeten sich die Bewerber der Reihe nach zu Wort. Caro hörte nur mit einem Ohr zu und versuchte nebenbei ihre eigene kleine Präsentation im Kopf zu erstellen.

Als sie jedoch die Frauenstimme einer Mitkonkurrentin vernahm, den Namen hatte Caro nicht mitbekommen, wurde sie hellhörig. Eine große und schlanke, augenscheinlich sehr modebewusste, junge Frau bewarb sich ebenfalls um die Stelle als Friseurin und Make-Up-Artistin.

Caro schluckte und dachte: „Gegen die habe ich sowieso keine Chance, so selbstbewusst und hübsch wie die ist, absolviert sie das Casting doch mit links!"

Ihre innere Unruhe wuchs ins Unermessliche und auf einmal war sie an der Reihe. Sie erhob sich wie von selbst und taumelte Richtung Bühne.

„Ganz ruhig, Caro. Du bist ganz ruhig und gelassen", murmelte sie sich selber Mut zu.

Vorn angekommen, verharrte sie noch ein paar Sekunden, bevor sie zu sprechen begann: „Ahoi Matrosen. Mein Name ist Carolin Wecker. Ich komme aus einem beschaulichen Ort aus dem Allgäu und würde gern Berge gegen die Weite des Meeres eintauschen. Ich bin gelernte Make-Up-Artistin und sehne mich nach etwas Abwechslung. Mit meinen 26 Jahren habe ich Deutschland noch nie verlassen und finde, dies ist nun mehr als überfällig. Wenn ich nicht arbeite, reite ich gern oder treibe viel Sport."

Caro überlegte, wie sie ihre Rede zu Ende bringen konnte und fügte noch hinzu: „Für die Zukunft wünsche ich mir immer eine Handbreit Wasser unterm Kiel."

Blöd grinsend verließ Caro die Bühne wieder. Kaum saß sie auf ihrem Platz, lief sie rot an und fragte sich, ob sie tatsächlich die Floskeln „Ahoi Matrosen" und „immer eine Handbreit Wasser unterm Kiel", wie sie Herr Riede in seiner E-Mail verwendet hatte, gerade eben vor allen Leuten zitiert hatte.

„Oh man, wie kann man nur so blöd sein", dachte sie. „Hoffentlich ist das nicht schon direkt mein K.O.-Kriterium."

Nachdem sich nach fast einer Stunde alle Bewerber vorgestellt hatten, wurde die Gruppe aufgeteilt. Caro sollte zunächst mit fünf anderen an einem Rollenspiel teilnehmen. Sie folgte den anderen in einen benachbarten, wesentlich kleineren Raum. Auf dem Tisch sah sie einige Dinge liegen. Einen Personalausweis, eine Karte, eine kleine Kamera und rechts neben dem Tisch befand sich eine Art Tresen.

Jeder bekam eine Arbeitsanweisung mit einer zugeteilten Rolle. Caro sollte eine Ehefrau spielen, die mit ihrem Mann in letzter Minute den Check-In-Schalter erreichte, um an Bord zu gehen. Sie sollte von der langen Anreise genervt wirken und es eilig haben.

„Gut", dachte Caro, „ich spiele die mürrische Urlauberin, der man nichts Recht machen kann, das schaffe ich!"

Ziel der anderen war es, der Reihe nach die Urlauber trotz Zeitnot gemäß aller Vorschriften einzuchecken, ein Foto für die Zeit an Bord zu machen, das der Identifikation diente, die Bordkarten auszuhändigen und zu erklären, welche Funktionen diese besaßen, sowie das Bordprogramm zu erläutern und einen Schiffsplan mitzugeben.

Caro machte ihre Sache drei Mal nacheinander gut. Ihr „Ehemann" und sie hauten ordentlich auf den Putz, so wie es verlangt war.

Die erste Frau kam gut damit klar und checkte sie ordnungsgemäß ein.

Die zweite Bewerberin hatte so ihre Probleme und lief feuerrot an.

„Die Arme", dachte Caro und versuchte im weiteren Gesprächsverlauf nicht ganz so unfreundlich zu sein.

Leider bemerkte „ihr Mann" das nicht, sodass die Frau den Faden verlor, vergaß, ihnen die Bordkarten zu geben, und checkte sie ohne Foto ein.

Der letzte Teilnehmer war ein Mann. Bei genauerem Hinsehen bemerkte Caro, wie hübsch er war. Er war bestimmt 1,90 m groß und trug einen blauen Anzug mit weißem Hemd und hellblauer Krawatte. Aber vor allem gefiel ihr sein Lächeln, das seine Augen erreichte. Um seine Mundwinkel herum bildeten sich kleine Grübchen, die ihn jünger machten, als er augenscheinlich war. Caro schätze ihn auf Ende zwanzig. Doch mit dem bubenhaften Grinsen sah er aus wie ein kleiner Junge.

Erst jetzt bemerkte Caro, dass sie ihn die ganze Zeit nur angestarrt hatte und er sie erwartungsvoll ansah. Ihr Einsatz!

„Genau und äh, wieso sind die Kabinen noch nicht bezugsfertig?", stammelte Caro schnell.

Der unbekannte Bewerber lächelte weiter. Halb gespielt, halb über Caro amüsiert.

„Meine Dame, leider sind unsere Kollegen noch nicht ganz fertig mit allen Kabinen. Dafür verspreche ich Ihnen, dass sich das Warten lohnt. Wir wollen gewährleisten, dass jede Kabine sorgfältig geprüft und gesäubert wird, bevor die neuen Gäste sie beziehen können. Es dürfte sich aber um keine halbe Stunde mehr handeln, bis auch Sie Ihre Kabine beziehen können."

Er zwinkerte ihr zu. Caro gab sich geschlagen und der Unbekannte überreichte ihr die Bordkarte sowie das Programmheft und schoss ein

Foto von ihr, ohne sich die Bemerkung zu verkneifen, dass sie bitte ihr schönstes Lächeln aufsetzen sollte.

Er machte seine Sache gut, fand Caro. Sie dagegen war völlig aus dem Konzept gebracht worden. Hoffentlich hatte der Prüfer das nicht gemerkt.

Nachdem alle fertig waren, zog sich der Prüfer mit seiner Kollegin für einen Moment zurück, um sich gemeinsam zu beratschlagen.

Als sie wiederkamen verkündete er, dass vier von fünf in die nächste Runde kommen würden. Caro fühlte sich einen Moment lang wie bei „Germanys next Topmodel", wo die Models ein Foto bekamen, wenn sie eine Runde weiter waren. Vor dem Fernseher hatte Caro sich immer lustig über die jungen Mädels gemacht, die bei der Entscheidung anfingen zu weinen. Jetzt hatte sie selbst einen Kloß im Hals. Hatte sie es in die nächste Runde geschafft?

Der Prüfer fing an, die Namen vorzulesen. „Vivienne Schmidt, du bist weiter. Ebenfalls weiter ist Jonas Richter. Patrick Winter, auch du bist weiter."

Caro lächelte Patrick unwillkürlich zu. Patrick hieß also der Unbekannte, der sie vor ein paar Minuten so aus dem Konzept gebracht hatte. Sie freute sich für ihn, er hatte seine Sache wirklich gut gemacht. Auch wenn sie selber dadurch nicht unbedingt punkten konnte. Caro war angespannt. Blieben noch sie und die Kandidatin über, die als Zweite dran war. Sie sah den Prüfer gespannt an.

Dieser blickte nun auch in ihre Richtung und sprach sie direkt an: „Carolin Wecker, auch du hast es eine Runde weiter geschafft. Ausgeschieden ist damit leider Manuela List." Der Prüfer suchte ihren

Blick. „Es tut uns sehr leid, aber wir finden, dass du schon bei der Selbstpräsentation und auch hier beim Rollenspiel zu leicht den Faden verloren hast und wir sind uns nicht sicher, ob du genug Selbstbewusstsein hast, um unseren anspruchsvollen Gästen gerecht werden zu können. Trotzdem freuen wir uns, dass du dich beworben hast und wer weiß, vielleicht versuchst du es in ein paar Monaten noch einmal. Alle die, die weiter sind, bitte ich, zurück in den Konferenzraum zu gehen. Wir werden Euch nun der Reihe nach zu einem Einzelgespräch aufrufen. Jonas Richter, du kannst direkt bei uns bleiben."

Caro folgte den anderen zurück in den Raum. Sie merkte, dass Patrick seinen Gang extra verlangsamt hatte und kurz darauf neben ihr ging.

Er grinste sie verschmitzt an und sagte: „Ahoi, ich bin Matrose Patrick!"

Caro wusste nicht, ob sie lachen oder schreien sollte. Er hatte sich die Begrüßung von ihrem Bühnenauftritt gemerkt, wie peinlich.

Dennoch entschied sie sich zu lachen und antwortete: „Ahoi Patrick! Ich bin Caro! Dank dir wäre ich fast diejenige gewesen, die das Casting frühzeitig verlassen hätte."

Er sah sie unschuldig an. „Meine Schuld? Warum das denn? Ich habe nur meinen Job gemacht", verteidigte er sich grinsend.

„Allerdings – ziemlich gut sogar. Du schaffst es bestimmt durch das Casting! Für was hast du dich denn beworben?", fragte Caro nach.

„Ich würde gern als Scout arbeiten. Ich bin sehr sportlich und interessiere mich für die Aktiv-Touren, die den Gästen angeboten werden. Fahrradtouren, Kayaking, Wandern oder Ausflüge mit einem

Segway", erwiderte Patrick. „Und du, Caro? Du möchtest als Friseurin und Make-Up-Artistin arbeiten? Hätte ich mir schon denken können bei deiner süßen Flechtfrisur und überhaupt siehst du sehr hübsch aus!", fügte Patrick hinzu.

Caro wusste nicht, was sie sagen sollte und stammelte ein kurzes „Genau".

Hatte er ihr gerad so offensiv ein Kompliment gemacht? Eigentlich war dies der Zeitpunkt, an dem Caro spätestens erwähnen sollte, dass sie seit sieben Jahren in einer Beziehung war. Aber aus irgendeinem Grund tat sie es nicht.

„Ich werde ihn sowieso nie wiedersehen", dachte sie.

Sie redeten noch eine Weile weiter, allerdings nur über Belangloses und Unverfängliches.

Nach ungefähr eineinhalb Stunden wurde Caro zu ihrem Gespräch aufgerufen.

„Shit", dachte sie. „Jetzt habe ich mich gar nicht mehr auf das Gespräch vorbereitet. Wie dumm von mir."

Anstatt sich auf das Wesentliche zu konzentrieren, hatte sie sich von diesem, zugegebenermaßen sehr attraktiven, Kerl ablenken lassen.

Sie erhob sich von ihrem Platz und wollte schon losgehen, da griff Patrick nach ihrer Hand und sah ihr tief in die Augen.

„Caro, ich wünsche dir viel Glück! Du schaffst das. Es wäre doch schön, wenn wir bald Kollegen wären." Patrick legte seinen Kopf schief und grinste sie an.

Caro nickte kurz und beeilte sich, um den Prüfer nicht warten zu lassen. Ihr Herz pochte schnell. Doch sie ahnte, dass es nicht an dem bevorstehenden Interview lag, sondern, weil Patrick sie eben kurz berührt hatte.

„Was fällt ihm eigentlich ein?", fragte Caro sich. „Wir kennen uns doch kaum, wieso fühlt es sich mit ihm schon so vertraut an? Und warum fährt mein Bauch Achterbahn?"

Caro zwang sich, diese Gedanken beiseite zu schieben, denn vor ihr saßen bereits ihre zwei Prüfer, die sie schon von dem Rollenspiel kannte.

Das Interview verlief erstaunlich gut. Zunächst hatte Caro ihren Werdegang erläutert, anschließend beantwortete sie einige Fragen. Warum sie sich für eine Anstellung interessierte, ob sie damit klarkäme, so lange von zuhause weg zu sein – gerade, weil sie noch nie wirklich die Heimat für längere Zeit verlassen hatte. Ab wann sie anfangen könnte zu arbeiten usw. Einen kleinen Teil haben sie auch auf Englisch besprochen, doch Caro reagierte souverän und die Prüfer erkannten schnell, dass man zurück zur Muttersprache wechseln könne.

Nach ungefähr einer Stunde hatte sie es geschafft und wurde erneut in den großen Konferenzraum geschickt. Patrick war nicht mehr da.

„Komisch", wunderte sie sich, „müsste er nicht nach mir drangekommen sein?"

Sie nahm wieder Platz und sah sich um. Ungefähr 15 andere Bewerber saßen noch in dem Raum. Unter ihnen erkannte sie die große Blondine, die sich ebenfalls als Friseurin und Make-Up-Artistin beworben hatte.

Caro nahm ihren Ablaufplan heraus und sah, dass der letzte Punkt, die Fazitrunde, für 16:00 Uhr angesetzt war. Noch eine Stunde, bis es weitergehen würde. Sie entdeckte das Buffet am Ende des Raumes und beschloss, wie die anderen auch, sich zu bedienen.

Nach einer Stunde waren noch zwei weitere Bewerber dazugekommen. Von Patrick gab es aber noch immer keine Spur. Vorn hatten bereits vier von fünf Prüfern Platz genommen, ihre waren auch dabei.

Genau in dem Moment, als einer von ihnen das Wort ergreifen wollte, öffnete sich die Tür und Patrick betrat mit dem letzten Prüfer den Raum. Caro fiel ein Stein vom Herzen und sie lächelte ihm automatisch zu. Patrick war also noch im Rennen, genau wie sie.

Er setzte sich neben sie, doch bevor sie miteinander reden konnten, ergriff einer der Prüfer nun das Wort: „So, jetzt wo ihr es alle geschafft habt, freue ich mich, euch mitteilen zu können, dass ihr alle genommen werdet! Ihr seid die letzten Verbliebenen und wir begrüßen euch recht herzlich in unserer Crew."

Caro war baff. So schnell und ohne lange Umschweife war sie ausgewählt worden? Vor einer Woche noch wusste sie nicht einmal, dass sie sich hier bewerben würde und nun war sie bereits angenommen?

Der Prüfer sprach weiter. „Wie ihr bereits dem Anhang unserer E-Mail entnehmen konntet, findet morgen eine Schulung zum Thema „Umgang und Sicherheit an Bord" statt. Wir treffen uns also um 8:00 Uhr wieder hier. Morgen werden wir auch besprechen, wann und auf welchem Schiff ihr eingesetzt werden sollt. Also, noch einmal herzlichen Glückwunsch und bis morgen!"

Als Caro auf die Straße trat, atmete sie erst einmal tief durch. Tausend Sachen gingen ihr durch den Kopf. Aber vor allem fragte sie sich, wie sie Sam erklären sollte, dass sie doch erst Sonntagabend nach Hause kommen würde. Von der Schulung im Anschluss hatte sie nichts gewusst, sie musste den Anhang der E-Mail übersehen haben. Doch sie wollte daran teilnehmen – natürlich wollte sie das, sie musste sogar. Sie hatte es tatsächlich geschafft.

Sie griff nach ihrem Handy und wählte Kims Nummer. Bevor sie auf „Anrufen" klicken konnte, sah sie bereits das Auto ihrer Freundin. Sie war erleichtert, dass sie nicht noch warten musste und stieg in den Wagen.

Kim und Caro fuhren zu einem ihrer Lieblingsrestaurants, das ganz in der Nähe ihrer alten Schule lag. Damals hatten sie es zufällig entdeckt und viele Pausen dort verbracht. Sie setzten sich an einen der freien Tische und nachdem sie bestellt hatten, berichtete Caro ihrer Freundin haarklein, was passiert war. Sie ließ nichts aus, weder ihre peinliche Begrüßung auf der Bühne, noch die Begegnung mit Patrick. Als sie zum Ende kam, berichtete sie ebenfalls, dass sie morgen noch an einer Schulung teilnehmen müsste und nun nicht wüsste, wie sie es Sam erzählen sollte.

„Das ist doch das kleinste Problem", hatte ihre Freundin geantwortet. „Du sagst Sam einfach, dass es mir wegen meines neuen Jobs nicht so gut geht und ich dich gebeten habe, noch einen Tag zu bleiben."

Caro dachte kurz darüber nach und griff zu ihrem Handy. „Das erledige ich am besten sofort, bevor ich es mir anders überlege."

Caro ging kurz vor die Tür und wählte Sams Nummer.

„Hey Sam, ich bin's!", begrüßte sie ihn. „Ja na klar, mir geht es gut. Nein, ich bin noch nicht im Zug. Wir waren heute viel unterwegs, daher konnte ich mich nicht so oft melden. Und wie geht's dir?"

Caro wartete die Antwort ab und ergriff darauf schnell das Wort, damit Sam nicht noch weitererzählen konnte. „Sam, pass auf. Kim geht es nicht gut. Du weißt doch, ihr neuer Job macht ihr sehr zu schaffen. Sie hat mich gebeten, noch einen Tag länger zu bleiben. Ich werde also erst morgen Abend mit dem Zug zurückkommen."

Caro hörte nichts außer einem Schweigen in der Leitung.

Dann holte Sam tief Luft und erwiderte: „Also gut. Ich vermisse dich zwar tierisch, aber eine Nacht ohne dich werde ich noch überleben. Melde dich bitte, wenn du morgen im Zug sitzt, ja? Wenn ich weiß, wann du ankommst, hole ich dich ab!"

„Ja na klar, das mache ich doch immer!", antwortete Caro.

„Ach und Caro?", entgegnete Sam, „Ich liebe dich."

Caro beschlich erneut ihr schlechtes Gewissen, doch bevor Sam etwas bemerken konnte, erwiderte sie: „Ich dich auch, Sam! Bis morgen dann!"

Caro legte auf.

„Puh, das ist gerade noch einmal gut gegangen", dachte sie und ging zurück ins Restaurant, wo bereits das Essen auf sie wartete.

Kim sagte nichts, als Caro sich setze und die beiden fingen an zu essen. Caro wunderte sich, dass ihre Freundin nicht nachfragte, wie das Telefonat gelaufen war. Nach ein paar Minuten sah Kim sie forschend an.

„Was ist denn auf einmal mit dir los?", fragte Caro.

Kim antwortete streng: „Hattest du nicht gesagt, du wolltest es Sam auf jeden Fall erzählen? Hast du dich etwa bis jetzt heimlich beworben und nun auch noch eine Zusage bekommen, ohne dass Sam überhaupt etwas davon ahnt?"

Caros schlechtes Gewissen flammte wieder auf. „Ich hatte keine Wahl, Kim. Ich würde es ihm so gern erzählen. Glaub mir, ich habe so ein schlechtes Gewissen, ihn zu belügen. Aber er hätte alles darangesetzt, mich von meinem Vorhaben abzuhalten. Das weißt du!"

Kim überlegte kurz, bevor sie sagte: „Vielleicht hast du Recht. Sam ist wirklich alles andere als ein Weltenbummler. Trotzdem sollte man sich in einer Beziehung unterstützen, auch oder vor allem die Träume seines Partners respektieren. Wie willst du ihm das Ganze denn jetzt noch beichten? Du weißt schon, dass du um einen Streit nicht mehr drumherum kommen wirst?"

Caro wusste, dass alles, was Kim sagte, wahr war. Betreten stocherte sie weiter in ihrem Essen herum.

„Wie würde Sam wohl reagieren?", fragte sie sich resigniert.

Kapitel 3

Einen Tag später kannte Caro Sams Reaktion. Nachdem Caro die Schulung, die eigentlich nur daraus bestand, sich verschiedene Vorträge und Videos über die Sicherheit an Bord anzuhören, absolviert hatte, war sie zurück nach Kempten gefahren. Sam hatte sie, wie versprochen, abgeholt und gleich gemerkt, dass Caro etwas bedrückte. Als sie zuhause angekommen waren und Caro ihm die Wahrheit erzählt hatte, war er für einige Stunden abgehauen, ohne überhaupt auch nur ein Wort zu verlieren.

Erst als Caro schon drauf und dran war ins Bett zu gehen, hatte sie die Wohnungstür ins Schloss fallen hören. Sie war ihm bewusst nicht nachgelaufen. Sie kannte ihn und wusste, dass er in Ruhe über alles nachdenken musste. Er war schon immer so gewesen, dass er sich bei Problemen für einige Zeit in die Ställe verzog, um der Welt den Rücken zu kehren und seine Gedanken zu ordnen. So war es auch diesmal gewesen.

Als er das Wohnzimmer betrat, setzte er sich zu Caro aufs Sofa und sah sie zerknirscht an. Caro wusste, dass es ihn sehr getroffen hatte, dass sie ihm nicht von Anfang an die Wahrheit erzählt hatte. Sie rückte an ihn heran und nahm ihn in den Arm. Er erwiderte ihre Umarmung und so verharrten sie für einige Zeit, ohne dass einer der beiden das Wort ergriff.

Irgendwann brach Sam die Stille und flüsterte: „Ich liebe dich, Caro. Das weißt du. Aber dass du vor mir etwas verheimlichen musstest, enttäuscht mich sehr. Hinzu kommt, dass ich einfach nicht verstehen kann, warum du das Bedürfnis hast, von mir getrennt zu sein."

Er verstummte wieder.

Caro wollte sich erklären, doch bevor sie etwas sagen konnte, sprach Sam weiter: „Ich kenne dich aber nun schon sehr gut und habe begriffen, dass wir in diesem Punkt verschieden sind. Ich weiß, dass du unsere Heimat liebst. Nur reicht es dir nicht. Du möchtest mehr von der Welt sehen. Natürlich möchte ich dir nicht im Weg stehen. Aber ich frage mich, wie das in Zukunft sein wird. Bist du nach diesen sechs Monaten zufrieden? Oder wirst du immer wieder für einige Zeit weg sein? Was ist, wenn wir einmal Kinder haben? Oder wir die Verantwortung für den Hof tragen?"

Caro ärgerte sich darüber, dass er sie so darstellte, als könnte man sich nicht auf sie verlassen. Doch sie wusste auch, dass sie gerade nicht in der Position war, ihm dafür einen Vorwurf zu machen.

Stattdessen antwortete sie ruhig: „Sam, ich wollte dich nie verletzen. Ich habe in keinster Weise geahnt, dass alles so schnell gehen würde. Anfangs war es nur ein Hirngespinst. Ich hatte ja nicht erwartet, dass ich tatsächlich genommen werden würde. Ich wollte es dir erzählen, aber ich hatte Angst, dass du mich davon abhalten würdest und irgendwie hat sich die ganze Aktion dann verselbständigt."

Sie schwieg einen Moment.

Als Sam nicht reagierte, fuhr sie fort. „Ich möchte gern noch mehr von der Welt sehen und ich finde, dass genau jetzt der richtige und vielleicht einzige Zeitpunkt dafür ist. Wie du richtig gesagt hast, würde es nicht mehr in Frage kommen, wenn wir erstmal verheiratet sind und Kinder haben. Es sind nur sechs Monate und nach drei Monaten bin ich auf einer Tour in der Adria eingeteilt. Da könntest du mich sogar für einen Tag in Venedig besuchen kommen. Ich möchte dich nicht verlieren, Sam. Aber ich möchte in meinem Leben nicht nur das Allgäu gesehen haben."

Sam schwieg. Er sah sie an und es blitzte in seinen Augen.

„Was hatte er nun wieder vor?", fragte sich Caro.

Dann erhob er sich und kniete sich mit einem Mal vor ihr nieder. Caro hielt den Atem an und merkte, wie ihr Kopf anfing zu kribbeln. Hitze überkam sie.

Vor ihr kniend blickte Sam ihr direkt in die Augen und fing an, seine Lippen zu bewegen: „Wenn das so ist und du mich nicht für immer gegen das Meer eintauschen möchtest, bin ich beruhigt. Wir haben auch die drei getrennten Jahre in München irgendwie überstanden. Natürlich hätte ich es lieber, wenn du für immer bei mir bleibst, doch ein halbes Jahr kann ich noch warten. Aber nur, wenn du versprichst, auf dich aufzupassen und dich regelmäßig bei mir zu melden."

Caro, die überrascht von der Gesprächswendung war und davon, wie schnell sich Sam damit abgefunden hatte, bejahte seine Bitte. Sie würde Sam doch genauso sehr vermissen. Doch das war nun mal der Preis, den sie zu zahlen hatte, wenn sie durch die Welt schippern wollte.

„Gut, das freut mich zu hören. Dann kann ich ja zum eigentlichen Teil des Abends kommen, den ich vor diesem Chaos hier für heute geplant hatte."

Er grinste verlegen und rutschte auf seinen Knien umher.

„Eigentlich hatte ich es mir etwas romantischer vorgestellt und eigentlich hatte ich für heute Abend einen Tisch in Kempten reserviert, wo wir lecker gegessen und mit Sekt angestoßen hätten. Doch das können wir alles nachholen. Das Wichtigste ist, dass ich dich über alles liebe! Du bist die Frau meines Lebens und ohne dich wäre die Welt nur halb so schön. Dass wir damals den Hof neben euch gekauft haben, war das größte Glück. Denn dadurch habe ich die bezauberndste, hübscheste und engagierteste Frau getroffen, die es für mich auf der

Welt gibt. Für mich bist du, abgesehen von dieser kleinen Lügengeschichte von vorhin", er hielt inne und schmunzelte sie an, „die perfekte Freundin."

Caro dankte ihm im Stillen dafür, dass er ihr verziehen hatte und strahlte ihn an.

„Carolin Wecker, möchtest du meine Frau werden?", wollte Sam mit einem rührseligen Blick wissen.

Da war sie – die Frage, die noch alles, was er zuvor gesagt hatte, toppte. Hatte er ihr gerade tatsächlich einen Antrag gemacht? Obwohl sie ihn so hintergangen und belogen hatte. Sie war gerührt von seiner Ansprache und den Tränen nahe.

Ungeachtet der Panik, die sie irgendwo in den Tiefen ihres Unterbewusstseins ergriff, war sie so überwältigt und erleichtert in Hinblick auf Sams Reaktion, dass sie ohne zu zögern antwortete: „Ja, Sam, ich will! Ich liebe dich auch! Du bist der Beste! Danke, dass du mir verziehen hast."

Dann griff er in seine Hosentasche und zog einen Ring heraus. „Den trage ich schon seit Tagen mit mir herum. Ich hatte die ganze Zeit auf die richtige Situation gewartet und als du über das Wochenende weg warst, hielt ich deine Rückkehr für den passenden Augenblick. Vorhin hatte ich allerdings nicht mehr damit gerechnet, dass es so weit kommen würde. Doch ich freue mich, dass du ab jetzt meine Verlobte bist! Ich hoffe der Ring gefällt dir, mein Schatz!"

Er gefiel Caro sogar sehr. Er war silber und passte ihr perfekt. Der Ring war schmal und ließ ihre Hand nicht überladen aussehen. Fast ein dezentes Schmuckstück, wenn nicht in der Mitte ein kleiner Stein in blau gewesen wäre.

„Den Stein habe ich gewählt, weil er aussieht wie die Farbe deiner Augen. So tiefblau und geheimnisvoll. Genau so stelle ich mir das Meer vor. Kein Wunder, dass du dich dahin verbunden fühlst. Ich hätte es wissen müssen", scherzte Sam.

„Der Ring ist wunderschön. Ich hätte mir von allen Ringen auf der Welt ganz sicher denselben ausgesucht. Vielen, vielen Dank."

Sie umarmte Sam und die beiden küssten sich. Caro war überwältigt und genoss den Moment. Sie hatte insgeheim schon länger mit einem Antrag von Sam gerechnet. Dass er ausgerechnet heute kommen würde, das hatte sie aber beim besten Willen nicht geahnt. Sie verzogen sich gemeinsam ins Bett und waren sich nahe. Schon länger hatten sie keinen so intimen Moment mehr gehabt und Caro genoss jede seiner Berührungen.

Auch später lagen sie noch eine Weile zusammengekuschelt wach im Bett und redeten. Erst über Caros bevorstehende Reise, wann es losgehen und welche Länder sie sehen würde. Danach über Sams Arbeit, über den Hof und über ihre Hochzeit. Sie überlegten gemeinsam, wie sie es ihren Familien sagen würden, wann sie die Feier ausrichten wollten und später drifteten sie so weit vom Thema ab, dass sie überlegten, welche Namen sie ihren Kindern einmal geben würden.

Caro fühlte sich wohl in Sams Armen. Sie dachte in keiner Sekunde über die Panik nach, die sie für einen kurzen Moment beschlichen hatte. Es ist ein großer Schritt, eine Veränderung, die man nicht leichtfertig treffen sollte. Aber sie und Sam bildeten nun schon über sieben Jahre ein Paar und Caro war überzeugt, dass er der Richtige an ihrer Seite war. Obwohl sie beide am nächsten Morgen zur Arbeit mussten, schliefen sie erst in den frühen Morgenstunden Arm in Arm ein.

Die darauffolgenden Wochen bis zu ihrer Abreise verliefen wie im Flug. Zunächst hatten Caro und Sam ihre Familien eingeladen. Das Treffen fand ganz nach dem Motto „Wir sind verlobt und übrigens geht Caro für ein halbes Jahr auf ein Kreuzfahrtschiff arbeiten" statt.

Der Teil mit der Verlobung wurde natürlich von allen mehr als positiv aufgefasst. Sie beglückwünschten das Paar und freuten sich sehr über diese Verbindung.

Dass Caro jedoch beschlossen hatte, sich ohne das Wissen aller hier Anwesenden um eine Stelle an Bord eines Kreuzfahrtschiffes zu bewerben, schien kaum jemand zu verstehen.

Besonders Carolins Oma, Evi, schüttelte nur den Kopf und sagte: „Kind, wie kann man den eigenen Mann so im Stich lassen. Was hast du dir nur dabei gedacht?"

Caro wusste, dass ihre Oma sehr traditionell war. Sie hatte damit gerechnet, dass sie von Evi keinerlei Unterstützung erwarten konnte. Nur ihre Mutter, die ihr schon damals bei der Ausbildung in München den Rücken gestärkt hatte, stand wieder einmal hinter ihr. Sie fand, dass es eine wunderbare Idee wäre. Ein halbes Jahr würde so schnell vergehen und es wäre doch noch einmal eine gute Probe vor der Vermählung. Sollten sie dieses halbe Jahr ebenfalls unbeschadet überstehen, wussten sie mit Sicherheit, dass ihrer Ehe nichts im Weg stehen würde.

Caro ahnte zwar zu diesem Zeitpunkt noch nicht, dass ihre Beziehung und somit die bevorstehende Ehe überhaupt noch in Frage gestellt werden könnten, freute sich aber über den Rückhalt ihrer Mutter und pflichtete ihr bei. Obwohl Caro selbst ihr nichts von ihren Plänen erzählt hatte, konnte sie sich auf ihre Mutter verlassen.

„Ich werde sie sehr vermissen", dachte Caro. Alle würde sie sehr vermissen.

Doch je näher der Tag ihrer Abreise rückte, desto weniger konnte sie es abwarten. Sam wurde von Tag zu Tag missmutiger und fragte Caro fast jedes Mal, wenn sie sich über den Weg liefen, ob es wirklich nicht anders ginge und sie es sich nicht noch einmal überlegen wollte.

Dann war da noch ihre Oma Evi. Von ihr wurde sie, so oft es ging, mit bösen Blicken gestraft. Außerdem hatte Evi beschlossen, kein Wort mehr mit ihr zu reden. Sams Familie war zwar weiterhin freundlich zu ihr, doch auch da merkte sie, dass sie alles andere als begeistert darüber war, dass die zukünftige Frau ihres Sohnes in die weite Welt hinauswollte, anstatt sich in Hochzeitsvorbereitungen zu stürzen.

„Wenigstens fällt so der Abschied nicht so schwer", sagte sich Caro.

Sie hatte sich derweil von der Chefin des Friseursalons in Kempten für ein halbes Jahr beurlauben lassen, einen neuen großen Koffer gekauft, sich ein Zeugnis für Seediensttauglichkeit von ihrem Arzt ausstellen lassen, einen Reisepass beantragt und angefangen, ihre Klamotten zu sortieren. Caro hatte noch nie einen Reisepass gebraucht. Doch nun würde sie zum ersten Mal fliegen und dann auch noch ein so weiter Flug mit Zwischenstopp. Davor hatte sie die größte Angst. Ihr Zielflughafen war Sangster International Airport, Montego Bay auf Jamaika. Das wiederum hieß, dass sie in New York City umsteigen musste. Caro hatte sich bereits sämtliche Orientierungshilfen und Pläne für die jeweiligen Flughäfen ausgedruckt und versuchte sich einzuprägen, welche Schalter sie wo aufsuchen musste. Allerdings wusste Caro auch, dass sich solche Angaben jederzeit noch ändern konnten. Immerhin würde Sam sie zum Flughafen nach München bringen und mit ihr warten, bis sie die Sicherheitskontrollen passiert hat.

Mindestens ebenso schwierig wie das Flugthema erwies sich die richtige Wahl der Kleidung für die Reise. In Deutschland war momentan Februar und somit tiefster Winter im Allgäu. Doch in der Karibik, wo sie die ersten zwei Monate eingesetzt werden sollte, war Hochsommer. Auf sie wartete zwei Monate lang eine 14-tägige Turnusreise ab Montego Bay.

Turnusreisen, so erklärte man Caro während ihrer Schulung, sind Rundtouren, die den gleichen Start- und Zielhafen haben und wo das Schiff monatelang die gleiche Route fährt.

Caro freute sich, die traumhafte Landschaft der Karibik mit eigenen Augen zu sehen und hoffte, in den zwei Monaten an jeder Station auch selbst einmal von Bord gehen zu können.

Ab April würden sie dann von der Karibik bis in die Adria fahren. Eine solche Überfahrt nannte sich „Transreise". Das hatte Caro ebenfalls gelernt. Die Schiffe waren immer in einer Region eingesetzt, in ihrem Fall in der Karibik. Doch infolge von saisonbedingten

Wetterschwankungen in der Karibik aufgrund der Tornadosaison änderte das Schiff sein Einsatzgebiet. Die Überfahrt würde 24 Tage dauern und verschiedene Stopps beinhalten, damit es für die Urlauber eine attraktive Tour blieb. Dennoch würde es bei der Überfahrt über den Atlantik eine Strecke geben, bei der kein Aufenthalt möglich war und sieben Seetage hintereinander anstanden.

Ihre zweite Hälfte an Bord würde Caro dann auf der Adria mit Start- und Zielhafen Venedig verbringen. Von Kempten nach Venedig brauchte man mit dem Auto ca. fünf Stunden, hatte Caro recherchiert. Sie hoffte, dass Sam sie dort einmal besuchen würde. Gerade an An- und Abreisetagen war es Caro am ehesten möglich, das Schiff zu verlassen, denn der Salon an Bord hatte dann erst ab dem späten Nachmittag, nachdem alle neuen Gäste eingecheckt waren, geöffnet.

Doch ob Sam für sie seine geliebte Heimat ein Wochenende lang verlassen und zugleich die deutsche Grenze übertreten würde, war mehr als fraglich.

Kapitel 4

Caro sah sich um und war überaus beeindruckt von dem riesigen John F. Kennedy International Airport in New York. Sie würde noch eineinhalb Stunden Aufenthalt haben, ehe es weitergehen sollte.

Wie versprochen schaltete sie ihr Handy ein und schrieb Sam eine SMS: „Hey mein Schatz. Ich habe den ersten Flug gut überstanden und bin nun in New York. Ich vermisse dich jetzt schon. Deine Caro".

Der Abschied im Allgäu von ihrer Familie war ihr doch schwerer gefallen als erwartet. Ihre Mutter hatte ihr noch ein kleines Fotoalbum gebastelt mit Bildern von der Familie, Freunden und natürlich ihren Tieren. Spätestens beim Abschied von ihrer Hündin Laila konnte sie ihre Emotionen nicht mehr zurückhalten und hatte ein paar Tränen verdrückt. Obwohl Laila nicht wusste, dass sie bald weg sein würde, hatte sie sich auf ihren Schoß eingerollt und ihren Kopf gegen Caros Kinn gedrückt. Das machte sie immer, wenn sie das Gefühl hatte, dass es Caro schlecht ging. Für Außenstehende mochte das ein komisches Bild abgeben, wenn eine ausgewachsene Labradorhündin auf dem Schoß einer doch eher zierlichen Frau saß. Doch Caro genoss die letzte ausgiebige Kuscheleinheit mit ihrem Vierbeiner.

Am Flughafen hatte sie sich dann von Sam verabschiedet. Ihr Verlobter hatte fast die ganze Autofahrt über geschwiegen, nur stumm ihre Hand gehalten und immer mal wieder fest gedrückt.

Am Flughafen angekommen, hatte er noch bedröppelter geguckt und Caro keine Sekunde aus den Augen gelassen. Es brach ihr das Herz, ihn so leiden zu sehen. Auch sie hatte ein mulmiges Gefühl im Bauch, wollte aber nicht, dass Sam das mitbekam. Daher hatte sie vorgeschlagen, noch einen Kaffee miteinander zu trinken, um die Wartezeit zu überbrücken und sie sich für ein halbes Jahr verabschieden mussten.

Als sie saßen, hatte Sam ein kleines Bündel mit Umschlägen aus seiner Jackentasche gezogen und diese Caro überreicht.

„Für dich!", hatte er gesagt. „Für jede Lebenslage einen."

Caro hatte ihn verdutzt angeschaut, die Briefe entgegengenommen und genauer betrachtet.

Sie las vor: „Traurig, Wütend, Krank, Kummer, Seekrank, Sehnsucht, Zwischendurch, Halbzeit, Jahrestag ..."

Sam hatte tatsächlich für jede Lebenslage einen Brief geschrieben. Caros Augen hatten sich mit Tränen gefüllt, sie war aufgestanden und ihrem Verlobten um den Hals gefallen.

„Vielen Dank, mein Schatz! Das ist so süß von dir!", brachte sie mühsam hervor.

Auch Caro hatte etwas für Sam vorbereitet. Sie beförderte aus den Weiten ihrer Tasche ein Paket zutage, an dem eine Karte befestigt war.

Sam hatte ebenfalls vorgelesen: „Damit nicht nur ich dich immer bei mir trage, sondern auch du mich jeden Tag bei dir hast. In Liebe, Caro."

Er hatte umständlich sein kleines Geschenk geöffnet und einen Ring vorgefunden.

Caro sagte: „Da wir nun noch eine Weile verlobt sein werden, dachte ich, dass es schön wäre, wenn auch du einen Ring hast."

Für Sam war das alles zu viel gewesen. Er hatte sich verzweifelt in Caros Arme gestürzt und angefangen zu schluchzen.

Caro konnte nur Wortfetzen wie „Danke", „Liebe" und „Vermissen" verstehen.

Auch sie hatte einen Kloß im Hals gehabt und mit den Tränen gekämpft.

Sie hatten sich noch eine Weile eng umschlungen aneinander festgehalten, bevor die Zeit gekommen war, die Sicherheitskontrollen zu passieren. Dort angekommen, hatten sie sich noch einen letzten innigen Kuss gegeben, ehe Caro den aufgelösten Sam am Flughafen in München zurücklassen musste.

Kaum hatte sie jetzt ihre SMS abgeschickt, vibrierte ihr Handy und eine Antwort von Sam erschien auf dem Display: „Das freut mich zu hören, mein Schatz. Ich bin auch wieder gut angekommen. Vor lauter Abschiedsschmerz habe ich ganz vergessen, dir viel Spaß und eine tolle Reise zu wünschen. Caro, ich hoffe wirklich, dass du die Zeit genießen und das finden kannst, was dir hier fehlt. Ich vermisse dich auch! Dein Sam."

Caro war erleichtert, dass es Sam scheinbar besser ging. Auf dem Hof würde er genug Ablenkung haben. Abends ist er sowieso immer todmüde ins Bett gefallen und sofort eingeschlafen. Vielleicht würde ihm gar nicht so sehr auffallen, dass sie nicht da war.

Da Caro vom siebenstündigen Flug ganz schön kaputt war, entschied sie sich, noch einen Kaffee zu trinken. Ihr nächster Flug würde noch einmal vier Stunden dauern und sie wollte fit sein, wenn sie ihr neues Zuhause für die nächsten sechs Monate erreichte.

Auch ihr zweiter Flug verlief reibungslos. Caro war erleichtert, dass sie alles auf Anhieb gefunden hatte und auch das Gepäck nicht verloren gegangen war. Nachdem sie die Passkontrollen durchquert hatte und in Richtung Ausgang des Flughafengebäudes steuerte, hielt sie Ausschau nach einem ihrer Kollegen, der sie am Flughafen abholen sollte. Der Flughafen war, verglichen mit München und New York City, sehr klein. Schon von oben hatte sie den riesigen Ozean, der übergangslos in der Landebahn endete, bestaunt. Sie war ganz verzückt gewesen, als sie sah, dass das Meer in tausend verschiedenen Blautönen zu funkeln begann, sobald die Sonne darauf schien.

Gerade als sie die Suche nach einem Kollegen aufgeben wollte, sah sie eine junge Frau in das Gebäude stürmen. Sie war etwas größer als Caro, hatte lange, lockige blonde Haare und war sehr hübsch. Mit ihrer einen Hand versuchte sie zwei Kaffeebecher zu balancieren, unter ihrem anderen Arm war ein Schild geklemmt. Hektisch versuchte die Frau, das Schild anders zu greifen, um es hochhalten zu können. Caro konnte die Aufschrift jedoch entziffern. Sie erkannte das Firmenlogo ihres Kreuzfahrtanbieters und darunter stand ihr Name, Carolin Wecker.

Bevor ein Malheur passieren konnte, steuerte Caro direkt auf die Frau zu und stellte sich vor. „Hey, ich bin Carolin Wecker. Ich glaube, du suchst mich."

Die Frau drehte sich zu ihr um und strahlte sie an: „Na, das ging schnell. Obwohl – ich bin auch viel zu spät dran. Es tut mir so leid. Ich hole heute zum ersten Mal jemanden vom Flughafen ab und habe mich etwas verkalkuliert. Egal, was rede ich? Herzlich willkommen auf Jamaika und natürlich in unserer Crew! Ich freue mich so, dich endlich kennenzulernen. Achja und hier für dich! Du musst mega fertig vom Flug sein", plapperte die Frau los.

Sie drücke Caro einen der beiden Kaffeebecher in die Hand.

„Lass uns anstoßen!", sagte sie. „Ich bin Sally und ab heute deine neue Mitbewohnerin."

Sally war Caro auf Anhieb sympathisch gewesen, schon als sie noch hektisch in der Gegend herumwuselte. Doch spätestens jetzt wusste sie mit Sicherheit, dass diese Person durch und durch liebenswert war. Welch ein Glück, dass sie ihre neue Mitbewohnerin sein würde.

Caro grinste sie an und stieß ihren Kaffeebecher gegen Sallys. „Vielen Dank, Sally. Ich hätte mir keine bessere Mitbewohnerin vorstellen können. Und danke für den Kaffee!"

Die beiden Frauen lachten und machten sich dann mit Caros Gepäck auf den Weg zu einem Taxi.

Als Caro aus dem Flughafengebäude trat, wurde sie beinahe von der feuchten und warmen Luft erschlagen, die sie umfing. Sie hatte zwar gewusst, dass es warm sein würde, doch sie hatte nicht damit gerechnet, dass sofort der Schweiß aus all ihren Poren ausbrechen würde. Caro blickte sich um und sah eine Palme neben der nächsten stehen. Palmen kannte sie bisher nur aus dem Fernsehen. Sally, die schon viel weiter vorne war, winkte und gab ihr zu verstehen, sich zu beeilen. Sie hatte ein Taxi organisiert.

Während der Fahrt erfuhr Caro, dass Sally, genau wie sie, 26 Jahre alt war, aus Berlin stammte und bereits seit zwei Monaten auf dem Schiff arbeitete. Sie war bei den Aktiv-Scouts.

„Genau das, was Patrick machen wollte", erinnerte sich Caro.

Doch sie traute sich nicht zu fragen, ob Patrick ebenfalls an Bord arbeitete. Während der Schulung in München hatte sie die meiste Zeit mit Patrick verbracht. Doch nachdem der offizielle Teil vorbei gewesen war, wurden alle nacheinander zum Einzelgespräch aufgerufen und haben dort erfahren, auf welches Schiff sie gehen würden. Einige hatten auch angegeben, dass sie ab sofort verfügbar waren, so auch Patrick. Das hieß, dass er schon drei Wochen im Einsatz sein musste. Doch da die beiden keine Nummern ausgetauscht hatten und sich nach dem Gespräch auch nicht mehr über den Weg gelaufen waren, hatte Caro nie erfahren, wo er angestellt worden war. Doch bevor sie weiter über Patrick nachdenken konnte, bog das Taxi um die Ecke.

Nachdem Caro sich vom ersten Schock, der den Anblick des riesigen Ozeandampfers bei ihr auslöste, erholt hatte, kam sie wieder zu sich und stieg aus dem Wagen. Der Fahrer hatte bereits ihr Gepäck ausgeladen. Die beiden Mädels bedankten sich und Sally bezahlte.

„Da staunt man nicht schlecht, was? Schon irre, dass so ein großes Schiff tatsächlich schwimmen kann. Warte erstmal ab, bis du an Bord bist. Ich habe mich anfangs so oft verlaufen", erzählte Sally. „Aber ich werde dir eine Führung geben, versprochen! Unsere Kabine ist auf Deck drei. Da siehst du! Da ist sie!"

Sally zeigte Richtung Schiff, Caro konnte aber unter keinen Umständen ausmachen, welche der vielen Kabinen sie meinte. Überall waren kleine Gucklöcher.

Sally half nach: „Du siehst doch die Gangway. Sie führt auf Deck fünf. Dann gehst du zwei Reihen herunter. Unsere Kabine ist fast ganz vorne. Also die dritte von links, da wo die Vorhänge aufgezogen sind."

Jetzt glaubte Caro zu sehen, was Sally beschrieb. Sie konnte es nicht fassen, dass vor ihr ihr neues Zuhause für die nächsten sechs Monate lag. Alles ging so schnell, dass Caro das Ganze erst einmal einige Tage verarbeiten musste. Denn vom Schiff einmal ausgenommen, betrachtete sie gerade zum ersten Mal das Meer, abgesehen vom Blick aus dem Flugzeug, und es war wunderschön. Als sie Sally davon berichtete, konnte sie es gar nicht glauben und war völlig aus dem Häuschen.

„Caro, das ist erst der Anfang! Warte mal ab, was wir noch alles zu Gesicht bekommen. Wenn du freie Tage für Landgänge hast, musst du unbedingt mit auf meine Touren kommen. Dann zeige ich dir die Hotspots höchstpersönlich!"

„Das klingt doch vielversprechend", dachte Caro und konnte ihr Glück kaum fassen.

Kapitel 5

Nachdem Caro ihr Gepäck abgegeben hatte, musste auch sie die Formalitäten über sich ergehen lassen, die sie autorisierten, an Bord zu gehen. Die Mitarbeiterin am Check-In-Schalter hieß Maren und war sehr nett. Sie half Caro mit den Unterlagen und machte ein Foto von ihr, das auf ihrer Bordkarte gespeichert wurde. Die Karte diente sowohl als Kabinenschlüssel als auch der Identifikation bei Landgängen. Während Caro brav den Anweisungen von Maren folgte, fragte sie sich, wie sie sich bloß die Namen von über 650 Mitarbeitern merken sollte. Natürlich würde man mit einigen weniger Kontakt haben als mit anderen. Aber sich allein schon zehn Namen zu merken, bereitete Caro Kopfzerbrechen.

Als könnte Maren ihre Gedanken lesen, überreichte sie Caro ein Namensschild und sagte: „So, hier ist dein Namensschild, Carolin. Das musst du bitte immer tragen, sobald du in den Gästebereich trittst. Außerdem gebe ich dir hier einen Abholschein für die Wäscherei, damit du deine Uniform bekommst."

Caro bedankte sich und nahm die Sachen entgegen. Als sie alle Formalitäten hinter sich gebracht hatte, war es Zeit an Bord zu gehen. Sally ging voran und Caro beobachtete ihre neue Freundin genau, um sich ihrer Vorgehensweise anzupassen und bei ihrer Ankunft an Bord nicht zu blamieren. Zuerst wurden ihre Pässe kontrolliert, dann mussten sie wie beim Flughafen durch eine Sicherheitskontrolle. Bevor sie die Gangway passieren durften, musste sich jeder Passagier die Hände desinfizieren, damit das Risiko von Krankheitserregern möglichst geringgehalten wurde.

Danach war es endlich so weit. Caro trat hinter Sally auf die Gangway.

Sally drehte sich zu ihr um und fragte: „Na, bist du schon gespannt, was dich gleich erwarten wird?"

„Und wie", antwortete Caro.

„Dann nichts wie los. Wir wollen dich ja nicht noch länger auf die Folter spannen", kicherte Sally.

Sie hatten bereits die Stelle erreicht, wo sie direkt über dem Wasser standen. In wenigen Schritten würde sie ihr neues Zuhause auf Zeit betreten. Auf dem Schiff angekommen, warteten wieder zwei Angestellte, die nun ihre Bordkarten in einen Computer einlasen.

„So wissen wir immer, ob alle an Bord sind, bevor das Schiff ablegt", erklärte einer der Beiden.

Und damit war Caro eingecheckt und an Bord.

„Ich bringe dich zuerst zu unserer Kabine, dann kannst du dich etwas frisch machen und vielleicht luftiger anziehen. Später holen wir deine Uniform ab und ich zeige dir das ganze Schiff", schlug Sally vor.

Caro war dankbar, dass Sally ihr so zur Seite stand. Ohne sie wäre sie sicher verloren gegangen. Sie folgte ihr einen Gang entlang und sie betraten eine Tür mit der Aufschrift „Crew only". Hinter der Tür befand sich ein doch eher funktionelles Treppenhaus. Auf Teppiche und freundliche Wandbemalungen, die noch eben auf dem Gang jenseits der Tür zu sehen waren, wurde hier verzichtet. Zwei Etagen tiefer erstreckten sich links und rechts von ihnen zwei Gänge.

Sally zeigte auf den rechten und sagte:" Das hier ist unser Gang, die Gänge haben sogar so eine Art Straßennamen. Merk dir einfach „Küstenweg", dann wirst du früher oder später unsere Kabine finden. Wir haben die Nummer 303! Du wirst sehen, das ist eine gute Kabine, sie hat sogar ein Fenster. Nicht alle Crewmitglieder haben das Glück, nach draußen gucken zu können. Ich habe mich mächtig dafür ins Zeug gelegt, um eine zu ergattern!" berichtete Sally stolz.

Keine Minute später standen sie vor der Kabine mit der Nummer 303. Sally sah Caro auffordernd an.

„Na los, öffne die Tür!", forderte sie Caro auf.

Caro hielt ihre Karte vor das Schloss, es klickte leise und ein kleines Licht blinkte grün auf. Caro ergriff die Klinke, drückte sie herunter und die Kabinentür öffnete sich. Caro brauchte nicht lange, um sich einen Überblick über die Kabine zu verschaffen. Sie war keine 10 qm groß, hatte gelben Teppichboden, weiße Wände und die Möbel bestanden aus hellem Holz. Direkt hinter der Tür war ein kurzer Gang mit einem Schrank auf der rechten Seite und links befand sich eine weitere Tür zum Badezimmer. Gegenüber dem Schrank stand ein kleiner Schreibtisch. Hierüber ragte ein Regal, auf dem ein Fernseher befestigt war. Geradezu stand ein Stockbett. Das kleine Fenster war direkt in der Mitte und hatte einen gelben Vorhang zum Zuziehen. Die beiden Etagen des Bettes besaßen ebenfalls einen gelben Vorhang, den man komplett vor die jeweiligen Schlafkojen ziehen konnte.

Sie sah, dass Sally bereits ihre Sachen verstaut und sich für das obere Bett entschieden hatte. Außerdem fiel ihr auf, dass ihre Zimmergenossin einige Fotos an die Wand geklebt und mit ein wenig schlichter Dekoration versucht hatte, die Kabine wohnlicher zu gestalten. Zum Beispiel hatte sie neben dem Fernseher zwei Teelichthalter gestellt.

„Darf man hier Kerzen anzünden?", hatte Caro sie verdutzt gefragt.

„Ist das das Einzige, was du zu sagen hast?" lachte Sally. „Aber um deine Frage zu beantworten, nein, darf man nicht. Ich habe Elektroteelichter eingesetzt. Besser als nichts, dachte ich."

„Da hast du Recht. Vor allem unser Schreibtisch, den du zu unserem persönlichen Beautysalon umfunktioniert hast, gefällt mir", sagte Caro lächelnd.

Sally hatte verschiedene Plastikschalen aufgestellt, in denen sie all ihre Beautyprodukte fein säuberlich sortiert hatte. Caro sah Lippenstifte, Mascara, mehrere Lidschatten, aber vor allem fielen ihr die vielen Nagellacke auf.

„Gefällt es dir? Sonst können wir auch gern noch einmal gemeinsam umdekorieren. Ich dachte nur, wenn ich schon gemeinsam mit einer Beauty-Queen unter einem Dach wohne, kann ich ruhig zeigen, was ich habe", erklärte Sally.

„Das ist doch super. Ich lege meine Sachen einfach dazu.", erwiderte Caro freundlich.

Nun betrat Caro das Badezimmer. Es bestand eigentlich nur aus einer Toilette, einem Waschbecken mit Spiegel und einer winzigen Duschecke.

„Nicht gerade das, was man an Platz im Bad braucht, ich weiß", hörte sie Sally von draußen sagen. „Aber man gewöhnt sich dran, ich verspreche es dir. Generell verbringt man sowieso nicht viel Zeit in der Kabine. Nach der Arbeit bin ich meistens auf dem Sonnendeck der Crew, oder im Aufenthaltsraum. Aber jetzt, wo du da bist, kann ich mir ein paar Mädelsabende in der Kabine auch gut vorstellen."

Caro trat zurück in die Kabine.

„Ja", sagte sie, „ich hatte es mir tatsächlich alles etwas größer vorgestellt. Aber wir machen es uns ganz sicher gemütlich hier."

Caros Gepäck war bereits angekommen, sodass sie anfing, sich einzurichten und ihre Sachen in die Schränke zu räumen.

Als sie fertig war, setzte sie sich auf ihr Bett und schaltete ihr Handy ein. Sie hatte es bisher noch nicht geschafft, sich bei Sam und ihrer Familie zu melden. Kaum hatte sie sich mit Hilfe von Sally ins WLAN eingeloggt, brummte ihr Handy ununterbrochen.

„Da vermisst dich wohl einer jetzt schon, was?", erkundigte sich Sally.

„Wenn du wüsstest", antworte Caro knapp und tippte schnell eine Nachricht mit der Information, dass alles gut war, an Sam und ihre Familie.

„Erzähl! Heute habe ich frei und bin ganz für dich da. Wer weiß, wann wir wieder die Zeit für einen ausgiebigen Plausch haben.", zwinkerte Sally sie an.

Caro mochte Sally und hatte von Anfang an ein gutes Gefühl bei ihr gehabt. Also beschloss sie, ihr die ganze Geschichte von der heimlichen Bewerbung, über die Verlobung bis hin zum Abschied am Flughafen zu erzählen. Sally sah sie mit großen Augen an.

„Das ist ja mal eine Story", fand sie. „Da weiß selbst ich für einen Moment lang nicht, was ich sagen soll. Aber gut, dass du trotzdem deinen Träumen folgst, Caro. Ich bin der Meinung, man sollte genau das machen, was einen glücklich macht. Glaub mir, dir wird es hier gefallen. Die Mitarbeiter verstehen sich alle super untereinander und wir haben eine Menge Spaß zusammen. Du wirst gar nicht dazu kommen, deinen Sam zu vermissen. Dafür werde ich höchstpersönlich sorgen. Ab heute werden wir die Welt erobern und gemeinsam die schönsten Plätze entdecken, abgemacht?"

„Abgemacht!", lachte Caro und war erleichtert, dass ihre Mitbewohnerin so ein Goldstück war.

Nachdem Caro ihre Uniform inklusive einer zum Wechseln abgeholt und in ihrer Kabine verstaut hatte, bekam sie von Sally eine mehr als beeindruckende Schiffsführung. Das Highlight der Führung war ihr zukünftiger Arbeitsplatz. Der Salon befand sich auf Deck 14 und somit fast ganz oben. Direkt über ihr war nur noch das Außendeck. Der Salon selber war einfach perfekt. Kunden würde es hier an nichts fehlen und auch Caro konnte sich keinen schöneren Arbeitsplatz vorstellen. Der Raum war offen gestaltet und man erreichte ihn über den Spa-Empfangs-Bereich. Die Außenwände bestanden aus einer kompletten Fensterfront, sodass man direkt aufs Meer gucken konnte. Es gab vier Frisierstühle und zwei Haarwaschbecken. Absolut ausreichend, wenn man bedachte, dass sie nur mit einer weiteren Kollegin hier arbeiten würde. Direkt neben dem Friseursalon grenzten das Kosmetikstudio und der Wellnessbereich mit Whirlpools, Saunen und Massage-

Behandlungsräumen an. Alles war sehr stilvoll in einer Mischung aus maritimem und luxuriösem Flair eingerichtet. Die Räume waren hell und freundlich und wirkten mehr als einladend. Man musste sich hier einfach wohlfühlen. Bei näherem Betrachten, erkannte Caro, dass die Produkte, die verwendet wurden, alle qualitativ sehr hochwertig waren. Sie wollte gar nicht wissen, was für Preise hier von den Kunden abverlangt wurden. Caro musste schmunzeln, als sie daran dachte, dass ein Haarschnitt auf dem Dorf mit Waschen, Schneiden, Föhnen und Farbe nicht mehr als 60 Euro gekostet hatte. Ein Blick auf die Preistafel hier verriet ihr, dass sie für den Preis gerade mal bis „Waschen, Schneiden" kam. Ihre direkte Kollegin würde sie erst morgen kennenlernen, weil diese gerade die freie Zeit nutzte, um einen Ausflug an Land zu machen.

Da derzeit noch kein offizieller Check-In stattfand, war das Schiff nahezu menschenleer. Aus diesem Grund war es Caro und Sally möglich gewesen, das ganze Schiff zu besichtigen. Sobald sich hier die Passagiere tummelten, hatte jeder Mitarbeiter seinen eingeteilten Bereich, in dem er sich auf dem Schiff bewegen durfte.

„So", sagte Sally, „ich bin mit meiner Führung am Ende. Ich muss jetzt noch kurz zum Scout-Schalter, um ein paar Dinge abzuarbeiten. Deine erste Aufgabe für heute besteht also darin, die Kabine alleine wiederzufinden."

Sally zwinkerte ihr aufmunternd zu. „Du schaffst das, denk an den Küstenweg!"

„Na gut", lachte Caro, „so schwer kann es doch nicht sein. Hinunter bis in den dritten Stock und dann wird die Kabine schon irgendwo sein."

Sally umarmte Caro kurz und beide machten sich auf den Weg.

Caro hatte schnell das Treppenhaus erreicht, stieg in einen Fahrstuhl und drückte die Drei. Unten angekommen, sah sie direkt das Schild „Küstenweg". Sie war erleichtert, dass es doch so einfach war und bog euphorisch rechts ab. Zu euphorisch, wie sich herausstellte. Gerade als sie um die Ecke bog, prallte sie mit voller Wucht in eine andere Person und riss diese mit sich zu Boden. Caro, die wenigstens weich auf ihrem Gegenüber gelandet war, versuchte sich umständlich herunterzurollen und aufzustehen, als sie ein Stöhnen vernahm. Noch bevor sie das Gesicht sehen konnte, hatte sie eine leise Vorahnung, wem sie da in die Arme gerannt war beziehungsweise umgerannt hatte.

Dann vernahm sie seine Stimme: „Caro, ich freue mich auch sehr, dich wiederzusehen. Aber musstest du mich direkt umnieten?"

Wie bei ihrem Kennenlernen wusste Caro nicht, ob sie weinen oder lachen sollte. Auch diesmal entschied sie sich zu lachen.

„Patrick! Es tut mir so leid! Bis eben wusste ich nicht mal, dass du auf diesem Schiff bist.", brachte sie hervor.

Caro, die immer noch auf Patrick lag, konnte gar nicht aufhören zu lachen, sodass auch Patrick nicht anders konnte als mit einzustimmen. Als sie sich wieder gefangen hatten, rollte er Caro von sich herunter. Nun lagen sie nebeneinander auf dem Boden.

„Willkommen an Bord, ich habe dich schon erwartet!", sagte Patrick.

Caro lief rot an, drehte sich schnell von Patrick weg und erhob sich.

„Hey, lauf jetzt bloß nicht weg, Caro. Du musst mir hochhelfen, du hast mir bestimmt eine Rippe gebrochen", schmollte Patrick gespielt.

Caro half ihm auf und sah ihm direkt in seine schalkhaften Augen

„Es scheint, als ob du keine größeren Blessuren davongetragen hast, dann suche ich jetzt mal weiter meine Kabine", antwortete Caro.

„Welche Kabine hast du denn?", wollte Patrick unmittelbar wissen.

„Ich wohne in der Kabine 303, fast ganz vorne. Wenn ich jetzt noch wüsste, ob wir gerade eher vorne oder hinten im Schiff sind, würde mir das eventuell weiterhelfen.", rätselte Caro.

Patrick nahm sie bei der Hand und sagte grinsend: „Ich bringe dich hin. Wer weiß, wen du sonst noch so über den Haufen rennst. Ich finde es jedenfalls besser, wenn eine so stürmische Begrüßung nur mir vorbehalten wäre."

Caro ließ sich nur zu gerne auf das Angebot ein. Als sie vor ihrer Kabine angekommen waren, ließ Patrick sie los, damit sie die Tür mit ihrer Karte öffnen konnte, doch Caro zögerte.

„Oh nein", dachte sie, „ich habe die Karte in der Kabine liegen lassen. Patrick wird denken, ich bin vollkommen planlos. Kann es eigentlich noch peinlicher werden?"

Patrick, der bemerkt hatte, dass mit Caro irgendwas nicht stimmte, fragte: „Was ist los? Alles ok? Oder hast du dir den Kopf doch doller gestoßen, als ich dachte?"

„Sehr witzig", antworte Caro zerknirscht, „ich habe meine Karte in der Kabine vergessen."

Nun war es Patrick, der schallend lachte. „Ach Caro, mit dir wird es nie langweilig, stimmt's?", flötete er. „Weißt du was, ich ziehe mich kurz um und dann gehen wir essen. Da du außen wohnst, nehme ich an, du hast eine Mitbewohnerin. Wir warten einfach im Speisesaal auf sie und schlagen uns derweil die Bäuche voll."

„Danke Patrik, das ist echt lieb von dir!", meldete sich Caro kleinlaut zu Wort.

Patrick drehte sich um, zog seine Karte heraus und öffnete die Tür direkt gegenüber von Caros Kabine.

„Nicht dein Ernst!", entfuhr es Caro. „Du wohnst direkt gegenüber?"

„Sieht so aus", antwortete Patrick schulterzuckend, „das Schicksal will es wohl herausfordern, dass wir öfter ineinander rennen."

Mit diesen Worten verschwand er in seiner Kabine und ehe Caro sich versah, stand er auch schon wieder vor ihr und sie folgte ihm Richtung Speisesaal.

Da viele der Crewmitglieder noch von Bord waren, fanden sie schnell einen Platz am Fenster. Patrick und sie hatten sich beide für das vegetarische Gericht entschieden. Während sie aßen, unterhielten sie sich über Caros Anreise und Patricks erste Wochen an Bord. Caro erfuhr, dass er bereits vier Wochen arbeitete und sich sehr wohl fühlte. Er berichtete ihr von den verschiedenen Stopps und versprach ihr, sie mal auf eine seiner Kanutouren mitzunehmen, wo das Meer glasklar war. Und überhaupt würde man so viele schöne Landschaften und Tiere zu Gesicht bekommen. Als sie gerade beim Nachtisch angelangt waren, steuerte eine Person schnurstracks auf ihren Tisch zu.

„Na, da hast du ja bereits genau den Richtigen kennengelernt – nämlich Patrick, unseren Frauenschwarm.", es war Sally, die sprach.

„He, mal halblang liebe Kollegin, ich kann nichts dafür, wenn so viele Frauen auf mich fliegen. Das heißt ja nicht, dass ich mich gleich auf jede stürze", verteidige sich Patrick.

Caro verfolgte die Unterhaltung und verstand sehr wohl Patricks Wortspiel, die ihr direkt wieder die Schamesröte ins Gesicht trieb.

Sally bemerkte das und lenkte schnell vom Thema ab: „Ich habe dich überall gesucht, Caro! Wo hast du gesteckt?"

Caro erklärte ihr, dass sie ihre Bordkarte in der Kabine vergessen hatte und Patrick sie netterweise mit zum Essen genommen hatte.

„Ach so, Mist. Ja, an die Karte musst du ab jetzt immer denken. Ohne sie kommt man hier nicht weit. Aber es ist ja alles gut gegangen. Ich hole mir auch schnell etwas zu essen und komme dann zu euch."

Die drei saßen noch eine Weile beisammen und unterhielten sich angeregt. Es war eine unbeschwerte Runde und Caro fühlte sich wohl. Sie war froh, dass sie die Beiden kennengelernt hatte und war sich sicher, dass mit ihnen der Start deutlich einfacher war. Kurz vor acht verabschiedeten sich Sally und Caro von Patrick und gingen zurück in ihre Kabine. Caro wollte für ihren ersten Arbeitstag fit sein. Außerdem machte sich so langsam der Jetlag bemerkbar. In Deutschland war es schon sieben Stunden später und dort lagen längst alle in ihren Betten.

Die Rechnung hatten die beiden Mädels allerdings ohne die Seenotrettungsübung gemacht. Sally hatte durch Caros Ankunft komplett vergessen, dass Anreisetag war. An jedem Anreisetag findet, kurz bevor das Schiff ablegte, eine Seenotrettungsübung statt. Diese Übung soll allen Gästen und der Crew symbolisieren, wie sie sich im

Ernstfall zu verhalten haben. Da sich die Zwei den ganzen Nachmittag und frühen Abend über in den für die Crew vorgesehenen Aufenthaltsräumen aufgehalten hatten, war ihnen ganz entgangen, wie sich das Schiff mit Gästen gefüllt hatte. Erst als die Alarmglocken in ihrer und jeder anderen Kabine anfingen, sieben Mal kurz und einmal lang zu läuten, fiel es Sally wieder ein. Caro, die darauf überhaupt nicht vorbereitet war, hatte sich so sehr erschrocken, dass ihr das Handy aus der Hand geglitten war und sie sich nun mit beiden Händen die Ohren zuhielt.

Nach dem Signal ertönte eine Durchsage: „Generalalarm, Generalalarm zur Übung. Alle Passagiere begeben sich bitte jetzt mit ihren Rettungswesten zu den jeweiligen Sammelplätzen auf Deck fünf. Ich wiederhole, alle Passagiere begeben sich bitte jetzt mit ihren Rettungswesten zu den jeweiligen Sammelplätzen auf Deck fünf."

Die gleiche Ansage wurde nun auf Englisch wiederholt. Caro sah Sally hilflos an.

„Was müssen wir jetzt machen?", fragte sie.

„Caro, das ist nur eine Übung. Das hast du doch bestimmt auch in der Schulung gelernt. Wir beide sind dafür zuständig, auf Deck vier vorne auf der Steuerbordseite in jede Kabine zu gehen, um zu überprüfen, ob wirklich alle Gäste der Aufforderung gefolgt sind. Komm, machen wir uns auf den Weg. Vergiss dein Namensschild und die Bordkarte nicht!"

So schnell wie die Aufregung gekommen war, war sie auch wieder verpufft. Caro und Sally hatten mit Hilfe einer Generalkarte, alle Kabinen, für die sie eingeteilt waren, in nullkommanichts kontrolliert. Beruhigt hatten sie festgestellt, dass alle Gäste den Anweisungen nachgekommen waren und sich somit auf Deck fünf an den Sammelplätzen eingefunden hatten.

Die Übung war nach kurzer Zeit beendet und die beiden Mädels kehrten in ihre Kabine zurück. Sie waren so müde, dass sie direkt in ihre Schlafanzüge schlüpften, sich bettfertig machten und einander eine gute Nacht wünschten. Caro zog ihren Vorhang zu und griff nach ihrem Handy. Sie wollte vorhin, bevor der Alarm losging, eigentlich schon auf die Nachrichten, die sie erhalten hatte, antworten. Sie schrieb jeweils eine Nachricht an Sam, Kim und ihre Mutter, in denen sie vom ersten Tag berichtete und allen eine gute Nacht wünschte. Bei ihnen in Deutschland war es mittlerweile schon vier Uhr morgens. Sie schaltete ihr Handy lautlos und schlief keine zehn Sekunden später ein.

Kapitel 6

Am nächsten Morgen erwachte Caro von einem Rütteln. Erst nach einigen Sekunden der Orientierungslosigkeit begriff sie, wo sie war. Ein Blick auf ihr Handy verriet ihr, dass es erst 5:30 Uhr war, doch sie war hellwach. Kein Wunder, in Deutschland hätte sie schon fast Mittagspause gehabt.

Bedacht darauf, Sally nicht zu wecken, richtete sie sich leise auf und schob einen Spalt des Vorhangs zur Seite. Draußen war es noch stockfinster. Caro überlegte, was sie nun machen sollte. Ihre erste Schicht würde in zweieinhalb Stunden beginnen. Sie griff nach ihrem Handy und checkte die Nachrichten. Zuerst las sie die von Sam.

„Caro, wie schön, dass du dich auch mal meldest. Ich hatte gehofft, du rufst mich noch über Skype an. Kaum bist du weg, hört man nichts mehr von dir. Trotzdem wünsche ich dir einen erfolgreichen ersten Arbeitstag. Ich hoffe, heute mehr von dir zu erfahren! Dein Sam."

Caro legte das Handy wieder weg und ließ sich zurück in ihr Kopfkissen sinken.

„Das kann ja heiter werden", dachte sie. „Ich bin gerade mal eineinhalb Tage weg und Sam benimmt sich jetzt schon komisch."

Natürlich wollte sie mit Sam telefonieren. Doch gestern hatte es einfach nicht gepasst.

Kurzentschlossen griff Caro erneut zum Handy, schwang ihre Beine aus dem Bett und stand leise auf. Sie griff nach einem Pullover und ihrer Bordkarte und verließ mucksmäuschenstill die Kabine. Sie brauchte nicht lange und fand den Aufenthaltsraum, der sie mit gähnender Leere empfang. Caro machte es sich auf einem Sofa gemütlich und wählte Sams Nummer. Wenn sie jetzt in Deutschland gleich Pause gehabt hätte, dann bestand die Möglichkeit, dass ihr Verlobter vielleicht gerade Zeit für sie hatte. Nach zwei Freizeichen nahm Sam das Gespräch an.

„Caro, hey, alles gut? Musst du nicht arbeiten?", ertönte Sams Stimme.

„Hey Schatz. Es ist alles gut. Ich konnte wegen des Jetlags nicht mehr schlafen und deshalb wollte ich die freie Zeit nutzen, um mich bei dir zu melden. Passt es dir gerade?", wollte Caro wissen.

„Ja, klar passt es mir. Ich habe gerade Pause. Wie geht's dir?"

Caro berichtete Sam noch einmal ausführlich, wie ihre Flüge und der erste Tag an Bord verlaufen waren. Sie erzählte ihm von der kleinen

Kabine, ihrer wundervollen Mitbewohnerin und dem einzigartigen Arbeitsplatz.

„Etwas aufgeregt bin ich schon!", vertraute sich Caro Sam an.

„Das ist normal, Caro, das wird schon. Du bist gut in dem, was du tust. Mach dir keine Sorgen", beruhigte sie Sam.

Auch Sam berichtete von seinem Tag, der wie gewöhnlich, nur eben ohne Caro, war.

„So Sam, ich muss zurück in die Kabine und mich langsam fertigmachen. Grüß mir alle ganz lieb und kümmere dich gut um Laila!", bat Caro ihn.

„Natürlich, Schatz. Laila geht es blendend. Seitdem du weg bist, darf sie bei mir mit im Bett schlafen. Du glaubst gar nicht, wie ihr das gefällt", antwortete Sam.

„Oh man, Sam. Wie willst du ihr das nur wieder abgewöhnen?", stöhnte Caro. „Naja, wenigstens geht es ihr gut. Ich melde mich dann heute Abend bei dir. Für dich wird es dann schon nachts sein, denk daran."

„Diese Zeitverschiebung nervt mich jetzt schon", jammerte Sam. „Also nochmal viel Glück, Caro. Ich liebe dich!"

Caro antwortete: „Ich dich auch, bis dann!"

Damit war ihr Gespräch beendet.

Caro blieb noch ein paar Minuten sitzen und schrieb ihrer Familie und Kim ein paar Zeilen, ehe sie zurück zu ihrer Kabine schlenderte. Gerade als sie ihre Kabine öffnen wollte, stutzte sie. Wenn Caro nicht alles täuschte, kam das Lachen einer Frau direkt von gegenüber aus Patricks Kabine.

„Also hatte Sally doch Recht, Patrick ist ein Frauenschwarm", dachte Caro grimmig.

Eigentlich hatte sie keinen Grund, wütend zu sein, doch sie hatte das Gefühl genossen, dass sie verspürte, wenn er mit ihr flirtete. Jetzt, wo sie wusste, dass dies scheinbar seine Art war, verursachte es einen kleinen Stich in ihrer Brust.

Während ihrer Grübeleien hatte sie nicht bemerkt, wie die Frauenstimme immer lauter geworden war. Sie sah, wie sich die Türklinge gegenüber langsam hinunterbewegte. Hastig hielt Caro ihre Karte vor die Tür und huschte hindurch, noch bevor sie sehen konnte, wer aus Patricks Kabine kam.

Als sie eintrat, war Sally bereits wach. Sie lag aber noch in ihrem Bett und tippte auf ihrem Handy herum.

„Oh, guten Morgen Caro, ich dachte du liegst noch unter mir und schläfst, deshalb bin ich auch noch nicht aufgestanden", flötete Sally.

Sie schien zu der Sorte Frühaufsteher zu gehören, die morgens nach dem ersten Wimpernschlag total wach sind.

„Guten Morgen, meine Liebe. Ich konnte nicht mehr schlafen. Daher habe ich die Zeit genutzt und mit Sam telefoniert. Ich wollte dich nicht wecken", antwortete Caro. „Sag mal, gibt es eigentlich auch Kabinen, wo Frauen und Männer zusammenwohnen?", fragte sie ihre Freundin mit Unschuldsmine.

„Nicht, dass ich wüsste", entgegnete Sally. „Vielleicht, wenn der Kapitän oder einer der Offiziere seine Frau mit an Bord nimmt. Ansonsten werden hier nur Zweier- und Dreierkabinen vergeben, wo aber fein säuberlich auf Geschlechtertrennung geachtet wird. Und es sind auch ein paar Einzelkabinen vorhanden."

„Dreierkabinen und Einzelkabinen gibt es auch?", wollte Caro nun wissen.

Sally sah sie schräg von der Seite an.

„Bist du hier etwa nicht mehr zufrieden?", fragte sie zerknirscht.

„Doch natürlich, Sally. Ich könnte mir keine bessere Konstellation vorstellen. Ich habe nur gehört, dass gegenüber eine Frau im Zimmer ist – bei Patrick", erklärte sie ihr ehrlich.

Sally grinste und antwortete: „Na dann ist ja alles in bester Ordnung. Ich hatte schon Angst, du magst mich doch nicht. Gegenüber befinden sich nur Einzelkabinen. Sie sind noch etwas kleiner und haben natürlich, weil sie innen liegen, kein Fenster. Vielleicht hat es Pia endlich geschafft, Patrick rumzukriegen. Die schmeißt sich ihm vielleicht an den Hals, seit er an Bord ist. Du wirst sie heute auch kennenlernen, denn Pia arbeitet direkt neben euch. Sie ist die Kosmetikerin an Bord."

Caro nickte und versuchte sich nicht anmerken zu lassen, was sie von dieser Information hielt. Eins wusste sie allerdings sofort, dass Pia und sie keine Freundinnen werden würden.

Nachdem Caro und Sally sich fertiggemacht und ihre Uniformen angezogen hatten, wollten sie noch gemeinsam frühstücken, ehe sie getrennte Wege gehen würden. Im Gegensatz zu gestern war der Speisesaal jetzt voll. Sie hatten Mühe, mit ihren Tabletts einen Platz zu finden. Sally steuerte einen Tisch an, an dem noch zwei Stühle frei waren und sie setzten sich zu einer Gruppe dazu. Bevor Caro auch nur überlegen konnte, ob sie sich bei allen einzeln vorstellen oder doch nur zur Begrüßung auf den Tisch klopfen solle, übernahm Sally zu ihrer Erleichterung das Wort.

„Das ist Caro. Sie ist ab heute im Beautysalon bei Sonja. Caro, das sind Anja, ebenfalls Scout, Anna, Betreuerin im Kidsclub, Sascha von den Entertainern und Emilia, auch Betreuerin im Kidsclub."

Caro wurde von allen herzlich begrüßt und schnell war sie in ein Gespräch mit Emilia verwickelt. Sie erzählte ihr, dass sie auch erst seit kurzem auf dem Schiff war und wünschte ihr viel Glück für die erste Woche.

„Die ersten Tage sind echt anstrengend, vor allem, weil man sich ständig verläuft. Außerdem hast du noch einige Meetings bezüglich der Sicherheit an Bord und den Arbeitsabläufen und das zusätzlich zu deiner Arbeit. Aber wenn das erst einmal vorbei ist, wirst du dich schnell einfinden", ermutigte sie Caro.

Nach dem Frühstück verabschiedeten sich alle voneinander und zerstreuten sich in verschiedene Richtungen. Sally hatte Caro versprochen, sie ab und zu im Salon besuchen zu kommen. Da heute ein Seetag war, konnten logischerweise keine Ausflüge stattfinden, sodass Sally lediglich am Informationsschalter auf Deck 11 saß, um interessierten Urlaubern zu den jeweiligen Ausflügen Auskunft zu geben und Buchungen vorzunehmen.

Caro hatte ihre direkte Kollegin bisher immer noch nicht kennengelernt, wusste nur, dass sie Sonja hieß. Als sie auf Deck 14 aus dem Fahrstuhl stieg, zitterten ihr die Beine vor Aufregung.

Sie wurde von einer Kollegin hinter der Spa-Rezeption begrüßt. „Du musst Carolin sein und arbeitest ab heute im Salon, nicht wahr? Ich bin Amber und habe meinen Posten hier am Empfang. Sonja ist noch nicht da. Sie kommt bestimmt gleich. Geh einfach schon einmal durch und guck dich in Ruhe um."

Caro grüßte zurück, bedankte sich und schlenderte zum Salon hinüber. Doch es war schon jemand da. Das musste dann wohl die besagte Pia sein, die sich heute Morgen noch mit Patrick vergnügt hatte. Sie war noch ein Stück größer als Caro, hatte sehr helles, langes, blondes Haar, das sie zu einem Zopf zusammengebunden hatte. Dafür, dass sie sehr schlank war, hatte sie einen beachtlichen Vorbau. Außerdem war sie kräftig geschminkt und hatte ein Nasenpiercing in Form eines kleinen Glitzersteins.

„Egal", dachte Caro, „einfach freundlich sein. Sie hat dir eigentlich nichts getan. Vielleicht ist sie auch super nett."

„Hey, ich bin Caro. Ich arbeite ab heute im Beautysalon", stellte Caro sich höflich vor.

„Oh ja, stimmt, wieder 'ne Neue. Ich bin Pia", antwortete die Kosmetikerin genervt und drehte sich von ihr ab. Scheinbar war sie an keiner Unterhaltung interessiert.

„Soll mir recht sein", dachte Caro.

In diesem Moment betrat eine weitere junge Frau den Salon. Sie war das komplette Gegenteil von Pia. Sie war klein, hatte kurze, braune Haare, die sie lässig nach oben gegelt hatte und trug nur ein dezentes Make-Up.

Schon von Weitem strahlte sie Caro an und rief: „Du musst meine neue Kollegin sein. Schön, dass du endlich da bist. Wäre ich heute allein, würde ich mit dem Ansturm an Kunden bestimmt nicht zurechtkommen. Der erste Seetag scheint sehr beliebt für einen Friseurbesuch zu sein. Tut mir leid, dass wir uns gestern nicht schon treffen konnten, aber ich hatte ein paar Sachen zu besorgen", entschuldigend hielt sie Caro eine Tüte vor die Nase, in der sich einige Haarbürsten, eine neue Schere und weitere Arbeitsutensilien befanden.

„Das macht doch nichts", antwortete Caro und stellte sich ebenfalls vor.

„Alles klar, dann zeig ich dir schnell, wo alles ist, denn in zwanzig Minuten kommen auch schon die ersten Kunden. Einmal Spitzen schneiden und einmal Ansatz färben. Such du dir ruhig aus, was du lieber machen möchtest. Mir ist es egal."

Caro entschied sich für das Schneiden der Spitzen, da konnte man nicht viel verkehrt machen und sie konnte sich mit dem neuen Salon erst einmal vertraut machen.

Im Schnelldurchlauf zeigte Sonja ihr, wo sich alles befand, erklärte ihr, dass, sollte der Gast etwas trinken wollen, sie alles Mögliche an der Spa-Rezeption bestellen konnte und wie das Kassensystem funktionierte. Da jegliche Buchungen an Bord bargeldlos über die Bordkarte abliefen, würde man auch hier nur die Karte des Gastes scannen und den Betrag einbuchen. Der Gast müsste die Quittung immer gegenzeichnen und konnte dort auch Trinkgeld vermerken. Zeit für Fragen blieb Caro nicht, denn ihr erster Kunde war bereits am Empfang.

„Mach einfach das, was du immer machst, nur mit unseren Produkten. Bei Fragen, bin ich ja da! Ach und Caro, ich würde mich sehr freuen, wenn wir uns verstehen würden."

Caro, die etwas verwundert über diese Aussage war, nickte und sagte: „Klar, das möchte ich auch und ich bin sehr dankbar für deine Hilfe!"

Dann lief sie los, um ihren ersten Kunden in Empfang zu nehmen.

Der Vormittag verlief reibungslos. Caro hatte sich schnell an den neuen Salon gewöhnt und zum Glück ausschließlich unkomplizierte Frauen bedienen müssen. Sobald sie irgendetwas nicht sofort fand, sprang Sonja ihr umgehend zur Hilfe. Die beiden Friseurinnen arbeiteten Hand in Hand und Caro hatte das Gefühl, schon ewig mit Sonja im Salon zu stehen.

Auch Sally hatte sich ab und zu blicken lassen und ihr zugewinkt.

Der Start hätte also gar nicht besser laufen können. Trotzdem überlegte Caro immer wieder, was Sonja wohl mit ihrem Satz gemeint haben könnte, sie möchte, dass sie sich verstehen. Ob es Streit gegeben hatte, bevor sie da war? Sie beschloss, Sonja bei Gelegenheit darauf anzusprechen.

Ab 13:00 Uhr hatte der Salon drei Stunden geschlossen und die beiden Mädels konnten zur Mittagspause gehen. Caro war schon halb am Verhungern und freute sich auf ein gemeinsames Mittagessen mit Sonja.

Gerade als sie in Richtung Speisesaal abbogen, kam einer der Offiziere auf sie zu.

„Bist du Carolin Wecker?", fragte er sie.

Caro nickte und fragte sich verunsichert, ob sie schon jetzt etwas falsch gemacht haben konnte.

„Dann folge mir bitte", sagte der Offizier.

Caro sah Sonja hilflos über die Schulter an und ging ihm nach. Ihr Ziel war ein kleiner Konferenzraum und sie sah, dass noch zwei weitere Personen darin Platz genommen hatten. Ein Beamer war eingeschaltet und strahlte eine Präsentation an die Wand. Caro las die Aufschrift „Sicherheit an Bord – Teil I". Sie atmete auf, als sie bemerkte, dass es sich hier um eine ihrer zusätzlichen Meetings handelte und nicht um ein Krisengespräch. Sie nahm neben den beiden anderen Teilnehmern Platz und der Offizier ging nach vorn.

„Ich bin erster Offizier an Bord und mein Name ist David Beckmann. Ihr seid die einzigen Neuankömmlinge diese Woche. Daher hoffe ich, dass wir unser Programm, das aus drei Teilen besteht, etwas schneller abarbeiten können als gewöhnlich. Ich bitte euch also um aktive Mitarbeit. Nach Absolvierung dieser Schulung erhaltet ihr ein Zertifikat, das euch als offizielle Seefahrer ausweist. Wir werden uns mit diesen Themen beschäftigen", erklärte der Offizier und wies auf die Worte, die der Beamer an die Wand strahlte:

A. Verhalten im Ernstfall

B. Brandeindämmung

C. Leben retten

„Fangen wir zunächst mit der Einleitung an", fuhr er fort.

Der erste Teil der Schulung bestand aus Basiswissen, das jeder über ein Kreuzfahrtschiff haben sollte. Begriffe wie Bug, vorderer Teil eines Schiffes, und Heck, hinterer Teil, wurden abgefragt. Außerdem wurden weitere Begriffe wie Gangway, Kombüse (das war die Schiffsküche), Brücke, Stabilisatoren und Tiefgang geklärt. Caro fand besonders interessant, dass Stabilisatoren das Schwanken eines Schiffes vermindern sollen. Bisher hatte sie noch keinerlei Schwankungen feststellen können. Würde sie nicht ab und zu aus einem Fenster gucken, hätte sie nicht das Gefühl, dass sie sich auf einem Schiff mitten auf dem Ozean befand.

Später wurde das Verhalten im Ernstfall detailliert beschrieben. Damit sie die genauen Rettungswege kannten, sind sie am Ende des Unterrichtblocks gemeinsam mit dem Offizier alle Wege abgelaufen. Dabei durften sie auch die Brücke betreten und den Kapitän, Herrn Uwe Schneider, kennenlernen. Caro war mächtig beeindruckt. Es gab so viele Computer, Telefone, Knöpfe und Anzeigetafeln. Fast ehrfürchtig reichte sie dem Kapitän die Hand. Dieser begrüßte alle ganz gelassen und versuchte, den Dreien noch ein paar wichtige Informationen mitzugeben.

Er erklärte, dass ein Knoten – diese Maßeinheit gibt die Geschwindigkeit in der Seefahrt an – ca. 2 km/h entsprach. Eine Seemeile umfasste 1.852 Meter. Außerdem erfuhr Caro, dass Windgeschwindigkeit in km/h gemessen wurde, wobei Windstärke 1-3 mäßiger Wind, 3-6 starker Wind und alles darüber Sturm war. Bei Windstärke 6 z. B. begann die Bildung großer Wellen, die Kämme brachen und hinterließen größere weite Schaumflächen. Zudem gab es etwas Gischt.

Der männliche Kursteilnehmer fragte den Kapitän neugierig, was das Heftigste war, das er bisher erlebt hatte. Alle schauten ihn erwartungsvoll an.

„Da muss ich gar nicht lange überlegen. Letztes Jahr bin ich die gleiche Route gefahren und wir haben nach der Karibiksaison ebenfalls den Atlantik bis nach La Palma überquert. Wir sind in die Vorboten der Tornadosaison mit einer Windstärke von 11 geraten. Das entspricht einem orkanartigen Sturm. Wir hatten schlechte Sicht und die Wellen kamen von allen Seiten. Doch unser erstklassiges Schiff hat uns sicher in unseren Zielhafen gebracht. Trotzdem war es gefährlich, der komplette Außenbereich wurde gesperrt und nur noch ein Restaurant hatte geöffnet, denn nicht nur die Urlauber, sondern auch ein Großteil der Crew lag flach. Unsere Ärzte kamen gar nicht mit Kabinenbesuchen hinterher. Aber das war wirklich eine Ausnahme und der Sturm hielt nur einen halben Tag an, danach konnte die Fahrt entspannt weitergehen," lachte der Kapitän, als er in die entsetzten Gesichter von Caro und den anderen beiden Neuankömmlingen blickte.

„Keine Sorge, das Meer ist spiegelglatt, und das schon seit Wochen!", fügte er beruhigend hinzu.

Caro, die sich schon die ganze Zeit staunend umsah, konnte nicht genug von dem Ausblick auf der Brücke bekommen. Sie sah überall blaues, glitzerndes Meer, wohin das Auge reichte. Die Sonne strahlte von oben herab. Niemals hätte sie es für möglich gehalten, dass hier ein derartiger Sturm wüten konnte. Zu diesem Zeitpunkt ahnte Caro jedoch noch nicht, dass das Meer auch sie auf eine harte Probe stellen würde.

Sie verabschiedeten sich von dem Kapitän und folgten dem Offizier zurück in den Crewbereich. Dort angekommen, entließ er die Drei für heute, aber nicht ohne den nächsten Termin bekanntzugeben. Die Fortsetzung der Schulung würde am darauffolgenden Tag, wenn sie im Hafen lagen, stattfinden. Sie sollten sich dazu einen Neoprenanzug bei der Tauchstation ausleihen. Caro und ihre beiden Mitstreiter sahen sich verwundert an, doch keiner traute sich, weiter nachzufragen. Sie quittierten diese Anordnung lediglich mit einem Nicken. Nach der Schulung blieben Caro noch zwanzig Minuten, ehe sie wieder zurück in den Salon musste. Hastig verabschiedete sie sich, um auf dem Weg noch eine Kleinigkeit essen zu können.

Kauend betrat Caro den Salon und stellte erleichtert fest, dass noch kein Kunde in Sicht war. Sonja war bereits da und bereitete einige Utensilien vor. Als sie Caro sah, unterbrach sie ihr Treiben und blickte sie gespannt an. Caro erklärte ihr schnell, dass es sich nur um eine Schulung gehandelt hatte und sie vorher nicht darüber informiert worden war. Bevor sie Zeit fand, Sonja zu fragen, ob sie wusste, was es mit den Neoprenanzügen auf sich hatte, kam bereits der erste Kunde.

Die Zeit von 16:00 bis 20:00 Uhr verging wie im Flug. Caro hatte keine Zeit zum Durchatmen und war fix und fertig, als sie und ihre Kollegin endlich alles aufgeräumt und Feierabend gemacht hatten. Gerade als sie gehen wollten, kam Sally, um sie abzuholen.

„Können wir vielleicht direkt zum Abendbrot gehen?", bat Caro die Beiden. „Ich habe einen Bärenhunger!"

Sonja und Sally stimmten zu.

Als sie mit ihrem Tablett in der Kantine saßen, erkundigte sich Sally nach Caros erstem Arbeitstag.

„Es war super und alles hat auf Anhieb geklappt. Aber Sonja war auch immer zur Stelle, wenn ich nicht gleich alles gefunden habe. Es hätte nicht besser laufen können", berichtete Caro.

„Und du Sonja, bist du auch zufrieden mit deiner neuen Kollegin?", hakte Sally nun bei Sonja nach.

„Und wie! Endlich mal jemand, der im Laden anpackt und mit dem man reden kann!", strahlte Sonja.

„War das vorher nicht so?", wollte Caro nun von Sonja wissen.

So erfuhr Caro, dass ihre Vorgängerin wohl eine falsche Schlange gewesen war und mit Pia unter einer Decke gesteckt hatte. Für Sonja war es kein gutes Arbeitsklima gewesen und sie war froh, als Susanne, so hieß die ehemalige Kollegin, fristlos gekündigt wurde. Obwohl Caro neugierig war, gab sie sich mit dieser Antwort zufrieden und hakte nicht nach, was im Detail vorgefallen war und warum Susanne gehen musste. Stattdessen versuchte sie, ein herzhaftes Gähnen zu unterdrücken.

„Na, bist du etwa müde?", fragte Sally, der dies nicht entgangen war.

„Und wie", antwortete Caro.

„Das ist schlecht Caro, denn heute Abend ist, wie übrigens jeden Montag, Crewparty angesagt. Da darfst du als Neuankömmling auf keinen Fall fehlen. Abgesehen davon ziehen sie dich aus dem Bett, wenn du nicht freiwillig kommst", grinste Sally.

„Nicht ernsthaft!? Ich weiß gar nicht, wie ich das schaffen soll! Ich muss auch noch einen Neoprenanzug abholen, denn um 10:00 Uhr morgen früh geht meine Schulung schon weiter! Und ich kann mich kaum noch auf den Beinen halten", jammerte Caro.

„Ach, du hast morgen den Praxisteil? Na, dann viel Spaß!", lachte Sonja.

„Praxisteil?", wollte Caro wissen.

„Ja, da simuliert ihr eine Seenotrettung. Erst werdet ihr im Rettungsbot im Freifall ins Wasser gelassen und danach lernt ihr, eine Rettungsinsel im Wasser vorzubereiten, umzudrehen und vom Wasser aus hineinzuklettern. Das ist witzig", antwortete Sonja.

„Dann trink heut Abend lieber nicht zu viel, damit dir nicht schlecht wird!", lachte Sally.

Kapitel 7

Nach dem Abendessen hastete Caro zur Tauchstation und lieh sich einen Neoprenanzug aus. Die Party würde erst um Mitternacht beginnen, da vorher noch viele der Crewmitglieder oben im Einsatz waren. Deswegen entschieden sich Caro und Sally, noch einen sogenannten „Powernapp" einzuschieben.

Gegen dreiundzwanzig Uhr klingelte der Wecker und die beiden Mädels quälten sich aus dem Bett, gingen nacheinander duschen und machten sich ausgehfein.

„Kannst du mir die Haare machen?", bettelte Sally.

„Du hast doch so schöne Locken, was stellst du dir denn vor?", wollte Caro wissen.

„Lass dir einfach etwas einfallen! Du bist doch die Kreative von uns beiden!", entgegnete Sally.

Caro entschied sich dafür, ihrer Freundin die Haare auf der einen Seite aus dem Gesicht zu flechten und am Hinterkopf unter die anderen offenen Haare zu stecken. So kamen ihre Locken immer noch schön zur Geltung.

„Oh wie schön", freute sich Sally. „Jetzt kann ich da, wo die Haare weggesteckt sind, einen großen Ohrring tragen – wie stylisch. Das passt hervorragend zu meinem One-Shoulder-Kleid!"

Caro selbst glättete kurz ihre Haare und trug sie zur Abwechslung einmal offen. Sie entschied sich für eine enge, schwarze Jeans und eine weiße, ganz leicht transparente Bluse mit einer schwarzen Schnürung am Kragen, die man vorne zur Schleife band. Sie schminkte sich dezent und betonte nur ihre Lippen mit einem weinroten Lippenstift.

Gerade als Caro einen abschließenden Blick in den Spiegel warf, fragte Sally: „Willst du so gehen? Soll ich dir nicht wenigstens noch die Nägel in der Farbe deines Lippenstiftes lackieren?"

Caro willigte ein und eine halbe Stunde später verließen die beiden Mädels gutgelaunt ihre Kabine.

„Was erwartet mich da gleich?", wollte Caro von Sally wissen.

„Lass dich überraschen!", flötete sie für Caro eine Spur zu scheinheilig.

Ehe Caro länger darüber nachdenken konnte, waren sie schon im Gemeinschaftsraum angekommen.

So voll hatte es Caro hier bisher noch nicht erlebt. Überall standen Menschen, die sie vorher noch nicht zu Gesicht bekommen hatte. Die Tische und Stühle waren zur Seite geräumt, sodass die Raummitte als Tanzfläche genutzt werden konnte. In einer Ecke war ein Laptop an Lautsprecher angeschlossen und spielte Musik ab. Es hing sogar eine Diskokugel von der Decke, die von einem Licht angestrahlt wurde. Als sie weiter in den Raum gingen, sah Caro, dass am anderen Ende eine Art Theke aufgebaut war, wo man Getränke kaufen konnte. Sally nahm sie an die Hand und zog sie genau in diese Richtung.

„Komm, holen wir uns erst einmal ein Bier!", rief sie ihr zu. Caro, die zwar aus dem Bundesland kam, wo man Bier in Maßkrügen trank, war kein Fan von diesem Getränk. Sie fand generell Alkohol nicht besonders lecker. Sie entschied sich daher meistens für Longdrinks oder Cocktails, wo man den Alkohol nicht so schmeckte. Das wiederum hatte schon öfter zur Folge gehabt, dass sie am Ende diejenige gewesen war, die nach Hause gebracht werden musste.

„Heute würde das nicht passieren. Ich muss morgen früh fit sein!", dachte Caro.

Sie wies Sally an, ihr lieber einen „Wodka-Maracuja" mitzubringen und beschloss, nach dem ersten Glas auf alkoholfreie Getränke umzusteigen. Sally, die diese Mischung gar nicht kannte, hatte sich spontan das Gleiche bestellt, um es einmal zu probieren.

„Du kennst kein Wodka-Maracuja? Und du willst mir erzählen, dass du aus Berlin kommst?" neckte Caro ihre Freundin. „Dann lass es dir schmecken. Es ist das Beste! Cheers!", Caro prostete ihr zu.

In diesem Moment ergriff ein jüngerer Mann, einer der Entertainer an Bord, wie Sally ihr ins Ohr flüsterte, zum Mikrofon.

„Hallo, liebe Kolleginnen und Kollegen und willkommen zur wöchentlichen Crewparty! Ich bin's wieder, euer Olli. Schön, dass heute wieder so viele mit dabei sind. Das wird, wie ich in Bayern sagen würde, eine Mordsgaudi! Mir ist zu Ohren gekommen, dass wir heute die letzten drei neuen Crewmitglieder für diese Saison begrüßen dürfen. Bitte kommt doch einmal zu mir."

Caro guckte Sally hilflos an, doch die grinste nur.

„Das kommt davon, wenn man sich über mich lustig macht. Jetzt geh schon!" zwinkerte sie Caro zu.

Caro nahm einen großen Schluck von ihrer Wodka-Mischung und ging nach vorn. Sie sah, dass ihr männlicher Kollege aus ihrer Schulung bereits neben Olli angekommen war. Automatisch blickte sie sich nach der dritten Teilnehmerin um, sah sie jedoch nicht. Vorn angekommen, wurden sie von Olli begrüßt.

„Ich zähle aber nur zwei neue Gesichter. Wo steckt die Dritte im Bunde? Etwa schon in der Koje?"

Die Menge grölte und tobte, als würden sie sich darüber freuen.

„Bevor wir uns um die verloren gegangene Kollegin kümmern, erst einmal zu euch. Könnt ihr mir kurz eure Namen verraten?" bat Olli sie.

Caro sagte ihren schnell in das Mikrofon, dass er ihr direkt vor die Lippen presste. Der andere Neuankömmling stellte sich mit Paul vor.

„Gut, also Caro und Paul. Wie ihr hoffentlich noch NICHT wisst, ist es Tradition, dass jeder Neuling entweder nackt in den Crew-Pool springt" – in diesem Moment pfiff und jubelte die Menge – „oder" - Caro wusste, dass sie definitiv die „Oder-Option" wählen würde - „uns ein Lied vorsingt, das im weitesten Sinne mit Kreuzfahrt, Meer und Reisen zu tun hat. Bevor ihr euch entscheidet, werden wir jedoch erst einmal gucken, wo eure vermisste Kollegin steckt. Was haltet ihr davon?", richtete Olli die Frage nun wieder an alle.

Er legte das Mikro weg und ging in Richtung Ausgang. Olli zog einen Zettel aus der Tasche, auf dem die Kabinennummer vermerkt war. Die meisten aus der Menge folgten ihm.

Caro stand wie angewurzelt da. Auch Paul hatte sich nicht wegbewegt und guckte sie nun an.

„Und, was wirst du machen?", fragte er Caro.

Sie zuckte die Schultern.

„Am liebsten gar nichts davon. Aber ich werde mich bestimmt nicht vor allen nackt in den Pool stürzen!" stieß Caro empört hervor.

In diesem Moment trat Sally neben sie und flötete: „Dann musst du wohl singen!"

Caro sah sie böse an.

„Warum hast du mir das nicht vorher gesagt?" fuhr sie Sally an.

„Hätte das etwas geändert? Es ist eine Tradition. Da muss jeder durch. Glaub mir, so schlimm ist es nicht. Schon gar nicht nach drei, vier Drinks. Hier, ich habe dir noch einen Wodka-Dingens mitgebracht. Schmeckt gut deine Mischung. Danke für den Tipp", antwortete Sally seelenruhig.

Caro nahm ihr das Getränk ab und kippte es mit einem Zug runter.

„Gut, dann noch ein paar mehr davon und ich singe!" entgegnete sie.

Jetzt war es Sally, die Caro verwundert anguckte und anerkennend pfiff.

Ein paar Minuten später kehrte auch schon die grölende Menge mit der verschlafenen Kollegin zurück. Sie trug noch ihren Schlafanzug und hatte die Haare zu einem unordentlichen Dutt hochgesteckt. Erbarmungslos wurde sie von Olli mitgezogen. Als sie sich hilfesuchend neben Caro und Paul einfand, schenkte Caro ihr einen mitfühlenden Blick.

„So, nun seid ihr vollzählig. Ich habe unserer Schlafmütze Katharina bereits auf dem Weg die beiden Optionen genannt. Ihr hattet nun genug Bedenkzeit und wir sind ganz gespannt, worauf wir uns diesen Abend noch freuen dürfen. Also, teilt uns eure Entscheidung mit!", forderte Patrick die Drei auf.

„Ich gehe baden!", antwortete Paul, als wäre es die selbstverständlichste Sache der Welt und brachte die Menge, vor allem die Frauen, erneut zum Kreischen.

Katharina und Caro entschieden sich für das Singen.

„Sehr schön", antwortete Olli, „ich bin froh, dass wir für jeden etwas gefunden haben. Katharina, mach du doch den Anfang, dann kannst du dich danach direkt wieder ins Bett begeben!"

An dieser Stelle lachte der Saal.

„Wie gemein", dachte Caro.

„Anschließend wirst du, Paul, uns deinen nackten Hintern zeigen. Damit wirst du, Caro, der krönende Abschluss sein. Zwischendurch gibt es genug Zeit zum Tanzen. Allen eine schöne Nacht. Lasst die Party beginnen!", feuerte Olli die Meute an.

Er legte das Mikrofon erneut zur Seite und erklärte den Mädels noch schnell, dass sie sich einen Song aussuchen und über den Laptop laufen lassen könnten. Er schickte Katharina direkt los und drückte ihr ein Mikrofon in die Hand.

Caro ging zurück zu Sally.

„Na wenigstens habe ich so noch genug Zeit, um ein paar mehr Drinks in mich hineinzukippen, bevor ich dran bin!", kündigte sie an.

„Bleib ganz locker, Caro, hier kann außer den ausgebildeten Sängern aus dem Show-Ensemble keiner singen. Wir haben es alle irgendwie hinter uns gebracht. Ich war übrigens im Pool!", lachte sie.

„Echt? Obwohl, wenn ich darüber nachdenke, hätte ich es mir schon denken können", sagte Caro.

Die Musik verstummte und eine neue Melodie, die allen mehr als vertraut war, ertönte. Katharina hatte sich für „Yellow Submarine" von den Beatles entschieden. Ihre Stimme war zittrig und man sah ihr an, dass sie sich nicht wohlfühlte in ihrer Haut. Katharina, so hatte Caro später erfahren, war eine der Floristinnen an Bord. Nachdem sie die erste Strophe mehr schlecht als recht hinter sich gebracht hatte, kam der Refrain. Caro fasste sich ein Herz und begann vom anderen Ende des Raumes die bekannten Zeilen mitzugrölen. Es dauerte keine Sekunde, bis auch andere mit einstimmten und am Ende nahezu der ganze Saal sang. Katharina nickte Caro dankend zu und Caro lächelte zurück. Sie hatte langsam Gefallen an dieser verrückten Party gefunden und das mittlerweile dritte Glas Wodka-Maracuja tat sein Übriges, so dass ihr Selbstbewusstsein auf Hochtouren lief.

Als Katharina ihre Version von Yellow Submarine beendet hatte, verließ sie schleunigst die „Bühne", obwohl sie – zu Caros Erleichterung - trotz des schrägen Gesangs von allen bejubelt wurde.

Anschließend wurde ausgelassen getanzt. Sally hatte in der tanzenden Menge Emilia und Anja entdeckt und zog Caro mit sich ins Getümmel. Gerade als sie bei den Mädels angekommen waren, wurde Caro von hinten angestupst und als sie sich umdrehte, blickte sie direkt in Patricks grüne, leuchtende Augen.

Er strahlte sie an und feixte: „Na, was wirst du uns Schönes vorsingen? Oder wird es eher ein Katzengejammer?"

Caro hatte keine Lust, mit Patrick zu reden, nachdem was sie heute Morgen über ihn herausgefunden hatte.

Somit antwortete sie knapp: „Wirst du schon sehen!"

Sie ließ Patrick stehen und drehte sich den Mädels zu, um ausgelassen mit ihnen zu tanzen. Aus dem Augenwinkel sah sie noch, dass das Leuchten aus seinen Augen für einen Moment verschwand. Das hatte wohl gesessen. Doch anstatt von Caro abzulassen, tanzte er sie von hinten an. Die Mädels zwinkerten Caro zu. Doch sie fand das alles andere als witzig. Erneut drehte sie sich zu Patrick um.

„Was soll das werden, wenn es fertig ist?" fragte sie ihn barsch.

„Was ist denn mit dir los? So kenne ich dich gar nicht.", entgegnete Patrick.

In diesem Moment erblickte sie Pia, die ihr einen bösen Blick zuwarf.

Caro nickte in ihre Richtung und sagte: „Guck mal, dein Betthupferl von heute Morgen straft mich jetzt schon mit bösen Blicken. Vielleicht solltest du deine Tanzkünste besser bei ihr anwenden."

Patrick folgte verwirrt ihrem Blick und entdeckte Pia. Diese bemerkte, dass beide zu ihr sahen und winkte Patrick strahlend zu, der den Gruß eifrig erwiderte. Damit war für Caro alles gesagt. Sie nahm einen kräftigen Schluck von ihrem Getränk und wandte sich erneut den Mädels zu. Patrick ließ sie vorerst in Ruhe.

Die Party heizte sich immer weiter auf. Es wurde auf den Tischen getanzt, die ersten Pärchen knutschten auf der Tanzfläche, wieder andere spielten ein Trinkspiel.

„Komm, lass uns mitspielen!", forderte Sally Caro auf.

„Worum geht es da?", wollte Caro wissen.

„Das ist ganz einfach. Das Spiel heißt „Ich habe noch nie…". Reihum sagt immer einer etwas, was er noch nie getan hat. Diejenigen, die das dagegen schon gemacht haben, müssen trinken."

Die Beiden gesellten sich zu der Gruppe und Caro bemerkte, dass auch Patrick in der Runde saß. Außerdem erblickte sie Pia. Sie hockte direkt neben Patrick und hatte ihre Hand auf seine Schulter gelegt, um ihm etwas mitzuteilen.

Caro wollte sich die Stimmung nicht verderben lassen, setze sich mit Sally ans andere Ende und versuchte, ihn zu ignorieren.

„Ich habe noch nie einen Punkt in Flensburg beim Autofahren bekommen.", sagte gerade ein Mann aus der Runde.

Prompt griff bestimmt die Hälfte zu ihrem Glas und trank einen Schluck.

„Hast du schon einen Punkt bekommen?", wollte Sally von Caro wissen.

„Nein, natürlich nicht!", antwortete sie.

„Gut, dann musst du nicht trinken. Ich schon. Prost!", lachte Sally.

Caro hatte das Spiel verstanden. Nun war Pia an der Reihe.

„Ich hatte schon einmal einen 3er."

Caro sah Sally an.

„Hat sie das gerade tatsächlich gesagt?", wollte sie von ihrer Freundin wissen.

„Sieht so aus, als wolle da jemand Eindruck schinden ohne Rücksicht auf die Spielregeln", antwortete Sally. „Fragt sich nur bei wem? Dem nächsten Bordellbetreiber?"

Caro und Sally mussten lachen. Nur ein anderer Typ, den auch Sally nicht kannte, fühlte sich angesprochen und setzte sein Glas zum Trinken an.

Der Nächste in der Runde war Patrick.

„Ich hatte noch nie etwas mit einer Kollegin", sprudelte es aus ihm heraus.

Dabei blickte er in Caros Richtung. Caro konnte sich ein Augendrehen nicht verkneifen.

„Hatte er etwa doch kein Techtelmechtel mit Pia letzte Nacht? War sie überhaupt in seiner Kabine gewesen? Aber wer war es sonst? Sie hatte doch hundertprozentig eine Frauenstimme gehört", grübelte Caro.

Sie beobachtete, wie mehr als die Hälfte kichernd ihr Glas erhob, so auch Sally. Caro sah sie überrascht an.

„Das musst du mir später mal genauer erzählen!", forderte sie ihre Mitbewohnerin auf.

„Da gibt es eigentlich gar nicht viel zu erzählen. Aber ich werde dir Frage und Antwort stehen, sobald wir unter uns sind", lachte Sally.

Obwohl Caro das Spiel sehr aufschlussreich fand und gern länger dabei gewesen wäre, löste sich die Runde auf. Paul hatte sich nämlich ein Handtuch umgebunden und in Richtung Pool aufgemacht. Vor allem die Mädels folgten ihm. Caro und Sally ließen sich von der Menge mittreiben. Am Pool angekommen, löste Paul majestätisch sein Handtuch und warf es einer der kreischenden Mädels zu. Beim Anblick seines nackten Hinterns begannen viele zu pfeifen und zu klatschen. Caro hingegen errötete ein wenig. Ihr war es unangenehm, einen fremden Mann nackt zu sehen. Als sie näher darüber nachdachte, fiel ihr auf, dass sie, abgesehen von Sam, bisher nie einen anderen Mann im Adamskostüm vor sich gehabt hatte.

Sally hatte genug von der Show und meinte: „Komm Caro, gleich bist du an der Reihe. Brauchst du noch einen Drink?"

Caro nickte heftig. Sie verließen den Schauplatz und schlenderten zurück zur eigentlichen Party.

„Hast du dir schon einen Song überlegt?", wollte Sally wissen.

„Ja, ich glaube schon", sagte Caro.

„Und?", bohrte Sally nach.

Caro hatte sich für einen deutschen Titel entschieden. Sie hatte schon immer ein Faible für deutsche Musik gehabt und war ein großer Fan von der Band „Juli". Sie kannte jeden Songtext auswendig, was ihr jetzt vielleicht helfen würde. Der Titel, den Caro gleich singen würde, hieß „Regen und Meer".

„Kenne ich gar nicht. Aber du machst das schon. Ich bin gespannt und drücke dir die Daumen!", versprach Sally.

Der Raum füllte sich wieder. Caro wollte nicht länger warten und ihren Auftritt hinter sich bringen. Sie nahm Sally mit zur Bar, orderte für sich und ihre Freundin den vierten Drink, exte diesen und ging mit erhobenem Haupt zum Laptop. Als sie sich mit dem Mikrofon in der Hand umdrehte, sah sie die Menge erwartungsvoll an. Es war ruhig geworden. Caro trat einige Schritte vor, als die Melodie zu spielen begann. Das Intro des Liedes dauerte fast eine halbe Minute. Caro, die bereits genug Wodka intus hatte, beschloss, während der Zeit mitzutanzen. Kurz bevor die erste Strophe anfing, schloss sie ihre Augen, um den erwartungsvollen, teilweise belustigten Blicken zu entgehen.

Dann begann sie zu singen:

> „Du bist nicht wie ich
> Doch das ändert nicht
> Dass du bei mir bist
> Und ich zuseh' wie du schläfst
>
> Du bist noch längst nicht wach
> Ich war's die ganze Nacht
> Und hab mich still gefragt
> Was du tust, wenn ich jetzt geh'"

Sie hatte eine leise, aber ganz klare Stimme. Zur Verwunderung aller, traf Caro jeden Ton. Ausnahmslos jeder war wie gebannt von ihr, doch Caro hielt die Augen weiterhin geschlossen und bekam von alledem nichts mit. Sie hatte beim Singen erkannt, dass die Zeilen perfekt ihr derzeitiges Leben beschrieben. Doch sie hatte keine Zeit, länger darüber nachzudenken, so ließ sie sich vom Lied treiben und sang weiter:

> „Und dann verlass ich deine Stadt
>
> Ich seh' zurück und fühl mich schwer
>
> Weil g'rade angefangen hat
>
> Was du nicht willst und ich zu sehr
>
> Ich bin der Regen und du bist das Meer."

An dieser Stelle, als der Refrain einsetzte, öffnete Caro ihre Augen. Sie sah in die begeisterte Menge, die teilweise ihre Handys gezückt, das Licht der Taschenlampen eingeschaltet und diese nun über ihren Köpfen stimmungsvoll hin und her bewegten. In Caro wuchs ein unbeschreibliches Gefühl. Sie hatte noch nie vor Publikum gesungen. Sie genoss die Aufmerksamkeit und jubelte innerlich, dass es ihm zu gefallen schien.

Mit voller Hingabe, sang Caro weiter:

> „Ich hab gedacht, ich kann es schaffen
>
> Es zu lassen, doch es geht nicht

Ist 'n bisschen übertrieben

Dich zu lieben

Doch es geht nicht

Nichts unversucht gelassen

Dich zu hassen

Doch es geht nicht, es geht nicht

Als der Refrain vorbei war, schaffte Caro es, wieder Gefühl in ihre Stimme zu geben. Caro blickte durch die Menge, bis sie Patricks grün leuchtende Augen fand. Ihr Herz hüpfte einen Moment, als sich ihre Blicke trafen. Die Luft schien zu knistern. Patrick, der ihren Blick standhaft erwiderte, strahlte sie mit seinen Augen an. Caro sang zärtlich weiter:

„Ich bin nicht wie du

Ich mach die Augen zu und

Lauf blindlings durch die Straßen

Hier bin ich, doch wo bist du?"

Bei der Frage zeigte Caro versucht gleichgültig auf Patrick. Der hatte die Geste natürlich wahrgenommen und strahlte sie nun an. Wie von selbst gab das Lied eine Antwort auf seine Reaktion.

„Soll das alles sein?

Ich war so lang allein

Es war alles ganz in Ordnung, ganz, okay

Und dann kamst du"

Patrick, der nun den Text zu realisieren schien, sah Caro unentwegt an. Während sie sang, hatte er sich in der Menge nach vorne gekämpft und blieb in der ersten Reihe direkt vor ihr stehen.

„Und jetzt verlass' ich deine Stadt

Ich seh' zurück und fühl' mich schwer

Weil g'rade angefangen hat

Was du nicht willst und ich zu sehr

Ich bin der Regen und du bist das Meer

Ich hab gedacht ich kann es schaffen

Es zu lassen

Doch es geht nicht

Ist 'n bisschen übertrieben

Dich zu lieben

Doch es geht nicht

Nichts unversucht gelassen

Dich zu hassen

Doch es geht nicht, es geht nicht"

Als der Refrain zum zweiten Mal verklang, war Caro sich absolut sicher, dass ihre Einlage die Kollegen beeindruckt hatte. Dies verlieh ihr das nötige Selbstbewusstsein, dass sie sich noch einen Schritt weiter vorwagte. Sie nahm Patrick, der keinen Meter von ihr entfernt stand, bei der Hand und zog ihn nach vorne. Der zögerte keine Sekunde und ließ sich von ihr mitreißen. Gemeinsam tanzten sie und Caro band Patrick in die nächste Strophe mit ein:

> „Ich bin der Regen du das Meer
>
> Und sanfter Regen regnet leise
>
> Ich bin der Regen du das Meer
>
> Und sanfter Regen zieht im Wasser große Kreise"

Hier zeigte Caro erst auf sich und dann auf Patrick. Danach begann sie, elegant um ihn herum zu tanzen, ehe sie ihn sanft zurück auf seinen Platz in der ersten Reihe platzierte.

Sie holte tief Luft, um ein letztes Mal den Refrain zu singen:

> „Ich hab'gedacht ich kann es schaffen
>
> Es zu lassen
>
> Doch es geht nicht
>
> Ist 'n bisschen übertrieben dich zu lieben
>
> Doch es geht nicht
>
> Nichts unversucht gelassen

Dich zu hassen

Doch es geht nicht, es geht nicht"

Als sie verstummte und die Musik aufhörte zu spielen, war es für einige Sekunden ganz still, doch dann klatschten, brüllten und jubelten alle auf einmal los. Caro versuchte, sich gekonnt zu verbeugen und strahlte zurück in die Menge. Einige begannen sogar „Zugabe" zu schreien.

Patrick und Sally liefen auf Caro zu und nahmen sie in die Arme.

„Wahnsinn, wo hast du das denn gelernt?", wollte Sally sofort wissen.

Doch Caro hörte ihr nicht zu, ihr war ganz schwindelig von dem Auftritt oder war es wegen Patricks Umarmung?

Patrick hatte sie an sich gezogen, ihr einen Kuss auf die Wange gedrückt und ins Ohr geflüstert: „Caro, das war der Hammer. Du bist die wundervollste Frau, die ich seit langem getroffen habe. Und mein Geständnis vorhin beim Spiel war die Wahrheit, vertrau mir."

Bevor Caro einem der beiden antworten konnte, kamen noch viele weitere Kollegen auf Caro zugerannt. Alle feierten sie und lobten sie für ihr Gesangstalent.

Quasi jeder Zweite wollte wissen, ob sie zum Show-Ensemble gehörte, bis Olli noch einmal zum Mikrofon griff: „So ihr Lieben, das war unsere letzte und mit Abstand beste Performance seit langem. Doch Caro, verrate uns doch einmal, warum bist du an Bord? Was ist dein Job? Ist Singen etwa dein Beruf?"

Caro drehte sich zu Olli um und antwortete knapp: „Nein, ich bin Friseurin und Make-Up-Artistin. Singen habe ich nie gelernt."

Wieder klatschte die Menge anerkennend. Caro war selig. Alle begrüßten sie oder klopften ihr auf die Schulter. Doch dann entdeckte Caro eine Person, deren Blicke sie anscheinend am liebsten getötet hätten, wenn das möglich gewesen wäre – Pia. Aber Caro war so voller Euphorie, dass sie ihrem Blick einfach auswich und ausgelassen weiterfeierte.

Um 5:00 Uhr in der Früh fielen Caro und Sally völlig erschöpft ins Bett. Sie hatten sich weder abgeschminkt, noch ihre Klamotten ausgezogen. Nach Caros Auftritt war die Stimmung noch so ausgelassen gewesen, dass sie weitergetanzt und - was Caro am nächsten Morgen bereuen würde – auch weitergetrunken hatten. Sie und Sally schlossen sich einer großen Gruppe an und Caro hatte mindestens noch fünfzehn weitere Kollegen kennengelernt, deren Namen sie aber mit Sicherheit vergessen hatte. Caro hatte auch Bekanntschaft mit Sallys „Kojenaffäre", wie sie es nannte, gemacht. Es war ein Amerikaner, Justin, der als Artist an Bord arbeitete. Er war groß, blond und, wie es auch sein Job verlangte, mehr als gut durchtrainiert. Caro fand die beiden süß zusammen, doch Sally versicherte ihr immer wieder, dass es nichts Ernstes war und sie daran auch überhaupt nicht interessiert wäre. Caro konnte diese Einstellung nicht verstehen, doch vielleicht war sie dafür wirklich zu prüde. Schließlich hatte sie sich direkt mit ihrem ersten Freund verlobt.

Beim Gedanken an Sam fiel ihr auf, dass sie ihn den ganzen Abend über komplett vergessen hatte. Sie hatte sich nicht einmal bei ihm gemeldet, um zu berichten, wie der erste Arbeitstag gewesen war.

„Das war heute wirklich mein erster Arbeitstag? Es kommt mir so vor, als wäre ich schon viel länger hier, bei allem was bereits passiert ist", dachte Caro.

In diesem Moment endete die Musik und Olli wünschte alle eine gute Nacht.

Beim Verlassen des Raumes hielt Caro nach Patrick Ausschau und fand ihn am Türrahmen lehnend. Scheinbar hatte er auf sie gewartet. Gemeinsam schlenderten sie zu ihren Kabinen zurück. Keiner der beiden sagte etwas, doch Caro bemerkte das Knistern zwischen ihnen.

Als sie vor ihren Kabinen angekommen waren, beugte Caro sich ohne nachzudenken vor und versicherte: „Ich glaube dir, Patrick."

Sie gab ihm einen Kuss auf die Wange und drehte sich schnell um, ehe mehr passieren konnte.

„Durfte ich ihm überhaupt einen Kuss auf die Wange geben? Aber das war doch nur freundschaftlich gemeint. Dagegen könnte Sam nichts haben!?", dachte Caro noch, bevor sie sich auf ihr Bett fallen ließ und sofort einschlief.

Kapitel 8

Am nächsten Morgen klingelte der Wecker um 8:00 Uhr. Sally, die einen Ausflug begleiten würde, sprang als erste aus dem Bett. Sie waren bereits im Hafen von Samaná angekommen, wo sie bis 18:00 Uhr vor Anker liegen sollten. Sally musste bereits um 9:00 Uhr mit einer Reisegruppe von Bord gehen.

„Wie kannst du mit so einem Kater überhaupt ans Fahrradfahren denken?", wollte Caro aus ihrem Bett heraus wissen.

„Das ist mein Job Caro, schon vergessen? Wer feiern kann, kann auch arbeiten. Sport ist gut gegen den Kater, das habe ich bereits getestet!", flötete Sally zurück.

„Und wie kann man immer so gut gelaunt sein? Kannst du mir davon etwas abgeben?", wollte Caro wissen.

„Raus aus den Federn, Caro. Du bist zum ersten Mal in Samanà und wirst gleich im freien Fall ins Hafenbecken fliegen. Also sieh zu, dass du vorher noch etwas zu essen bekommst. Dein Magen wird es dir danken!", ermahnte sie Sally.

Die Ansage hatte gesessen. Caro stand mit wackeligen Beinen auf und schlürfte Richtung Badezimmer.

Pünktlich um 10:00 Uhr traf Caro mitsamt ihren Badesachen und des Neoprenanzuges im Konferenzraum ein. Katharina wartete bereits gemeinsam mit dem Offizier Beckmann.

„Guten Morgen", wünschte Caro den Beiden, die den Gruß erwiderten.

Nach fünf Minuten Wartezeit gab es immer noch keine Spur von Paul.

„Weiß jemand von euch, welche Kabinennummer Paul hat?", wollte der erste Offizier wissen.

Die Mädels schauten sich fragend an und schüttelten dann gleichzeitig den Kopf. Gerade als Offizier Beckmann in der Liste nachschauen wollte, bog ein völlig verschlafener Paul um die Ecke.

„Es tut mir sehr leid!", sagte er hastig.

„Dich bekommen wir schon wach!", antwortete David Beckmann und ein leichtes Grinsen umspielte dabei seinen Mund. „Auf geht's!"

Die Drei folgten dem Offizier bis auf Deck 5. Sie traten auf der Backbordseite, die dem Meer zugewandt war, nach draußen, entgegengesetzt zu den Gästen, die auf der Steuerbordseite in Richtung Gangway strömten, um an Land zu kommen.

„Wie ihr bereits wisst, sind hier unsere Rettungsboote befestigt. Heute sollt ihr zunächst lernen, wie man diese im Ernstfall zu handhaben hat", erklärte der Offizier.

Nachdem er zunächst theoretische Fakten vermittelt hatte, sollten die drei Neulinge das Ganze nun ausprobieren. Er hatte eines der Rettungsboote so weit heruntergelassen, dass es ihnen möglich war, einzusteigen.

„Sollte man bei diesem Vorgang Zeit haben, ist es auch möglich, dass einer der Besatzungsmitglieder das Boot allein ins Wasser absenkt und den Gästen so ermöglicht wird, von Deck 3 aus bequem einzusteigen. Da dies aber in einem Ernstfall eher nicht zutrifft, müssen die Passagiere auf Deck 5 in ihr vorgesehenes Boot verfrachtet werden, ehe man dieses per Knopfdruck aus der Sicherung löst und es die paar Meter selbstständig ins Wasser fällt", erklärte er weiter. „Also, rein mit euch!"

Caro kletterte vorsichtig in das Rettungsboot hinein. Als alle saßen, bekamen sie die Anweisung, sich anzuschnallen.

„Ich werde gleich bis drei zählen und dann die Verankerungen lösen. Wir werden ein paar Meter tief fallen und auf dem Wasser aufprallen. Also nehmt bitte die Sicherheitsposition ein, das bedeutet, verschränkt eure Arme vor der Brust und beugt den Kopf nach vorn", wies David sie an.

Caro war nervös, genau wie Katharina. Paul dagegen hatte augenscheinlich andere Sorgen. Scheinbar hatte er ebenfalls zu tief ins Glas geguckt und versuchte krampfhaft, einen Brechreiz zu unterdrücken. Im Stillen dankte Caro Sally dafür, dass sie pünktlich aufgestanden war und noch gefrühstückt hatte. Als David dann den Countdown rückwärts zu zählen begann, spannte Caro sich automatisch an. Sie hatte noch nie einen freien Fall erlebt. Hoffentlich würde ihr nicht auch schlecht werden.

„2", zählte David, „1". Bei „0" angekommen, überschlugen sich die Ereignisse. Das Boot löste sich, sie fielen einen Moment lang, bis sie unsanft auf dem Wasser auftrafen. Das Rettungsboot schaukelte einen Moment, ehe es sich beruhigte. Zeitgleich konnte Paul seinen Drang nicht mehr unterdrücken. Während das Boot fiel, musste er sich lauthals übergeben. Katharina, die ihm gegenübersaß, schrie. Entweder vor Ekel oder aufgrund des kribbeligen Gefühls im Magen, dass der freie Fall auch in Caro auslöste. Selbst David war für einen Moment überfordert, schnallte sich jedoch nach der Landung im Wasser sofort ab, lief auf Paul zu und reichte ihm eine Spucktüte, die er irgendwo hergezaubert hatte.

Anstatt einer riesigen Standpauke, die man dem ersten Offizier durchaus zugetraut hätte, blieb er gelassen und sagte amüsiert: „Keine Sorge, du bist nicht der Erste, dem das passiert. Es ist schließlich nicht so, als würde ich die gute alte Tradition für die Neuankömmlinge nicht selber kennen. Am besten du ruhst dich einen Moment aus und die

Mädels zeigen mir zuerst, wie sie mit einer Rettungsinsel umgehen können."

Mit dieser Reaktion hatte wohl auch Paul nicht gerechnet und er nickte ihm dankbar zu.

„So Mädels, dann zu euch. Oder ist noch jemandem schlecht?", sprach David weiter.

Beide verneinten.

„Gut Caro, dann zuerst zu dir. Mal gucken, ob du auch so gut Leben retten wie du singen kannst", forderte er sie auf.

Caro fragte sich, warum der Offizier so gut informiert war, doch in ihr wuchs erneut die Anspannung. Der Offizier hielt eine Box hoch.

„Hier drin befindet sich eine Rettungsinsel. Ihr werft die Box auf das Wasser, haltet aber die Schnur fest in der Hand. Sobald sie auf dem Wasser treibt, zieht ihr fest an der Schnur. Auf diese Weise öffnet sich die Box und die Rettungsinsel bläst sich automatisch auf. Sollte sie falschherum im Wasser liegen, gibt es auf der Rückseite der Insel ein Band. Ihr stemmt euch mit voller Wucht gegen die Insel und zieht an diesem Band, bis die Insel sich in eure Richtung umdreht. Ihr taucht bitte darunter weg. Danach klettert ihr in die Insel, um anderen Menschen das Einsteigen zu erleichtern. Habt ihr alles verstanden?", fragte er.

Caro nickte zaghaft. Sie war nervös. Sie war zwar eine passable Schwimmerin, doch das hatte sie beim besten Willen noch nie gemacht. Sie begab sich mit einer Box an die Öffnung des Rettungsbootes. David nickte ihr zu und sie warf die Box über Bord, indem sie die Schnur weiterhin festhielt.

„So weit so gut!", dachte sie.

Dann zog sie an der Schnur, doch nichts geschah.

„Du musst mit einem kräftigen Ruck ziehen, Caro. Sonst passiert da nichts. Schließlich soll sich die Box nicht an Bord des Kreuzfahrtschiffes bei der kleinsten Bewegung öffnen!", wies David sie an.

Caro versuchte es noch einmal – wieder nichts. Beim dritten Versuch sprang die Box endlich auseinander und eine riesige Rettungsinsel breitete sich auf dem Wasser aus. Sie hatte es geschafft.

„Nun ab ins Wasser mit dir!", rief David.

Caro sah hinunter auf den Meeresspiegel. Die Sonne schien und das Wasser glitzerte ihr entgegen. Es sah einladend aus, also sprang Caro ohne zu zögern. Ihr Kopf tauchte unter und für einen Moment lang wusste sie nicht, wo oben und unten war. Vor lauter Panik, ließ sie das Band los, das sie mit der Rettungsinsel verband. Als sie wiederauftauchte, musste sie sich zunächst orientieren.

Doch sie vernahm bereits Davids eindringliche Stimme: „Caro, deine Insel treibt davon! Du musst sie einfangen, los!"

Caro ließ sich das nicht zweimal sagen und mit einigen kurzen Schwimmstößen erreichte sie die Insel. Sie hatte Glück, denn die Insel war richtigherum aufgegangen. Sie schwamm um die Insel herum und gelangte zum Einstieg. Mit einigen kleinen Griffen fand sie Halt und zog sich in die Insel hinein. David, Katharina und Paul klatschten.

„Gut gemacht Caro. Sehr schön! Gleich die Nächste", lobte David.

Es folgte erst Katharina und zu guter Letzt sprang auch Paul, dem es, nachdem er sich erleichtert hatte, besser zu gehen schien. Bei Paul öffnete sich die Insel falschherum. Doch er hatte sie in nullkommanichts umgedreht und war ebenfalls hineingeklettert. Mit einem Mal hörten sie, wie immer wieder etwas auf das Wasser klatschte. Als sie sich umsahen, erblickten sie lauter Personen mit Rettungswesten, die scheinbar aus dem Nichts gekommen waren und nun hilflos im Meer planschten.

David wandte sich an die Drei und brüllte: „Los, rettet sie!"

Caro erkannte als erste die Situation, sprang aus ihrer Insel, klemmte sich das Band fest um ihr Handgelenk und schwamm in Richtung der Überbordgegangenen. Auch Paul und Katharina reagierten jetzt und machten es Caro nach. Als Caro bei den um Hilfe rufenden Passagieren angekommen war, erkannte sie, dass es sich um Crewmitglieder handelte. Sie war erleichtert. Für einen kurzen Moment verwirrte sie die Ernsthaftigkeit der Situation, obwohl sie wusste, dass es heute nur um eine Übung ging.

Sie kletterte zurück in ihre Insel und rief professionell: „Bleibt ganz ruhig und vermeidet es, in Panik auszubrechen. Wir haben genug Rettungsinseln für alle und wir werden euch nach und nach heraufziehen. Versucht bitte an die nächst gelegenste Rettungsinsel von euch aus zu schwimmen und helft denjenigen, die nicht schwimmen können."

Diese Anordnungen hatte Caro im Theorieteil gelernt und wie selbstverständlich abgerufen. Ihre Kollegen mit den Schwimmwesten reagierten augenblicklich und schon bald hievten Caro, Katharina und Paul einen nach dem anderen in ihre Inseln. Als hätte sie es geahnt, erblickte Caro Patrick. Er schwamm kraftvoll auf ihre Insel zu, obwohl er eine andere viel eher erreicht hätte, und tat, je näher er kam, dabei mehr als unbeholfen.

„Rette mich!", brüllte er ihr zu.

Caro nahm seine Hand, doch anstatt sich hochhelfen zu lassen, zog er Caro ins Wasser. Sie reagierte flink, tauchte um Patrick herum und ehe er sich versah, war sie wieder in ihre Insel geklettert.

„Nicht mit mir, Freundchen!", versicherte sie ihm!

„Ach Caro, du steckst voller Überraschungen. Ich gebe mich geschlagen, hilfst du mir hoch?" säuselte Patrick.

„Nö, die Chance hast du vertan!", erwiderte Caro, überließ ihn seinem Schicksal und kümmerte sich um die Geretteten.

Doch das stellte sich nur ein paar Sekunden später als Fehler heraus, denn plötzlich fing Patrick an wie wild im Wasser zu rudern. Erschrocken drehte sich Caro zu ihm um und sah in sein schmerzverzehrtes Gesicht.

„Verdammt, tut das weh!", stöhnte er.

„Patrick, was ist denn los? Komm her, ich helfe dir", schrie Caro panisch.

Auch die Kollegen in der Insel hatten bereits mitbekommen, dass etwas nicht stimmte und waren Caro zur Hilfe geeilt. Sie zogen Patrick aus dem Wasser und sahen, was passiert war. Patrick, der immer noch vor sich hin fluchte und stöhnte, hatte an beiden Beinen dicke, rote Striemen.

„Was ist das?", entfuhr es Caro.

Durch Patricks zusammengepresste Lippen kam nur eine knappe Antwort „Qualle …!"

Auch Offizier Beckmann hatte die Unruhe bemerkt und war mit dem Rettungsboot herangeeilt. Sobald er eingetroffen war, übernahm er das Kommando.

„Hievt Patrick vorsichtig zu mir herüber, ich bringe ihn direkt in die Krankenstation, damit die Tentakel entfernt werden können. Sobald ich zurück bin, sammele ich euch und die Rettungsinseln ein. Einer begleitet uns, um für Patrick neue Klamotten aus seiner Kabine zu holen."

Patrick griff nach Caros Hand und damit war klar, dass Caro mitkommen würde. Sie lächelte ihn zaghaft an und stellte erleichtert fest, dass er ihr nicht die Schuld in die Schuhe schob. Hätte sie ihn, wie er verlangt hatte, vorher in die Insel gezogen, wäre das nicht passiert. Während des Transportes bis zur Krankenstation hatten sie nur wenig gesprochen. Offizier Beckmann hatte Patrick angewiesen, sich möglichst nicht zu bewegen, damit die kleinen Stacheln nicht noch tiefer in die Haut eindringen konnten.

Patrick beteuerte seinen Begleitern, dass der Schmerz nachließ und entspannte sich etwas.

Caro dachte darüber nach, dass es auch ihr hätte passieren können. „Gut, dass ich nicht vorher gewusst habe, was hier im Meer so kreucht und fleucht."

In der Krankenstation angekommen, nahm der Arzt den Patienten in seine Obhut. Caro bekam Patricks Bordkarte und machte sich auf den Weg zu seiner Kabine, um für frische Kleidung zu sorgen.

„Bring mir bitte gleich meine Uniform mit, ich habe in einer Stunde meinen Ausflug", rief er Caro nach.

„Na, ob das was wird?", fragte sich Caro, doch sie sagte nichts dazu.

Vor der Kabine zögerte sie einen Augenblick. Sie bemerkte, dass sie selber ganz nass war und beschloss, sich schnell umzuziehen, um Patricks Kabine nicht zu verschmutzen. Kurze Zeit später betrat sie dann sein kleines beziehungsweise eher winziges Reich. Sally hatte Recht gehabt, als sie behauptete, dass die Einzelkabinen noch kleiner ausfielen. Abgesehen davon, flog überall etwas herum, wodurch die Kabine noch erdrückender wirkte. Caro bahnte sich ihren Weg durch Klamotten, Chipstüten, leeren Wasserflaschen und anderem Gerümpel. Sie öffnete den Kleiderschrank und entnahm ihm die Uniform. Außerdem entdeckte sie frische Unterwäsche. Erst zierte sich Caro einen kurzen Augenblick, doch dann entschied sie sich für Boxershorts mit grün-kariertem Muster.

„Passend zu seinen schönen Augen", dachte sie.

Sie schlug die Schranktür zu und drehte sich um. Caro überkam ein schlechtes Gewissen, als sie plötzlich bemerkte, dass sie sich mehr Gedanken um Patricks Unterwäsche als um ihren Verlobten zu Hause machte. Was war bloß los mit ihr? Als ihr dabei erneut einfiel, dass sie Sam immer noch keine Nachricht hatte zukommen lassen, wuchs ihr schlechtes Gewissen ins Unermessliche. Kurzerhand verließ sie Patricks Kabine, öffnete erneut ihre Kabinentür und nahm ihr Handy in die Hand.

„Das muss jetzt einfach sein, Patrick wird schon noch eine Minute länger auf seine Sachen warten können", dachte Caro.

Als sie auf den kleinen Bildschirm blickte, sah sie sechs verpasste Anrufe und siebundachtzig ungelesene Nachrichten. Natürlich waren nicht alle Nachrichten von Sam, die sechs Anrufe dagegen schon. Ohne zu lesen, was er ihr mitgeteilt oder wer ihr sonst noch geschrieben hatte, tippte sie kurz eine Nachricht an Sam ein:

<Hey Schatz, es tut mir leid, dass ich mich erst jetzt melde. Es ist so viel passiert. Leider kann ich auch jetzt nicht ausführlich schreiben, aber ich möchte, dass du weißt, dass es mir gut geht und ich an dich denke. Ich melde mich heute Abend bei dir. Versprochen. Ich hoffe, ich wecke dich dann nicht. Viele Küsse, Caro.>

Als sie auf „Senden" drückte, fühlte sie sich etwas besser. Sie ergriff Patricks Klamotten und sah zu, dass sie schleunigst zurück zur Krankenstation kam.

Dort wartete Patrick bereits auf sie, nur leicht bekleidet mit einem Handtuch um die Hüften.

„Bist du schon fertig? Wie geht's dir?", wollte Caro sofort wissen.

„Alles wieder gut. Die Stacheln sind entfernt, der Schmerz hat nachgelassen und der Ausschlag sollte auch bald verblassen", berichtete Patrick.

„Das freut mich zu hören. Du hast mir einen ganz schönen Schrecken eingejagt! Was hast du überhaupt bei der Übung gemacht? Musst du nicht Urlauber durch Samanà führen?", fragte Caro nach.

„Doch muss ich. Ich wollte dich überraschen und fragen, ob du mich bei meiner Kanutour mit den Touris begleiten möchtest. Ich könnte noch einen Paddel-Partner gebrauchen. Allerdings, nachdem du mich nicht vor den bösen Quallen gerettet hast, erübrigt sich die Frage wohl. Denn das ist das Mindeste, was du tun kannst, um deine Missetat annähernd wieder gut zu machen", erklärte Patrick gespielt ernst.

„Patrick, ich würde sogar gern mitkommen, aber der Salon öffnet um 16:00 Uhr", beteuerte Caro.

„Das stimmt, aber ich habe deinen Arbeitsplan gecheckt und dein Dienst beginnt erst um 18:00 Uhr. Du bist heute für einen Make-Up-Kurs eingeteilt", klärte Patrick sie auf.

Caro sah ihn verdutzt an. Wie konnte es sein, dass scheinbar jeder ihren Arbeitsplan besser kannte als sie selbst.

„Sag mal, woher zum Teufel weißt du das? Das weiß nicht einmal ich!", platzte es aus Caro heraus.

„Wie, du hast deinen Arbeitsplan noch nicht?", Patrick unterdrückte ein Lachen. „Wurde er dir denn nicht direkt beim Einchecken ausgehändigt? Er wird jede Woche neu erstellt. Du kannst ihn auch neben dem Personalbüro einsehen. Da hängen jegliche Dienstpläne aus", erklärte er ihr.

„Alles klar, danke. Pass auf, wir machen es so, ich gehe jetzt los und organisiere mir meinen Arbeitsplan. Wenn du Recht hast, dann komme ich mit. Wo müsste ich wann sein?", fragte Caro ihn.

„14:30 Uhr auf Deck 11 an der Bar de Soleil. Da sammle ich alle Teilnehmer ein und wir gehen dann gemeinsam von Bord. Ach und Caro?"

Caro war bereits einige Schritte von Patrick entfernt. Jetzt drehte sie sich noch einmal um. „Ja?"

„Würde es dir etwas ausmachen, wenn du meine Klamotten hierlässt?" lachte Patrick.

Caro lief rot an und eilte zu Patrick zurück.

„Sorry, die hätte ich jetzt glatt wieder mitgenommen", sagte Caro etwas kleinlaut.

„Kein Problem, dann wäre ich hinter dir her gehumpelt", scherzte Patrick. „Übrigens, süß, dass du dir Sorgen um mich gemacht hast."

Caro merkte, dass ihr Bauch wieder anfing zu kribbeln. Zeitgleich strafte sie direkt wieder ihr schlechtes Gewissen. Was war bloß los mit ihr. Solche Gefühle hatte sie schon lange nicht mehr verspürt – schon gar nicht so intensiv. Sie ließ Patricks Bemerkung unkommentiert. Schnell drehte sie sich um und blickte direkt in Pias vor Zorn sprühende Augen. Sie stand an der Ecke des Ganges. Caro wusste nicht, wie lange sie schon so dastand und gelauscht hatte. Sie grüßte Pia kurz im Vorbeigehen und ignorierte ihren hasserfüllten Blick. Pia erwiderte die Begrüßung nicht und eilte direkt zu Patrick, um ihn zu bedauern.

Caro ging unverzüglich zum Personalbüro. Die Tür stand offen, also beschloss sie, die Dame hinter dem Schreibtisch direkt nach ihrem Plan zu fragen.

„Hat man das tatsächlich vergessen. Ach, du Arme. Die erste Woche ist schon hektisch genug. Moment, ich gebe dir sofort deinen Plan. Sagst du mir noch einmal kurz deinen Namen?", bat sie die hilfsbereite Personalerin.

„Ich bin Carolin Wecker, eingesetzt im Friseursalon."

Die Dame tippte auf ihrer Tastatur den genannten Namen ein und ein paar Klicks später, brummte der Drucker und spuckte ihren Dienstplan aus. Caro bedankte sich und lief in ihre Kabine, um ihn in Ruhe zu studieren.

Den Sonntag und Montag hatte sie bereits erfolgreich hinter sich gebracht und war erleichtert, dass sie auch ohne Dienstplan keinen Termin versäumt hatte. Patrick hatte zwar mit seiner Behauptung richtig gelegen, dass sie erst um 18:00 Uhr im Salon eingeteilt war. Allerdings hatte er wohl übersehen, dass sie zuvor noch ein Probeschminken mit den Statisten von 14:00 bis 16:00 Uhr hatte.

„So ein Mist!", dachte Caro enttäuscht.

Sie hätte Patrick gerne begleitet und hatte sich schon auf die Kanutour gefreut, auf der sicherlich viele neue Eindrücke auf sie eingestürmt wären. Trotzdem war Caro erleichtert, dass sie endlich einen Arbeitsplan besaß und wusste, wann sie sich wo einzufinden hatte. Ein Blick auf die Uhr verriet ihr, dass ihre Anwesenheit bereits in zwanzig Minuten hinter den Kulissen des Theatriums gefordert wurde. Sie faltete ihren Dienstplan zusammen, stecke ihn in die Hosentasche und hastete aus ihrer Kabine, jedoch nicht ohne noch schnell nach der Bordkarte zu greifen.

Caro beschloss, rasch einen Happen zu essen, bevor sie zu ihrem Termin musste. Patrick würde Bescheid wissen, dass er sich im Dienstplan geirrt hatte, wenn sie nicht auftauchte. Dieser Umstand ermöglichte ihr wenigstens, ein bisschen auf Distanz zu gehen und sich gedanklich wieder mehr auf Sam zu konzentrieren, redete sie sich selber ein.

Ihr weiterer Arbeitstag verlief ohne Komplikationen. Das Probeschminken mit dem Show-Ensemble war eine interessante Abwechslung zu ihrer Arbeit im Salon. Im Übrigen wurde sie mit offenen Armen empfangen. Einige von ihnen hatten Caro gestern singen hören und den Kollegen, die nicht da gewesen waren, von ihrem Erfolg berichtet. Caro fühlte sich geschmeichelt und freute sich, dass sie sogar bei den Profis Eindruck geschunden hatte.

„Wenn bei uns einmal jemand ausfällt, kannst du ohne Weiteres einspringen", hatte eine Sängerin gesagt.

Caro wollte davon jedoch nichts wissen. Sie hatte schließlich keine Bühnenerfahrung und bezweifelte, vor so viel Publikum, die das Ensemble jeden Abend hatte, überhaupt einen Ton herauszubringen.

Auch der anschließende Kurs machte ihr Spaß. Es hatten sich einige Frauen angemeldet und sie gab ihnen eine typgerechte Beratung. Hierfür war extra ein Tisch im Kosmetik-Bereich für Caros Gruppe vorbereitet worden. Da Pia an diesem Tag frei hatte, stand der Raum zur Verfügung. Sonja hatte währenddessen das allgemeine Tagesgeschäft übernommen.

Nachdem die Arbeit gegen 20:00 Uhr vollbracht war, nahm sie gemeinsam mit Sonja das Abendessen ein und verabschiedete sich dann, um sich in ihre Kabine zurückzuziehen. Sie war hundemüde und freute sich, endlich die Beine lang machen zu können. Einen Blick auf ihren Dienstplan verriet ihr, dass sie morgen von 10:00 bis 19:00 Uhr in Road Town, der Hauptstadt der Insel Tortola, sein würden. Sie musste erst ab 16:00 Uhr im Salon arbeiten, Sonja war für die Frühschicht eingeteilt. Es war so geregelt, dass an Seetagen Caro und Sonja komplett arbeiteten und an Hafentagen einer der beiden morgens frei hatte und erst zur 16:00 Uhr Schicht kommen musste. Insgesamt gab es während der 14-tägigen Turnusreise immer vier Seetage, neun Ausflugstage und den An- und Abreisetag. Das bedeutete für Caro, dass sie morgen auch gegen 10:00 Uhr von Bord gehen und sich die Insel angucken konnte.

„Später werde ich Sally fragen, welchen Ausflug sie morgen organisiert. Vielleicht kann ich sie begleiten!", dachte sie.

Dabei fiel ihr auf, dass von ihrer Mitbewohnerin jede Spur fehlte.

„Vielleicht hatte sie noch eine Besprechung mit den Scouts", überlegte Caro.

Sie legte sich auf ihr Bett und begann in Ruhe ihre Nachrichten zu lesen und zu beantworten. Ihre Mutter, Sam, Kim und einige andere Bekannte hatten sich alle bei Caro erkundigt, wie ihr erster Tag gelaufen war. Caro nahm sich die Zeit, um allen eine anständige Antwort zu übersenden. Es war süß, dass alle so an ihrem Leben teilhaben wollten. Wenn sie schon so spät einen Statusbericht erhalten, dann wenigstens einen ausführlichen.

Sam hatte natürlich noch wesentlich mehr geschrieben. Erst war er beleidigt, dass sie sich nicht gemeldet hatte, später war er besorgt, fast schon panisch. Sie bereute, ihm gestern nicht einmal eine kurze SMS geschickt zu haben. Wäre es andersherum und Sam hätte nichts von sich hören lassen, wäre sie vor Sorge umgekommen. Auf ihre Nachricht von vorhin, hatte er nur mit „Ok" geantwortet. Er war verständlicherweise sauer auf sie. Caro beschloss ihn anzurufen, obwohl es bei ihm schon mitten in der Nacht war. Nach ein paar Mal Klingeln nahm er ab.

„Caro, ich schlafe schon", war seine Begrüßung.

„Tut mir leid, ich weiß. Aber ich habe keine Ahnung, wann ich dich sonst erreichen soll", antworte Caro traurig.

„Und deswegen meldest du dich einfach gar nicht?", wollte er wissen.

„Es tut mir echt leid, Sam. Ich weiß, dass du sauer bist und ich kann dich auch verstehen. Ich hatte einfach zu viel um die Ohren. Aber ich hätte dir eine Nachricht schreiben können, damit du weißt, dass alles gut ist – ich weiß. Das kommt nicht wieder vor, versprochen!", entschuldigte sich Caro.

„Ach Caro, musstest du überhaupt weggehen? Seitdem du nicht mehr da bist, läuft alles schief", beklagte sich Sam weiter.

„Was willst du denn damit sagen? Ich bin doch gerade mal drei Tage unterwegs", antwortete Caro.

„Es kommt mir vor wie eine Ewigkeit. In deiner Zeit in München haben wir wenigstens tagsüber geschrieben, in den Mittagspausen telefoniert und abends sowieso", jammerte Patrick weiter.

Caro wurde innerlich schon unruhig, versuchte sich aber zu beruhigen. Sie wusste, dass sie sich falsch verhalten hatte.

„Doch könnte er nicht auch Verständnis dafür zeigen, dass man sich anfangs auch integrieren möchte und viel zu tun hat?", dachte sie.

Stattdessen sagte Caro aber: „Sam, wir kriegen das schon hin. Ich versuche, dich ab heute immer in meiner Mittagspause, nach meiner Zeit um 15:00 Uhr, anzurufen. Sollte ich es nicht schaffen, schreibe ich dir vorher, dass es nicht klappt, okay?"

„Wir können es zumindest probieren", nahm Sam ihr Angebot an.

„Gibt es denn bei euch etwas Neues?", wollte Caro wissen.

„Nichts. Alles beim Alten", gähnte Sam in den Hörer.

„Na gut Sam, schlaf ruhig weiter. Wir telefonieren morgen wieder", entgegnete Caro.

„Ist gut Schatz. Bis morgen!", brachte er noch über seine Lippen, bevor er auflegte.

„Toll!", dachte Caro. „Erst so einen Stress machen und dann nach zwei Minuten wieder auflegen, um weiterzuschlafen."

Früher hatte er die halbe Nacht mit ihr telefoniert, nur um ihr nahe zu sein. Caro legte ihr Telefon beiseite und beschloss, sich noch schnell unter die Dusche zu stellen, bevor sie zu Bett ging.

Als sie sich gerade ausgestreckt hatte, betrat Sally die Kabine. Ihre Frisur war verwuschelt und ihr Lippenstift verschmiert.

„Was ist denn mit dir passiert?", wollte Caro wissen. Sally schmunzelte und hauchte völlig verklärt: „Justin!"

Caro lächelte sie amüsiert an und hakte nach: „Sicher, dass es nur eine Affäre ist, so wie du über beide Ohren grienst?"

„Hör auf Caro. Ich will nichts Festes!", entgegnete sie mit einem Mal gereizt und ihre gute Laune war schlagartig verschwunden.

Caro sah sie erschrocken an. Mit so einer barschen Antwort hätte sie nicht gerechnet. Hatte sie etwas Falsches gesagt? Sally bemerkte, dass ihr Ton nicht angemessen gewesen war und setzte sich zu Caro auf die Bettkante.

„Weißt du Caro, ich habe keine gute Erfahrung mit Männern gemacht", sagte sie unglücklich.

„Möchtest du darüber reden?", hakte Caro vorsichtig nach.

Sally überlegte kurz und entschloss sich dann, ihrer neuen Freundin ihre Geschichte zu erzählen. Zuhause in Berlin war sie mit einem Mann namens Martin zusammen gewesen. Ihm hatte das Fitnessstudio gehört, in dem sie gearbeitet hatte. Dort hatten sie sich auch kennengelernt und sofort ineinander verliebt. In den ersten Jahren war alles perfekt gewesen und sie war mit Sack und Pack bei ihm eingezogen. Doch sie hatte immer öfter registriert, dass er auch an anderen Frauen im Studio interessiert war. Sally hatte das immer damit abgetan, dass dies wohl seine Art der Kundenakquisition sei, bis zu dem Tag, wo sie ihren Freund mit ihrer Kollegin nach Feierabend in der Sauna erwischt hatte. Sie hatte eigentlich schon Feierabend gemacht und an der Rezeption auf Martin gewartet, als sie bemerkt hatte, dass im Saunabereich noch Licht gewesen war.

„Und dann?", wollte Caro wissen.

„Dann bin ich pflichtbewusst hingegangen, um das Licht auszuschalten, und habe gesehen, wie Giselle und Martin sich die Seele aus dem Leib gevögelt haben", erwiderte Sally.

„Ach du Scheiße!", entfuhr es Caro.

Sie war überrascht über Sallys direkte Wortwahl.

„Und dann bist du abgehauen?", wollte Caro wissen.

„Nicht ganz", lächelte Sally zynisch. „Zuerst habe ich den kalten Wasserschlauch genommen und den beiden eine kleine Abkühlung verpasst. Dabei habe ich fuchsteufelswild geschrien, was ihnen eigentlich einfällt. Zeitgleich habe ich mit Martin Schluss gemacht und gekündigt. Dann bin ich in unsere gemeinsame Wohnung gefahren und habe so viel wie möglich in meinen Koffer gepackt und das Weite gesucht."

„Und der Rest deiner Sachen?", erkundigte sich Caro.

„Ich habe ein Umzugsunternehmen beauftragt und die haben alles ein paar Tage später abgeholt. Mein Ex hatte mir noch eine Nachricht geschrieben, in der stand: Es tut mir leid, dass du es so erfahren musstest. Ich wünsche dir alles Gute, Martin. PS: Du kannst den Schlüssel in den Briefkasten schmeißen."

Caro sah sie mit aufgerissenen Augen an.

„Und das war's?" fragte sie entsetzt.

„Das war's. Ein riesiges Arschloch. Ich frage mich, warum ich überhaupt drei Jahre mit ihm zusammen war. Meine Möbel habe ich bei meinen Eltern eingelagert und bin direkt aufs Schiff gegangen. Weit weg von Zuhause und von dem Idioten. Einen neuen Job brauchte ich sowieso", erzählte Sally weiter.

Caro wusste nicht, was sie dazu sagen sollte. Sie hatte noch nie erlebt, dass so etwas tatsächlich passierte. Solche Geschichten kannte sie nur aus Fernsehserien oder Filmen.

„Verstehst du jetzt, warum ich nicht bereit für etwas Festes bin?", wollte sie von Caro wissen.

„Absolut!", bestätigte Caro, „ich hatte nicht die geringste Ahnung. Es tut mir leid, wenn ich dir vorhin zu nahegetreten bin."

„Das muss dir nicht leidtun, schließlich warst du ahnungslos. Ich bin froh, dass ich endlich mal mit jemandem darüber sprechen konnte", widersprach Sally.

„Du hast noch nie mit jemandem darüber geredet?", fragte Caro ungläubig.

„Nein, mit niemandem. Denn, ob du es glaubst oder nicht, meine beste Freundin war Giselle, die Kollegin, die auf meinem Freund herumgehüpft ist."

Spätestens jetzt war Caro wieder hellwach. Sie schlug die Hände über dem Kopf zusammen und Tränen stiegen ihr in die Augen. So etwas Furchtbares hatte sie noch nie gehört. Mitfühlend nahm sie Sally in den Arm und bemerkte, dass auch sie zu schluchzen angefangen hatte. So verharrten sie eine Weile, bis Caro das Wort ergriff.

„Sally, es tut mir furchtbar leid, was du durchmachen musstest. Das hast du nicht verdient. Du bist so ein toller Mensch und strahlst so viel Wärme und gute Laune aus. Ich bin richtig froh, dass wir uns kennengelernt haben. Wenn dir noch einmal einer blöd kommt, dann kriegt er es mit mir zu tun!", versprach Caro.

Sallys Schluchzen ging nun in ein albernes Kichern über.

„Du bist mindestens genauso lieb, Caro. Ich freue mich für dich umso mehr, dass du bereits den Richtigen gefunden hast und sogar schon verlobt bist", beteuerte Sally.

Caro freute sich über Sallys Worte, doch als sie ihre Verlobung ansprach, kroch ein kleiner Schauer über ihren Rücken. Sie nahm sich vor, bei Gelegenheit mit Sally über ihr Gefühlschaos zu sprechen. An diesem Abend jedoch sollte es nicht um Caro, sondern um Sally gehen. Die beiden Mädels plauderten noch eine Weile weiter und sie verabredeten, dass Caro Sally bei ihrem Ausflug morgen begleiten könne. Sie würden eine Radtour entlang der Küste über den Fort Hill bis hin zu einer Badebucht machen. In der Bucht blieb genug Zeit, um im tropischen Meer zu schwimmen. Anschließend würde die Fahrt über den Yachthafen zurück zum Schiff gehen, sodass Caro pünktlich zu ihrem Dienstbeginn zurück sein würde. Voller Vorfreude schliefen die beiden Mädels kurz nach Mitternacht ein.

Kapitel 9

Am nächsten Tag verließen Caro und Sally gemeinsam mit 30 Teilnehmern das Schiff. Sally hatte bereits kurz zuvor mithilfe männlicher Crewmitglieder die Fahrräder in Reih und Glied aufgestellt. Caro half ihr dabei, jedem Gast einen Fahrradhelm, eine Trinkflasche und einen Powerriegel auszuhändigen.

Vor dem Schiff wartete bereits eine zweite Reisegruppe, die sich für die Aktiv-Tour mit dem Fahrrad angemeldet hatte. Die Reisegruppe war kleiner und bestand fast nur aus Männern. Mittendrin erspähte Caro Patrick. Er war gerade damit beschäftigt, die Fahrräder zuzuteilen. Als er Caro erblickte, wich er ihrem Blick aus.

„Komisch, ist er etwa sauer, weil ich gestern nicht gekommen bin? Er muss sich doch denken können, dass er in meinem Dienstplan etwas übersehen hatte", dachte Caro.

Sie beschloss, nicht weiter darüber nachzudenken, sondern half Sally, die Gruppe mit den zugewiesenen Fahrrädern vertraut zu machen. Nach einer kurzen Einweisung – auch wegen des Linksverkehrs auf dieser Insel - und einer kleinen Probefahrt am Hafen, konnte es endlich losgehen. Caro war gespannt, was sie erwarten würde, hatte aber auch etwas Bedenken beim Anblick der Insel. Diese schien nämlich aus einem einzigen Berg zu bestehen. Nur direkt an der Küste, war es relativ flach und sie hoffte, dass sie vorzugsweise dort fahren würden.

Caros Bedenken erwiesen sich als völlig unbegründet. Der Ausflug verlief komplikationsfrei und sie konnte viele neue Eindrücke sammeln. Sally führte die Truppe an und Caro bildete das Rücklicht, sodass sie sich dem Tempo der langsamsten Teilnehmer anpassen musste. Auf diese Weise konnte sie alles aufsaugen, was sie zu Gesicht bekam. Caro genoss den Ausflug und war total begeistert von der Landschaft, der Küste, den Einheimischen und dem Wetter. Überall waren Straßenhändler zu sehen, Leute, die musizierten und kleine Häuser, die bunt angestrichen waren. Da dies die Soft-Biking-Tour war, konnte sie sportlich locker mithalten. Sally hielt sich meist an die Küstenwege und nur kleinere Passagen waren etwas beschwerlicher. Doch spätestens in der Badebucht zwischen lauter riesigen Felsen und wo das glitzernde Wasser zum Baden einlud, war es die Anstrengung wert gewesen.

Für die Reisegruppe war an diesem Stopp Zeit zur freien Verfügung vorgesehen. Caro und Sally beschlossen, diese Unterbrechung zu nutzen, um baden zu gehen. Sie planschten wie kleine Kinder, alberten herum, posierten gegenseitig oder gemeinsam vor der Kamera und hatten sichtlich viel Spaß. Als sie wieder aus dem Wasser gingen, erspähte Sally als erste die andere Reisegruppe.

„Guck mal Caro, wer da kommt", hatte Sally gerufen. „Unsere Profibiker! Warum so spät, Patrick? Wir müssen gleich schon wieder aufbrechen", setze sie nach.

Caro drehte sich in die Richtung, in die Sally zeigte und entdeckte Patrick. Die Mädels schlenderten gutgelaunt zu ihm hinüber, um ihn zu begrüßen. Patrick reagierte nicht sofort, da er seine Gruppe allein ohne einen weiteren Scout begleitete und gerade noch einem Teilnehmer etwas erklären musste. Als er sich schließlich den Mädchen zuwandte, bemerkte Caro, wie sein Blick einen Moment zu lang auf ihr ruhte und sie wünschte, sie hätte ein Handtuch griffbereit gehabt.

Dann wandte er sich zu Sally und sagte cool: „Wir fahren eben richtig Fahrrad und machen nicht nur eine kleine Bummeltour entlang der Küste. Bei uns verdient man sich die Abkühlung."

Mit diesen Worten zog er sein Shirt und seine Hose aus, sprang ins Wasser und ließ die Mädels einfach stehen.

„Was ist denn mit dem los?", wollte Sally von ihrer Freundin wissen.

Obwohl Caro ahnte, dass es an ihr liegen musste, sagte sie nichts. Langsam fand auch sie sein Verhalten merkwürdig. Gestern war er noch froh, dass sie sich um ihn sorgte und heute guckte er sie nicht einmal mehr an – zumindest sah er ihr nicht in die Augen.

Während des Rückwegs zum Schiff versuchte sich Caro einen Reim auf das Ganze zu machen. Doch egal wie sehr sie sich das Gehirn zermarterte, sie kam auf kein Ergebnis. Es konnte nur daran liegen, dass sie ihn nicht bei seiner Kanutour begleitet hatte, obwohl sie ihn doch darauf hingewiesen hatte, dass sie zuvor den Dienstplan checken musste. Sie hätte wohl schlecht ihren Termin bei dem Show-Ensemble sausen lassen können.

Zurück am Schiff verabschiedeten sich Caro und Sally von der Gruppe und bedankten sich für die Teilnahme. Caro ging mit den Ausflüglern zurück an Bord. Sally musste noch eine zweite Tour begleiten.

Nachdem Caro unter die Dusche gehüpft war und sich für die Arbeit frisch gemacht hatte, wollte sie ihr Versprechen gegenüber Sam einlösen und ihn anrufen. Doch er ging nicht ans Telefon.

„Toll", dachte Caro, „erst mit mir böse sein, wenn ich mich nicht melde und dann selber nicht ans Telefon gehen!"

Anstatt es ein zweites Mal zu probieren, wählte sie Kims Nummer und hatte Erfolg.

„Caro, wie schön, dass du dich meldest, wie geht es dir?", begrüßte ihre Freundin sie gutgelaunt.

„Kim, mir geht es super. Ich komme gerade von meinem ersten Ausflug und es war traumhaft. Und wie geht es dir?", wollte Caro wissen.

Die beiden Freundinnen unterhielten sich noch eine Weile und Caro erfuhr, dass sich Kims Arbeitskollege von seiner langjährigen Freundin getrennt und nächsten Freitag mit Kim zum Essen verabredet hatte.

„Das klingt fabelhaft. Du musst mir hinterher auf jeden Fall berichten, wie es gelaufen ist!", bat Caro.

„Na klar, Caro. Ich bin so aufgeregt. Ich weiß noch gar nicht, was ich anziehen soll", sagte Kim aufgewühlt. „Wie läuft es denn bei dir und Sam? Wie funktioniert eure Verlobung auf Entfernung?", erkundigte sich Kim.

Dann berichtete Caro, wie schwierig es war, eine Zeit zum Telefonieren zu finden und wie schlecht gelaunt Sam immer war, wenn sie es doch einmal schafften, miteinander zu sprechen.

Ohne weiter auf Caros Bericht einzugehen, fragte Kim: „Ist denn dieser Typ aus der Schulung auch an Bord?"

„Ja, Kim. Patrick ist hier. Das macht die Sache allerdings nicht besser", schluchzte Caro nun, der bei dem vertrauten Gespräch mit ihrer Freundin die angestauten Dämme brachen.

Endlich ergab sich der passende Moment und sie konnte mit jemandem über ihr Gefühlschaos reden.

„Kim, ich kenne das gar nicht von mir. Ich liebe Sam und wir sind schon so lange ein Paar. Aber jedes Mal, wenn ich Patrick sehe, zieht sich mein Bauch zusammen. Ich weiß einfach nicht, was ich dagegen machen soll, " erklärte Caro ihr Dilemma.

„Pass auf, Caro. Bleib erst einmal ruhig und versuche, deine Gedanken für dich zu ordnen, bevor du etwas Unüberlegtes machst. Am besten du gehst diesem Patrick aus dem Weg und konzentrierst dich auf Sam und deine Arbeit. Denk daran, dass es um weitaus mehr geht, als nur um einen Urlaubsflirt. Du bist verlobt und willst heiraten – das solltest du nur aufgeben, wenn du dir hundertprozentig sicher bist!", riet Kim ihr.

Caro war froh, dass sie sich Kim geöffnet hatte. Patrick zu ignorieren, sollte nicht so schwer sein, denn das Gleiche schien Patrick gerade mit ihr zu veranstalten.

Sie versprach Kim, sich bald wieder bei ihr zu melden, wünschte ihr viel Glück für ihr baldiges Date und verabschiedete sich von ihr.

Kaum hatte sie aufgelegt, rief Sam an.

„Caro, sorry, ich war gerad mit einer Kollegin essen. Da wollte ich nicht ans Telefon gehen!", meldete er sich.

„Mit wem warst du denn essen?", wollte Caro sofort wissen und eine kleine Welle der Eifersucht beschlich sie.

Sie war es nicht gewohnt, dass Sam sich mit anderen Frauen traf.

„Mit Anja, sie ist neu bei uns und ich wollte ihr den Einstieg etwas erleichtern", sagte Sam.

„Ach so", antwortete Caro knapp, „jetzt habe ich allerdings nicht mehr viel Zeit - ich muss gleich arbeiten."

„Oh stimmt, daran habe ich nicht gedacht", erwiderte Sam. „Geht es dir sonst gut?"

„Alles bestens. Bei dir auch?", fragte Caro

„Ja, bei mir auch. Die Arbeit macht Spaß und auf dem Hof läuft auch alles", antwortete Sam.

Danach schwiegen sie eine kurze Zeit und Caro, der dieser Smalltalk zu blöd war, verabschiedete sich mit der Begründung, dass sie gleich ihre erste Kundin für heute empfangen musste.

„Und die Arbeit macht auch Spaß!", äffte sie Sam in Gedanken nach.

Es wurmte sie, dass er mit einer anderen Frau zum Essen verabredet war. Doch hatte sie überhaupt das Recht, ihn deswegen zu verurteilen? Schließlich hätte sie Patrick ohne zu zögern auf seinem Ausflug begleitet. Allerdings wären da noch ungefähr dreißig weitere Teilnehmer gewesen. Sie beschloss für sich, dass das etwas Anderes gewesen wäre und schließlich nicht einmal stattgefunden hatte.

Erst auf dem Weg zum Friseursalon dämmerte es Caro, dass es bei Patrick aufgrund der Zeitverschiebung schon abends war. Das hieß, dass er mit seiner neuen Kollegin nicht zusammen die Mittagspause verbracht hatte, sondern nach Feierabend mit ihr ausgegangen war. Caro war innerlich so aufgebracht und wütend, dass sie gar nicht wusste, wie sie den Arbeitstag überstehen sollte. Sonja bemerkte sofort, dass etwas mit Caro nicht stimmte und übernahm den ersten Kunden, damit ihre Kollegin noch etwas Ruhe hatte. Pia dagegen, die heute auch wieder an ihrem Arbeitsplatze herumhantierte, war bestens gelaunt. Als sie in den Personalraum trat, wo Caro sich gerade auf den nächsten Kunden vorbereitete und Alufolie für Strähnchen riss, grüßte Pia sie überfreundlich.

„Was ist dir denn über die Leber gelaufen", erkundigte sie sich sogar bei Caro.

Caro grüßte zwar zurück, blieb ihrer Kollegin und deren guter Laune gegenüber aber skeptisch. Sie würde Pia bestimmt nicht mit Details von ihrem Gefühlschaos füttern und von einem Verlobten berichten, der gerade seiner neuen unbeholfenen Kollegin helfen musste, indem er nach Feierabend mit ihr essen ging.

Daher antwortete sie nur knapp: „Alles gut, ich habe nur ein bisschen wenig geschlafen in letzter Zeit!"

„Oh, das kenne ich. Aber solange man dabei in guter Gesellschaft ist, ist das nicht so schlimm!", antwortete Pia scheinheilig und augenzwinkernd.

„Was soll mir das nun wieder sagen?", dachte Caro, ging aber bewusst nicht weiter darauf ein.

Gerade als sie zurück in den Salon ging, hörte sie, wie Pia etwas zerknüllte und in den Mülleimer warf. Als sie sich umdrehte, erstarrte sie. Pia hatte gerade ihre feinsäuberlich abgerissenen Alublätter entsorgt.

Empört rief sie: „Was machst du denn da?"

„Ach, sorry, brauchst du das etwa noch? Ich dachte, es wäre Abfall und wollte beim Aufräumen helfen", entgegnete Pia unschuldig.

Caro wusste genau, dass Pia gesehen hatte, wie sie die Folien vorbereitet hatte und kochte mittlerweile innerlich vor Wut.

„Erst Patrick, dann Sam und jetzt auch noch das hier", dachte sie.

Bevor die Situation ausarten konnte, kam Sonja ihr zur Hilfe.

„Pia, misch dich nicht in unsere Arbeit ein. Sonst hilfst du ja auch nicht!", blaffte sie Pia an.

Zu Caro sagte sie dagegen warmherzig: „Ich habe vorhin auch Folien vorbereitet, du kannst sie erst einmal benutzen. Ich mache mir neue, wenn ich etwas Luft habe."

Caro dachte, die Situation würde nun aus dem Ruder laufen, wo Sonja Pia so harsch angegangen war. Doch ihr konnte heute wohl niemand die Laune verderben und sie verließ nur achselzuckend den Personalraum.

„Danke, Sonja. Das ist lieb von dir. Heute ist echt nicht mein Tag!", sagte Caro kleinlaut.

„Keine Ursache, Liebes. Aber sei auf der Hut. Ich bin mir sicher, dass Pia etwas im Schilde führt, sonst wäre sie nicht so nett und scheinheilig. Am besten du konzentrierst dich jetzt auf die Arbeit und nach Feierabend nehmen wir zusammen einen Drink", bot Sonja Caro an.

„Das ist eine gute Idee. Danke nochmal!"

Als nach vier Stunden endlich der letzte Kunde den Salon verließ, atmete Caro auf. Nach ihrer Verabredung mit Sonja, suchte sie schlag-k.o. ihre Kabine auf. Als sie eintrat, war Sally gerade unter der Dusche.

„Heute Morgen hatte der Tag so gut begonnen", dachte Caro, als sie sich an ihren Ausflug mit Sally erinnerte. Sie zog ihre Uniform aus und schlüpfte in eine Jogginghose und ein T-Shirt. Sie hatte nicht vor, die Kabine heute noch einmal zu verlassen. Ein Blick auf ihr Handy verriet ihr, dass sie eine Nachricht von Sam hatte. Er hatte ihr direkt nach ihrem Telefonat geschrieben:

> <Caro, unser Gespräch gerade verlief komisch. Wir
> müssen es doch zumindest hinbekommen, dass wir
> uns wenigstens etwas zu sagen haben, wenn wir uns
> schon nicht sehen. Ich habe das Gefühl, gar nichts
> mehr von deinem Leben mitzubekommen. Wir
> gehören doch zusammen. Ich liebe dich, Sam.
> PS: Denk an deine Briefe!>

Caro konnte nicht anders und fing an zu schluchzen. Heute war wirklich nicht ihr Tag. Auch sie fand, dass die Situation zwischen Sam und ihr alles andere als optimal war. Am liebsten wäre sie jetzt bei ihm, um sich in seine Arme zu kuscheln. In seinen Armen war die Welt immer in Ordnung gewesen. Sie erhob sich und holte das Bündel Briefe aus dem Schrank. Mit Schrecken hatte sie bemerkt, dass sie die Briefe ganz vergessen hatte und hätte Sam sie nicht daran erinnert, wären sie wahrscheinlich im Schrank verrottet. Sie blätterte die einzelnen Briefe durch und konnte sich nicht zwischen „Kummer", „Wütend", „Sehnsucht" und „Traurig" entscheiden. Letztendlich fiel ihre Wahl auf „Kummer". Sie öffnete den Brief und fing an zu lesen:

<Mein allerliebster Schatz,

Ich bedaure sehr, dass du diesen Brief öffnen musst und ich nicht persönlich für dich da sein kann. Am allermeisten hoffe ich aber, dass ich nicht der Grund für deinen Kummer bin. Falls doch, weiß ich jetzt schon, dass es mir mindestens genauso schlecht geht wie dir und wir das ganz sicher wieder hinbekommen werden. Egal was es ist, Caro, wir zwei halten zusammen und egal wie weit wir voneinander entfernt sind, ich bin im Herzen immer bei dir. Ich kenne dich lange genug, um zu wissen, dass du den Ballast höchstwahrscheinlich allein mit dir herumträgst. Daher rate ich dir, mit jemandem darüber zu reden. Sollte niemand da sein, dem du dein Herz öffnen kannst, zögere nicht, mich anzurufen, ganz egal wie spät es sein mag.
Ich liebe dich, mein Schatz. Alles wird wieder gut!
Dein Sam>

Auf der einen Seite fühlte sich Caro etwas besser, weil Sam sie in seiner Nachricht auf die Briefe aufmerksam gemacht hatte. Das hieß, dass er ahnte, dass es ihr schlecht ging und wollte, dass sie einen seiner tröstenden Briefe lesen sollte. Auf der anderen Seite liefen ihr die Tränen ununterbrochen weiter über ihre Wangen. Erst überlegte sie Sam anzurufen, um sich bei ihm zu entschuldigen, sie wollte sich nicht mit ihm streiten. Dann überlegte sie, den Brief „Sehnsucht" zu öffnen, als Sally aus dem Bad kam.

„Was ist denn mit dir los?", fragte sie entsetzt und lief nur mit einem Handtuch bekleidet auf Caro zu.

Also befolgte Caro den Rat ihres Verlobten und vertraute sich ihrer Mitbewohnerin an. Sie berichtete ihr jedes einzelne Detail von Anfang an. Davon, dass sie Patrick bereits bei der Schulung kennengelernt hatte und sie sich damals schon gut verstanden hatten. Von ihrem Gefühl im Bauch, wenn sie ihn sah und ihrer Enttäuschung über sein derzeitiges abweisendes Verhalten. Dann erzählte sie ihr von Sam und von der spontanen Verlobung nach ihrem Streitgespräch, davon, wie erschrocken sie darüber war, dass sie kaum an ihn dachte und – mal abgesehen von heute – ihn nicht wirklich vermisste. Außerdem teilte sie ihr mit, wie verwundert sie darüber war, dass Sam mit einer Arbeitskollegin den Abend verbracht hatte. Zu guter Letzt unterrichtete sie Sally noch darüber, dass es Pia auf sie abgesehen hatte und gab ihre Vermutung kund, dass es sicherlich daran lag, dass Pia ein Auge auf Patrick geworfen hatte.

Als sie Sally in ihre Gefühlswelt eingeweiht hatte, schluchzte sie: „Sally, ich weiß einfach nicht, was mit mir los ist. Eigentlich müsste ich Sam so vermissen, aber ich habe so oft das Gefühl, dass er mich überhaupt nicht versteht. Es macht mir Angst, dass ich mir so viele Gedanken über Patrick mache und du glaubst gar nicht, was ich für ein schlechtes Gewissen habe. Ich bin noch nicht einmal eine Woche an Bord und habe das Gefühl, mein ganzes Leben verändert sich und läuft aus dem Ruder."

Sally hatte Caro während des Gesprächs einen Arm um die Schultern gelegt und hörte ihr aufmerksam zu.

Mit Bedacht antwortete sie: „Caro, ich bin immer für dich da, versprochen. Aber ich weiß, wie es sich anfühlt, hintergangen zu werden. So, wie ich deinen Freund aus deinen Erzählungen einschätze, glaube ich, dass er es tatsächlich nur nett gemeint hat, als er mit seiner Kollegin noch gemeinsam Essen war. Keiner gibt uns eine Garantie, ob eine Liebe für immer halten kann. Das ist der Preis, den man zahlt, wenn man sich auf jemandem einlässt. Ich rate dir, versuch herauszufinden, was du wirklich möchtest, ohne mit den Gefühlen eines anderen zu spielen. Patrick ist und bleibt ein Frauenschwarm, Caro, lass dich nicht von ihm blenden. Er ist ein guter Kerl, aber wer weiß, welche Absichten er hat. Weiß er überhaupt, dass du verlobt bist?"

Caro sah Sally zerknirscht an und flüsterte kaum hörbar: „Nein, er weiß es nicht".

„Ach Caro, ich kenne dich inzwischen schon ganz gut und weiß, dass du niemandem etwas Böses willst. Ich bin mir sogar sicher, dass du die Letzte bist, die mit den Gefühlen anderer spielt. Versuche, in den nächsten Wochen nichts zu überstürzen und lass Patrick ein bisschen schmoren. Dann lässt dich vielleicht auch Pia in Ruhe. Sollte Patrick ernsthaft interessiert sein, ist er es auch dann noch und du kannst in der Zeit in dich hineinfühlen und herausfinden, was dein Herz dir sagt", schlug Sally ihr vor.

Caro registrierte, dass Kim ihr ungefähr das Gleiche geraten hatte und war sich auch klar darüber, dass ihre beiden Freundinnen Recht hatten.

Doch dann sagte Sally noch etwas, dass Caro überraschte: „Sam ist dein erster Freund, richtig? Dann bleibe nicht nur aus Gewohnheit und Angst vor etwas Neuem bei ihm. Das würde auf Dauer nicht gut gehen. Vielleicht hat es einen Grund, warum du dich entschieden hast, deine Heimat zu verlassen. Denk auch einmal darüber nach."

Caro lag an diesem Abend noch lange wach und grübelte über die Ratschläge ihrer Freundinnen nach. Ob Sally mit ihrer Vermutung Recht hatte, dass sie mit Sam nur aus Gewohnheit zusammen war? Es stimmte schon, es hatte einfach immer so gut gepasst. Die Familien verstanden sich blendend, die Höfe lagen nebeneinander und er war immer an ihrer Seite gewesen. Sie beschloss, sich eine Weile Zeit zu geben und hoffte, dass ihr währenddessen eine Erleuchtung kommen würde. Erst in den frühen Morgenstunden fiel sie in einen unruhigen Schlaf.

Kapitel 10

Die nächsten Wochen verliefen tatsächlich ruhiger und es kehrte so etwas wie Alltag ein. Ihre Kreuzfahrt führte von Tortola nach St. Maarten, dann nach Antigua und weiter nach Santo Domingo. Von da aus ging es nach einem Seetag hinüber nach Kolumbien, Panama und Costa Rica. Der letzte Stopp vor ihrem Heimathafen war George Town. Nach insgesamt zwei Wochen kehrten sie zurück nach Jamaika.

Während dieser Zeit hatten sich Sonja und Caro abgewechselt, so dass jede von ihnen auch die Möglichkeit gehabt hatte, an Landgängen teilzunehmen. Somit hatte Caro bereits nach vierzehn Tagen fünf der insgesamt zehn Ausflugziele gesehen. Meistens hatte sie sich ihrer Lieblingsreiseführerin, Sally, angeschlossen. Nur einmal war sie mit den Mädels vom Kidsclub unterwegs gewesen. Caro war überwältigt von den vielen neuen Eindrücken und überaus dankbar, dass sie die Chance bekommen hatte, diese Orte bereisen zu dürfen. Aus diesem Grund fiel ihr die Arbeit im Salon auch alles andere als schwer, so dass sie stets gutgelaunt die schönsten Frisuren zauberte. Das hatte sich natürlich bei ihrer Kundschaft herumgesprochen und Caros Terminkalender war stets prall gefüllt. Doch ihrem Versprechen, täglich mit Sam zu telefonieren, kam sie trotz der vielen Termine gewissenhaft nach. Nach ein, zwei Tagen waren die Beiden auch wieder vertrauter miteinander und Caro verdrängte jegliche Bedenken, die sie zuvor noch gehegt hatte. Dies fiel ihr umso leichter, da sie Patrick, obwohl er direkt gegenüber wohnte, nur sehr selten zu Gesicht bekam. Während der Liegezeiten in einem Hafen ging er immer mit einer Reisegruppe von Bord und auch sonst schien er einen völlig anderen Tagesablauf als Caro zu haben, denn selbst beim Essen waren sie sich nur einmal kurz über den Weg gelaufen. Sie hatten sich aus einer größeren Distanz nur kurz zugenickt und jeder hatte sich an einen anderen Tisch zu einer Gruppe dazugesetzt.

Caro war mittlerweile zu einer waschechten Seefrau geworden, zumal sie inzwischen auch den letzten Teil ihrer Schulung mit Bravour abgeschlossen hatte. Sie hatte sich mit dem Leben an Bord mehr als arrangiert und schob ihre anfänglichen Gefühlsausbrüche auf die berüchtigte erste Woche zurück. Schließlich hatten sie viele davor gewarnt, dass die erste Woche die härteste sein würde.

Doch gerade als sie fast selbst davon überzeugt gewesen war, dass alles wieder in geordneten Bahnen verlief, wurde sie, wie schon so oft, eines Besseren belehrt. Als das Schiff zum dritten Mal in Santa Domingo angelegt hatte, beschloss Caro, Sally erneut bei einer Tour zu begleiten. Diesmal würde es, so hatte Sally verraten, zu den 27 Wasserfällen von Damajagua gehen. Die Teilnehmerzahl war begrenzt, doch da es sich um eine Aktivtour handelte, war diese zum Glück nicht komplett ausgebucht, sodass Caro mitfahren konnte. Als sie sich jedoch am Treffpunkt einfand, stellte sie mit Entsetzen fest, dass Patrick als zweiter Scout mitkommen würde. Das hatte Sally ihr wohlweislich nicht verraten.

„Was treibt dich denn zu uns? Hast du Verlangen nach Adrenalin?", begrüßte sie Patrick auch gleich zynisch.

„Wie kommst du denn da drauf? Steigt bei dir der Blutdruck beim alleinigen Betrachten von Wasserfällen an?", erwiderte Caro gereizt.

In diesem Moment trat Sally neben Caro und sagte augenzwinkernd: „Kein Grund zur Sorge. Lass dich nicht von Patrick ärgern."

Sobald die Reisegruppe komplett war, verließen sie gemeinsam das Schiff und stiegen in einen kleinen Reisebus. Die Scouts setzten sich nach vorne und Caro nahm eine Reihe dahinter Platz.

Als der Bus anfuhr, griff ihre Freundin zum Mikrofon, um eine Durchsage zu machen: „Liebe Urlauberinnen und Urlauber. Schön, dass ihr alle an unserer Tour zu den 27 Wasserfällen von Damajagua teilnehmt. Die Fahrt dauert ca. zwei Stunden. Daher möchte ich die Gelegenheit nutzen, euch etwas über unser Ausflugsziel zu erzählen. Zunächst einmal werde ich einen Irrtum aufklären. Der Name 27 Wasserfälle ist eigentlich eine falsche Übersetzung aus dem spanischen Wort „Charcos", das bedeutet Pools und nicht Wasserfälle. Tatsächlich gibt es aktuell nur rund 12 Wasserfälle. Das sollte uns jedoch keinesfalls von unserem Vorhaben abhalten. Wenn wir im Basislager ankommen, wird jeder Teilnehmer mit einer Rettungsweste und einem Helm ausgestattet. Ich bitte euch, die Schuhe während des ganzen Ausfluges anzubehalten. Wir werden ca. 45 Minuten benötigen, um auf die Spitze der Wasserfälle zu wandern. Ab da beginnt dann der wirkliche Spaß, wo ihr alle bis zum Basislager zurück von den Wasserfällen springt, schwimmt und rutscht. Dort angekommen erwartet uns dann ein typisches dominikanisches Mittagessen."

Caro sah Sally mit aufgerissenen Augen an. Von Springen, Rutschen und Schwimmen hatte sie nichts gewusst.

Auch Patrick hatte Caros entgeistertes Gesicht bemerkt und konnte sich einen Kommentar nicht verkneifen: „Na, hast du jetzt etwa Angst?"

Doch sofort mischte sich Sally ein: „Was bist du denn so eklig, Patrick. Du hättest schließlich nicht mitkommen müssen. Darf ich dich daran erinnern, dass du freiwillig die Tour getauscht hast, um heute dabei zu sein. Also lass Caro in Ruhe!"

Nach dieser kurzen Standpauke ergriff sie erneut das Mikrofon: „Eins noch, was ich vergessen habe zu erwähnen. Sollte euch ein Wasserfall zu hoch sein oder ihr wollt einfach nicht springen, gibt es immer die

Möglichkeit, zu Fuß außen drumherum zu laufen. Macht euch also bitte keine Sorgen."

Leise sprach sie nur zu Caro weiter: „Caro, vertrau mir, das macht total Spaß. Und wie gesagt, hier wird niemand zum Springen gezwungen."

Das beruhigte Caro zwar etwas, doch sie ärgerte sich darüber, dass Patrick sie für einen Angsthasen hielt.

Die Fahrt über die Insel verging schnell. Caro, die bisher nur die Küste kannte, fand es spannend, nun auch einmal das Innere des Landes zu entdecken. Sie blickte fast die ganze Strecke über aus dem Fenster und beteiligte sich kaum an Sallys und Patricks Unterhaltung.

Sobald sie angekommen waren, erhielt jeder aus der Gruppe einen Helm und eine Rettungsweste.

Caro drehte sich unauffällig zu Sally und flüsterte: „Sally, ich habe mich darauf eingestellt, Wasserfälle zu besichtigen, nicht in ihnen herumzuklettern. Ich habe weder einen Bikini noch Wechselklamotten dabei."

Sally grinste sie an: „Aber ich. Vorhin, als du im Bad warst, habe ich alles eingepackt! Dort drüben kannst du dich schnell umziehen."

Caro nahm überrascht ihren Bikini entgegen und schüttelte den Kopf.

„Du bist mir eine", erwiderte sie.

Als alle startklar waren, zog die Truppe bergauf. Sie wanderten querfeldein. Richtige Wege gab es nur streckenweise. Ringsherum waren Bäume und Caro bestaunte die unberührte Natur, die sie hier vorfanden. Es war warm und spätestens nach dem ersten steilen Anstieg geriet ausnahmslos jeder ins Schwitzen. Die Freude war umso größer, als sie endlich oben angekommen waren und den ersten Wasserfall erblickten. In Caro wuchs erneute Anspannung. Sie hatte nicht die leiseste Ahnung, was auf sie zukommen würde und die Anwesenheit von Patrick ließ sie noch unsicherer werden.

Der Guide forderte sie auf, sich in dem davor gelagerten Wasserbecken nass zu machen und dann zurück zu ihm ans Ufer zu kommen. Alle gehorchten und keine Minute später waren alle komplett nass. Der Guide sprach auf Englisch und Patrick übersetze für die Teilnehmer.

„Es ist wichtig, dass ihr jetzt genau zuhört, damit keine Unfälle passieren. Unser einheimischer Guide heißt Alex und wird uns nun eine kurze Einweisung geben."

Patrick übersetze weiter, was Alex erzählte. „Bei jeder Rutsche – diese sind übrigens nicht künstlich angelegt, sondern bestehen aus glatten Felsen – verschränkt ihr die Arme vor der Brust und rutscht mit den Füßen voraus herunter. Da wir uns in einem Fluss befinden, herrscht immer eine gewisse Strömung. Solange ihr keine andere Anordnung bekommt, könnt ihr euch immer darin treiben lassen. Doch an manchen Stellen ist es wichtig, dass ihr aus der Strömung herausschwimmt, um nicht unkontrolliert den nächsten Abhang herunterzustürzen. Aber dazu mehr, wenn es soweit ist. Außerdem ist es wichtig, dass ihr nacheinander springt oder rutscht und vorher sicher seid, dass der Vorgänger bereits weit genug entfernt ist. Setzt nun bitte alle eure Helme auf. Alex wird mit mir gemeinsam die Gruppe anführen und Sally und Caro bilden das Ende, damit uns keiner verloren geht. Also dann, auf los geht's los!"

Caro verspürte Vorfreude und Angst zugleich. Sie war begeistert von dem Naturschauspiel, das sich ihr hier darbot, doch sie hatte Respekt vor der Gewalt des Flusses und der Höhe. Dennoch nahm sie den Platz vor Sally ein und folgte der Gruppe. Zunächst schwammen sie durch das kleine Becken ans andere Ende. Dort angekommen, offenbarte sich die erste Schleuse, die sie ein Becken tiefer befördern würde. Sie sah, wie alle der Reihe nach Platz nahmen, die Hände über der Brust verschränkten und mit der Strömung hinunterrutschten. Als sie an der Reihe war, nahm sie erleichtert zur Kenntnis, dass die Höhe keine zwei Meter betrug. Also nahm auch sie die vorgegebene Position ein und rutschte ohne zu zögern. Sie tauchte kurz mit dem Kopf unter Wasser, wurde aber sofort von der Rettungsweste zurück an die Wasseroberfläche befördert.

Caro strahlte und rief Sally, die gerade nach ihr ins Wasser geplatscht war, zu: „Das ist ja der Hammer! Wahnsinn!"

„Habe ich doch gewusst, dass es dir gefallen würde", antworte Sally selig.

Caro hatte ihre Angst überwunden und tobte den anderen freudig hinterher, gespannt darauf, was noch alles kommen würde. Sie rutschten noch ein paar weitere Male, einmal sogar durch eine Art Höhle hindurch, wo der Fluss ganz schmal war, bis sie zu ihrem ersten richtigen Wasserfall kamen. Die Gruppe war auf einen Felsvorsprung geklettert und hatte sich dort versammelt und gewartet, bis auch die Letzte, nämlich Sally, angekommen war.

Als Alex zu sprechen begann, übersetzte Patrick: „Wir sind nun bei unserem ersten Sprung angekommen. Bitte springt alle einzeln nacheinander. Sobald ihr aufgetaucht seid, schwimmt nach rechts weg, senkrecht zur Strömung bis zum Ufer. Dort werden wir warten und euch aus dem Wasser helfen. Zur Unterstützung schmeißen wir euch ein Seil zu, an dem ihr euch notfalls festhalten könnt und mit dem wir euch direkt bis zum Ufer ziehen", ordnete er an. „Alex springt zuerst, dann ich. Guckt euch von hier oben genau an, wie wir es machen. Sobald wir in Position sind, geben wir euch ein Zeichen. Dann kann der Nächste springen. Ihr braucht keine Angst zu haben. Es sind nur vier Meter und das Wasser ist an dieser Stelle sehr tief. Also, bis gleich und genießt es!"

Ehe Caro sich versah, war der Guide gesprungen, aufgetaucht, nach rechts weggeschwommen und hatte sich am Ufer hinaufgezogen. Er winkte Patrick zu und dieser machte es ihm nach. Alex zog ein Seil von seinem Gürtel und die beiden Männer positionierten sich, um gleich alle nacheinander aus dem Wasser zu ziehen.

Dann gab Alex ein Zeichen und rief: „Jump!"

Einer der Teilnehmer nahm ein, zwei Schritte Anlauf und sprang ebenfalls. Er tauchte auf, griff nach dem Seil, das Alex und Patrick ihm zugeworfen hatten, schwamm zum Ufer hinüber und ließ sich hochhelfen.

„Sieht eigentlich ganz einfach aus", dachte Caro. Alle Teilnehmer wagten den Sprung der Reihe nach und es lief immer gleich ab. Schließlich blieben außer Sally und Caro nur noch zwei etwa 18 Jahre alte Mädels übrig. Das eine Mädchen hatte Angst und traute sich nicht zu springen. Sally beruhigte sie und sprach ihr Mut zu.

„Es passiert nichts, versprochen. An dieser Stelle kann man leider nicht ausweichen, nur bei den hohen Wasserfällen gibt es Fußwege, die drumherum führen", sagte sie.

Caro merkte, dass die Teilnehmerin mit den Tränen kämpfte.

„Ich habe auch Angst", gestand Caro ihr. „Ich habe das zuvor noch nie gemacht. Vielleicht kannst du dich hinhocken, dann sieht es nicht mehr so hoch aus", versuchte sie, das Mädchen aufzumuntern.

Ihre Freundin redete ihr auch gut zu: „Pass auf, Lisa. Ich springe vor und erwarte dich dann drüben, ok?"

Lisa nickte. Ihre Freundin drehte sich um, sprang und ließ sich von den Jungs unten ans Ufer ziehen. Ohne weiter zu diskutieren und lange zu überlegen, trat Lisa schnell vor und sprang hinterher. Unten angekommen, tauchte sie panisch aus dem Wasser auf, keuchte und schnappte nach Luft. Sie hatte während des kurzen freien Falls geschrien und scheinbar Wasser geschluckt. Die Jungs hatten ihr bereits das Seil zugeworfen und wiesen sie an, danach zu greifen. Doch Lisa reagierte nicht. Sie planschte orientierungslos im Wasser und wurde von der Strömung in Richtung des nächsten Wasserfalls getrieben.

Caro und Sally brüllten ebenfalls von oben: „Lisa, du musst das Seil greifen. Lisa hörst du uns?"

Doch ehe es zu spät war, machte Alex einen Kopfsprung ins Wasser, kraulte zu ihr hinüber, packte sie und griff nach dem Seil. Patrick reagierte sofort und zog die beiden zurück zum Ufer. Er half zuerst Lisa und dann Alex hinauf. Caro und Sally fühlten sich hilflos, weil sie von da oben nichts tun konnten. Lisa weinte und zitterte am ganzen Körper. Sie hatte sich so unter Druck gesetzt, dass sie nichts um sie herum mehr wahrgenommen und vergessen hatte, nach dem Seil zu greifen. Patrick und ihre Freundin beruhigten sie.

Alex forderte nun die beiden Verbliebenen auf zu springen. Caro überkam nun auch Panik. Es war zwar alles gut gegangen und Lisa schien unverletzt zu sein, doch es hätte auch anders kommen können. Was, wenn ihr das Gleiche passierte.

Sally schien ihre Gedanken lesen zu können und versprach ihr: „Es wird alles gut gehen Caro. Du musst nur nach dem Seil greifen und nach rechts wegschwimmen. Du darfst nur nicht panisch werden."

„Ok, ich springe", antworte Caro.

Sie ging nach vorn und machte einen weiten Schritt. Kurz darauf landete sie mit einem lauten Platsch im Wasser und tauchte unverzüglich wieder auf. Sie blickte sich sofort nach dem Seil um, nahm es und ließ sich an Land ziehen. Sally tat es ihr gleich.

Somit war die Gruppe wieder vollzählig. Gerade als sie weitergehen wollten, fing Lisa wieder an zu schluchzen.

„Kann ich von hier aus auch zu Fuß zurückgehen?", erkundigte sie sich. Scheinbar hatte sie der Mut verlassen und nach ihrem Erlebnis keine Lust mehr auf das Abenteuer. Sally hockte sich neben sie und bot ihr an, sie zurück zur Basisstation zu begleiten. Caro, die sofort begriff, dass sie damit alleine das Schlusslicht der Gruppe bilden würde, und keine Ahnung hatte, was noch auf sie zukommen würde, schritt ein.

„Nichts da Sally, ich gehe mit. Du bist doch der Scout und kennst dich hier aus."

Sally schüttelte nur mit dem Kopf.

„Nein, Caro, ich war schon öfter dabei und kenne die Tour. Du dagegen warst hier noch nie und sollst dich amüsieren. Ihr seid ja immer noch zu dritt. Das reicht locker. Vielleicht kannst du mit Alex vorne gehen und Patrick bleibt hinten", schlug Sally vor.

„Na klar", mischte Patrick sich ein. „Das kriegen wir locker hin. Außer du hast Angst, Caro."

Caro bemerkte, dass Patrick sie aufziehen wollte, doch sie ließ sich nichts anmerken. Sie wusste immer noch nicht, warum er es so auf sie abgesehen hatte. Doch die Blöße gab sie sich bestimmt nicht.

„Ich habe keine Angst, Patrick. Ich komme mit", sagte sie entschlossen.

„Gut, dann bringe ich Lisa jetzt in die Basisstation. Wir treffen uns später zum Mittagessen. Bis dann", beendete Sally die Diskussion.

Sie half Lisa hoch, die immer noch wackelig auf den Beinen war und kurze Zeit später waren sie zwischen den Bäumen verschwunden.

Die nächsten eineinhalb Stunden verliefen ohne weitere Zwischenfälle. Sie waren viel geschwommen und hatten sich von der Strömung treiben lassen. Caro war begeistert, wie schnell sie teilweise mitgerissen wurden. Dank der Rettungsweste musste man sich auch absolut nicht anstrengen, um über Wasser zu bleiben und konnte die „Fahrt" genießen. Zwischendurch mussten sie an einigen Stellen etwas klettern oder rutschen. Sie hatten ebenfalls noch einige Sprünge hinter sich gebracht, doch landeten sie jedes Mal in Auffangbecken, in denen keine große Strömung herrschte, sodass Caro zu keiner Zeit Angst gehabt hatte. Ganz im Gegenteil sie hatte richtig Spaß an der Tour gefunden und war froh, dass sie nicht vorzeitig abgebrochen hatte, um

Lisa zu begleiten. Trotzdem wusste sie, dass ihr noch die letzten zwei Wasserfälle bevorstanden und sie hatte aufgeschnappt, dass diese besonders hoch sein würden. Bisher hatten sie eine maximale Sprunghöhe von vier Metern absolviert. Das hatte Caro zwar immer eine kleine Überwindung gekostet, ihr im Nachhinein aber Spaß gemacht.

Sie hatte mit Patrick besprochen, dass sie weiterhin das Schlusslicht bilden sollte, damit er vorn im Ernstfall immer eingreifen konnte. Caro war diese Vereinbarung Recht gewesen, denn somit war sie nie gezwungen, als eine der Ersten zu springen und konnte sich alles in Ruhe angucken, ehe sie an der Reihe war.

Doch als Schlusslicht bekam sie auch alles als Letzte mit. So vernahm sie schon ein Raunen, das durch die Menge ging, bevor sie sehen konnte, was der Anlass dafür war. Die kleine Truppe, nachdem Sally und Lisa frühzeitig zurückgekehrt waren, waren sie noch 17 inklusive Alex, Patrick und ihr, hatte sich bereits in einer kleinen Höhle versammelt. Das Wasser stand ihnen nur bis zu den Oberschenkeln und Caro erkannte erst nicht, was so besonders war. Als auch sie die Höhle betrat, wurde es ihr aber sofort klar. Am Ende war ein kleines Loch, durch das das Wasser prasselte und tief hinabrauschte.

Kaum war Caro eingetroffen, begann Alex mit Hilfe von Patrick zu erklären: „Hier befindet sich einer der höchsten Sprünge auf der Strecke. An dieser Stelle sind wir acht Meter über dem Wasser."

„Nur acht Meter", dachte Caro, „es sieht aus wie mindestens zehn."

„Es wird keiner gezwungen zu springen, aber ich sage euch aus eigener Erfahrung, es lohnt sich. Ich werde euch nun demonstrieren, wie man springt. Alle die nicht springen wollen, hole ich ab, sobald der Rest unten ist", übersetzte Patrick weiter.

Dann sahen alle gespannt zu, wie Alex zu dem Loch ging. Er hielt sich an den Felsen links und rechts davon fest, setzte sich hin, sodass das Wasser ihm bereits in den Rücken drückte. Er streckte seine Beine gerade aus und zählte von drei runter. Dann ließ er los und wurde vom Wasser durch das kleine Loch katapultiert. Seine Hände hatte er noch schnell über der Brust verschränkt. Sie sahen, wie er ins Wasser eintauchte und kurze Zeit später wiederauftauchte. Er schwamm einige Meter beiseite, um Platz für den nächsten zu machen. Die Gruppe sah sich nun um und einige fingen an zu diskutieren, ob sie den Sprung wagen sollten oder nicht.

Unauffällig war Patrick zu Caro hinübergeschlendert und fragte sie herausfordernd: „Na Angsthase, was ist mit dir? Traust du dich?"

Caro hatte eigentlich innerlich schon vorher beschlossen, dass sie da niemals hinunterspringen würde.

Doch sie wollte einfach nicht vor Patrick einknicken und somit antwortete sie ohne groß über die Konsequenzen nachzudenken: „Na klar, was denkst du denn!?"

Derweil hatte sich die Gruppe in zwei Lager aufgeteilt. Zehn der Teilnehmer hatten sich für den Sprung entschieden und vier dagegen. Patrick würde ebenfalls springen.

„Na dann wartet ihr vier bitte hier, bis Alex euch gleich abholt. Ich werde vorspringen, danach geht es der Reihe nach weiter und Caro folgt als Letzte", hatte Patrick angeordnet.

Er setzte sich hin und ließ sich vom Wasser mitreißen. Danach sprang einer nach dem anderen. Ein Mann hatte es sich kurz vor seinem Absprung noch anders überlegt und sich den vier „Nichtspringern" angeschlossen.

Dann war es so weit und Caro war an der Reihe. Die oben Gebliebenen feuerten sie an. Caro hatte Angst und zitterte am ganzen Körper, doch sie setzte sich tapfer in die Öffnung. In ihrem Kopf schwirrten tausend Gedanken umher. Schon beim Setzen hatte sie Mühe gehabt, sich gegen die Wassermassen zu behaupten. Dann ging alles ganz schnell. Noch bevor sie sich innerlich dazu entschlossen hatte zu springen, konnte sie sich nicht mehr halten und schoss durch die Öffnung. Ihre Arme hatte sie noch ausgestreckt und schürfte an der Felswand entlang, ehe sie ins Leere fiel. Schreiend stürzte sie hinab und schlug nach einer gefühlten Ewigkeit auf dem Wasser auf. Patrick, der ihr ungeschicktes Verhalten von unten aus beobachtet hatte, schwamm sofort zu ihr hinüber.

„Caro, hast du dir etwas getan?", fragte er mit einer deutlichen Spur von Sorge in der Stimme.

Caro konnte nicht antworten, denn auch sie hatte Wasser geschluckt und war damit beschäftigt, dieses wieder aus ihren Lungen zu prusten. Patrick ergriff sie an der Rettungsweste und zog sie zum Ufer. Er kletterte zuerst auf den Felsen und zog Caro hinterher. Dort angekommen, öffnete er ihre Weste und zerriss ihr Shirt, um sehen zu können, wo das Blut herkam.

Caro, die langsam wieder zu sich kam, nuschelte: „He, he, mal nicht so stürmisch. Es geht schon."

Das hätte sie besser nicht sagen sollen. Patrick funkelte sie zornig an.

„Was hast du dir dabei gedacht? Kannst du nicht besser auf dich aufpassen?" fuhr er sie an.

Das war zu viel für Caro und sie brach in Tränen aus. Glaubte er etwa, sie habe das mit Absicht gemacht? Hätte er sie nicht so unter Druck gesetzt, wäre sie gar nicht erst gesprungen und dann wäre das alles nicht passiert. Patrick fuhr sich hilflos durch seine nassen Haare.

„Caro, es tut mir leid. Jetzt weine doch nicht. Du hast mir einfach einen riesigen Schrecken eingejagt. Ich hatte einfach Angst um dich", versuchte er, sie zu trösten.

Doch Caro ließ sich nicht so schnell beruhigen. „Wieso bist du dann seit Wochen so eklig zu mir?", schluchzte sie. „Was ist denn mit meinem Arm?"

Caros erste Frage hatte er einfach Übergangen. Als hätte Patrick auf das Stichwort gewartet, nahm er ihren freigelegten Arm und legte ihn sich auf den Schoß.

„Du hast eine tiefe Wunde am Oberarm. Es blutet stark. Ich bringe dich sofort zur Basisstation zu Sally. Wir sind keine zehn Minuten davon entfernt", antwortete er.

Alex rief er das gleiche nur auf Englisch zu. Dieser versprach, den Rest heile hinunter zu bringen und ebenfalls gleich nachzukommen. Schließlich erwartete den Übrigen nur noch ein letzter Wasserfall.

Caro versuchte aufzustehen, doch ehe sie sich versah, ergriff Patrick sie und hob sie vorsichtig hoch.

„Patrick, es ist doch nur mein Arm. Meine Füße sind quietschfidel", beschwerte sich Caro.

Sie wollte sich wehren und selber gehen, doch Patrick ließ sich auf keine Diskussion ein. Und so wurde Caro vor den Augen der restlichen Tourteilnehmer abtransportiert.

Schon von Weitem hatte Sally die beiden erblickt und war ihnen entgegengerannt.

„Was ist passiert?", schrie sie besorgt.

Caro wollte ihr zuwinken, damit sie sah, dass alles gut war, zuckte jedoch sofort zusammen, als sie den Arm bewegte.

„Stillhalten!", befahl Patrick ihr.

Als Sally sie, nach Luft japsend, erreichte, fiel ihr Blick sofort auf Caros Arm und sie stieß einen kleinen Schrei aus.

„Alles gut, Sally", versicherte Caro ihr schnell. „Nur ein kleiner Kratzer!"

Sally sah die Beiden empört an.

„Nur ein Kratzer? So sieht es aber nicht aus. Du musst sofort zu einem Arzt. Wie ist das passiert?", wollte sie wissen.

Caro, die immer noch in Patricks Armen hing, fühlte sich wie ein kleines Kind, das von ihren Eltern verhört wurde.

„Patrick, bitte lass mich jetzt herunter. Ich kann selber stehen.", sagte sie an ihn gewandt.

Als sie wieder festen Boden unter den Füßen hatte, berichtete sie Sally, während sie zur Basisstation gingen, wie sie ihren Arm an der Felswand verletzt hatte.

„Wie? Du bist tatsächlich durch das Loch gesprungen? Das habe ich mich erst nach der dritten Tour getraut!", staunte Sally nicht schlecht.

„Naja", antwortete Caro kleinlaut, „hätte Patrick mich nicht permanent als Angsthase bezeichnet, wäre ich wahrscheinlich auch nicht gesprungen."

„Jetzt bin ich also schuld?" wollte Patrick empört wissen, der das Gespräch belauscht hatte.

Doch Caro sah, dass nun ein kleines Lächeln seinen Mund umspielte.

„Wie dem auch sei", mischte sich Sally wieder ein, „Fakt ist, du musst sofort zum Arzt. Einer von uns begleitet dich mit einem Taxi zurück zum Schiff. Vorher verbinde ich dir provisorisch den Arm, damit die Blutung gestoppt wird."

„Ich werde mitfahren!", sagte Patrick. „Mit Arztbesuchen haben wir schließlich schon unsere Erfahrung."

Er zwinkerte Caro schelmisch zu. Sally verdrehte nur die Augen, sagte aber nichts. Sie ging mit Caro zum Umkleideraum und verband ihr den Arm.

„Wieso ist denn dein Shirt zerrissen?" wollte Sally von ihr wissen.

„Patrick hatte wohl Panik, dass ich verblute", war Caros Antwort.

„Also obwohl er dich so komisch behandelt hat die letzte Zeit, egal bist du ihm ganz sicher nicht, Caro", erwiderte Sally stirnrunzelnd.

Caro ließ die Bemerkung ihrer Freundin unkommentiert. Trotzdem gefiel ihr der Gedanke, dass Sally wohlmöglich Recht haben könnte. Aber warum war er dann so gemein zu ihr gewesen?

Während Sally mit Caro beschäftigt gewesen war, hatte Patrick sich ebenfalls schnell trockene Kleider übergeworfen und ein Taxi organisiert.

„Pass gut auf meine Lieblingsmitbewohnerin auf. Ich denke in einer Dreiviertelstunde werden wir auch aufbrechen", rief Sally den beiden hinterher.

„Sie ist bei mir in den besten Händen", versicherte Patrick ihr und Sally konnte sich einen Kommentar nicht verkneifen.

„Das habe ich gerade mitgekriegt, wie gut du auf sie aufpasst."

Sie sah noch, wie Patrick schuldbewusst den Kopf hängen ließ und im Wagen verschwand. Die ganze Fahrt über zum Schiff erkundigte sich Patrick alle paar Minuten, wie es Caro gerade ging. Jedes Mal versicherte sie ihm, dass der Arm zwar schmerzte, es aber gehen würde. Caro merkte, dass Patrick sich scheinbar die Schuld dafür in die Schuhe schob. Als das Kreuzfahrtschiff in Sichtweite kam, griff er nach ihrer gesunden Hand und blickte ihr tief in die Augen.

„Caro, ich wollte dich nicht zum Springen anstacheln. Es tut mir leid, dass ich mich wie ein Idiot verhalten habe", sagte er schuldbewusst.

Caro wusste nicht, was sie erwidern sollte. Schließlich hatte sie immer noch keine Ahnung, warum er sich überhaupt so ekelhaft verhalten hatte. In dem Moment hielt das Auto an, Patrick sprang sofort hinaus und half ihr auszusteigen. Er stützte Caro auf der gesunden Seite und brachte sie zurück aufs Schiff. Gerade als sie in Richtung Krankenstation abbogen, wären sie fast in Pia gerannt.

„Patrick scheint diese blöde Kuh magnetisch anzuziehen", dachte Caro.

Diese jedoch blieb wie versteinert stehen und musterte die beiden, die für Pia augenscheinlich Arm in Arm liefen.

„Seid ihr jetzt doch ein Paar oder was?", fuhr sie Patrick an.

Scheinbar war dies nicht die erste Unterhaltung, die sie darüber führten, da Pia direkt zur Sache kam.

Patrick reagierte jedoch genervt und fuhr sie an: „Pia, ich habe dir doch schon mehrfach gesagt, dass es dich nichts angeht, mit wem ich was anfange. Ich weiß nur, dass ich von DIR nichts will", das „dir" zog er dabei betont in die Länge.

Das hatte gesessen. Caro, die das ganze Gespräch nur beobachtet hatte, war schockiert von Patricks Ton. Er war zwar auch zu ihr barsch gewesen, doch lange nicht so, wie er sich gegenüber Pia präsentierte. Pia dagegen entglitten die Gesichtszüge.

Sie machte schwungvoll auf dem Absatz kehrt und rief gehässig zurück: „Das sah letztens aber noch ganz anders aus!"

Caro wusste nicht, was das bedeutete und wollte es in diesem Moment auch gar nicht wissen. Patrick schnaubte verächtlich und zog Caro dann behutsam weiter in Richtung Wartezimmer.

Als Caro endlich verarztet worden war und das Krankenzimmer wieder verlassen durfte, brachte Patrick sie zu ihrer Kabine. Er war ihr die ganze Zeit nicht von der Seite gewichen und hatte versucht, sie vom Schmerz abzulenken. Caros Wunde war größer, als es zunächst den Anschein gehabt hatte, und musste mit einigen Stichen genäht werden. Zum Glück war es der linke Arm, sodass Caro immer noch in der Lage sein würde, ihrem Job nachzugehen. Als sie bei der Kabine ankamen, war es bereits 15:30 Uhr. In einer halben Stunde würde ihre Arbeit im Salon beginnen. Patrick konnte nicht fassen, dass Caro keine Krankschreibung, wenigstens für heute, annehmen wollte.

„Es ist doch nur der linke Arm, Patrick. Mein Terminkalender ist voll. Wer soll sich sonst um die Kunden kümmern", hatte sie ihm erklärt.

Vor der Kabine entstand für einen kurzen Moment eine Situation, wo keiner wusste, was er nun sagen sollte. Caro beschloss kurzerhand, Patrick zu umarmen und bedankte sich für seine Hilfe. Bevor sie ihre Kabinentür ins Schloss warf, drehte sie sich noch einmal um und sah ihm direkt in seine leuchtenden, grünen Augen.

„Übrigens, süß, dass du dir Sorgen um mich gemacht hast!"

Sie wählte mit Absicht genau dieselben Worte, die er das letzte Mal zu ihr gesagt hatte. Sie sah, wie seine Augen amüsiert aufblitzten. Doch bevor er etwas erwidern konnte, war Caro schon in ihrer Kabine verschwunden.

Kapitel 11

Als sie in den Fahrstuhl stieg, um zum Salon zu fahren, traf sie Sonja. Ihr Blick fiel direkt auf Caros Verband, der unter dem T-Shirt noch ein gutes Stück hervorlugte.

„Was ist denn mit dir passiert?", wollte Sonja sofort wissen.

Caro berichtete ihr in einer Kurzversion von ihrem Unfall.

„Du machst ja Sachen!", kommentierte Sonja ihren Bericht. „Kannst du denn so überhaupt arbeiten?"

„Ich denke schon", hatte Caro sie beruhigt.

Im Salon angekommen checkte Sonja sofort alle Termine und teilte die Kunden so auf, dass Caro nur die einfachen Schnitte zugeteilt wurden und sie auf diese Weise ihren Arm nicht allzu sehr beanspruchen musste.

„Du bist ein Schatz! Ich danke dir", antwortete Caro erleichtert und umarmte sie.

Sie nahm sich vor, in nächster Zeit unbedingt etwas mit Sonja abseits der Arbeit zu unternehmen, um sich in irgendeiner Weise für all das, was ihre Kollegin bisher für sie getan hatte, erkenntlich zu zeigen. Pia hatte sie zum Glück noch nicht zu Gesicht bekommen und so berichtete sie Sonja noch von dem Zwischenfall vor der Krankenstation.

„Das ist so typisch für Pia. Pass bloß auf! Die ist genau wie Susanne. Die ist damals von Bord geflogen, weil sie mit einem Passagier etwas angefangen hatte. Wenn es um Männer geht, werden solche Weiber zu Furien!"

Caro wusste, dass es strengstens verboten war, etwas mit einem Gast auf der Schiffsreise anzufangen.

Aber die Story interessierte sie und so fragte sie genauer nach: „Wie ist die Geschichte denn aufgeflogen? Wurde ihr direkt fristlos gekündigt?"

„Ja, zum Glück. Der Gast war mit seiner Frau hier an Bord, die hatte es spitzgekriegt und sich bei einem der Offiziere über das „schlüpfrige" Personal beschwert", Sonja grinste bei dem Gedanken daran. „Das musst du dir mal vorstellen! Was das für ein Licht auf uns alle wirft, wenn sich solche Tussis an verheirate Männer ranschmeißen!"

Caro konnte nicht glauben, was sie hörte. Scheinbar war sie wirklich in einer heilen Welt groß geworden. Solche Intrigen hatte es im Allgäu nicht gegeben oder sie hatte davon nie etwas mitbekommen.

„Und woher weißt du, dass Pia genau so ist?", hakte Caro trotzdem nach.

„Ach Schätzchen, die Beiden haben hier dauernd miteinander getuschelt und sich laufend gegenseitig ihre nächtlichen Eskapaden berichtet. Da war keine besser als die andere, nur mit dem Unterschied, dass Pia bisher leider nie erwischt wurde. Wie es aussieht, hat sie es mittlerweile mit Patrick auch auf einen Kollegen abgesehen. Womit sie nicht gekündigt werden kann, was für dich die Sache aber nicht besser macht. Sie redet sich sicherlich ein, dass Patrick sie wegen dir zurückweist. Du musst unbedingt auf der Hut sein. Pia traue ich alles zu", warnte Sonja ihre Kollegin nachdrücklich.

„Wenn man vom Teufel spricht", flüsterte Caro, denn Pia bog in diesem Augenblick um die Ecke und würdigte die Beiden keines Blickes. Damit war das Gespräch vorerst beendet.

Nach Feierabend schmerzte Caros Arm ganz schön. Doch bevor sie sich in ihre Kabine zurückzog, lud sie Sonja nach dem Essen zum Dank noch auf ein Getränk im Gemeinschaftsraum ein. Bei ihrer Unterhaltung erfuhr Caro, dass Sonjas Vertrag bald, nämlich sobald sie von der Karibik in die Adria umgesetzt hatten, auslaufen würde. Man hatte ihr bereits angeboten zu verlängern, doch Sonja haderte noch mit sich.

„Du musst bleiben, Sonja! Was soll ich nur ohne dich machen?", bettelte Caro.

„Ich bin mir einfach noch nicht sicher. Ich vermisse meine Heimat schon irgendwie. Andererseits weiß ich, dass ich sobald ich da bin, wieder Fernweh bekomme. Aber ich muss mich erst bis zum Ende des Monats entscheiden", antwortete Sonja.

Caro bereitete die Vorstellung Kopfzerbrechen, dass sie alleine mit Pia und einer neuen Kollegin im Salon stehen würde. Wer weiß, auf welche Seite sich die Neue schlagen würde.

Trotzdem machte sich bei Caro langsam die Erschöpfung breit. Es war einfach zu viel passiert für einen Tag. Sie verabschiedete sich von Sonja und ging in ihre Kabine.

„Da bist du ja, was macht der Arm?", wollte Sally sofort wissen.

„Die Wunde wurde genäht. Es zwickt noch ganz schön, aber es ist auszuhalten!", antwortete Caro wahrheitsgemäß.

„Dein Handy hat einige Male geklingelt. Guck lieber mal nach, vielleicht ist es etwas Wichtiges", informierte sie Sally.

Caro griff direkt nach ihrem Handy und ahnte sofort, dass es nur Sam gewesen sein konnte. In all dem Chaos hatte sie ganz vergessen, ihn anzurufen.

„Das würde Ärger geben", dachte sie beunruhigt.

Der Blick auf ihr Handy verriet ihr, dass Sam zwar versucht hatte sie zu erreichen, die vielen verpassten Anrufe aber von ihrer Mutter waren. Mit einem Mal war Caro wieder hellwach. Ohne auf die Uhrzeit zu achten, wählte sie sofort die Nummer ihrer Eltern.

„Mama, was ist los?", fragte sie beunruhigt, als ihre Mutter müde das Telefonat entgegennahm.

„Hey meine Süße. Gut, dass du endlich zurückrufst", antwortete ihre Mutter schwach.

„Was ist passiert?", wollte Caro endlich wissen.

Sie hörte in der Stimme ihrer Mutter, dass irgendetwas nicht stimmte.

„Häschen, ich glaube Laila ist krank!", rückte sie nun endlich mit der Sprache raus.

Caro setzte sich auf ihr Bett und war kreidebleich geworden. Das durfte nicht sein. Ihre Hündin war noch nicht so alt. Auf so etwas war Caro nicht vorbereitet.

„Caro, wir wissen noch nicht, was es ist. Ich beobachte sie schon, seitdem du weg bist. Erst war sie ganz normal und hat viel Zeit mit Sam verbracht. Doch neuerdings zieht sie sich immer mehr zurück und ihr Bauch ist total aufgebläht. Ich werde morgen zum Tierarzt mit ihr fahren. Ich wollte nur, dass du Bescheid weißt", setzte ihre Mutter nach.

„Denkst du, es ist etwas Schlimmes?", Caro war den Tränen nahe.

„Ich weiß es nicht, Schatz", antwortete ihre Mutter traurig. „Ich werde dich anrufen, sobald ich mehr weiß, okay?"

„Okay", schluchzte Caro. „Bei dir ist es auch schon spät, versuch jetzt erst einmal zu schlafen. Morgen wissen wir mehr! Gute Nacht, mein Kind", verabschiedete sich Caros Mutter.

Caro hatte nur mit Mühe die Tränen zurückhalten können. Sie kannte ihre Mutter zu gut und wusste, dass sie nicht anrufen würde, wenn es so harmlos wäre. Direkt nach dem Telefonat fing Caro an zu schluchzen. Sally, die das Gespräch bzw. zumindest das, was Caro gesagt hatte, mit verfolgt hatte, setzte sich neben sie.

„Was ist los?", fragte sie behutsam.

„Meine Hündin ist krank", brachte Caro hervor.

Sally, die sich nun die ganze Geschichte zusammenreimen konnte, nahm ihre Freundin in den Arm und versuchte, sie zu beruhigen.

„Bei dir kommt auch alles auf einmal", sagte Sally. „Warte erstmal ab. Vielleicht ist es auch nichts Schlimmes und morgen sieht die Welt ganz anders aus."

Nach einer Weile beschloss Caro, einen weiteren Brief, diesmal den mit der Aufschrift „Traurig", von Sam zu lesen.

<Liebe Caro,

bitte sei nicht traurig. Egal aus welchem Grund es dir heute nicht gut geht und egal wie spät es ist: Ruf mich an! Wenn du dich nicht gut fühlst, möchte ich nicht, dass du allein bist. Ich möchte für dich da sein. Daher ist dies auch ein kurzer Brief mit der Aufforderung: RUF MICH AN!

Bis gleich,

dein Sam>

Sally hatte beschlossen, noch kurz in den Gemeinschaftsraum zu gehen, sodass Caro in Ruhe telefonieren konnte. Gleich nachdem sie die Kabine verlassen hatte, wählte Caro Sams Nummer.

„Caro, was gibt's? Ich schlafe schon", gähnte er ins Telefon.

Caro bereute jetzt schon, dass sie der Aufforderung aus dem Brief gefolgt war. Er schien jedenfalls gut schlafen zu können, obwohl es ihrer Hündin schlecht ging.

„Was ist mit Laila?", kam Caro sofort zur Sache.

„Ach Caro, hat deine Mutter es dir doch erzählt. Wir wollten eigentlich erst den Besuch beim Tierarzt morgen abwarten."

Nun schäumte Caro innerlich vor Wut. Wollte er ihr also verschweigen, dass es Laila nicht gut ging?

„Was soll das denn bedeuten? Ich möchte Bescheid wissen, wenn etwas mit Laila nicht in Ordnung ist. Also, was ist los bei euch?", wetterte Caro.

„Bleib mal ruhig, Schatz. Ich kann dir nicht mehr sagen, als deine Mutter dir bestimmt auch schon mitgeteilt hat. Morgen wissen wir mehr", entgegnete er müde.

„Wieso öffne ich eigentlich deine blöden Briefe, wenn du dann sowieso nicht für mich da bist", keifte sie ihn nun an.

„Ich bin hundemüde, Caro. Es ist mitten in der Nacht!", verteidigte er sich.

„Dann schlaf weiter. Tschüss!", und damit legte Caro einfach auf.

Insgeheim hoffte sie, dass Sam sie zurückrufen würde, um sich zu entschuldigen, doch das tat er nicht. Caro stiegen erneut Tränen in die Augen – vor Wut, vor Enttäuschung, vor Sorge, es war eine Mischung aus allem. Sie beschloss, ins Bett zu gehen, obwohl sie vermutete, dass sie kein Auge zubekommen würde. Doch kaum hatte sie sich hingelegt und die Augen geschlossen, schlief sie auch schon vor Erschöpfung ein.

Als Caro morgens erwachte, versuchte sie sofort ihre Familie zu erreichen, doch keiner ging ans Telefon. Nach Sams gleichgültigem Verhalten ihr gegenüber verspürte sie keine Lust, ihn nochmals zu kontaktieren. Abgesehen davon wusste sie, dass er bei der Arbeit war und ihre Mutter sich um ihre Hündin kümmerte.

Da heute ein Seetag war, musste Caro früh und spät arbeiten. Während der ersten Schicht war sie einigermaßen abgelenkt, doch in der Mittagspause verlor sie keine Zeit, um ihre Mutter ans Telefon zu bekommen – ohne Erfolg. Sie malte sich im Gedanken schon das Schlimmste aus. Trotzdem ging sie zum Speisesaal. Doch anstatt etwas zu sich zu nehmen, stocherte sie nur gedankenverloren in ihrem Essen herum.

„Ist der Platz noch frei?", meldete sich plötzlich eine vertraute Stimme neben ihr.

„Ja, klar!", antworte Caro emotionslos.

„Was ist denn dir über die Leber gelaufen? Schmerzt dein Arm doch mehr, als du zugeben willst?", wollte Patrick besorgt wissen.

„Welcher Arm? Ach so, die Wunde. Nein, alles gut", antwortete Caro knapp.

Ihren Arm hatte sie völlig vergessen. Sie war mit ihren Gedanken nur noch bei Laila.

„Caro, was ist los? Rede doch mit mir", forderte er sie auf.

Caro hatte ihre Tränen die ganze Zeit hinterm Berg gehalten. Solange sie nicht darüber sprechen musste, war ihr das auch erfolgreich geglückt. Doch während sie Patrick schilderte, was ihre Mutter ihr gestern berichtet hatte, begannen dicke Tränen über ihre Wangen zu kullern. Ohne zu zögern nahm Patrick Caro auf seinen Schoß und schloss die Arme fest um sie.

„Und du konntest bisher niemanden erreichen?", wollte er wissen.

Caro blickte auf ihr Handy und sah, dass immer noch keine Nachricht eingegangen war. Sie schniefte lauthals, anstatt zu antworten. Die beiden saßen noch eine Weile so zusammen und Caro schmiegte sich wie selbstverständlich an Patrick und ließ sich von ihm trösten. Auch wenn sich dadurch ihre Schleusen erst recht geöffnet hatten, ging es ihr für einen Moment etwas besser. Sie fühlte sich geborgen und nicht allein gelassen mit ihren Problemen. Er gab ihr den Halt, den Sam ihr gestern am Telefon nicht gegeben hatte, obwohl er in seinem Brief so groß angekündigt hatte, Tag und Nacht für sie da sein zu wollen.

Bevor sie zurück zur Arbeit musste, probierte sie ein letztes Mal, ihre Mutter zu erreichen, leider wieder ohne Erfolg.

„Vielleicht ist es auch ein gutes Zeichen. Wahrscheinlich ist alles in Ordnung und sie gehen ihrer gewohnten Arbeit nach", hatte Patrick versucht, eine Erklärung zu finden.

Doch Caro war sich sicher, dass ihre Mutter dann Entwarnung gegeben hätte. So schleppte sich Caro zurück zur Arbeit, wo bereits der erste Kunde auf sie wartete. Am Morgen hatte die Arbeit sie noch abgelenkt, jetzt am Nachmittag bewirkte sie genau das Gegenteil. Pia schien das zu bemerken und auszunutzen, indem sie noch mehr Öl ins Feuer schüttete.

„Na, herrscht Unwetter bei den Turteltauben?", hatte sie gefragt.

„Pia, wir sind kein Paar. Ich hatte gestern einen Unfall und Patrick hat mir geholfen, verstanden?", antwortete Caro genervt.

„Oh, wenn das so ist, stört es dich wohl nicht, wenn Patrick und ich da weitermachen, wo wir aufgehört haben?", gab Pia triumphierend von sich.

Caro ließ sich auf diese Unterhaltung nicht ein und kümmerte sich um den nächsten Kunden.

„Was sollte das nun wieder heißen? Lief doch etwas zwischen den Beiden? War Pia die mysteriöse Frau in Patricks Kabine gewesen und hatte er sie belogen?", überlegte Caro enttäuscht.

Sie schob diese Gedanken jedoch zur Seite. Sie wollte sich jetzt nicht den Kopf darüber zerbrechen, jedenfalls nicht bevor sie wusste, was mit ihrer Hündin los war.

Caro quälte sich durch den Arbeitstag und auch als Pia nach Feierabend von ihr wissen wollte, was für Termine sie morgen hätte, reagierte sie nicht argwöhnisch auf diese Frage, sondern entgegnete achtlos: „Guck doch selbst in meinen Plan, der liegt im Personalraum!"

Caro eilte zurück in ihre Kabine und sah, dass das Display ihres Handys einige verpasste Anrufe ihrer Mutter anzeigte. Panisch drückte sie die Rückwahltaste und wartete. Es tutete einmal, ein weiteres Mal und gerade als Caro wieder auflegen wollte, nahm ihre Mutter hektisch das Telefonat an.

„Caro? Endlich!", rief sie in den Hörer. Caro wusste nicht, was das zu bedeuten hatte.

„Was hat der Tierarzt gesagt?", wollte Caro ohne Umschweife wissen.

„Hast du meine Nachricht bei Whatsapp nicht bekommen?", wollte ihre Mutter wissen.

Caro war verwundert? Warum sagte sie nicht einfach, was los war.

„Mama, welche Nachricht? Sag mir endlich, was mit Laila ist", forderte sie ihre Mutter angespannt auf.

„Schatz, bitte, guck dir die Nachricht an!", bettelte sie erschöpft.

Caro wurde ungeduldig. Sie war den ganzen Tag so

angespannt gewesen und jetzt rückte ihre Mutter nicht mit der Sprache heraus. Trotzdem nahm sie den Hörer vom Ohr und suchte die Nachricht ihrer Mutter.

„Hast du sie?", hörte sie ihre Mutter über die Lautsprecherfunktion sagen.

„Warte doch", entgegnete Caro.

Und dann sah sie das Bild. Ihre Mutter hatte ihr ein Foto geschickt, auf dem ihre Hündin Laila umrundet von fünf kleinen Welpen lag. Sie sah wohlauf und stolz aus. Die kleinen Bündel lagen ruhig neben ihrer Hundemama und hatten die Augen geschlossen.

„Goldig, nicht wahr?" hörte sie wieder die Stimme ihrer Mutter.

Caro war sprachlos. So etwas Süßes hatte sie lange nicht mehr gesehen. Sie hatte die ganze Zeit gedacht, dass es Laila vielleicht schlecht ging, weil sie unter ihrer Abwesenheit litt und hatte sogar schon mit dem Gedanken gespielt, ihre Arbeit an Bord abzubrechen. Niemals hätte sie nur im Geringsten die Vermutung gehabt, dass ihre Hündin trächtig gewesen sein könnte.

„Die Welpen sind wahnsinnig süß. Mein Gott, sind die winzig", sagte Caro gerührt.

Dann berichtete ihre Mutter von dem ereignisreichen Tag. Bevor sie mit Laila am Morgen zum Tierarzt wollte, hatte sich die Hündin in einen der freien Ställe verzogen und wollte partout nicht aufstehen. Sie hatte sich solche Sorgen gemacht, dass sie den Tierarzt kommen ließ. Dieser hatte versprochen, sofort nach Feierabend nach dem Patienten zu sehen. Kurz bevor er eingetroffen war, hatte ihre Mutter wieder nach Laila geschaut.

„Sie hat so gewimmert und gehechelt, dass ich mich zu ihr gesetzt habe", berichtete sie. „Auf einmal habe ich bemerkt, wie sie anfing zu pressen. Genau in dem Moment kam Dr. Willmers. Er hat natürlich sofort begriffen, dass Laila nicht krank, sondern trächtig war. Er half den fünf Welpen mit auf die Welt und versorgte auch Laila. Deine Süße ist stolz wie Oskar, Caro. Und wir haben jetzt alle Hände voll zu tun", lachte ihr Mutter amüsiert.

Caro war erleichtert und auch ein bisschen gerührt. Ihre Hündin war Mama geworden.

„Wer ist überhaupt der Vater?", wollte sie von ihrer Mutter wissen.

„Wir vermuten, dass Benno seine Pfoten im Spiel hatte. Damit sind unsere kleinen Fellknäule Labradoodle.", kicherte sie.

„Benno, der Nachbarpudel? Also eine Mischung aus Labrador und Pudel?", wollte Caro wissen.

„Genau. Hier ist jetzt richtig was los. Wir müssen mal überlegen, was wir mit den Hunden machen, wenn sie größer sind. Am liebsten würde ich alle behalten!", freute sich ihre Mutter.

Das war typisch, hatte Caro gedacht. Ihre Mutter würde sich nur ungern von einem der Kleinen trennen. Aber beim Anblick des Fotos konnte Caro das voll und ganz nachvollziehen. Sie quatschten noch eine Weile ausgelassen weiter. Caro berichtete ihrer Mutter auch von ihrem kleinen Unfall, was nun ihr für einen Moment die Sprache verschlug. Doch Caro konnte sie beruhigen und so verabschiedeten sie sich schließlich voneinander.

„Gib Laila und ihren Babys einen dicken Kuss von mir!", hatte Caro noch durch den Hörer gerufen, bevor sie das Gespräch beendete.

Caro hatte kaum aufgelegt, da stürmte sie auch schon aus der Kabine und klopfte bei Patrick an. Als dieser öffnete, warf sie sich ihm ungestüm in die Arme. Patrick war darauf nicht vorbereitet und fiel mitsamt Caro zu Boden. Doch Caro kicherte nur vergnügt. Sie schwebte im siebten Himmel und im Augenblick konnte so schnell nichts und niemand ihre Laune vermiesen.

„Caro, was soll das?" keuchte Patrick.

„Ich bin Oma!", lachte sie.

„Wie?", wollte Patrick verwundert wissen.

Doch bevor er weitere Fragen stellen konnte, hielt sie ihm ihr Handy mit dem Foto von Laila und den Welpen vors Gesicht. Nun schien ihre gute Laune endlich auch Patrick anzustecken. Er nahm sie in die Arme und drückte sie fest.

„Herzlichen Glückwunsch, für eine Oma bist du aber noch ganz schön stürmisch. Du hast mich bereits zum zweiten Mal von den Socken gehauen", lachte er.

Sie setzten sich auf Patricks Bett und Caro schilderte ihm die ganze Geschichte in allen Einzelheiten.

„Habe ich doch gesagt, dass es nichts Schlimmes ist. Also kein aufgeblähter Bauch, sondern ein wunderbares Schwangerschaftsbäuchlein", gab er amüsiert von sich.

Erst nachdem Caro geendet hatte und die erste Euphorie abgeklungen war, wurde ihr bewusst, dass sie zum ersten Mal mit Patrick allein in einem Raum war. Auch er schien zu bemerken, dass sich in diesem Moment etwas zwischen ihnen verändert hatte und eine ganz besondere Vertrautheit entstanden war. Doch noch bevor sich dieses neu eingestellte Gefühl weiter ausbreiten konnte, klopfte es an der Tür. Patrick stand auf und öffnete. Im Türrahmen stand eine lasziv grinsende Pia, nur mit einem Minirock und einem bauchfreien Top bekleidet. Doch als ihr Blick von Patrick zu Caro schweifte, sah man, wie sich ihre Laune schlagartig veränderte. Ihre Gesichtszüge entglitten ihr und zurück blieb eine verkrampfte Miene.

„Hast du nicht vorhin gesagt, er hat dich nur gerettet und du seist nicht an ihm interessiert?", fauchte Pia.

Caro wusste nicht, was sie dazu sagen sollte. Sie wurde immer noch von einer Welle der Euphorie getragen und griente Pia nur an. Das brachte Pia nur noch mehr in Rage und sie warf mit Schimpfworten nur so um sich. Patrick beendete das Schauspiel, indem er Pia kommentarlos die Tür vor der Nase zuschlug. Ihre Ausdrucksweise erreichte jetzt den Höhepunkt, die Schimpftiraden drangen noch in die Kabine, selbst als Pia anscheinend schon den Rückzug angetreten hatte.

Caro und Patrick sahen sich an und Caro hätte in diesem Moment nur zu gerne seine Gedanken gelesen, um einschätzen zu können, wie er wirklich zu Pia stand. Die Stimmung im Raum schien zu kippen, doch keiner der Beiden sagte etwas.

„Was war das denn?", durchbrach Caro schließlich die peinliche Stille.

„Das würde ich gern von dir wissen?", entgegnete Patrick auffordernd.

„Wieso von mir? Ich kann doch nichts dafür, dass du mit der angebändelt hast?", erwiderte Caro nun doch aufgebracht.

„Tu doch nicht so. Du hast mir Pia doch quasi auf den Hals gehetzt und jetzt werde ich sie nicht mehr los", erhob Patrick nun verärgert seine Stimme.

Caro war das zu albern. Sie ließ sich bestimmt nicht die Schuld dafür in die Schuhe schieben, dass er anscheinend an Geschmacksverirrungen litt. Sie stand auf und verließ ohne ein weiteres Wort die Kabine.

Ihre gute Laune war kurzzeitig verflogen. Doch nachdem sie am Abend Sally noch ausführlich von den kleinen Hundebabies erzählt hatte und am frühen Morgen neue Bilder von ihrer Mutter auf ihrem Handy eingegangen waren, schlug ihre Stimmung wieder um. Caro schwebte im siebten Hundehimmel und ging gut gelaunt zur Arbeit. Sie begrüßte ihren ersten Kunden und zauberte einen ansehnlichen Männerhaarschnitt. Danach hatte sie die ehrenvolle Aufgabe, einem Kleinkind das erste Mal die Haare zu schneiden.

„Das passt ja", dachte Caro vergnügt.

Sonja hatte sich von Caros guter Laune anstecken lassen und freute sich, dass es ihrer Kollegin besser ging. Natürlich war auch Sonja von den Fotos der kleinen Hundefamilie bezuckert gewesen. Die Einzige, die das alles nicht zu interessieren schien, war Pia. Sie konzentrierte sich scheinbar auf ihre Arbeit und hatte kein Wort für die beiden Friseurinnen über. Erst als Caro und Sonja ihren jeweils letzten Kunden für heute Vormittag bedienten, fragte sie kurz, wie lange sie noch im Laden seien, weil sie gleich gehen würde.

„Meine Kundin hier bekommt schöne neue, blonde Strähnchen. Also zwei Stunden brauchen wir bestimmt noch", hatte Caro bemüht höflich geantwortet.

Sie wollte nicht, dass die Kundin mitbekam, dass es Stress unter den Angestellten gab. Pia quittierte diese Antwort mit einem Nicken und verschwand im Personalraum. Caro beachtete sie nicht weiter und widmete sich voll und ganz ihrer Kundin. Sonjas Kundin wünschte auch eine Tönung, sodass sie Caro noch eine Weile Gesellschaft leisten würde. Caro ging zurück in den Personalraum, rührte die Farbe an, nahm die Folien, die sie bereits vorbereitet hatte und begann Strähne für Strähne einzufärben. Anschließend ließ sie das Ganze gute zwanzig Minuten einwirken.

„Ich bin dann weg", hatte Pia plötzlich gerufen und stürmisch den Salon verlassen.

Caro und Sonja hatten sich nur schulterzuckend angesehen. Sie waren es nicht gewohnt, dass Pia sich überhaupt von ihnen verabschiedete.

Doch lange konnte Caro nicht über Pias komisches Verhalten nachdenken. Als sie die Kundin zum Waschbecken bat und die ersten Alufolien aus den Haaren zog, erstarrte sie.

„Sonja? Kannst du kurz herkommen?", bat Caro bemüht ruhig ihre Kollegin, die gerade die letzten abgeschnittenen Haare auffegte.

Als Sonja zu Caro trat und die Haare der Kundin erblickte, verharrte auch sie fassungslos.

„Was ist denn? Können wir weitermachen, ich möchte pünktlich zum Mittagessen!", hatte die Kundin leicht genervt gefragt.

Als keine der Beiden reagierte, wurde sie misstrauisch, stand auf und ging zum Spiegel. Caro folgte ihrer Kundin mit den Augen, immer noch nicht fähig, ein Wort über die Lippen zu bringen. Kurz darauf tobte ihre Kundin.

„Was hast du mit meinen Haaren gemacht? Ich wollte blonde Strähnen und nicht pinke! Weißt du nicht, was blond ist? Oder bist du nur blond!", wetterte sie los.

Caro zitterte am ganzen Körper. In all den Jahren war ihr noch nie ein Fehler unterlaufen – schon gar nicht so ein regelrechtes Desaster.

Ehe sie sich versah, rannte die Kundin samt Folien auf dem Kopf zum Spa-Empfang und brüllte: „Ich will den Chef sprechen - sofort! Aber in meiner Kabine. So gehe ich bestimmt nicht unter Leute. Die Nummer haben sie ja im System."

Damit rauschte die Kundin davon. Sonja fand als erste ihre Sprache wieder. Sie nahm Caro bei der Hand und führte sie aus dem Salon.

An der Spa-Rezeption erklärte sie noch kurz: „Ich bringe Caro erst einmal in die Kabine, damit sie sich etwas beruhigen kann. Dann können wir uns im Personalbüro treffen, um Rede und Antwort zu stehen. Wir können uns allerdings beide nicht erklären, wie das passieren konnte, ehrlich", verteidigte sie Sonja.

Auf dem Weg zur Kabine hatte Caro bitterlich angefangen zu weinen. Sie war sich absolut sicher gewesen, dass sie die richtige Farbe gegriffen hatte. Als sie unten eintrafen, kam Pia ihnen freudestrahlend entgegen und ignorierte, dass Caro völlig aufgelöst war. Direkt vor ihrer Kabine steckte Patrick den Kopf aus seiner Tür.

Caro hatte keine Lust, mit ihm zu reden und wollte sich schon wegdrehen, als er fragte: „Stimmt es, dass du fristlos gekündigt bist?"

Sonja schien ein Geistesblitz zu treffen. Sie ließ Caro los und sprintete davon.

„Patrick, kümmere dich bitte um Caro. Mir kam da gerade eine Idee. Ich bin gleich zurück", rief sie noch und weg war sie.

Caro sah Patrick verwirrt an. Dieser schien genauso verdutzt zu sein, begleitete Caro jedoch in die bereits geöffnete Kabine. Sie setzten sich aufs Bett und Caro fing wieder an zu schluchzen.

„Caro, was ist denn geschehen?", wollte Patrick wissen.

„Ich habe einer Kundin pinke Strähnen verpasst, dabei sollten sie blond werden", schniefte sie.

„Caro, beruhige dich und schalte mal deinen Verstand ein", forderte Patrick sie auf.

„Und dann?", jaulte Caro, „ändert das die Farbe der Haare?"

„Caro, wann genau ist das passiert?", setzte Patrick sein Verhör fort.

Caro wollte ihm gerade wieder eine patzige Antwort auf seine blöde Frage geben, als auch ihr etwas dämmerte. Pia hätte noch gar nicht wissen können, was oben im Salon passiert war. Sie hatte vorher halsüberkopf den Salon verlassen. Und von einer Kündigung hatte auch noch niemand etwas verlauten lassen.

„Es war Pia!", hauchte Caro fassungslos.

„Ich befürchte, damit könntest du Recht haben. Wir brauchen nur Beweise dafür. Vielleicht hat Sonja die gleichen Überlegungen angestellt", mutmaßte Patrick.

„Deshalb hat sie sich auch für meinen Terminkalender interessiert. Pia wollte herausfinden, wann ich die nächste Kolorierung habe", dämmerte es Caro jetzt.

„Was ich nicht verstehe", setzte Patrick an.

„Ja?", Caro sah ihn erwartungsvoll an.

„Wenn Pia sich so blöd dir gegenüber verhält, warum hast du sie mir dann auf meiner Kanutour aufgedrängt, als du verhindert warst?", wollte er wissen.

Langsam dämmerte Caro, was Pia die ganze Zeit für ein Spielchen mit ihr getrieben hatte.

„Patrick, als ob ich Pia je etwas davon erzählt hätte. Ich wusste bis zu diesem Moment selbst nicht einmal, dass sie mit war. Weißt du noch, dass sie damals an der Ecke zur Krankenstation stand und uns belauscht hat, als du mich zu dem Ausflug eingeladen hast?", frischte Caro sein Gedächtnis auf.

Nun schien es auch Patrick zu dämmern.

„Aber was ich mich frage, Patrick, warum dachte sie, dass sie eine Chance bei dir hat?", wollte Caro nun wissen.

Patrick haderte ein bisschen mit seiner Antwort.

„Pia hatte mir an dem Tag des Ausflugs erzählt, du hättest gesagt, dass du keine Lust hast, mit so einem „Schwachkopf" eine Tour zu machen und dass du sie gebeten hast, für dich einzuspringen. Sie ließ keine Gelegenheit aus, um mich anzubaggern. Als wir eine Pause in einer Badebucht einlegten, hat Pia beobachtet, wie ich mich eingecremt habe und hat mir sofort ihre Hilfe angeboten. Doch aus dem Eincremen wurde eine regelrechte Massage. Bei dieser wohltuenden Behandlung vergaß ich kurz, wer sich an meinem Rücken zu schaffen machte und genoss es einfach", sagte er kleinlaut.

„Das erklärt so einiges, zum Beispiel warum Pia am nächsten Tag so gute Laune hatte", erinnerte sich Caro.

„Sie hat sich bestimmt neulich darauf mit ihrer Bemerkung ‚Das sah letztens aber noch anders aus' bezogen, als du mich zum Arzt gebracht hast", mutmaßte Caro.

„Ich denke schon", antwortete Patrick wahrheitsgemäß. „Mehr ist da wirklich nie gewesen, ich schwöre es dir!"

Patrick hob feierlich die Finger, um seine Worte zu unterstreichen.

„Sie war auch nicht in meiner Kabine, als du jemanden hier gehört hast. An dem Morgen hat mich nur Anne aufgesucht, sie ist wie ich ein Scout hier an Bord und bat mich, ihre Tour zu übernehmen", klärte Patrick nun Caro auch über seinen Damenbesuch in seiner Kabine auf.

Beide gingen kurz ihren Gedanken nach. Dann rückte Patrick an Caro heran und nahm ihre Hand. Caro zuckte leicht zusammen, doch keinesfalls weil sie es unangenehm fand. Im Gegenteil, sie merkte, wie sehr ihr seine Berührung gefiel und ein wohliger Schauer lief ihr über den Rücken.

„Caro, entschuldige, dass ich mich so dämlich verhalten habe. Ich weiß auch nicht, was in mich gefahren war, ich wollte das gar nicht. Aber ich dachte zwischendurch, dass du mich nicht um dich haben wolltest! Du hast mich konsequent ignoriert und da beschlich mich schon der Gedanke, dass Pia wohl Recht gehabt haben könnte", erklärte er ernst.

„Patrick, ich habe dich gemieden, weil es den Anschein hatte, dass du mir aus dem Weg gehst. Ich hatte doch keine Ahnung!", entgegnete Caro bestürzt.

Sie hob den Kopf und sah ihm direkt in die Augen. Dieser Blick ließ alles Geschehene vergessen. Es lag ein Knistern in der Luft und ihre Lippen näherten sich langsam einander an. Caro verzehrte sich nach einem Kuss von Patrick. Sie konnte an nichts anderes denken. Sie schloss die Augen und sehnte den Moment herbei, in dem sich ihre Lippen berührten.

Als Patrick schon ganz nah war und Caro seinen Atem spüren konnte, flog die Tür auf und Sonja stürmte herein.

„Ich habe im …", sie hielt verdutzt inne und beobachtete, wie Caro und Patrick sich schnell voneinander entfernten.

„Patrick, du solltest dich zwar um Caro kümmern, aber darunter hatte ich mir eigentlich etwas Anderes vorgestellt!", grinste sie.

Caro, der die Situation unangenehm war, schritt schnell ein und fragte: „Du hast was?"

„Passt auf, ich habe im Mülleimer das hier gefunden!", sagte sie ernst und hielt eine kleine Ampulle in die Luft.

„Was ist das?", wollte Patrick wissen. „Eine Farbampulle in Pink, du Dummerchen!", erklärte Sonja stolz. „Der Beweis dafür, dass jemand unsere blonde Tönung manipuliert hat."

„Das ist ja schön und gut", sagte Caro noch skeptisch, „aber wie belegen wir, dass es Pia war?"

Auch darauf wusste Sonja eine Antwort und strahlte triumphierend.

„Also, als ich zurück zum Salon geeilt bin, habe ich mir auf dem Weg dorthin unsere Spa-Chefin geschnappt und zusammen mit ihr unseren Personalraum aufgesucht. Ganz nebenbei habe ich auch noch beteuert, dass du die beste Friseurin der Welt bist und ich die Hand dafür ins Feuer lege, dass dir niemals so ein Fehler unterlaufen würde."

Caro wollte etwas einwenden, doch Sonja schnitt ihr das Wort ab.

„Caro, selbst unsere Chefin weiß, wie gut du bist. Das hat sich mittlerweile überall herumgesprochen. Also weiter im Text. Im Mülleimer haben wir dann in Alufolie eingewickelt diese Ampulle gefunden. Wir ahnten schon, wer das verzapft hat. Das Miststück hat, dumm wie sie ist, ihren Kosmetikkittel am Haken hängen lassen. Ratet mal, was auf dem weißen Kittel zu sehen war?"

Wieder ließ Sonja sie nicht zu Wort kommen.

„Genau, pinke Farbe!" berichtete sie mit Genugtuung. „Als ich unserer Chefin dann noch von unserem Aufeinandertreffen mit Pia erzählte und dass Patrick durch sie bereits von Caros vermeintlichen Rausschmiss informiert worden war, obwohl sie von der ganzen Sache eigentlich gar nichts mitbekommen haben konnte, war die Sache klar."

Caro und Patrick staunten nicht schlecht über Sonjas Qualitäten als Sherlock Holmes.

„Und wie geht es jetzt weiter?", wollte Caro wissen.

„Ach genau. Wir haben in 10 Minuten einen Termin mit der Kundin und unserer Chefin zusammen. Wir möchten ihr die Situation gern erklären und ihr als Entschuldigung einen Gutschein zur Nutzung des Spa-Bereichs für die verbleibende Zeit an Bord überreichen, inklusive eines zweiten, kostenlosen Friseurbesuchs zur Schadensbegrenzung.

Hoffen wir, dass sie sich beruhigt, wenn sie erfährt, was passiert ist", berichtete Sonja.

„Das sind doch gute Neuigkeiten", sagte Patrick beruhigt. „Bleibt nur noch eine Frage", bemerkte Caro.

„Was mit Pia ist?", setzte Sonja den Gedanken fort. „Pia kam gerade, als wir ihren Kittel in den Händen hielten, zurück in den Salon. Ihr war wohl aufgefallen, dass sie nicht alle Spuren verwischt hatte. Sie hat alles gestanden und ihr wurde soeben – und das freut mich am meisten - fristlos gekündigt", brachte Sonja ihre Geschichte grinsend zu Ende.

„Wahnsinn", staunte Caro. „Das so viel in so kurzer Zeit passieren kann, verrückt", sprach sie ihre Gedanken laut aus.

Alle drei mussten lachen und Caro bedankte sich tausend Mal dafür, dass Sonja so schnell geschaltet hatte.

„Eigentlich muss ich dir danken", antwortete sie gelassen, „endlich bin ich Pia ein für allemal los."

„Und ich erst!", stimmte Patrick augenzwinkernd zu.

„Das sollten wir heute Abend feiern. Aber zuerst beruhigen wir unsere arme Kundin und versuchen, die pinken Haare zu beseitigen. Komm, Caro!", forderte sie ihre Kollegin auf.

Caro erhob sich widerwillig von ihrem Bett und schenkte Patrick einen letzten sehnsüchtigen Blick. Er wusste genau, was sie fühlte und ließ sie nur schweren Herzens gehen.

Nach ein paar schnellen Handgriffen vor dem Spiegel sah Caro wieder einigermaßen vorzeigbar aus.

„Diese Achterbahn der Gefühle hält keiner aus", hatte sie gedacht, während sie sich ihr verweintes Gesicht schminkte.

Danach war sie gemeinsam mit Sonja zur Kabine der Kundin gegangen. Die Beiden klopften vorsichtig an die Tür. Ihre Spa-Chefin war bereits vor Ort und öffnete den zwei Friseurinnen die Tür. Zu ihrer Verwunderung erblickten sie neben der Frau mit den pinken Strähnen und ihrem Mann auch Pia. Sie stand wie ein Schulkind, dass Ärger bekommen hatte, in einer Ecke, hatte ihre Hände gefaltet und schaute verlegen zu Boden.

„Wir haben Frau Simons bereits erklärt, wie es zu den pinken Strähnen gekommen ist", erklärte ihnen die Chefin.

Die Frau suchte Caros Blick und lächelte ihr aufmunternd zu.

„Es tut mir leid, Kindchen, dass ich dich vorhin beschimpft habe. Aber du weißt ja am besten, wie Frauen an ihren Haaren hängen. Ich habe einfach nur Pink gesehen", witzelte sie.

„Ich komme gerne zurück in euren Salon und hoffe, ihr könnt mich irgendwie wiederherstellen, damit ich guten Gewissens unter Leute gehen kann."

Caro und Sonja sahen sich an und sagten im Chor: „Das schaffen wir."

„Gut, dann würde ich vorschlagen, wir binden Ihnen ein Handtuch um den Kopf und die beiden Ladies begleiten Sie zurück in den Salon, damit das Thema schnell vom Tisch kommt und Sie den Fortgang der Reise genießen können", ordnete ihre Chefin an.

„Und du kommst mit mir mit", sagte sie an Pia gewandt.

Pia erhob ihr Gesicht und Caro sah, dass auch sie geweint hatte. Sofort bekam Caro Mitleid mit ihr, obwohl sie wusste, dass alles Pias Schuld war.

„Warum ist sie bloß so gemein", fragte sich Caro.

Zu ihrer Überraschung kam Pia auf Caro zu und blieb direkt vor ihr stehen.

„Caro, ich möchte mich für mein Verhalten entschuldigen. Ich erkenne mich selbst nicht wieder. Ich war eifersüchtig auf dich. Das rechtfertigt zwar nicht, was ich getan habe, aber ich habe mich in Patrick verliebt, seitdem er auf dem Schiff ist und scheinbar habe ich mir fälschlicherweise Hoffnungen gemacht, bei ihm zu landen. Als du an Bord kamst, habe ich Rot gesehen. Vielleicht ist es das Beste, wenn ich das Schiff verlasse. Dann komme ich wenigstens auf andere Gedanken", versuchte Pia eine Erklärung für die Geschehnisse zu finden.

Ohne Caros Antwort abzuwarten, verließ sie hastig in Begleitung der Spa-Managerin die Kabine.

„So, dann wollen wir mal!", sagte Sonja gutgelaunt zu Caro und Frau Simons.

Caro entschuldigte sich für einen Moment bei Sonja und rief ihr zu, dass sie gleich nachkommen würde. Sie konnte das Gespräch mit Pia nicht einfach so im Raum stehen lassen und rannte ihr und Frau Peters hinterher. Die Fahrstuhltüren schlossen sich bereits, als Caro in letzter Sekunde hineinsprang.

„Bitte, Frau Peters", sprach sie ihre Chefin an. „Ich weiß, dass Pia viel zu weit gegangen ist und glauben Sie mir, ich war selbst schockiert. Aber jeder hat eine zweite Chance verdient. Vielleicht kann sie auf einem anderen Schiff eingesetzt werden", schlug Caro vor.

Sie hatte einfach Mitleid mit ihrer Kollegin und sie wusste, dass Pia nicht zurück nach Hause wollte. Sonja hatte ihr in einem ihrer Gespräche verraten, dass sie keinen Kontakt zu ihrer Familie mehr hatte und die Crew für sie einen Ersatz darstellte.

„Ich weiß deine Bemühungen und dein großes Herz sehr zu schätzen, aber ich kann das nicht alleine entscheiden."

Dann öffneten sich die Türen und Frau Peters und Pia stiegen aus. Caro blieb allein im Fahrstuhl zurück und wollte gerade die 14 zu ihrem Salon drücken, als Pia sich noch einmal umdrehte.

„Danke, Caro. Das habe ich nicht verdient, dass ausgerechnet du dich für mich einsetzt. Du bist ein guter Mensch! Wenn Patrick nicht ausgerechnet dich auserwählt hätte, hätten wir vielleicht sogar Freundinnen werden können", sagte sie traurig.

Dann schloss sich der Fahrstuhl wieder und Caro fuhr aufwärts.

„Patrick hat mich nicht auserwählt", dachte sie und wusste zugleich, dass sie sich damit selber belog.

Aber in diesem Moment wollte sie sich nicht der Wahrheit stellen. Sie war immer noch mit Sam zusammen, auch wenn sie sauer auf ihn war. Aber sie wusste, dass sie sich bald dem Thema annehmen musste. Doch jetzt war sie erst einmal froh, dass sich alles zum Guten gewendet hatte und das wollte sie wenigstens für den Rest des Tages genießen.

Im Salon war Sonja gerade dabei, die letzten Alufolien aus den Haaren von Frau Simons zu entfernen und erklärte ihr dabei, dass pink schwer überzufärben sei.

„Allerdings besteht die Möglichkeit, dass wir die pinken Haare zurück in ihre Naturhaarfarbe bringen und den übrigen Haaren, die noch die Naturhaarfarbe haben, den gewünschten Blondton verleihen", erklärte sie gerade.

„Der Plan klingt super", mischte sich Caro ins Gespräch ein. „Frau Simons, bitte machen sie sich keine Sorgen - am Ende werden sie nicht mehr sehen können, dass ihre Haare zwischendurch pink waren. Ich entsorge schnell die manipulierte blonde Farbe und hole eine neue Tube aus dem Lager", sagte Caro.

Kurze Zeit später war Frau Simons Kopf erneut mit Folien bedeckt. Diesmal waren jedoch sämtliche Haare als Strähnen in Alufolie verpackt. Caro besorgte für alle einen Kaffee und sie plauderten mit der nun aufgetauten Kundin. Nach dem Schreck genoss sie die Aufmerksamkeit gleich beider Friseurinnen und Caro bot ihr an, während der Wartezeit auch das Make-Up, dass bei ihr ebenfalls den Tränen zum Opfer gefallen war, aufzufrischen.

„Meine Güte, ich fühle mich wie ein Star", gluckste sie.

„Genau so soll es sein", antwortete Caro. „Und ich mache Ihnen die Nägel", entschied Sonja.

Caro sah ihre Kollegin verwundert an. „Bist du auch gelernte Kosmetikerin?", wollte sie von Sonja wissen.

„So sieht es aus, Caro. Wusstest du das gar nicht? Bevor Pia eingetroffen ist, habe ich ihre Arbeit gemacht", antwortete Sonja.

„Na, das passt ja. Dir ist hoffentlich klar, dass du deinen Vertrag spätestens nach dieser Geschichte verlängern musst", sagte Caro entschlossen.

„Da hast du wohl Recht und jetzt, wo alles so friedlich ist, habe ich auch keinen Grund mehr, es nicht zu tun", flötete Sonja gutgelaunt.

Caro fiel ein Stein vom Herzen, als sie hörte, dass Sonja sich entschieden hatte zu bleiben und nahm ihre Kollegin spontan in die Arme.

Frau Simons klatschte ebenfalls begeistert in die Hände und sagte: „Ende gut, alles gut. Jetzt müssen nur noch meine Haare in Ordnung kommen und ich bin rundum zufrieden."

Nachdem Caro die Haare der Kundin gewaschen und mit einer Intensivkur aufgepäppelt hatte, untersagte sie Frau Simons, in den Spiegel zu sehen, den sie zuvor mit einem Tuch versehen hatte.

„Das wird eine Überraschung, aber ich kann sie vorab beruhigen, die Haare haben die Farbe gut angenommen", versicherte Caro ihr.

Sie schnitt die widerspenstigen Spitzen, föhnte die Haare trocken und zauberte mit einem Glätteisen schöne, große Locken in die langen Haare, die sie zu guter Letzt mit einem Haarspray fixierte. Als sie schließlich mit ihrem Ergebnis zufrieden war, zählten Caro und Sonja im Chor von drei herunter und gaben den Spiegel frei. Frau Simons war begeistert und stieß einen kleinen Schrei – diesmal vor Freude – aus.

„Ladies, ihr habt euch selbst übertroffen. Ich fühle mich nicht nur wie ein Star, sondern sehe auch aus wie einer", rief sie.

In den Moment bog Patrick um die Ecke und grinste zufrieden, als er sah, dass alles gut ausgegangen war. Frau Simons drückte die beiden Friseurinnen innig und bedankte sich für den einzigartigen Service.

„Ich muss gleich zu meinem Mann, der wird sich freuen, wenn er mich so sieht. Ich besuche euch später nochmal!", versprach sie und stürmte davon.

„Da habt ihr euch selbst übertroffen", beglückwünschte Patrick die beiden selig grinsenden Haarprofis.

„Wie nett, dass du extra vorbeikommst, um dich zu überzeugen, dass alles in Ordnung ist", entgegnete Sonja.

„Nicht nur deshalb", erwiderte Patrick. „Pia war gerade kurz bei mir", redete er weiter.

Sonja zog die Luft tief ein und wollte gerade wieder losschimpfen. Doch Patrick hob die Hand, um sie zu stoppen. „Sie hat sich auch bei mir entschuldigt und mir einen Brief für dich gegeben, Caro. Ich habe ihn natürlich nicht geöffnet. Hier bitte!"

Patrick überreichte Caro den Brief. Sie nahm ihn entgegen und fing an, laut vorzulesen:

<Liebe Caro,
ich möchte mich bei dir noch einmal aus tiefstem
Herzen für deinen Einsatz bedanken. Ohne deine
Hilfe wäre mir eine fristlose Kündigung sicher
gewesen. Wenn du diesen Brief liest, habe ich das
Schiff bereits verlassen.
Dank dir habe ich nur eine Verwarnung
bekommen und darf auf einem anderen Schiff
weiterarbeiten. Ich werde noch heute nach
Mallorca fliegen, um dort an Bord zu gehen. Du

kennst mich nicht und kannst dir nicht vorstellen, was es für mich bedeutet, dass ich diesen Job nicht verloren habe.

Obwohl ich nie nett zu dir war, hast du dich trotzdem für mich eingesetzt. Das werde ich dir nie vergessen. Ich wünsche dir und auch Sonja und Patrick alles, alles Gute.

Pia>

Sowohl Sonja als auch Patrick war die Kinnlade heruntergefallen und sie sahen Caro sprachlos an.

„Was denn? Ich hatte Mitleid. Ihr seht doch selbst, wie arm sie dran ist", verteidigte sich Caro.

„Ach Caro, du bist einfach ein richtiger Gutmensch", lachte Patrick und Sonja zwickte sie in den Arm.

Die Drei beschlossen, endlich in ihre wohlverdiente Mittagspause zu gehen, die aufgrund des Zwischenfalls schon in einer halben Stunde wieder vorbei sein würde.

Nach der Pause wurden Caro und Sonja von ihrer Chefin abgefangen. Diese setzte sie ebenfalls in Kenntnis darüber, dass Pia das Schiff verlassen hatte. Da aber viele Kunden einen Kosmetiktermin gebucht hatten, würde Sonja sie solange ersetzen müssen, bis sie eine neue Kosmetikerin eingestellt hatten. Demnach musste Caro den Friseurbetrieb fast allein aufrechterhalten. Hinzu kamen noch die Termine beim Show-Ensemble einschließlich der Make-Up-Kurse. Als ihre Chefin den Salon verlassen hatte, stöhnten Caro und Sonja. Das würde bedeuten, dass von nun an erst einmal keine Zeit für Landgänge blieb. Zum Glück hatte Caro mittlerweile jeden Ort, den sie angelaufen waren, besichtigen können. In drei Tagen würde zum letzten Mal die 14-tägige Tour durch die Karibik stattfinden, ehe sie drei Wochen lang von Jamaika bis Venedig, natürlich mit vielen eingebauten Stopps, übersetzen würden.

Kapitel 12

So brach die letzte Karibikrundreise an, bei der Sonja und Caro die meiste Zeit im Salon verbrachten. Trotz des hohen Arbeitspensums hatten die Beiden Spaß an ihrem Job und sie waren jedes Mal froh, wenn sie einen Kunden glücklich machen konnten.

Dies hatte zur Folge, dass sie Sally nur noch – wenn überhaupt - abends in ihrer gemeinsamen Kabine antraf. Doch Sally war in letzter Zeit immer öfter auch über Nacht weg. Als Caro sie irgendwann einmal in der Kabine angetroffen hatte, kam sie aus dem Grinsen gar nicht mehr heraus.

„Justin?", hatte Caro vermutet.

Sally war rot angelaufen und hatte verlegen zu Boden geschaut, doch Caro sah, dass ihre Augen strahlten. Sie freute sich für ihre Freundin und hoffte, dass sie irgendwann doch ihr Vertrauen zu Männern zurückgewinnen würde.

Mit Sam hatte Caro sich zwar wieder vertragen, doch seit ihrem Streit war ihre Beziehung merklich abgekühlt und sie hielten ihre

Telefonate kurz. Caro war so beschäftigt, dass sie auch ganz darauf hätte verzichten können. Für sie war es mehr eine Pflicht, die sie auf ihrer täglichen To-Do-Liste abarbeiten musste, als dass sie sich darauf freute, ihren Verlobten zu sprechen. Allerdings hatte sie nicht das Gefühl, dass es ihm derzeit anders ging, doch keiner sprach es laut aus.

Mehr Gedanken machte ihr dagegen, dass sie auch keine Zeit für Patrick erübrigen konnte. Dieser zeigte zwar vollstes Verständnis dafür und hatte beim Anblick von Caros Arbeitsplan selbst gestöhnt, doch sie hätte sich schon gern ab und zu mit ihm getroffen. Seitdem es fast zu einem Kuss gekommen wäre, fühlte sie sich immer mehr zu ihm hingezogen. Sie führte sich zwar immer wieder vor Augen, dass sie eigentlich verlobt war, doch augenscheinlich driftete ihre Beziehung zu Sam immer weiter auseinander, sodass ihr der Umstand zwar bewusst war, ihr Gefühl ihr aber etwas anderes sagte.

In einer freien Minute meldete sie sich bei Kim, um ihr kurz zu berichten, was los war und warum sie bisher keine Zeit für ein weiteres Telefonat gefunden hatte. Sie nahm Caros Bericht locker auf, weil ihr Date mit ihrem Arbeitskollegen mittlerweile in die vierte Runde ging und sie auf Wolke sieben schwebte. Caro war sich unsicher, ob ihre verliebte Freundin ein Ohr für ihre derzeitige Gefühlswelt haben würde. Schließlich berichtete sie Kim aber von ihrem Trott mit Sam und dem Wunsch, mit Patrick einen Schritt weiter zu gehen.

„Dann trenn dich von Sam!", hatte Kim ihr geraten. „Allerdings bist du es Sam schuldig, ihm die ganze Wahrheit zu erzählen."

Caro ahnte, dass dies eine der schwierigsten Entscheidungen sein würde, die sie je getroffen hatte und beschloss, wie schon so oft, dass

Thema vorerst zu verdrängen. Sie hatte sowieso kaum Zeit, da wollte sie sich nicht noch darüber den Kopf zerbrechen und so ließ sie die Dinge einfach laufen.

Schließlich war es so weit und die Überfahrt stand bevor. Auch den Mitarbeitern wurde ein Plan mit den einzelnen Stopps ausgehändigt, damit jeder sich auf die 25-tägige Fahrt einstellen konnte. Als Caro ihren Plan entgegennahm, staunte sie nicht schlecht.

„Das ist ja eine halbe Weltreise!", rief sie aufgeregt. Sie war so begeistert, dass sie den Plan abfotografierte und ihrer Familie, Sam und Kim schickte:

<Hey ihr Lieben,

ich habe gerade meinen Plan für die Überfahrt bekommen. Guckt mal:

Tag 1: Montego Bay, Jameika Anreisetag

Tag 2: La Romana, Dom. Republik

Tag 3: Philippsburg, St. Maarten

Tag 4: Basseterre, St. Kitts & Nevis

Tag 5: Roseau, Dominica

Tag 6: Seetag

Tag 7: Seetag

Tag 8: Seetag

Tag 9: Seetag

Tag 10: Seetag

Tag 11: Seetag

Tag 12: Seetag

Tag 13: Santa Cruz de la Palma, LaPalma

Tag 14: Puerto de la Cruz, Teneriffa

Tag 15: Tanger, Marokko

Tag 16: Seetag

Tag 17: Tunis, Tunesien

Tag 18: Seetag

Tag 19: Valletta, Malta

Tag 20: Seetag

Tag 21: Korfu, Griechenland

Tag 22: Bari, Italien

Tag 23: Dubrovnik, Kroatien

Tag 24: Zadar, Kroatien

Tag 25: Venedig, Italien – An-/Abreisetag

Aufregend oder? Und nach diesen 25 Tagen bin
ich dann ganz in eurer Nähe. Achso, sie haben uns
gewarnt, dass man während der Überfahrt keinen
Empfang haben wird. Ihr könnt mich also erst
wieder ab den Kanaren erreichen. Nur, dass ihr
schon mal Bescheid wisst. Ich hoffe es geht euch
gut. Ich denke an euch,

Caro>

Caro drückte auf Senden und schickte die Nachricht ab. Es dauerte nicht lange und sie erhielt von allen eine ähnliche Antwort. Sie wünschten ihr viel Spaß und eine gute Reise und freuten sich, dass sie bald wieder in der „Nähe" sein würde. Ausnahmslos alle, außer einem: Sam. Er hatte Folgendes verfasst:

<Wie? So lange keinen Empfang. Das ist ja ganz toll. Eigentlich wollte ich noch etwas mit dir besprechen.

Aber dann schreibe ich es dir jetzt. Anja, meine neue Arbeitskollegin, hat bisher in einem Hotel gewohnt, weil sie noch keine Wohnung gefunden hat. Da das auf Dauer ins Geld geht, habe ich ihr angeboten, bei uns einzuziehen, bis sie etwas Passendes gefunden hat. Sie liebt unseren Hof und die Tiere und wird im Gegenzug ein bisschen mit anpacken. Wenigstens einer, der unsere Heimat zu schätzen weiß. Da du ohne meine Zustimmung entschieden hast, auf Reisen zu gehen, habe ich das jetzt auch ohne deine Zustimmung entschieden.

Gute Fahrt.

Sam>

Als Caro diese Zeilen las, fühlte sie sich wie vor den Kopf gestoßen. Hatte Sam tatsächlich eine Fremde in ihre gemeinsame Wohnung einziehen lassen? Und warum zum Teufel will er mich absichtlich auf die Palme bringen.

„Wenigstens einer, der unsere Heimat zu schätzen weiß", las sie erneut seinen in Worte verpackten Vorwurf.

Caro beschloss, ihm eine letzte Nachricht zu schreiben, bevor sie ihr Handy für die nächsten dreieinhalb Wochen ausstellen würde. Sie brauchte Ruhe, Ruhe von zu Hause und dem ganzen Stress mit Sam. Sie wollte die Überfahrt genießen. Da alle Bescheid wussten, würde sich keiner Sorgen machen und sie konnte die Zeit nutzen, um ihre Gedanken zu ordnen, ohne von außerhalb beeinflusst zu werden. Dann tippte sie die SMS in ihr Handy:

<Hallo Sam,

deine Nachricht hat mich sehr enttäuscht.

Natürlich war mein Verhalten nicht richtig damals,

aber du hast mir verziehen, mir sogar einen

Heiratsantrag gemacht, erinnerst du dich?

Abgesehen davon weiß ich nicht, was eine Fremde

in unserer Wohnung zu suchen hat.

Ich bin nicht glücklich darüber, wie die Dinge sich

zwischen uns entwickeln. Ich werde mein Handy

nach dieser Nachricht abschalten und erst in

Venedig wieder auf Empfang gehen. Ich brauche

ein bisschen Ruhe und möchte mir darüber

klarwerden, was das alles zu bedeuten hat.

Bis bald, Caro.>

Ohne eine Antwort abzuwarten, schaltete sie ihr Handy aus und verstaute es in ihrem Schrank. Es fühlte sich gut an, „frei" zu sein. Dann schlüpfte sie in ihr Bett und dachte an den nächsten Tag, an dem ihre halbe Weltreise beginnen würde. Obwohl Caro wusste, dass sie viel arbeiten würde, freute sie sich auf die kommenden Wochen und die vielen neuen Häfen, die sie anlaufen würden. Ein bisschen störte es sie schon, dass sie nicht an jedem Ort von Bord gehen konnte. Doch sie tröstete sich damit, dass sie wenigstens in der Karibik jeden Ort mindestens einmal, wenn nicht sogar mehrmals, besuchen konnte.

Sie hatte so viel gesehen, was sie vor einigen Wochen nicht einmal für möglich gehalten hatte. Sie hatte so viele Städte besichtigt, am Canyoning teilgenommen, Fahrradtouren über Inseln und durch Städte gemacht, viele verschiedene Kulturen kennengelernt, war schnorcheln und sogar tauchen gewesen. Von jedem erdenklichen Ort hatte sie als Andenken eine Karte an ihre Familie geschickt. Außerdem haben Sally und sie sich ab dem ersten Ausflug als die geborenen Fotografinnen entpuppt und sie hatte bereits so viele Fotos geschossen, dass sie sich eine neue Speicherkarte kaufen musste.

„An den Orten, wo du nicht von Bord gehen kannst, werde ich einfach alles fotografisch für dich festhalten", hatte Sally ihr versprochen.

Als Scout hat man, was das Erkunden von Orten angeht, echt Vorteile. Aber wenigstens würde Caro so einen kleinen Eindruck von dem, was sie nicht live sehen konnte, bekommen.

Caros Hoffnung bestand darin, dass die neuen Gäste, die anstatt 14 Tage ganze 25 Tage an Bord blieben, hauptsächlich zu Beginn ihrer

Reise Termine im Salon machen würden und vielleicht zum Ende hin für sie ein wenig Luft bleiben würde, um einen Vormittag frei zu machen. Dadurch, dass Pia nicht mehr den Kosmetikbereich bewirtschaftete, waren Sonja und Caro täglich voll im Einsatz und sie sehnten sich Venedig herbei, da dort die neue Kosmetikerin an Bord kommen würde.

Als Caro ihren Dienstplan für die nächsten Tage bekam, stellte sie erfreut fest, dass sie bei den bevorstehenden Stopps vor den Tagen auf See zwei Vormittage frei haben würde.

„Damit du vor der Seewoche noch einmal festen Boden unter den Füßen hast", rief die Personalerin ihr lachend zu, als Caro den Plan in Empfang nahm.

„Das freut mich sehr, obwohl ich bisher noch nie das Gefühl hatte, dass es an Bord anders wäre", hatte Caro glücklich erwidert.

„Dann hoffen wir mal, dass sich dieser Zustand nicht ändert", fügte die Personalchefin hinzu.

Caro schüttelte nur den Kopf und lachte. Sie konnte sich beim besten Willen nicht vorstellen, dass sie je etwas anderes erleben würde. Das Meer war bisher spiegelglatt gewesen und schien sich jeden Tag aufs Neue mit dem Blau des Himmels zu verbinden.

Vom Personalbüro ging sie direkt in den Salon, um ihre erste Schicht an Bord mit neuen Gesichtern anzutreten.

„Guten Morgen, Sonja!", begrüßte sie ihre Kollegin gutgelaunt.

„Na, hast du auch zwei freie Vormittage bekommen", strahlte Sonja ihr entgegen.

„Ja, du etwa auch?", wollte Caro wissen.

„Genau wie du - die letzten zwei Tage vor der Überfahrt", gab sie fröhlich zur Antwort.

„Dann überleg dir schon mal, was wir machen", entgegnete Caro freudestrahlend.

Es war während ihrer gemeinsamen Zeit an Bord noch nie vorgekommen, dass weder Sonja noch Caro im Salon stehen musste und die Mädels nahmen sich vor, diese beiden freien Tage unbedingt gemeinsam zu verbringen.

„Ich werde mich bei Sally erkundigen, welche Ausflüge sie begleitet. Vielleicht können wir uns ihrer Gruppe anschließen", schlug Caro vor.

„Das klingt nach einem wunderbaren Plan", grinste Sonja.

Sally nahm den Vorschlag mit Begeisterung auf.

„Die letzten beiden Stopps sind Basseterre und Roseau", überlegte Sally. „Also auf St. Kitts habe ich den perfekten Auslug für euch zwei fleißige Arbeitsbienen. Da begleite ich eine Gruppe, die einen Ausflug mit der Inseleisenbahn gebucht hat. Wir schauen uns alles ganz entspannt von unserem rollenden Gefährt aus an. Unterwegs halten wir an einem Strand, wo genug Zeit zum Baden und Sonnen oder in eurem Fall zum Energie tanken bleibt", machte ihr Sally die Tour schmackhaft.

„Klingt wie für uns geschaffen", grinste Caro. „Und auf Dominica?"

„Dominica soll eines der schönsten Naturwunder in der Karibik sein", erzählte Sally. „Ich war selbst auch noch nie dort, aber ich werde eine Gruppe in den Regenwald begleiten, wo auch eine Kanufahrt auf dem Indian River geplant ist", klärte Sally sie auf.

„Ein bisschen Aktion vor sieben Seetagen kann nicht schaden", meinte Caro. „Ich rede noch einmal mit Sonja, aber ich denke, wir sind dabei!"

„Ach und Caro?", setzte Sally an.

„Ja?"

„Nur zu deiner Information, Patrick ist, denke ich, auch dabei", sprach sie weiter.

„Das macht doch nichts. Ich freue mich sogar", sagte Caro.

„Und was ist mit Sam?", forschte Sally weiter.

„Sam und ich haben während der Überfahrt keinen Kontakt", erklärte sie ihrer Freundin.

„Also habt ihr eine Beziehungspause?", hakte Sally nun genau nach.

„Könnte man so sagen", flunkerte Caro.

„Prima. Dann kannst du diesen Zustand dazu nutzen, in Ruhe herausfinden, für wen dein Herz schlägt!", befand Sally. „Ach und Caro?"

„Was denn noch?", Caro sah sie erwartungsvoll an.

„Justin kommt auch mit", sagte Sally verlegen.

„Das ist doch toll", strahlte Caro nun. „Es freut mich, wenn ihr euch so gut versteht. Das muss dir doch nicht unangenehm sein."

„Die Sache ist die, ich glaube er möchte eine feste Beziehung. Ich weiß nicht, ob ich dazu schon bereit bin", gestand sie nun ihrer Mitbewohnerin.

„Ach Sally, ihr seht euch so oft und verbringt fast jede freie Minute miteinander. Könntest du dir denn vorstellen, ihn nicht mehr zu treffen?", fragte sie ihre Freundin.

„Nein, aber genau das macht mir ja Angst. Was ist, wenn er es sich doch anders überlegt", jammerte sie.

„Meine Liebe, eine Garantie hast du doch nie. Aber scheinbar genießt er doch auch deine Gegenwart, sonst würde er dich nicht zusätzlich noch auf deinen Ausflügen begleiten. Du solltest die Zeit genießen und nicht so viel nachdenken", riet Caro ihrer Freundin.

„Ich werde es probieren, wenn du dafür versuchst, in dich hineinzuhorchen und dich für deinen Mr. Right zu entscheiden!", schlug Sally ihr augenzwinkernd vor.

„Abgemacht", willigte Caro seufzend ein.

Als der erste Ausflug schließlich bevorstand, überkam Caro leichte Nervosität. Sie hatte Patrick in letzter Zeit immer nur flüchtig gesehen, da sie so vollgepackt mit Terminen war. Einmal traf sie ihn kurz nach Feierabend vor der Kabine.

„Caro, welch ein seltener Anblick", begrüßte er sie.

„Das kann man wohl sagen, ich arbeite momentan quasi im Akkord", verteidigte sie sich.

„Und das ist auch die einzige Ausrede, die ich für deine Abwesenheit akzeptiere", entgegnete Patrick.

Caro war froh, dass er ihr keinen Vorwurf machte und anscheinend hatte er immer noch Lust, mit ihr etwas zu unternehmen.

„Ich habe aber eine gute Nachricht für dich", sagte Caro daher.

„Immer raus damit", befahl Patrick.

„Übermorgen begleite ich euch auf eurer Rundfahrt mit der Inselbahn und natürlich auch zum Strand", strahlte Caro ihn an.

„Gut, dass du das sagst, dann muss ich vorher noch ins Fitnessstudio", scherzte er.

Caro sah ihn verwundert an und er fügte hinzu: „Ich habe dich bereits im Bikini gesehen. Ich will schließlich mithalten können."

Caro lief rot an. Sie erinnerte sich, wie er sie damals in der Dominikanischen Republik bei ihrem Fahrradstopp in der Badebucht gemustert hatte.

„Dass er auch immer so direkt sein muss. So ein Macho", dachte Caro und musste grinsen.

„Was ist?", wollte er wissen.

„Du bist ein Macho", sprach sie ihre Gedanken nun laut aus.

„Ich?", fragte er empört.

Caro war sich sicher, dass er bluffte und genau wusste, was sie meinte.

„Genau du", hatte sie erwidert, „man könnte meinen, du machst sowas öfter."

Wie schon so oft, drehte sich Caro einfach um und ließ den verdutzten Patrick allein zurück.

Zwei Tage später fand sie sich mit Sonja gutgelaunt zur verabredeten Zeit am Sammeltreffpunkt ein. Die beiden Scouts waren gerade damit beschäftigt, die Namen aller Teilnehmer abzuhaken. Caro stellte fest, dass viele Leute Interesse an der Tour zeigten, so dass Patrick und Sally alle Hände voll zu tun hatten.

„Familie Fricke? Ist hier eine Familie Fricke?", hörte sie ihre Mitbewohnerin brüllen.

Eine Familie fuchtelte mit den Händen in der Luft herum und winkte Sally zu.

„Alles klar, damit sind wir dann vollzählig. Wir gehen nun von Bord. Am Hafen warten zwei Reisebusse auf uns, die uns zur Bahn bringen werden. Folgt mir!", wies Sally die Gruppe an.

Die Teilnehmer wurden auf die zwei wartenden Busse aufgeteilt, die jeweils von einem der Scouts begleitet werden sollten. Caro und Sonja wollten gerade zu Sallys Gruppe hinüberschlendern, da beobachten sie, wie Justin sie in einem unauffälligen Moment mit einem kurzen Küsschen auf die Wange begrüßte.

„Dann gönnen wir den beiden Turteltauben ein bisschen Privatsphäre", flötete Sonja und steuerte geradewegs auf Patricks Reisetruppe zu.

Caro folgte ihr schulterzuckend.

„Hey, das freut mich aber außerordentlich, dass ihr mich zu eurem Scout erkoren habt", begrüßte Patrick die beiden Friseurinnen gutgelaunt.

„Bilde dir nichts drauf ein", sagte Sonja, „wir wollten lediglich Justin und Sally nicht in Verlegenheit bringen".

Caro musste lachen und zwinkerte Patrick zu. Die Fahrt dauerte nicht lange und dann waren die beiden Gruppen wieder vereint.

Sobald sich alle vor dem Zug versammelt hatten, erklärte Patrick, wie der Ausflug ablaufen würde.

„Ich heiße euch nun ein weiteres Mal herzlich willkommen auf St. Kitts. Unser Ausflug dauert ca. fünf Stunden. Wir werden mit der Bahn ganz gemütlich die Insel auf einer Strecke von ungefähr 50 km erkunden. Informationen zur Umgebung werden über Lautsprecher durchgesagt. Hierfür bekommt nun jeder ein paar Kopfhörer von mir. An jedem Sitz befindet sich eine Vorrichtung, wo ihr sie hineinstecken könnt. Über die kleinen Knöpfe könnt ihr die passende Sprache auswählen. Deutsch empfangt ihr auf Kanal drei. An einigen Stationen wird der Zug einen kurzen Stopp einlegen und wer will, kann natürlich aussteigen. Außerdem hoffe ich, dass ihr alle die Badesachen eingepackt habt. Der Strand, an dem wir unterwegs zwei Stunden Halt machen, ist traumhaft schön. Während der Fahrt werden einheimische Gerichte zum Probieren sowie Getränke ausgeteilt. Diese sind bereits im Ausflugspreis enthalten, also greift beherzt zu. Und jetzt heißt es: Einsteigen und Türen schließen! Viel Spaß!"

Das war anscheinend genau das Stichwort, auf das alle gewartet hatten. Die Gruppe stürmte auf den Zug zu, denn jeder wollte einen guten Platz ergattern. Auch Caro und Sonja stiegen gefolgt von Patrick ein. Zu ihrer Überraschung gesellten sich Sally und Justin ebenfalls zu ihnen. Die Wagons waren zweistöckig, wobei die obere Etage offen war, bzw. zwar ein Dach, aber keine Fenster hatte. Die unteren Abteilungen waren dagegen klimatisiert. Fast jeder hatte sich aufgrund des guten Wetters oben einen Platz gesucht, so auch Caro mit ihren Freunden. Zwar hielt das Dach die Sonne etwas zurück, doch trotzdem war es sehr warm. Daher begrüßten sie es , dass sie bereits vor Abfahrt mit einem kühlen Getränk versorgt wurden. Sie prosteten sich zu und Caro genoss schon jetzt die Tour gemeinsam mit ihren Freunden in vollen Zügen.

Mit einem lauten Pfiff setzte sich die Bahn in Bewegung. Caro und die anderen Fahrgäste ergriffen ihre Kopfhörer und lauschten den Erklärungen. Caro erfuhr, dass einst Christopher Kolumbus die Insel entdeckt und in Europa bekannt gemacht hatte und er schon damals behauptete, dass dieser Teil der Erde anders sei. Man sagt, dass die exotische Insel St. Kitts eher an eine tropische Pazifikinsel als an die Karibik erinnert. Außerdem erfuhr Caro, dass sich in der Mitte der Insel ein Vulkan, der Mount Liamuiga, befand. Besonders belustigend fand sie den Umstand, dass hier anscheinend mehr Affen als Menschen wohnten, weil diese damals zu Zeiten der Sklaverei von Afrika mit dem Schiff eingeschleppt worden sind. Obwohl der Abbau von Zuckerrohr eingestellt worden war, erblickte Caro immer noch viele Plantagen und überhaupt war es im Inneren der Insel saftig grün.

Caro gefiel, was sie sah, und sie sog alle Informationen, die sie durch ihre Kopfhörer erhielt, wissbegierig auf.

Einmal konnte sie die Information gar nicht abwarten und fragte erstaunt: „Was ist das denn?"

Sie waren an Bäumen vorbeigekommen, in denen überall Flaschen hingen. So etwas hatte Caro noch nie zuvor gesehen und sie hatte keinerlei Erklärung dafür. Doch noch bevor ihr jemand antworteten konnte, erklärte die Stimme in ihrem Ohr:

„Zu ihrer Rechten sehen sie nun einen Baum behangen mit leeren Rumflaschen. Es ist eine Art Tradition in der ältesten Stadt der Insel, dass Männer, die ihre Flaschen geleert haben, einen Strick nehmen und die Flasche in den Baum hängen. Mittlerweile ist es zu einer Art Touristenattraktion geworden. Da Rum in der Karibik ein großes

Thema ist und auch auf dieser Insel viel Zuckerrohr abgebaut wurde, kommen wir nun zu unserem ersten Stopp der Tour, eine alte Rum-Destille. Wir laden Sie herzlich ein, auch einen Schluck des regionalen Rums zu probieren."

Caro musste lachen, als sie hörte, warum die Flaschen in dem Baum hingen. Auch der Rest der Truppe schien amüsiert.

Keine Minute später hielt der Zug vor einer alten Destille und die Passagiere stiegen aus. Ein einheimischer Guide erwartete die Gruppe bereits, um sie in die Geheimnisse des Rums einzuweihen. Das Highlight war die Degustation am Ende der Führung. Caro, die Alkohol nur verdünnt in Cocktails oder Mixgetränken zu sich nahm, ahnte bereits, dass Rum ihr absolut nicht zusagen würde, pur schon gar nicht. Doch sie wollte keine Spielverderberin sein.

„Auf ex", sagte Sally zu den Ausflugsteilnehmern, die sich an der Verkostung beteiligten.

Sie prosteten sich gegenseitig zu und kippten den Rum in einem Zug hinunter. Caro tat es ihnen gleich, jedoch mit dem Unterschied, dass sie sofort, nachdem sie das Glas geleert hatte, zu husten begann.

„Scheint nicht dein Lieblingsgetränk zu werden", stellte Sonja nüchtern fest, während sie Caro auf den Rücken klopfte.

Der Rest der Truppe musste lachen und Patrick grinste Caro belustigt an.

„Freut mich, dass ich zu eurer Unterhaltung beigetragen habe", entgegnete Caro gespielt beleidigt.

Nach diesem kurzen Aufenthalt ging die Fahrt weiter. Während Patrick und Sally die Teilnehmer zählten, damit keiner vergessen wurde, nahmen Justin, Sonja und Caro wieder ihre Plätze ein. Sie unterhielten sich und Caro hatte endlich ein wenig Gelegenheit, Justin genauer unter die Lupe zu nehmen. Doch schon nach kurzer Zeit wurde ihr klar, warum Sally ihn gernhatte. Justin war nicht nur optisch ein Hingucker, sondern hatte auch eine positive und unkomplizierte Art an sich. Er hatte kein Problem, mit Leuten ins Gespräch zu kommen und sein amerikanischer Akzent war durchaus bezaubernd. Mit Genugtuung stellte Caro fest, dass er während sie sich unterhielten, immer mal wieder unauffällig nach Sally Ausschau hielt. Caro war sich sicher, dass er über beide Ohren in ihre Freundin verknallt war und freute sich für ihre Mitbewohnerin.

Kurz darauf bog die Bahn in einen kleinen Wald ein, der einem schon den Eindruck eines tropischen Ökosystems verlieh.

„Ich dachte, wir besuchen erst morgen einen Regenwald", erkundigte sich Caro deshalb bei der nun wieder anwesenden Sally.

„Das stimmt. Heute befahren wir nur einen kleinen Ausläufer. Wir werden hier auch nicht aussteigen, sondern Kurs auf unsere Badebucht nehmen, die wir kurz nach der Durchquerung des Waldes erreichen", erklärte sie.

Während Caro es sich zwischen Sonja und Patrick bequem gemacht hatte und die Natur bewunderte, wurden ihnen einheimische Köstlichkeiten gereicht. Sie griffen alle ordentlich zu und probierten die Delikatessen. Gerade als Caro von einem Zuckerkeks abbeißen wollte, hörte sie, wie etwas mit voller Wucht auf dem Dach des Wagons landete. Vor Schreck ließ sie den Keks fallen und stieß einen Schrei aus. Patrick, der neben ihr saß, zuckte ebenfalls verunsichert zusammen und legte automatisch seinen Arm schützend um Caro. Auch der Rest der Reisegruppe blickte erwartungsvoll an die Decke. Dann sahen sie, wie eine Hand sich an einer der Metallstangen, die das Dach trugen, festhielt. Sie war mit Fell überzogen und hatte spitze Nägel. Keine Sekunde später folgte die zweite Hand und der dazugehörige Körper schwang sich über die Brüstung in den Wagon hinein. Caro krallte sich an Patrick, Sally war Justin auf den Schoß gesprungen und Sonja saß hilfesuchend dazwischen. Sie beobachteten, wie sich der Eindringling den von Caro fallengelassenen Keks schnappte und anfing, ihn genüsslich zu mampfen. Der einheimische Guide, der seit der Degustation ebenfalls mitfuhr, lachte herzhaft und stand auf.

„Das ist ein Affe", entfuhr es Sally plötzlich.

Als auch die Anderen begriffen, dass es sich um einen Affen handelte, der es sich mitten im Wagon gemütlich gemacht hatte, fingen sie erleichtert an zu kichern. Der einheimische Mitarbeiter erklärte, dass sie nicht gefährlich, aber lästig seien. Caro hatte sich derweil wieder gefangen und zückte nun ihre Kamera. Nachdem sie einige Bilder geschossen hatte, guckte sie Sally auffordernd an.

„Was ist?", wollte diese wissen.

„Na, geh zum Affen, damit ich ein Foto von dir und dem süßen Zottelmonster machen kann!", forderte sie ihre Freundin auf.

„Niemals", wies Sally ab.

„Ihr könnt ihn ruhig anfassen, wirklich. Die sind hier ganz harmlos. Fast, wie wir Menschen", rief der Guide.

„Wir gehen zusammen", entschied Caro für Sally mit. „Und du, Patrick, machst ein Foto!"

Die beiden Mitbewohnerinnen erhoben sich von ihren Plätzen und näherten sich dem felligen Eindringling.

„Er hat uns im Blick", zischte Sally.

„Ich ihn auch", sagte Caro gelassen.

Mit Tieren kannte Caro sich aus. Sie schnappte sich auf dem Weg einen weiteren Keks und näherte sich langsam dem kleinen Affen. Sally folge ihr skeptisch. Doch Caros Plan schien aufzugehen. Langsam kam ihnen nun auch der Affe entgegen und streckte seine Hand nach dem Keks aus. Er kletterte behutsam auf Caros Arm und griff danach. Anstatt mit der Beute davonzulaufen, blieb er jedoch zufrieden sitzen. Caro winkelte ihren Arm an, damit er besseren Halt fand. Die anderen applaudierten und Patrick schoss ein Foto nach dem anderen. Auch Sally hatte ihre Angst überwunden und lockte den kleinen Kameraden nun zu sich hinüber. Er kletterte auf ihre Schulter und hielt sich mit seinen gelenkigen Armen an ihrem Kopf fest. Caro kicherte bei dem Anblick und Patrick hielt diesen Moment mit der Kamera fest. Danach schien der kleine Affe genug von dem Spektakel zu haben. Er sprang zurück auf die Brüstung, blickte sich noch einmal um, als wolle er sich verabschieden, und sprang zurück in den Wald.

„Coole Aktion, Caro", freute sich Sally und bot ihrer Freundin ein High-Five, in das Caro lachend einschlug.

Als Caro sich zurück auf ihren Platz setzte, flüsterte Patrick ihr ins Ohr, so dass nur sie es hören konnte: „Gibt es eigentlich etwas an dir, das nicht perfekt ist?"

Caro merkte, wie sie rot anlief und erwiderte nichts. Sie war froh, als der Zug stoppte und sie aussteigen konnten. Patrick und Sally hatten sich bereits vorm Zug aufgestellt und warteten, bis sich alle Teilnehmer um sie versammelt hatten.

„Ihr habt nun zwei Stunden Aufenthalt zur freien Verfügung. Ihr könnt entweder baden gehen oder ein bisschen umherbummeln. Um Punkt 13:30 Uhr werden wir hier von unseren Reisebussen eingesammelt und zurück zum Schiff gebracht", wies Sally die Gruppe an.

Nachdem sich die Reihen gelichtet hatten, beschlossen die fünf, sich gemeinsam an den Strand zu legen. Kaum hatte Caro ihre Klamotten abgelegt und es sich im Bikini auf ihrem Handtuch bequem gemacht, breitete sich eine wohlige Müdigkeit in ihr aus. Der Rum hatte sein Übriges dazu beigetragen. Sie döste eine Weile vor sich hin, bis ihr etwas Kaltes auf den Rücken klatschte. Sie zuckte hoch und sah entgeistert in Patricks grüne Augen.

„Oh, ich wollte dich nicht erschrecken", sagte er betont reumütig. „Dein Rücken sieht schon ziemlich rot aus, ich wollte dich nur eincremen!"

„Oh Mist, das habe ich ganz vergessen", entgegnete Caro.

„Leg dich ruhig wieder hin, ich übernehme das", forderte Patrick sie auf.

Caro ließ sich zurück auf ihr Handtuch sinken und schloss die Augen. Patrick verteilte noch etwas mehr Creme auf ihrem Rücken und fing dann an, die Sonnenmilch nach und nach einzumassieren. Caro genoss die kreisenden Bewegungen auf ihrem Rücken und entspannte sich langsam wieder. Sie konnte sich nicht daran erinnern, wann sie das letzte Mal massiert worden war. Es fühlte sich so gut an und sie hoffte, dass Patrick nie wieder aufhören würde. Doch als Justin fragte, ob er mit ins Wasser kommen wolle, weil die anderen Mädels keine Lust hatten, erhob sich Patrick und Caro sah ihm enttäuscht nach.

„Willst du etwa schon gehen? Es war so schön", fragte sie ihn.

„Ich merke mir, wo ich stehengeblieben bin - versprochen", entgegnete Patrick verschmitzt und lief mit Justin ins Wasser.

Caro, Sally und Sonja beobachteten die Beiden eine Weile, die wie kleine Jungs durchs kühle Nass tobten. Als sie genug davon hatten, widmeten sie sich wieder ihrem Sonnenbad und dösten vor sich hin.

Plötzlich wurde Caro an Armen und Oberkörper gepackt, hochgehoben und Richtung Wasser abtransportiert. Sie nahm nur aus weiter Ferne wahr, dass Sally ebenfalls schrie und setzte sich zur Wehr, indem sie hilflos mit den Beinen strampelte.

„Jeglicher Widerstand ist zwecklos, Süße", hörte sie Patricks Stimme, als sie endlich begriff, dass er es war, der sie hochgehoben hatte und nun dabei war, sie Richtung Wasser zu tragen. Prompt hörte sie auf zu treten und schaute Patrick flehend an.

„Patrick, bitte", wimmerte Caro, „lass mich herunter!"

„Niemals. Du hast schon viel zu lange in der Sonne gelegen. Es wird Zeit, dass du eine Abkühlung bekommst", erwiderte er ungerührt und ließ sie mit einem lauten Plumps ins Wasser fallen.

Caro tauchte sofort wieder auf und spritze Patrick zur Strafe mit Wasser nass. Sally, der das gleiche Schicksal durch Justin zuteil wurde, nahm sich an ihrer Freundin ein Beispiel. So lieferten sich die beiden Mädels eine hitzige Wasserschlacht mit den Jungs, ehe sie sich kurz darauf geschlagen geben mussten. Justin schwamm zu Sally hinüber und nahm sie zärtlich in den Arm. Caro beobachtete zum ersten Mal, wie sie sich vor allen küssten. Sie drehte sich schnell weg und begegnete kurz Patricks Blick, denn genau in diesem Moment kam Sonja ebenfalls ins Wasser.

„Lasst mich doch nicht die ganze Zeit allein", jammerte sie.

Caro schwamm hinüber und kümmerte sich um ihre vernachlässigte Freundin. Patrick sah ihr wehmütig hinterher und schlenderte schließlich zurück an den Strand.

Nach dem erfrischenden Bad genossen sie noch eine Weile die wärmende Sonne, bevor sie von den Reisebussen abgeholt wurden. Alle Teilnehmer waren pünktlich und so konnten sie ohne Verzögerung Richtung Hafen aufbrechen. Dort verabschiedeten sich Sonja, Caro und Justin von den beiden Scouts, die noch eine weitere Tour begleiten mussten.

„Das war ein wunderbarer Ausflug", sagte Caro freudestrahlend.

Sonja pflichtete ihr bei.

„Wir können echt froh sein, dass wir heute und morgen den halben Tag frei bekommen haben", sagte sie und Caro nickte zustimmend.

Sie beschlossen, noch gemeinsam Mittag zu essen, bevor sie sich für die Arbeit fertig machen mussten.

Kapitel 13

Die Zeit im Salon verging wie im Flug. Der Ausflug stimmte Caro und Sonja auch nachträglich noch so euphorisch, dass ihnen die vier Stunden leicht von der Hand gingen.

Danach verabschiedete sich Caro von Sonja und machte sich auf den Weg zum Theatrium. Sie musste heute Abend noch die Artisten schminken. Ihr blieben gerade mal dreißig Minuten bis zum Auftritt der Künstler, da musste jeder Handgriff sitzen. Zum Glück wussten die Darsteller schon ungefähr, was sie zu machen hatten, sodass Caro wirklich nur noch Feinheiten übernahm.

Caro begrüßte das Show-Ensemble und nahm sich einen nach dem anderen vor. Auf die Minute wurde sie mit ihrer Schminkarie fertig und wünschte allen viel Glück für die Show.

„Ach Caro, bevor du gehst", hielt sie Mario, der Koordinator der Truppe, auf.

„Ja, was gibt's denn?", fragte Caro und drehte sich wieder um.

„Katja, unsere eine Sängerin kränkelt etwas. Sie will heute aber auftreten und wir müssen abwarten, wie es sich entwickelt. Für den Fall, dass ihr Hals sich verschlechtert, könntest du dir bitte die Verse für die morgige Show schon einmal vorsichtshalber einprägen?", fragt er und drückte ihr sogleich einige Liedertexte in die Hand.

Caro sah ihn verstört an.

„Mario, ich glaube nicht, dass ich auf der Bühne singen kann. Abgesehen davon kenne ich eure Choreographien doch überhaupt nicht", versuchte sie sich herauszureden.

„Caro, bitte. Es ist ja nur für den Notfall, vielleicht kommt es gar nicht so weit", bettelte er.

„Na gut, gib her", ließ sich Caro breitschlagen. „Aber nur im allergrößten Notfall."

Missmutig ging Caro zurück zu ihrer Kabine. Wenn sie Texte lernen sollte, hieß das im Umkehrschluss, dass sie Zeit brauchte. Das wiederum würde bedeuten, dass sie nicht, wie geplant, an der Kanutour teilnehmen konnte.

Als sie beim Abendessen Sonja traf, entgegnete diese aufmunternd: „Dann gehen wir nicht Kanufahren, sondern legen uns zu zweit an einen Strand. Ich sonne mich, während du die Texte lernst!"

„Du kannst aber auch ohne mich an der Tour teilnehmen und musst nicht meinetwegen verzichten", widersprach Caro ihr.

Doch Sonja war nicht umzustimmen. Sie verabredetem sich am nächsten Tag zum gemeinsamen Frühstück, um danach gemeinsam von Bord zu gehen.

Auch Sally schien nicht sonderlich enttäuscht, als Caro ihr von der Planänderung berichtete.

„Sag aber auch Patrick Bescheid, der freut sich bestimmt schon auf dich", scherzte sie nur.

„Wenigstens einer, der mich vermissen wird", lachte Caro.

Nun sah Sally sie betreten an.

„Tut mir leid, Caro. So war das nicht gemeint", sagte sie eilig.

„Weiß ich doch, Sally. Genieß die Zweisamkeit mit Justin. Auch wenn noch mindestens dreißig weitere Teilnehmer dabei sein werden, um die du dich kümmern musst", feixte Caro.

Aber Sally hatte Recht, sie musste Patrick Bescheid geben. Nicht dass es wieder zu Missverständnissen zwischen ihnen kam. Sie ging hinüber und klopfte an seine Kabine. Es dauerte nicht lange, ehe er öffnete.

„Caro, was verschafft mir zu dieser Uhrzeit die Ehre?", wollte er wissen und ließ sie eintreten.

„Ich habe eine schlechte Nachricht", sagte sie und erzählte ihm von Katjas Texten, die sie bis morgen auswendig lernen sollte.

Doch anstatt zu schmollen, weil er auf Caros Begleitung am folgenden Tag verzichten musste, strahlte er.

„Das ist doch eine tolle Gelegenheit, um deine Gesangskünste öffentlich zum Besten zu geben, Caro. Ich werde mich auf jeden Fall unters Publikum mischen, wenn du auftrittst", versprach er.

„Patrick, ich habe nicht vor zu singen. Schon gar nicht vor so vielen Leuten. Das ist nur für den allergrößten Notfall, der, so hoffe ich, nie eintreten wird", erklärte sie ihm erneut. „Und falls es doch irgendwie dazu kommen sollte, dann darfst du mir bestimmt nicht zugucken."

„Warum das denn nicht?", wollte er ohne Umschweife wissen.

Caro bereute, dass sie das gesagt hatte, da ihr auf die Schnelle nichts anderes als die Wahrheit einfiel.

„Weil du mich nervös machst", gab sie also zu.

Sie sah, wie seine Augen aufleuchteten und ein Lächeln seine Lippen umspielte.

„Ach Caro, weißt du eigentlich, wie süß du bist?", fragte er sie.

Caro, die immer noch nicht mit Patricks direkten Komplimenten umgehen konnte, drehte sich verlegen von ihm weg und steuerte die Tür an. Patrick überholte sie mit zwei großen Schritten und versperrte ihr den Weg.

Caros Herz begann schneller zu schlagen, als sie nervös fragte: „Was wird das?"

Er sah ihr tief in die Augen und sie merkte, wie ihr Herz wie wild zu schlagen begann.

„Du darfst nicht immer vor mir weglaufen", hauchte Patrick ihr behutsam ins Ohr.

„Ich möchte eigentlich gar nicht weg", stotterte Caro.

„Dann bleib", forderte er sie auf.

„Nicht heute", widersprach sie ihm, doch er bewegte sich nicht von der Stelle.

Vorsichtig zog er sie an sich heran. Caros Atem ging schneller und ihr Herz trommelte ihr mittlerweile gegen die Brust, sodass sie sich fragte, ob auch Patrick es inzwischen vernahm. Der Moment schien sich ins Unerträgliche zu ziehen und sie überlegte, ob sie vor Aufregung ohnmächtig werden konnte, als Patricks Lippen sich endlich erlösend auf ihre legten. Er küsste sie direkt auf den Mund und Caro hatte das Gefühl, den Boden unter den Füßen zu verlieren. Ihr war heiß und zugleich lief ihr ein wohliger Schauer über den Rücken. Sie erwiderte den Kuss und drückte ihre Lippen behutsam gegen seine. Sie bemerkte, dass auch Patricks Atem schneller als gewöhnlich ging. Als er sie noch näher zu sich heranzog, merkte sie, wie auch sein Herz wie wild gegen seine Brust pochte. Daraufhin löste Patrick sich von ihr, ging einen Schritt beiseite und gab endlich die Tür frei.

„Gute Nacht, Caro. Träum was Schönes!", sagte er leise.

Hätte er sie nicht auf diese Weise aufgefordert zu gehen, wäre Caro mit Sicherheit geblieben, doch so taumelte sie hinaus.

„Gute Nacht, Patrick", hauchte sie noch und verschwand.

Als sie ihre Kabine betrat, stellte sie erleichtert fest, dass Sally bereits zu Justin gegangen war. So würde ihre Mitbewohnerin wenigstens nicht bemerken, wie aufgewühlt sie war und sie mit Fragen bombardieren. Sie machte sich fertig und stieg ins Bett. Nach wenigen Minuten fiel sie in einen sanften Schlaf und wurde erst am nächsten Morgen von dem Klingeln des Weckers wieder wach.

Caro stieg ausgeruht aus dem Bett, duschte ausgiebig, schminkte sich und zog sich ein sommerliches, blau-geblümtes Kleid an. Sie fühlte sich gut und freute sich auf ein ausgiebiges Frühstück mit ihrer Kollegin.

Wie verabredet wartete Sonja um 9:00 Uhr in der Kantine auf sie. Gutgelaunt umarmte Caro sie, ehe die beiden sich am Frühstücksbuffet bedienten und einen Platz suchten.

„Du hast aber gute Laune", fiel Sonja sofort auf. „Da wird das Einprägen der paar Texte bestimmt ein Kinderspiel."

Caro grinste und nickte zustimmend.

Gutgelaunt verließen sie nach dem Frühstück das Schiff und orderten ein Taxi, das sie zu einem nahegelegenen Strand brachte.

„Das ist ja ein ganzes Musical", stöhnte Caro auf, als sie sich die Liedertexte ansah. „Wie soll ich mir das nur alles merken?", jammerte sie weiter.

„Du schaffst das schon. Ich habe mein IPod dabei. Ein paar Lieder sind bestimmt drauf, dann können wir sie uns mal anhören", schlug Sonja hilfsbereit vor.

Sonja spielte die Lieder wieder und wieder ab und Caro las parallel dazu den für sie vorgesehenen Text. Ein paar kannte Caro zum Glück, andere gingen aber einfach nicht in ihren Kopf.

„Sing doch laut mit", schlug Sonja vor.

„Auf gar keinen Fall", protestiere Caro.

„Hier ist doch kaum jemand, vielleicht merkst du dir die Strophen dann besser", versuchte Sonja, sie weiterhin zu ermuntern.

Caro, die mittlerweile schon verzweifelt war, weil sie sich kein einziges Lied komplett merken konnte, nahm ihren Mut zusammen und begann mitzusingen. Ihre Freundin behielt Recht, sie konnte sich die Zeilen nun tatsächlich besser einprägen.

Nach einer Weile hatte Caro erst einmal genug und legte eine Pause ein. Wahrscheinlich würde die Arbeit hier sowieso umsonst sein und so genoss sie die Sonnenstrahlen auf ihrer Haut.

„Du Caro?", unterbrach Sonja die Stille.

„Hm?", machte diese nur träge.

„Was läuft da eigentlich zwischen dir und Patrick?", wollte sie unverblümt wissen.

Caro war sofort wieder hellwach. Sie hatte ihrer Kollegin bisher nichts erzählt, was ihr Liebesleben betrifft, obwohl sie wahrscheinlich die meiste Zeit mit ihr verbrachte. Doch während der Arbeit waren so gut wie immer Kunden anwesend, da konnte man sich nicht unbelauscht unterhalten.

„Ich weiß es nicht", antwortete Caro wahrheitsgemäß.

„Er steht auf dich, das sieht jeder!", bemerkte Sonja.

„Ich auch auf ihn. Das ist ja das Problem", seufzte Caro.

„Wieso? Ist doch super!", platzte es aus Sonja heraus.

Caro sah ihre Freundin verzweifelt an und beschloss, auch ihr die ganze Geschichte zu erzählen.

„Im Moment herrscht zwischen Sam und mir Funkstille und Patrick hat mich gestern geküsst", beendete sie ihr Beziehungsdrama.

Sonja blieb wie immer gelassen und wirkte weder geschockt noch beeindruckt.

Sie meinte nur: „Caro, setz dich nicht selbst unter Druck. Du wirst instinktiv schon das Richtige tun. Liebe kann man nicht erzwingen, Liebe ist einfach ein Zustand."

Caro wusste nicht, was genau sie damit meinte, doch ihr gefiel die lockere Art ihrer Betrachtungsweise.

„Aber Caro?", setzte Sonja an.

Caro spannte sich innerlich an und erwartete nun doch noch eine Ermahnung.

„Ja?", fragte sie kleinlaut.

„Ich glaube, dein Herz hat schon längst eine Entscheidung getroffen. Nur der Verstand hält dich noch auf", sprach sie erneut in Rätseln.

Caro überlegte, wer in ihrer Geschichte den Verstand und wer das Herz darstellte. Doch sie war zu verwirrt, um zu diesem Zeitpunkt eine Antwort darauf zu finden.

„Wie ist es eigentlich bei dir?", wollte nun Caro von Sonja wissen.

„Ach Caro, weißt du, ich halte das eigentlich relativ simpel. Bisher war noch nicht der Richtige dabei, mit dem ich eine längerfristige Bindung hätte eingehen wollen. Ich bin glücklicher Single und solange mich niemand zu 100 Prozent vom Hocker reißt, wird das auch so bleiben", erklärte sie ihr.

Caro war wenig überrascht von Sonjas Einstellung. Es passte zu ihr und Caro nahm ihr ohne Weiteres ab, dass sie wirklich gut ohne Mann klarkam, auch wenn das für Caro keine Option wäre.

Sie redeten noch eine Weile, ehe sie sich auf den Weg zurück zum Schiff machten. Caro war froh darüber, endlich einmal ein paar private Stunden mit Sonja außerhalb des Salons verbracht zu haben. Sie war für sie nicht nur eine tolle Arbeitskollegin, sondern auch zu einer wahrhaftigen Freundin geworden. Als Caro ihr das genauso auch mitteilte, war Sonja gerührt und drückte sie.

„Da hast du so Recht, meine Liebe. Du glaubst gar nicht, wie froh ich bin, dass du an Bord gekommen bist", erwiderte Sonja aufrichtig.

Da das Schiff am Abend für sieben Tage in See stach, hatte der Salon nur bis 19:00 Uhr, also eine Stunde weniger, geöffnet. Das Auslaufen aus dem Hafen sollte gebührend gefeiert werden.

Caro und Sonja beschlossen ebenfalls, an Deck zu gehen und an der Auslaufzeremonie teilzunehmen. Als Caro nach der Arbeit kurz zum Umziehen und Frischmachen in ihre Kabine ging, hing ein kleiner Zettel an ihrer Tür. Sie nahm ihn ab und überflog neugierig die Zeilen:

<Hey Caro,

wie abzusehen war, hat es Katja nun leider richtig erwischt und sie wird nicht in der Lage sein, beim großen Auslauf-Event aufzutreten. Bitte, bitte hilf uns und spring für sie ein. Ohne einen Ersatz sind wir aufgeschmissen!!! Am besten kommst du direkt nach deiner Schicht ins Theatrium, damit wir wenigstens noch ein bisschen proben können.

Hoffentlich bis gleich,

Mario + Team

PS: Wir sind alle davon überzeugt, dass du es kannst. In dir schlummert ein Talent, das es verdient, geweckt zu werden.>

Caro rutschte das Herz in die Hose. Damit hatte sie nicht mehr gerechnet oder besser gesagt, sie hatte gehofft, dass der Kelch an ihr vorübergehen würde. Eilig stürmte sie auf die andere Seite des Schiffes und klopfte an Sonjas Kabinentür.

Als sie öffnete, kam Caro gleich auf den Punkt: „Ich kann leider nicht mit dir an Deck, um die Zeremonie zu genießen. Ich trete quasi direkt im Anschluss daran auf der Bühne auf!"

Sonja, die sonst so schnell nichts aus der Ruhe bringen konnte, stieß einen kleinen Schrei aus.

„Caro, Wahnsinn. Ich werde kommen!", rief sie aufgeregt.

Caro hörte ihre letzten Worte jedoch nicht mehr, da sie schon Richtung Theatrium davongestürmt war.

Dort kam sie völlig außer Atem, teils durch die Eile und teils durch die aufflammende Aufregung, an. Sie wurde bereits erwartet und das gesamte Show Ensemble fing an zu klatschen und zu jubeln, als sie eintraf. Mario trat vor und hieß sie willkommen.

„Wir wussten, dass du uns nicht im Stich lassen würdest. Tausend Dank für deine Unterstützung. Normalerweise würde ich nun sagen, ab in die Maske, aber diese Rolle musst du wohl auch noch übernehmen", lachte er sichtlich erleichtert.

Caro schminkte sich und die anderen im Eilverfahren, damit sie jede freie Minute zum Proben nutzen konnten.

„Ein Glück, dass Katja wenigstens nicht die Hauptrolle im Stück spielt", redete sich Caro selbst Mut zu.

Bei mehreren Liedern würde sie mit allen gemeinsam auf der Bühne stehen und mit ihnen zusammen singen. Das bedeutete, dass man ihre Stimme nicht unbedingt heraushören würde, wenn etwas danebenging. Ein Lied sang sie im Duett mit der Hauptdarstellerin und ein Lied, würde sie ganz allein singen müssen – davor hatte sie die größte Angst.

In dem Stück ging es um eine Gang, die auf den Straßen musizierte und später von einem Produzenten entdeckt wurde. Doch der Produzent entschied sich vorerst, nur Amy, die Hauptdarstellerin, als Solokünstlerin unter Vertrag zu nehmen. Caro übernahm die Rolle von Tess, der besten Freundin von Amy. Als nur diese zunächst als Solosängerin entdeckt wurde, fühlte sich Tess alias Caro hintergangen. Die Situation spitzte sich zu, als sich ihr Freund Tom in dem Musical auf die Seite von Amy schlug, um ebenfalls einen Nutzen aus dem Vertrag zu ziehen. Daraufhin trennte sich Tess bzw. Caro von ihm - an dieser Stelle war ihr Soloauftritt. Am Ende gelang es Amy jedoch, ihren Manager zu überzeugen, die ganze Gruppe unter Vertrag zu nehmen.

Alle Darsteller vertrugen sich, nur Tom wurde aus der Gang geschmissen. Die letzte Szene stellte eine große Party dar, auf der die Gruppe auf ihren Erfolg und die Freundschaft anstieß.

Als Caro ihr Outfit sah, war sie kurz davor, wieder Reißaus zu nehmen.

„Das soll ich anziehen? Noch kürzer ging es nicht?", wollte Caro entsetzt wissen.

Sie hielt einen schwarzen Minirock, ein tief ausgeschnittenes, pinkes Top und jede Menge Ketten und Armbänder in der Hand.

„Caro, dir persönlich muss es nicht gefallen. Du spielst jetzt eine Rolle, und zwar die einer aufgetakelten Straßenkünstlerin, die auf Hip-Hop steht", versuchte Mario ihr zu erklären.

Caro verdrehte ihre Augen und ging in die Umkleidekabine. Als sie sich fertig geschminkt und umgezogen im Spiegel betrachtete, erkannte sie sich selbst nicht wieder.

„Umso besser", dachte sie. „Dann wird mich hinterher vielleicht niemand mit Tess in Verbindung bringen und ich kann inkognito bleiben."

Nachdem nun alle in ihrem zugedachten Outfit steckten und geschminkt waren, versammelte sich die Gruppe auf der Bühne des Theatriums, um zu üben. Insgesamt gab es zehn Lieder und hin und wieder ein paar Zeilen Text. Caro musste nur an sechs Liedern aktiv teilnehmen. Doch sechs Choreographien waren einfach sechs zu viel für Caro. Sie schlug ihre Hände über dem Kopf zusammen.

„Das schaffe ich nie", jammerte sie.

„Caro, wir haben noch eine Stunde. Das ist natürlich viel zu wenig, aber wir werden es so arrangieren, dass du klarkommst", versicherte ihr Mario.

Nach fünfzig Minuten hatte Caro einen groben Einblick in die Show bekommen und die Gruppe hatte den Plan gefasst, dass sie während der Tänze entweder unauffällig von der Bühne ging, sofern sie nicht mitsingen musste, oder sich auf eine der Requisiten, wie Tisch, Stuhl oder Couch, setzte, um sich nur auf den Gesang konzentrieren zu können. Nur bei ihren zwei größeren Auftritten, musste sie sich einige Schritte merken.

Caro war im Nachhinein froh darüber, dass die Akteure für ihr Stück viele bekannte Songs ausgesucht hatten und Sonja so gut wie jedes Lied auf ihrem IPod abgespeichert hatte. Daher fühlte sie sich wenigstens einigermaßen textsicher. Vor allem die zwei Lieder, bei denen sie allein auf sich gestellt war, hatte sie schon oft unter der Dusche geträllert. Der eine Song war von Avril Lavigne – What the hell –, der aber in den Strophen etwas vom Text abgewandelt wurde, damit er zum Stück passte. Hierzu hatte Mario ihr bewusst beiläufig das zweite Bühnenoutfit hingelegt, das sie bei diesem Auftritt tragen würde. Caro kannte das Lied und wusste, dass es bei dem Text darum ging, aus dem Gewohnten auszubrechen und über die Stränge zu schlagen, um den Kerl ein für alle Mal zu vergessen, der keine Träne wert war. Daher ahnte sie bereits, dass ihr Outfit nicht besser als das erste ausfallen würde, doch als sie es sah, schüttelte sie schockiert den Kopf. Ihr fehlten die Worte. Es handelte sich um ein schwarzes Lederkleid, zu dem sie rote Highheels und großen Kreolen tragen würde.

„Die Rolle eines unschuldigen Pferdemädchens hätte mir besser gefallen", lamentierte Caro.

„Die hättest du auch bekommen, wenn es in unserem Stück eine solche geben würde. Aber wir verkörpern nun mal eine coole Gang, die gern Musik macht!", lachte Mario. „Sei froh, dass du so eine gute Figur hast. Du wirst atemberaubend heiß und einen Hauch nuttig aussehen", fügte er zwinkernd hinzu.

„Na super, ich sehe nuttig aus. Gut, dass außer Sonja keiner weiß, dass ich hier einspringen muss", dachte Caro.

Ihre Nerven lagen blank und es waren keine zehn Minuten mehr, bis es ernst wurde. Ihr war mit einem Mal ganz schwindelig und sie musste sich setzen.

„Caro, alles ok?", wollte Mario sofort wissen.

„Mir ist heiß und schwindelig. Ich glaube, ich bin auch krank", erklärte Caro ihm inständig.

„Süße, du hast Lampenfieber. Moment, ich hole dir schnell noch dein Lieblingsgetränk. Damit hat es bei der Crewparty prima geklappt", beschwichtigte Mario sie.

Er verschwand und war nur ein paar Sekunden später wieder bei ihr.

„Bitteschön, ein großes Glas Wodka-Maracuja! Habe ich vorsorglich kaltgestellt, weil ich bereits geahnt habe, dass du nervös sein wirst. Wohl bekomms!", grinste er nun triumphierend.

Caro riss ihm das Glas aus der Hand und leerte es auf ex.

„Für den Notfall ist noch Nachschub im Kühlschrank, aber denk dran, es geht jetzt los und die Zuschauer sollen dich auch noch verstehen können!", rief er ihr gutgelaunt über die Schulter zu.

Caros flatternde Nerven beruhigten sich ein wenig und sie folgte den anderen auf die Bühne.

Und dann öffneten sich die großen samtigen Bühnenvorhänge langsam und Caro schaute in eine tobende Zuschauermenge, die sich über drei Decks verteilte. Am liebsten hätte sie sofort wieder auf dem Absatz kehrt gemacht, doch es war zu spät. Die Musik setzte bereits ein und einer der Künstler begann zu singen. Also betrat Caro vorsichtig die Bühne und platzierte sich hinter einer anderen Schauspielerin. Caro erinnerte sich, dass sie den Refrain mitsingen musste und sie versuchte, sich den anderen anzupassen und ebenfalls lässig über die Bühne zu laufen. Sie schaltete die Zuschauer, ihren zu kurzen Rock und ihre viel zu starke Schminke für einen Moment aus und ergab sich ihrem Schicksal. Als der Refrain kam, zwang sie sich, ihre Lippen zu bewegen und gab sich Mühe, jeden Ton zu treffen.

Nach diesem Auftakt verließ Caro vorerst für zwei Lieder den Schauplatz. Hinter der Bühne drückte ihr Mario, der ebenfalls gerade Pause hatte, die Hand.

„Gut gemacht, Caro. Aber du musst dich nicht so verbissen darauf konzentrieren, alles richtig zu machen. So gut, wie du singst, hast du das gar nicht nötig. Vergiss einfach alles um dich herum und lass dich fallen!", empfahl er ihr.

„Der hat gut reden, schließlich steht er jeden Tag auf der Bühne", schmollte Caro innerlich.

Bevor sie wieder zurück auf die Bühne musste, warf sie noch einen kurzen Blick auf ihren Text, um auch absolut sicher zu sein, nichts zu vergessen.

Bei den darauffolgenden Liedern wurde Caro von Mal zu Mal lockerer. Doch die größten Hürden standen ihr noch bevor – ihr Soloauftritt und später das Duett. Für ihre Einzelperformance schlüpfte Caro in das Lederkleid, steckte die Kreolen an und zog die roten Highheels über. Da ihr noch etwas Zeit blieb und ihr Herz vor Nervosität raste, gönnte sie sich ein zweites Glas Wodka-Maracuja. Ein Blick in den Spiegel brachte ihr Herz allerdings wieder zum Rasen. Sie war so aufgedonnert, dass sie sich selbst nicht mehr erkannte. Sie musterte sich genau und auf irgendeine Weise gefiel es ihr auch, einmal in eine andere Rolle zu schlüpfen.

Auf der Bühne trat nun Stille ein. Ihr großer Auftritt stand bevor, bei dem sie ihrem Freund den Laufpass geben würde, weil er sich mehr für ihre erfolgreiche Freundin interessierte.

Mit zittrigen Beinen betrat sie die Bühne und sprach ihren auswendig gelernten Text.

„Du Egoist, wie konntest du nur! Kaum witterst du die Chance auf einen Plattenvertrag, lässt du mich einfach sitzen? Was bist du eigentlich für ein Weichei! Verpiss dich und kommt bloß nicht wieder angekrochen!", brüllte sie zaghaft.

Caro musste sich zusammenreißen, dass sie nicht selbst zusammenzuckte, als sie ihre eigene Stimme über das Deck wettern hörte.

„Aber, Schatz. Ich wollte doch nicht …", setzte ihr Schauspielkollege an.

„Ist mir egal, was du wolltest oder nicht wolltest! DU sollst abhauen, habe ich mich nicht deutlich genug ausgedrückt?!", schrie sie nun schon etwas energischer und verabreichte ihrem Gegenüber einen kleinen Schubs.

Dieser verließ daraufhin eilig die Bühne und Caro blickte ihm wütend hinterher. Dann sprach sie ihren Monolog.

„Was brauche ich euch Männer überhaupt. Auf niemanden kann man sich verlassen. Ich pfeife auf euch, ihr seid mir sowas von …", in diesem Moment erblickte Caro die grünen Augen von Patrick.

„Mist", entfuhr es ihr und sie hielt den Atem an.

„… egal", beendete sie schnell ihren Satz und versuchte den Patzer zu überspielen.

Caro wusste, dass er nun auch gleich ihren Soloauftritt zu dem Song von Avril Lavigne verfolgen würde, wobei sie einen lasziven Tanz zum Besten geben musste. Ihre Beine fingen wieder an zu zittern, doch die Musik setzte bereits ein. Caro schloss die Augen und versuchte, all ihre Gedanken beiseite zu schieben und sich ganz ihrer Rolle und der Musik hinzugeben. Sie führte sich vor Augen, welche Enttäuschung Tess gerade erfahren hatte und plötzlich konnte sie voll und ganz nachempfinden, wie sie sich fühlen musste. Für einen Moment wenigstens wollte Tess alles vergessen und über die Stränge schlagen.

Caro begann, sich im Rhythmus der Musik zu bewegen. Zunächst wippte sie zaghaft im Takt mit. Sie schloss erneut die Augen, begann ihre Hüften zu bewegen, und schlüpfte nun ganz in ihre Rolle. Wie aus weiter Ferne vernahm sie den Jubel der Zuschauer, der wie durch einen Nebel zu ihr auf die Bühne drang, sie jedoch nicht erreichte. Sie wurde von einer Welle der Euphorie angetrieben. Alle Hemmungen waren wie weggeblasen und mit jedem Schritt fühlte sie sich sicherer. Ihr Tanz wurde wilder und ein wenig anzüglich, genau wie die Rolle es vorgesehen hatte. Das verlängerte Intro gab ihr genug Zeit, um das Publikum einzuheizen.

Sie hatte zwar ihre Augen inzwischen wieder geöffnet, wagte es aber nicht, einen Blick in Richtung der Zuschauer zu riskieren, aus Angst, wieder zurück in ihre Nervosität zu verfallen. Als der Einsatz zu ihrem Lied kam, hatten sich ihre Hemmungen in Luft aufgelöst. Es machte ihr nichts mehr aus, ihr Solo darzubieten und der Text kam ihr sicher und leicht über die Lippen. Die Emotionen, die sie mit ihrem Lied zum Ausdruck brachte, unterstrich sie mit ihrem Tanz. Während des Refrains, bei dem sie ihr Leben Revue passieren ließ und das gerade Geschehene mit „What the hell" abtat, wagte sie es schließlich, das Publikum direkt zu fokussieren. Sie näherte sich der jubelnden Menge immer mehr und nutzte die Strophen, um alle mit einzubinden. Bei einem mehrfach hintereinander gesungenen „What?", also „Was?", baute sie sich provokativ vor einzelnen Männern auf, ehe sie sie wieder abservierte. Caro erkannte, dass sie gut war und es entging ihr auch nicht, dass den Zuschauern ihre Darbietung zu gefallen schien.

Aus den Augenwinkeln heraus sah sie, dass neben Patrick auch Sally und Sonja standen und Sally wie verrückt Fotos machte. Doch auch das machte Caro nichts mehr aus und sie blickte direkt in ihre Richtung. Ihr Blick wanderte von Sally, die dabei war zu fotografieren, über Sonja, die wild tanzte und immer wieder lauthals mitgrölte, bis hin zu Patrick. Als sich ihre Blicke trafen, wurde ihr noch heißer, als ihr sowieso schon war. Caro tanzte nun in ihre Richtung, ohne dabei den Blickkontakt zu Patrick zu verlieren. Sie fühlte sich magisch von ihm angezogen und auch Patricks Augen glühten vor Leidenschaft. Er ließ sie nicht eine Sekunde aus den Augen. Zum Ende des Liedes hin gab Caro noch einmal alles. Mit kreisenden Hüften und lasziven Bewegungen bahnte sie sich ihren Weg zurück auf die Bühne, wo sie ihr Lied mit einer Kusshand in Richtung Patrick beendete.

Das Publikum tobte und Caro strahlte erleichtert über das ganze Gesicht. Sally und Sonja jubelten und pfiffen anerkennend. Obwohl sie nicht genug von dem Applaus kriegen konnte, wandte Caro sich ab, um Platz für den nächsten Akt zu machen. Erst jetzt bemerkte sie, wie sehr sie außer Atem war.

Mario, der ihr entgegenkam, als sie die Bühne verließ, hielt beide Daumen in die Luft und sagte anerkennend: „Mega, Caro! Ein Wahnsinnsauftritt!"

Erleichtert ließ sie sich auf einen Stuhl fallen und wartete auf ihren nächsten Einsatz.

Nachdem Caro einmal Blut geleckt hatte, lief sie zu Hochtouren auf. Die anfängliche Zurückhaltung war vollkommen verflogen und hatte Platz für eine neu entdeckte Leidenschaft gemacht. Auch das Duett mit Amy meisterte Caro mit Bravour und zeigte hierbei, dass sie auch noch andere Facetten besaß. Da es ein sehr langsames und emotionales Lied war, musste es mit viel Gefühl vorgetragen werden. Doch Caro traf auch die leisen Töne gut.

Das krönende Finale bildete dann das Lied „A little Party never killed nobody", zu Deutsch „Eine kleine Party hat noch niemanden umgebracht". Dabei wurde an nichts gespart. Überall flog Lametta in bunten Farben von der Decke. Die Tänzer und Sänger gaben noch einmal Vollgas und rissen das Publikum vollends mit. Mithilfe der Lasertechnik fühlte sich jeder, als wäre er selbst Gast auf einer grandiosen Fete. Die Menge trommelte mit den Füßen auf den Schiffsplanken herum, klatschte und verlangte schließlich sogar eine Zugabe. Caro hatte sich selten so gut gefühlt wie in diesem Moment. Es kam ihr vor, als würde sie vor lauter Glück platzen, so stolz war sie auf sich selbst.

Nach einer Ewigkeit fielen die Vorhänge zu und das Ensemble versammelte sich für eine kleine Zugabe. Hierzu sollte jeder Einzelne der Reihe nach vorlaufen und sich verbeugen. Währenddessen stellte Mario die einzelnen Akteure vor. Als Caro vortrat, konnte sie sich vor Jubelrufen und ohrenbetäubendem Applaus gar nicht retten, und als das Publikum dann noch erfuhr, dass es ihr erster Auftritt überhaupt war und sie nur für eine kranke Kollegin eingesprungen war, rastete die Menge noch einmal komplett aus. Sie sprangen von den Stühlen und feierten Caro so sehr, dass es sie tief berührte und ihr vor Freude die Tränen kamen. Nicht nur das Publikum feierte sie, auch ihre Mitstreiter auf der Bühne umarmten sie und ließen sie hochleben. Caro war sich sicher, dass sie diesen Abend nie vergessen würde und war froh, obwohl sie sich anfangs gesträubt hatte, diese Chance wahrgenommen zu haben. Sie genoss die Resonanz des Publikums in vollen Zügen. Es fühlte sich gut an, als Mitglied des Teams anerkannt zu werden, aber vor allem fühlte es sich gut an, weil sie es geschafft und sich damit selbst bewiesen hatte, dass sie es konnte. Sie hatte so Angst vor diesem Auftritt gehabt. Hätte es eine Alternative gegeben, hätte Caro sofort einen Rückzieher gemacht. Doch nun war sie so glückselig und stolz, dass sie sich im Stillen vornahm, sich mehr neuen Dingen oder Situationen zu stellen, die ihr vielleicht zunächst etwas Angst einjagten. Denn das Gefühl danach war mit nichts zu vergleichen.

Das Showensemble gab noch eine kurze Zugabe, ließ die Menge für einen Augenblick noch einmal erbeben und verabschiedete sich dann mit einer gemeinsamen Verbeugung. Einer nach dem anderen verließ die Bühne und Backstage wurde Caro nochmals von allen Seiten beglückwünscht. Sie war der Star des Abends.

„Ich kann es nur wieder und wieder sagen, Caro. In dir schlummert eine kleine Rampensau. Dein Auftritt war legendär. Ich kann nicht fassen, dass du das nicht beruflich machst", lobte Mario sie erneut.

Caro griente vor sich hin wie ein Honigkuchenpferd. Dieser Abend ging runter wie Öl. Natürlich wurde sie auch von ihren Kunden im Friseursalon ab und an gelobt, doch keinesfalls war es mit dem, was sich hier abspielte, zu vergleichen.

„Morgen findet eine Akrobatikshow mit Justins Team statt. Wir treten erst übermorgen wieder auf und ich hoffe, dass Katja bis dahin wieder fit ist. Vielleicht könntest du dich notfalls bereithalten. Für alle Fälle gebe ich dir schon einmal die Skripte für unser nächstes Stück mit, damit du einen Blick drauf werfen kannst", erklärte Mario.

„Geht klar, Chef", antwortete Caro und nahm die Texte entgegen.

„So gefällst du mir. Dann ab in den Feierabend mit dir. Du bist für heute entlassen", lachte Mario.

Als Caro den Bühnenbereich verließ, erwarteten ihre Freunde sie bereits. Patrick entdeckte sie zuerst, nahm sie hoch und drehte sie im

Kreis. Auch Sally und Sonja drückten und beglückwünschten sie zu dieser grandiosen Show.

„Caro, das war einfach nur WOW! Ich hätte dir niemals zugetraut, dass du solch eine verruchte Seite besitzt", platzte es aus Sally heraus.

„Mir hat es gefallen", schmunzelte Patrick. „Ich entdecke ganz neue Seiten an dir."

„Typisch Mann, lass dich nicht beirren, Caro. Deine Stimme ist der Hammer. Ich wünschte, ich könnte so singen und die Frisierschere gegen ein Mikrofon tauschen", lobte auch Sonja.

„Ihr seid so süß. Danke für die Komplimente. Wisst ihr was? Ich lade euch jetzt alle auf einen Drink ein", sagte Caro vergnügt.

Sie hakte sich bei Patrick und Sally unter und so zogen sie alle gemeinsam in Richtung Crewbar.

Sie saßen noch eine Weile zusammen, redeten und lachten viel. Caro fühlte sich pudelwohl inmitten ihrer engsten Freunde an Bord. Später gesellten sich noch Justin und einige weitere Akrobaten dazu.

„Leute, es ist schon halb drei", seufzte Sally.

„Was schon so spät?" fragte Sonja ungläubig. „Für uns wird es eine harte Woche, Caro. Sieben Seetage nacheinander, das heißt jeden Tag zusammen Früh- und Spätschicht."

„Oh je, da hast du wohl Recht", stellte Caro betroffen fest.

„Dann husch, husch ins Bettchen mit euch", gluckste Sally.

„Kommst du nicht mit?", wollte Caro wissen.

„Als Scout haben wir im Gegensatz zu euch die nächsten sieben Tage nicht wirklich was zu tun, außer uns am Informationsschalter abzuwechseln oder ein paar Präsentationen über die kommenden Ausflugsziele zu halten", gab Sally als Erklärung ab.

„Habt ihr es gut", stöhnte Sonja. „Ich werde nun wirklich schnell schlafen gehen. Aber es war schön mit euch. Gute Nacht!", verabschiedete sie sich.

Kurz nachdem Sonja gegangen war, erhob sich auch Caro. Ihre Kollegin hatte Recht, es würde eine sehr anstrengende Woche werden und sie wollte wenigstens noch ein paar Stunden Schlaf abbekommen.

„Ich begleite dich noch bis zur Kabine", bot Patrick ihr an. Caro sah, wie Sally nur wohlwissentlich die Augen verdrehte, stellte jedoch erleichtert fest, dass Patrick es nicht mitbekommen hatte. Sie war ein wenig enttäuscht, dass sie ihre Mitbewohnerin zurzeit nie allein zu Gesicht bekam. Sie hätte ihr gern von dem Kuss mit Patrick erzählt und ihre Meinung dazu gehört, doch in dieser großen Runde war es unmöglich gewesen, mit ihr ungestört zu reden.

Während sie zusammen zu ihren Kabinen schlenderten, nahm Patrick ihre Hand.

„Caro, ich möchte dir noch einmal sagen, dass du wirklich toll auf der Bühne warst. Natürlich nicht nur wegen deines Outfits. Du hast eine Wahnsinnsstimme und eine ausgezeichnete Bühnenpräsenz. Vielleicht solltest du dein Können weiter ausbauen!", schlug er ihr vor.

„Ich habe doch schon einen Job, der mir Spaß macht", erwiderte Caro gleichgültig, doch insgeheim schmeichelte ihr die Vorstellung.

„Denk mal darüber nach. Du musst ja nicht sofort eine Entscheidung treffen", setzte Patrick nach.

Caro nickte nur und versuchte vergebens, ein Gähnen zu unterdrücken. Es war ein langer Tag gewesen. Mit einem Mal freute sie sich riesig auf ihr Bett. Als sie vor den Kabinen ankamen, nahm Patrick sie noch einmal in den Arm, küsste sie aber nicht. Wäre Caro in diesem Moment nicht so ungeheuer müde gewesen, hätte sie das vielleicht stutzig gemacht, doch so verabschiedeten sie sich voneinander und jeder ging in seine eigene Kabine.

Kapitel 14

Der nächste Seetag verlief ohne besondere Vorkommnisse. Caro und Sonja hatten alle Hände voll zu tun und sie waren froh, als sie am Abend den Salon schließen konnten. Caro war so müde und kaputt, dass sie das Abendbrot ausfallen ließ und direkt ihre Kabine ansteuerte.

Zu ihrer freudigen Überraschung traf sie dort auf ihre Mitbewohnerin.

„Na meine Liebe, hat dir der wenige Schlaf doch zugesetzt?", wollte Sally wissen.

„Oh ja und wie", beteuerte Caro. „Schläfst du heute hier?", wollte sie noch wissen.

„Ja, Justin hat heute eine Aufführung und da dachte ich, es wäre mal wieder Zeit für einen ordentlichen Mädelsabend", verkündete Sally.

„Klingt super – ich habe dich schon vermisst. Ich gehe kurz duschen, vielleicht bin ich danach wieder etwas fitter", entgegnete Caro gähnend.

„Und ich ziehe die Fotos von unseren Digicams auf den Laptop, dann können wir uns alle Bilder angucken, die wir bisher gemacht haben", schlug Sally vor.

„Oh, das ist eine gute Idee! Ich beeile mich", rief Caro aus dem Bad.

Nach der Dusche fühlte Caro sich wieder etwas besser. Sally hatte derweil die Fotos auf den Laptop gezogen, ihre elektronischen Kerzen angemacht und Schokolade und Chips bereitgestellt. Caro war fast ein bisschen gerührt von dem Anblick und freute sich über die Anwesenheit ihrer Mitbewohnerin.

„Du hast mir wirklich die letzten Nächte gefehlt", sagte Caro.

„Jetzt mach mir kein schlechtes Gewissen", protestierte Sally lachend.

„Nein, so war das nicht gemeint. Ich gönne dir dein Glück von ganzem Herzen und denke, dass Justin genau der Richtige für dich ist. Aber mir hat meine beste Freundin gefehlt. Schließlich muss ich doch mit jemandem über mein Gefühlschaos sprechen", sagte Caro wahrheitsgemäß.

„Oh, gibt es etwas Neues? Hat Patrick letzte Nacht hier geschlafen, nachdem er dich zur Kabine gebracht hat?", wollte Sally neugierig wissen.

„Nein, er hat mich gestern nicht einmal geküsst", widersprach Caro.

„Gestern nicht? Und die Tage davor?", erkundigte sich Sally und musterte ihre Freundin.

„Du hast genau den richtigen Riecher", lachte Caro. „Ja, er hat mir vorgestern einen Kuss gegeben, nachdem ich ihm gesagt habe, dass ich nicht mit zur Kanutour kommen kann", vertraute sie Sally nun endlich ihr Geheimnis an.

„Ich wusste es", quietschte Sally vergnügt und warf Caro mit ein paar Chips ab.

„He, was soll das", lachte diese und konterte mit einem Kissen.

Die Beiden waren mit einem Mal völlig aufgekratzt und lieferten sich eine hitzige Kissenschlacht, bis sie kichernd und erschöpft auf Caros Bett fielen.

„Friede?", bot Caro an.

„Friede!", versprach Sally.

„Jetzt mal im Ernst. Wieso hat er dich gestern nach diesem wahnsinnigen Abend eigentlich nicht geküsst?", hakte Sally noch einmal nach.

„Ich weiß es nicht. Ich war so müde und habe auch nicht weiter darüber nachgedacht. Aber heute Morgen bin ich dann doch ins Grübeln gekommen", erwiderte Caro verzweifelt.

„Mach dir keine Gedanken, Caro. Der war hin und weg von deinem Bühnenauftritt und hat dich die ganze Zeit angehimmelt. Vielleicht ist er sich unsicher, ob du das Gleiche empfindest. Schließlich ging bis jetzt jeder Flirt von ihm aus", verteidige Sally Patrick.

„Da magst du Recht haben", überlegte Caro.

„Und was ist mit deinem Samuel?", wollte Sally nun wissen.

„Kein Kontakt. Mein Handy ist und bleibt bis Venedig aus", entgegnete Caro energisch.

„Sehr konsequent. Dann hast du ja noch vierzehn Tage Zeit um herauszufinden, was du willst", stellte Sally fest.

„Das stimmt, auch wenn Sonja der Meinung ist, mein Herz hätte sich schon längst entschieden, nur mein Kopf weigert sich noch", entgegnete Caro.

„Da bin ich genau Sonjas Meinung", kicherte Sally.

Caro schüttelte verwundert den Kopf.

„Gut, dass ihr mich alle besser kennt als ich mich selbst", klagte sie.

„Mach dir keinen Kopf, Caro. Du wirst schon noch dahinterkommen", grinste Sally und tippte dabei auf Caros Brust, und zwar dorthin, wo sie ihr Herz vermutete. „Und jetzt Schluss damit, wir gucken uns jetzt die Fotos an und essen Schokolade und Chips. Das ist das beste Mittel gegen Liebesprobleme, glaub mir", ordnete Sally an.

Caro prustete los und antwortete: „Ay, ay Chef!"

Während die beiden Mädels ein Bild nach dem anderen betrachteten, schwelgten sie in Erinnerungen. Es ist wirklich der pure Wahnsinn, was sie bereits in so kurzer Zeit zusammen erlebt hatten. Bei vielen Schnappschüssen mussten sie kichern und freuten sich, dass so viele lustige aber auch schöne Fotos entstanden sind.

Zu guter Letzt erschienen die Bilder von Caros Auftritt auf dem Bildschirm. Als sie diese in Augenschein nahm, stockte ihr der Atem.

„Oh mein Gott, bin das wirklich ich?", fragte sie erstaunt.

„Das habe ich mich auch gefragt, als du wie eine wilde Miezekatze auf der Bühne herumgewirbelt bist", gluckste Sally amüsiert.

Caro blätterte die Bilder weiter durch und staunte nicht schlecht, als sie ein Foto von sich selbst in dem Lederkleid entdeckte, das zeigte, wie sie sich auf einem Stuhl geräkelt hatte.

„Wenn das meine Oma sehen würde, würde sie mich enterben", platzte es aus Caro heraus und die beiden Mädels fingen erneut an zu kichern, als es plötzlich an ihrer Tür klopfte.

Sally erhob sich widerwillig und öffnete.

„Was ist denn bei euch los?", wollte Patrick wissen.

„Sorry, Patrick. Kein Einlass für Unbefugte. Heute ist Mädelsabend!", entgegnete Sally und schlug dem verdutzten Patrick die Tür vor der Nase zu.

„Was er wohl wollte?", fragte Caro leicht sehnsüchtig.

„Das ist heute egal. Heute geht es um uns und der Abend tut richtig gut!", gab Sally zurück.

„Da hast du voll und ganz Recht", bestätigte Caro und schob den Gedanken an Patrick beiseite.

Die Beiden genossen den restlichen Abend, bis Caro ihre Augen nicht mehr offenhalten konnte. Sie fielen selig und zufrieden ins Bett und es dauerte nicht lange, ehe beide tief und fest schliefen.

Am nächsten Morgen pellte Caro sich als Erste aus ihrer Koje, da sie sich für die Frühschicht fertig machen musste. Doch als sie aus dem Fenster lugte, dachte sie, ihr Wecker hätte zu früh geklingelt. Es war überhaupt noch nicht hell draußen. Erst bei genauem Hinsehen fiel ihr auf, dass der Himmel mit dicken, dunklen Wolken behangen war. Plötzlich taumelte sie etwas und schlug unsanft mit dem Kopf gegen die Wand.

„Was ist das denn?", fragte sich Caro.

Nach und nach dämmerte ihr, was hier los war. Als sie ihren Blick tiefer über das Meer schweifen ließ, konnte sie hohe Wellen ausmachen, die von allen Richtungen gegen das Schiff klatschten.

„Sally, wach auf!", rief Caro panisch.

„Was ist denn los?", brummte diese schläfrig.

„Du musst aus dem Fenster gucken, jetzt sofort", ordnete Caro an und zerrte an ihrer Freundin.

Wieder hatte eine Welle das Schiff erfasst und zum Schaukeln gebracht. Caro hielt sich schnell am Bett fest. Sally öffnete die Augen und warf einen Blick aus dem Fenster.

„Ach du meine Güte, was ist denn mit dem Wetter los", erschrak Sally und war nun auch hellwach.

„Hast du so etwas schon einmal erlebt?", wollte Caro von ihrer Freundin wissen.

„Nein, bisher war immer alles ganz harmlos gewesen", erklärte Sally.

Gerade als sie überlegten, ob Caro so überhaupt arbeiten könne, ertönte eine Lautsprecherdurchsage.

„Guten Morgen liebe Gäste, hier spricht Ihr Kapitän", vernahmen sie die Stimme von Herrn Schneider. „Es tut mir leid, dass ich sie eventuell wecke, doch leider geraten wir derzeit in eine ungemütliche Unwetterfront. Es handelt sich hierbei um karibische Tornadovorboten. Wir erwarten bis zum Nachmittag eine Windgeschwindigkeit der Stärke zehn bis elf. Außerdem sind Gewitter und starke Böen vorhergesagt. Ich bitte sie daher, die Außenbereiche des Schiffes komplett zu meiden. Unsere Crew wird diese aus Sicherheitsgründen absperren. Ich kann ihnen noch nicht genau sagen, wann das Unwetter vorbei sein wird. Ich versichere Ihnen jedoch, dass wir an Bord vollkommen sicher sind und Sie nicht beunruhigt sein müssen. Das Schiff ist dieser Wetterlage uneingeschränkt gewachsen. Falls Ihnen durch das Schaukeln übel werden sollte, können Sie sich jederzeit Tabletten in unserer Krankenstation, an der Rezeption oder aber an der Scoutinformation abholen. Außerdem werden wir überall an Bord Spucktüten für den Notfall aushängen. Ich bitte Sie trotzdem, die Fahrt so gut es geht zu genießen. Lassen Sie sich von unserer seeerprobten Crew ablenken und denken Sie daran, etwas zu essen, denn starker Seegang auf nüchternen Magen lässt sich wesentlich schlechter aushalten. Sobald ein Ende abzusehen ist, werde ich Sie unverzüglich informieren. Ahoi und bis später."

Sally und Caro sahen sich mit schreckgeweiteten Augen an.

„Sally, ich weiß nicht, ob ich seeerprobt bin?", stotterte Caro ängstlich.

„Ich weiß es auch nicht", gab Sally zu. „Aber lassen wir uns nicht einschüchtern. Wir gehen, wie der Kapitän geraten hat, erst einmal frühstücken und gucken dann im Salon nach, ob du arbeiten kannst", schlug sie vor.

„Okay. Dann müssen wir uns jetzt aber beeilen. Ich muss in dreißig Minuten oben sein", antwortete Caro.

Als Caro und Sally im Speisesaal eintrafen, war dieser wider Erwarten schon relativ gut besucht. Sie erblickten Sonja und setzten sich mit ihren beladenen Tellern neben sie. Dabei mussten sie aufpassen, dass ihnen nichts herunterrutschte, so sehr schaukelte es.

„Guten Morgen, Sonja", begrüßten die Beiden sie.

„So gut ist der Morgen leider nicht. Mir ist jetzt schon flau im Magen", gab sie bedrückt zurück.

„Hast du eine Ahnung, ob wir arbeiten müssen? Ich weiß nicht, wie ich so einen geraden Haarschnitt hinbekommen soll", wollte Caro von ihr wissen.

„Das kann ich dir leider auch nicht sagen", antworte Sonja.

„Dann machen wir uns gleich einmal ein Bild vor Ort", schlug Caro vor.

Sie aßen schweigend ihr Frühstück, was ungewöhnlich für sie war, und machten sich dann zu dritt auf den Weg zum Salon. Zu ihrem Entsetzen stellen sie fest, dass bereits die Fahrstühle gesperrt waren und sie bis in den vierzehnten Stock die Treppe nehmen mussten.

„Der Tag wird immer besser", jammerte die sonst so taffe Sonja.

Caro und Sally sahen sich besorgt an, sagten aber nichts. Ohne ein Wort miteinander zu wechseln, stiegen sie Stufe für Stufe hinauf. Als sie ziemlich aus der Puste im Salon ankamen, erfuhren sie, dass viele Gäste ihre Termine bereits selbst storniert hatten.

„Die Armen", dachte Caro und betete, dass es sie nicht auch erwischen würde und ihr Magen einigermaßen seefest blieb.

„Und was ist mit denjenigen, die nicht abgesagt haben?", erkundigte sie sich bei der Spa-Managerin.

„Ich weiß es, ehrlich gesagt, auch nicht. Könnt ihr denn bei den Wellen überhaupt ordentlich arbeiten?", wollte sie wissen.

„Wie viele Termine sind es denn noch?", fragte Sonja, die immer blasser um die Nase wurde.

„Zwei am Morgen und sechs am Nachmittag bisher", informierte sie ihre Chefin.

„Okay. Dann schlage ich vor, du legst dich wieder hin, Sonja. Ich übernehme die Termine am Morgen und wir warten erst einmal ab, wie es sich weiterentwickelt", bot Caro an.

„Würdest du das machen?", fragte Sonja, der es von Minute zu Minute schlechter zu gehen schien.

„Aber natürlich. Hol dir am besten direkt eine Tablette gegen die Übelkeit!", schlug Caro vor.

Auch die Spa-Managerin nickte zustimmend und so war es beschlossene Sache. Sonja ging zurück zum Treppenhaus und Sally begleitete Caro in den Salon.

„Ich kann dir etwas Gesellschaft leisten. Ich muss erst in zwei Stunden an den Counter", erklärte sie.

Caro war froh, dass sie nicht allein war. Der sonst so schöne Ausblick aus den bodentiefen Fenstern so hoch über dem Wasser jagte ihr heute Angst ein.

„Wahnsinn, als wäre es noch Nacht", bemerkte auch Sally.

„Mir machen eher die hohen Wellen und der Wind zu schaffen. Siehst du, wie sich bereits Schaum bildet? Wir haben mindestens schon Windstärke sechs bis sieben! Das habe ich gerade erst in meiner Schulung gelernt", erklärte Caro.

„Dann hoffen wir mal, dass es nicht schlimmer wird. Bisher macht mir das Geschaukel nämlich nichts aus", sagte Sally mit einer Spur von Abenteuerlust in ihrer Stimme.

Die erste Kundin versetze Caro, sodass sie und Sally es sich auf der Couch im Salon mit dem Blick aufs Meer und einem Kaffee gemütlich gemacht haben. Von hier aus verfolgten sie das Naturspektakel, das sich direkt vor ihren Augen abspielte. Nach und nach hatten sie sich an das noch relativ gleichmäßige Schaukeln gewöhnt. Im Spabereich herrschte gähnende Leere und Caro fühlte sich ein bisschen wie auf einem Geisterschiff.

Um zehn Uhr stand der Termin für ihren nächsten Kunden an. Sally war kurz vorher verschwunden, um ihrer eigenen Arbeit nachzugehen. Bei dem Kunden handelte es sich um einen Herrn mittleren Alters, der sich für sein leicht grau durchzogenes Haar eine Färbung wünschte.

„Wenigstens eine Crewangestellte, die nicht seekrank ist", begrüßte er Caro munter.

„Wieso? Sind denn sonst viele ausgefallen?", wollte sie neugierig wissen.

„So gut wie alle. Von wegen seeerprobtes Personal", lachte er.

„Auweia. So schlimm? Dabei haben wir vermutlich noch nicht einmal den Höhepunkt des Unwetters erreicht", entgegnete Caro.

„Mich haut so etwas nicht aus den Socken. Ich bin durch und durch ein Seebär", verkündete ihr Kunde stolz.

„Dann sehen wir mal zu, dass wir ihre Haare wieder etwas aufpäppeln", antwortete Caro und machte sich ans Werk.

Caro war froh, dass sie keine Strähnen ziehen oder einen kompletten Haarschnitt machen musste. Selbst das Färben bereitete ihr durch das ständige Schwanken Schwierigkeiten.

Doch nach einer Stunde hatte sie es geschafft und alle grauen Haare waren verschwunden. Zufrieden verabschiedete sich ihr Kunde und Caro konnte, da kein weiterer Kunde am Morgen mehr eingetragen war, vorzeitig in die Mittagspause gehen. Da sie noch keinen Hunger verspürte, entschied sie, zunächst einmal Sally einen Besuch an ihrem Arbeitsplatz abzustatten und sie dann mit zum gemeinsamen Essen zu nehmen. Anschließend plante sie einen Krankenbesuch bei Sonja ein.

Als Caro sich von Deck 14 zu Deck 10 durchkämpfte, musste sie sich öfter am Geländer festhalten. Im Gästebereich fiel ihr sofort auf, dass es hier wesentlich leerer als üblich war. Vereinzelt saßen einige Urlauber an Fensterplätzen und beobachteten das Unwetter. Als sie Sally erblickte, strahlte diese ihr entgegen.

„Wie schön, dass du mich besuchen kommst", begrüßte sie Caro. „Ein bisschen Ablenkung kann ich gut gebrauchen. Ich hatte bisher noch keinen einzigen Gast."

„Frag mich mal. Bei mir haben alle bis auf einen seefesten Mann ihre Termine gecancelt. Ich bin schon auf den Nachmittag gespannt", berichtete Caro ihrer Freundin.

„Oh je. Naja, aber das Schiff schaukelt auch ganz schön – das ist halt nicht jedermanns Sache", erklärte Sally.

„Ich wollte Sonja nach dem Mittag eine Kleinigkeit zu essen vorbeibringen und nach ihr sehen. Kommst du mit?", wollte Caro wissen.

„Na klar. Aber nach Justin muss ich auch gucken. Er war vorhin ganz schön blass um die Nase", kicherte Sally.

Da fiel Caro auf, dass sie Patrick heute auch noch nirgends erblickt hatte und beschloss, ihm ebenfalls einen Besuch abzustatten.

Nachdem die Beiden die restliche Zeit am Counter vertrödelt hatten, begaben sie sich zur Kantine und aßen eine Kleinigkeit. Gerade als sie fertig waren, ertönte erneut die Stimme des Kapitäns aus den Lautsprechern.

„Liebe Reisende, leider kann ich Ihnen noch keine Entwarnung geben, möchte sie aber dennoch auf den neuesten Stand bringen. Die Wellen haben derweil eine Höhe von sieben Metern erreicht, bei einer Windgeschwindigkeit von 65 bis 70 km/h. Das entspricht einer Windstärke von acht. Daher bleiben jegliche Außenbereiche, Shops, Anwendungsbereiche sowie alle Restaurants außer dem Hauptrestaurant auf Deck neun vorerst geschlossen. Leider muss ich Ihnen auch mitteilen, dass wir den Zenit noch nicht überschritten haben. In etwa ein bis zwei Stunden erreicht uns eine weitere Unwetterfront mit Gewitter. Wir rechnen mit Windstärke 11. Doch wenn das überstanden ist, sollte es besser werden. Seien Sie weiterhin unbesorgt, meine Offiziere auf der Brücke und ich haben alles im Griff und werden Sie sicher durch das Unwetter schaukeln. Ich wünsche Ihnen trotz der Strapazen einen schönen Aufenthalt an Bord und werde Sie natürlich weiterhin über alle Neuigkeiten in Kenntnis setzen."

Caro und Sally sahen sich an.

„Na das kann ja noch lustig werden", japste Sally.

Caro sah ihr an, wie sehr sie auf die ganze Situation abfuhr. Sie liebte das Abenteuer, die Spannung und den Adrenalinkick.

„Du bist mir eine. Während fast die ganze Besatzung flachliegt, freust du dich, als wäre heute Weihnachten und Ostern zugleich", grinste Caro.

„Aber dir geht es doch auch gut, oder?", verteidigte sich Sally kichernd. „Und hinzukommt, dass der Kapitän dir heute höchstpersönlich freigegeben hat."

„Dann sollten wir das nutzen und nach unseren Patienten sehen, bevor es mich auch noch erwischt", sagte Caro.

Ihr war schon etwas mulmig zumute. Zwar war ihr nicht übel, aber der Blick nach draußen verhieß nichts Gutes. Sie hoffe, dass der Kapitän Recht behielt und der Sturm dem Schiff nichts anhaben konnte.

Zunächst steuerten die Beiden Sonjas Kabine an. Dort klopften sie zaghaft an die Tür, für den Fall, dass sie eingeschlafen war. Doch kurze Zeit später stand ihnen Sonja mit wackeligen Beinen gegenüber.

„Oh, ihr seid es", brachte sie leise hervor.

„Ach herrje, Sonja, du siehst miserabel aus", platze es aus Sally heraus.

„Ging mir auch schon besser", entgegnete sie.

„Wir haben dir etwas zu essen mitgebracht. Glaub mir, es hilft, wenn der Magen etwas zu tun bekommt!", versprach Caro.

„Ja, das hat die Ärztin auch gesagt. Aber ich habe mich nicht in die Kantine getraut. Zumindest die Tablette ist dringeblieben. Also versuche ich mein Glück, was?", grinste sie mühselig.

Caro und Sally mussten ebenfalls grinsen und reichten ihr den zurechtgemachten Teller. Caro teilte ihr noch mit, dass der Salon heute geschlossen bleiben würde und sie sich in Ruhe auskurieren könne.

„Ich komme später noch einmal vorbei, um nach dir zu sehen", versprach Caro.

Da Sally jetzt vorhatte, nach Justin zu sehen, verabschiedete sich Caro taktvoll unter einem Vorwand von ihr, damit die Beiden ungestört sein konnten. Eigentlich war sie sogar froh, jetzt allein zu sein, denn den wirklichen Grund ihres Aufbruchs hatte sie ihrer Freundin nicht genannt. Caro hatte vor, nach Patrick Ausschau zu halten. Da er ihr den ganzen Tag noch nicht über den Weg gelaufen und auch in der Kantine nicht anwesend war, machte sie sich langsam ein wenig Sorgen.

Als sie an Patricks Kabinentür klopfte, rührte sich im Inneren nichts und niemand öffnete. Sie beschloss, ihn auf dem Schiff zu suchen und taumelte wieder zurück zum Treppenhaus.

„Man geht, als wäre man betrunken", dachte Caro.

Sie musste aufpassen, dass sie in den schmalen Gängen nicht an die Wände gedrückt wurde, und versuchte die Wellen auszubalancieren.

„Gut möglich, dass er die Schicht am Counter übernommen hat", überlegte sie.

Während Caro Stufe für Stufe erklomm, hielt sie sich am Geländer fest. Auch ohne einen Blick nach draußen ahnte sie, dass die Wellen inzwischen höher geworden sein mussten. Es machte ihr wirklich große Schwierigkeiten, sich geradeaus zu bewegen. Dazu kam, dass ihre Mühe umsonst war, denn der Counter war menschenleer.

Stattdessen erblickte sie eine ältere Frau, die unentwegt nach draußen schaute. Als Caro sich ihr näherte, bemerkte sie, dass sie kreideblass und zugleich grün im Gesicht war.

„Kann ich ihnen helfen?", fragte Caro vorsichtig.

Die Frau begann zu schluchzen und drehte sich Caro zu.

„Ich möchte wieder festen Boden unter den Füßen haben", flehte sie verzweifelt.

Caro sah, dass sie bereits einige Tüten benutzt hatte und eine weitere in der Hand hielt. Sie hatte Mitleid mit ihr und war mehr als dankbar, dass ihr Magen anscheinend keine Probleme mit dem turbulenten Seegang hatte.

„Habe Sie denn schon eine Tablette gegen die Übelkeit genommen?", erkundigte sich Caro behutsam.

„Ich habe es versucht. Aber sie kommt immer wieder heraus", jammerte die Passagierin.

„Soll ich Sie zu unserem Schiffsarzt begleiten? Vielleicht findet sich eine andere Lösung", bot Caro ihr an.

„Das wäre sehr nett. Ich habe mich alleine bei dem Geschaukel nicht von der Stelle getraut", klagte sie weiter.

„Ich helfe Ihnen gern. Am besten haken Sie sich bei mir unter. Gemeinsam schaffen wir das schon", versuchte Caro der Frau Mut zuzusprechen.

Vorsichtig tasteten sich die Beiden Stück für Stück voran. Caro hatte selbst Probleme damit, Halt zu finden, und mit einer zweiten Person im Schlepptau war es noch schwieriger. Doch nach ein paar Minuten war es ihnen gelungen, das Treppenhaus unversehrt zu erreichen.

„Halten Sie sich bitte gut am Geländer fest. Ich stütze Sie von der anderen Seite. Falls sie eine Pause brauchen, sagen Sie bitte Bescheid," wies Caro die Frau an.

Sie hangelten sich ganz langsam Etage für Etage hinunter. Die kleine Praxis des Schiffsarztes befand sich auf Deck vier. Da Caro bereits zwei Mal dort gewesen war, kannte sie den Weg gut.

Kurz vor der Krankenstation entzog die Passagierin ruckartig ihren Arm, plumpste auf ihren Allerwertesten, ergriff die Tüte, die sie mitgenommen hatte und übergab sich lauthals. Caro hatte Mühe, ihren eigenen Brechreiz zu unterdrücken, und versuchte, sofort an etwas Anderes zu denken. Dabei atmete sie langsam und gleichmäßig durch den Mund. Als sie nur noch ein leises Wimmern vernahm, packte sie erneut behutsam den Arm der Urlauberin und zog sie hoch auf die Beine.

„Wir haben es fast geschafft, nicht so kurz vor dem Ziel aufgeben", ermutigte Caro sie.

Zum Glück erreichten sie die Krankenstation ohne weitere Unterbrechung. Caro sah schon von weitem, dass sich bereits eine kleine Warteschlange vor der Tür gebildet hatte.

„Bleiben Sie bitte hier stehen und halten sich gut fest. Ich kümmere mich darum, dass der Arzt Sie dazwischenschiebt", versprach Caro.

Als sie die Krankenstation betrat, stellte sie erleichtert fest, dass die meisten Leute bei der Ausgabe der Medikamente anstanden. Im Wartebereich saßen dagegen nur zwei weitere Frauen und ein Mann. Als Caro genauer hinschaute, blieb ihr Herz einen Moment stehen, bei dem männlichen Patienten handelte es sich um Patrick.

„Was ist denn mit dir passiert?", wollte Caro erschrocken wissen.

Sie beobachtete, dass er sich ein Handtuch auf die Stirn drückte und ihm trotzdem Blut über die Wange lief. Patrick hatte die Augen geschlossen, öffnete sie jedoch, als er Caros Stimme vernahm.

„Nicht so schlimm, Süße. Wird gleich genäht", erklärte er matt.

Caro konnte jedoch erkennen, dass es definitiv schlimmer war, als er behauptete und fragte sich, warum er hier warten musste.

„Wo steckt denn Dr. Gebauer?", wollte Caro wissen.

„Er wird sicher gleich da sein. Hier ist die Hölle los", erklärte er.

Caro überließ Patrick für einen Moment wieder allein seinem Schicksal und eilte zur Anmeldung.

„Warum behandelt ihr Patrick nicht?", wollte sie aufgebracht wissen.

„Caro, wir haben alle Hände voll zu tun. Dr. Gebauer behandelt gerade einen Patienten. Danach ist Patrick dran", erklärte ihr Bettina, die an Bord als Krankenschwester arbeitete, ruhig.

In diesem Moment humpelte ein Gast aus dem Behandlungsraum und Dr. Gebauer rief Patrick hinein.

„Kommst du mit, Caro?", wollte Patrick wissen und sah sie flehentlich an.

„Ich komme gleich nach, Baby!", rief Caro hektisch.

„Draußen wartet eine Frau, die ich auf Deck 10 aufgelesen habe. Sie behält einfach keine Tablette im Magen und übergibt sich ständig. Gibt es noch eine andere Lösung?", wollte Caro von Bettina wissen.

„Ja, Moment. Ich gebe dir Zäpfchen mit. Die wirken sofort, machen aber sehr müde. Sie soll eins nehmen und sich ins Bett legen. Der Schlaf wird ihr ebenfalls guttun", ordnete die Krankenschwester an.

„Alles klar und danke!", rief Caro noch.

Es tat ihr bereits jetzt leid, dass sie Bettina wegen Patrick so angegangen hatte. Und hatte sie Patrick tatsächlich „Baby" genannt?

„Das muss an diesem Ausnahmezustand liegen", dachte sie.

Sie eilte zurück zu ihrer Patientin gab die Anweisungen von Bettina weiter. Sie drückte ihr die kleine Packung mit den verordneten Zäpfchen in die Hand, die die Frau dankbar annahm.

„Ich bringe Sie noch zu ihrer Kabine. Welche Nummer haben Sie?", wollte Caro wissen.

„Ich muss auf Deck 5, Nummer 534", erklärte sie.

Zum Glück war der Weg nicht weit und Caro schaffte es trotz der Umstände relativ schnell zurück zur Krankenstation. Ihre Patientin hatte sie sicher in die Kabine gebracht und ihrem Ehemann, der ebenfalls flach lag, anvertraut. Sie hatten beide versprochen, ein Zäpfchen zu nehmen und sich anschließend ein Nickerchen zu gönnen. Caro versicherte ihnen, später noch einmal nach dem Rechten zu sehen.

Caro steuerte ohne Umschweife den Behandlungsraum an und erschrak bei Patricks Anblick.

„Der Patient ist soweit okay. Keine Sorge", erklärte Dr. Gebauer ruhig. „Patrick hat etwas Blut verloren und sein Kreislauf hat ein wenig schlapp gemacht. Er wird ihm gleich wieder besser gehen."

Caro hastete zu Patrick hinüber und nahm seine Hand.

„Ich bin bei dir. Alles wird gut", versprach sie ihm.

Patrick antwortete zwar nicht, drückte aber leicht Caros Hand, damit sie wusste, dass es ihm soweit „gut" ging.

„Wie ist das überhaupt passiert?", wollte Caro nun wissen.

„So wie es aussieht, ist Patrick auf dem Außendeck gestürzt", erklärte Dr. Gebauer.

„Ich dachte, das Außendeck ist gesperrt!?" Caro sah Patrick vorwurfsvoll an. „Wieso turnst du denn da draußen herum?", schimpfte sie.

„Ich habe der Crew geholfen, alles, was nicht am Schiff verankert ist, seefest zu machen", stammelte Patrick nun.

„Ah, du bist wieder ansprechbar, wie schön. Dann würde ich jetzt gern die Platzwunde nähen", unterbrach Dr. Gebauer den kleinen Streit.

Nachdem Patricks Wunde genäht war, stellte der Schiffsarzt ihm noch einige Fragen und desinfizierte die Wunden, die er sich zusätzlich an Händen und Knien zugezogen hatte.

„Ich denke, Patrick, du hast eine leichte Gehirnerschütterung. Du solltest dich für die nächsten zwei bis drei Tage schonen. Wenn die Kopfschmerzen schlimmer werden, melde dich sofort bei mir. So wie es aussieht, hast du jemanden, der sich um dich kümmert", sagte Dr. Gebauer und zwinkerte Caro zu.

Caro half Patrick auf und gemeinsam verließen sie leicht schaukelnd die Krankenstation.

„Alles okay? Schaffst du es bis zur Kabine?", wollte Caro besorgt wissen.

„Caro, ich habe wieder alles unter Kontrolle. Mach dir keine Sorgen. Ich weiß auch nicht, warum mein Kreislauf schlappgemacht hat. Es war wohlmöglich alles ein bisschen viel", antwortete er.

Stillschweigend erreichten sie Patricks Kabine. Patrick ging hinein und Caro schlüpfte wie selbstverständlich hinterher. Sie übernahm sogar das Zepter und befahl Patrick, es sich im Bett bequem zu machen. Sie selbst hatte sich auf die Bettkante gesetzt.

„Soll ich dir etwas zu trinken oder zu essen holen?", wollte Caro wissen.

„Ich möchte nicht, dass du mich bedienst. Ich kann mir selber etwas holen", gab Patrick störrisch zurück und versuchte, sich wiederaufzurichten.

„Kommt gar nicht in Frage. Ich gehe. Was darf es sein?", Caro ließ keine Widerworte zu.

„Wasser reicht schon. Danke, mein Engel", antwortete Patrick.

Caro strich ihm kurz über die Wange, stand auf und vergewisserte sich noch einmal im Türrahmen, ob sie Patrick wirklich alleine lassen konnte.

„Caro, ich habe eine Platzwunde und eine leichte Gehirnerschütterung. Das sollte ich locker wegstecken", grinste Patrick jetzt.

Etwas beruhigter verließ Caro die Kabine, um etwas zu trinken zu organisieren.

Kapitel 15

Die Kantine war noch geöffnet und Caro füllte eine Karaffe mit Wasser. Auf dem Rückweg wurde ihr jedoch schnell klar, dass das keine so gute Idee gewesen war. Bei jeder Welle neigte sich auch das Wasser in der

Karaffe und drohte ständig überzuschwappen. Ihr Ärmel war bereits komplett nass und als sie wieder vor Patrick stand, war der Behälter nur noch halbvoll.

„Gar nicht so einfach, bei diesem Wellengang eine Karaffe voll mit Wasser zu transportieren", gab sie zu ihrer Entschuldigung von sich.

„Siehst du. Selbst das ist nicht so leicht. Ich wollte nur die Liegestühle stapeln. Doch der Wind und der Regen haben das Außendeck in eine Rutschbahn verwandelt. Bei einer Welle habe ich das Gleichgewicht verloren. Die ganzen Liegen sind auf mich gefallen", erklärte Patrick ihr endlich vollständig, wie es zu der Verletzung kam.

„Was hast du eigentlich in der Krankenstation zu suchen gehabt?", wollte er nun von Caro wissen.

Sie schilderte ihm in kurzen Umrissen ihre Erlebnisse mit der seekranken Frau und er nickte zufrieden.

„So etwas habe ich mir schon gedacht. Aber wieso warst du überhaupt auf Deck zehn unterwegs?", hakte Patrick weiter nach.

„Ich habe dich gesucht!", gab Caro zu und Patrick grinste über beide Ohren. „Ich hatte dich den ganzen Tag noch nirgends entdeckt und da habe ich mir Sorgen gemacht. Als du nicht in deiner Kabine warst, dachte ich, ich finde dich vielleicht am Counter", erklärte sie weiter.

„Dir scheint das Unwetter auf See jedenfalls nichts anzuhaben, was?", lachte Patrick nun.

„Mein Magen ist okay, aber mir macht die Vorstellung Angst, dass riesige Wellen gegen das Schiff klatschen. Dann noch der Wind und das bevorstehende Gewitter, Hauptsache das Schiff übersteht das", antwortete Caro besorgt.

„Ich werde auf dich aufpassen, versprochen. Ich trinke jetzt mein Wasser aus und dann verziehen wir uns mit einer Decke nach oben auf Deck elf. Da machen wir es uns auf einer der Relax-Inseln gemütlich, von wo man direkt aufs Meer gucken kann. Wir kuscheln uns zusammen und beobachten das Naturschauspiel. Außerdem kann ich dann auch auf den Horizont blicken, mein Magen ist nämlich nicht hundertprozentig seefest", schlug Patrick vor.

„Aber du sollst doch im Bett bleiben", entgegnete Caro.

„Die Relax-Inseln sind doch quasi Betten. Da haben wir gemeinsam mehr Platz als in meinem kleinen Bett", zwinkerte Patrick ihr zu.

„Na gut. Aber sobald es dir schlechter geht, kehren wir zurück", ordnete Caro an.

„Deal!", stimmte Patrick zu.

Als sie endlich oben ankamen, waren beide ganz schön aus der Puste. Es war wirklich anstrengend, sich einigermaßen geradeaus fortzubewegen und ständig die Wellen auszubalancieren. Zwar gab es eine gewisse Regelmäßigkeit, doch das Laufen bereitete trotzdem Schwierigkeiten. Caro hatte auf dem Weg noch Sorge gehabt, dass die Kuschelplätze, die sehr beliebt bei den Gästen waren, vielleicht alle belegt sein konnten. Doch auch hier erwartete sie gähnende Leere.

„So wenig war hier nur an meinem ersten Tag los, als noch keine Passagiere an Bord waren!", flüsterte Caro.

„Das stimmt. Aber so gibt es mehr Platz für uns", antwortete Patrick fröhlich.

Sie suchten sich eine Kuschelinsel in der Mitte aus. Bei dieser Sitz- beziehungsweise Liegegelegenheit handelte es sich um eine Runde Couch mit einer halbkreisförmigen Lehne, die mit vielen Kissen ausstaffiert war. Über der Insel war ein Stoffdach gespannt, das Privatsphäre bot. Nur vorne befand sich eine Öffnung, durch die man direkt aufs Meer gucken konnte. Caro und Patrick machten es sich nebeneinander gemütlich, jedoch ohne sich zu berühren, und Caro legte ihnen die mitgebrachte Decke über.

„Ist uns der Aufenthalt im Gästebereich nicht eigentlich untersagt?", wollte Caro wissen.

„Normalerweise schon. Aber heute ist ein Ausnahmezustand und alles anders als sonst. Da wird es keiner merken", versicherte Patrick ihr.

„Und dir geht es auch wirklich gut?", erkundige sich Caro nun wieder.

„Du bist süß, wenn du dich um mich sorgst! Aber ja, es ist alles okay. Der Kopf brummt noch ein wenig und die Wunde zwickt, aber ich denke das kann ich verkraften!", antwortete Patrick gelassen.

Als daraufhin beide schwiegen, beobachtete Caro das Schauspiel, das sich ihr direkt vor der Nase bot. Sie betrachtete die aufgewühlte See und nahm den Wind wahr, der kleine Wasserschwaden über das Meer blies.

„War es noch dunkler draußen geworden?", fragte sie sich.

Es müsste ungefähr 16:00 Uhr sein, aber es sah aus, als wäre die Sonne bereits irgendwo hinter den dicken Wolken untergegangen.

Mit einem Mal schoss ein gewaltiger Blitz vom Himmel und erleuchtete für einen Moment die ganze Umgebung. Caro schrie auf und schrak zusammen. Automatisch hatte sie nach Patrick gegriffen und sich an seinem Arm festgekrallt, als es auch schon ohrenbetäubend laut zu donnern begann. Das Schiff vibrierte unter dem Grollen.

„Patrick, hast du das gesehen?", fragte Caro panisch.

„Allerdings. Jetzt geht es wohl richtig los", antwortete er, als in diesem Moment zum dritten Mal an diesem Tag eine Stimme aus den Lautsprechern erklang.

„Hallo, hier spricht der erste Offizier, David Beckmann. Zunächst einmal möchte ich anmerken, dass es keinen Grund zur Sorge gibt, weil ich diese Durchsage mache. Dem Kapitän geht es hervorragend, aber er hat, wie Sie sicherlich verstehen, derzeit alle Hände voll zu tun. Daher übernehme ich es, Sie zu informieren. Wie Sie bereits gemerkt haben sollten, erreichen wir nun die Gewitterfront. Stellen Sie sich bitte darauf ein, dass die nächsten zwei Stunden noch einmal ungemütlich werden können. Danach sollte es allerdings stetig besser werden und morgen früh ist der ganze Spuk vorbei. Ich bitte Sie, Ihre Kabine im Augenblick möglichst nicht mehr zu verlassen. Um Ihnen den Aufenthalt so angenehm wie möglich zu machen, haben wir jegliche Fernsehprogramme und Filme für Sie kostenlos freigeschaltet. Außerdem sind alle Getränke in der Minibar heute für Sie gratis. Das Hauptrestaurant wird in drei bis vier Stunden wieder öffnen. Ich gebe ihnen natürlich sofort Bescheid, wenn das Gröbste überstanden ist und Sie sich wieder frei an Bord bewegen können und wünsche ihnen dennoch einen schönen Nachmittag".

Kaum hatte David Beckmann seine Durchsage beendet, ertönte ein weiterer lauter Donnerschlag.

„Sollten wir nicht auch zurück in die Kabine gehen?", fragte Caro verunsichert.

„Nein, du kleiner Angsthase. Wir bleiben hier und ich beschütze dich", schmunzelte Patrick.

Caro sah dies als Aufforderung an und rutschte dicht an ihn heran. Sie kuschelte sich in seine Arme.

„Schon besser", flüsterte Caro.

Aus dem Augenwinkel konnte sie sehen, dass Patrick zufrieden grinste.

Caro fühlte sich in Patricks Armen total geborgen. Sie hatte plötzlich keine Angst mehr vor dem Gewitter. Sie ließ noch einmal Revue passieren, wie sie Patrick blutüberströmt in der Krankenstation entdeckt hatte, und ihr wurde klar, welche Sorgen sie sich um ihn gemacht hatte. Sie konnte längst nicht mehr leugnen, dass sie Gefühle für ihn hegte. Als ihr das jetzt so richtig klar wurde, begann ihr Herz wie wild zu schlagen. Sie lag eng an ihn gekuschelt und genoss die Berührung. Doch jetzt war ihr bewusst geworden, dass sie mehr wollte. Sie wollte ihn endlich richtig küssen. Caro drehte sich auf die Seite und blickte ihm direkt in seine wunderschönen grünen Augen. Sie waren eher schlammig grün und Caro verglich sie insgeheim mit der Farbe eines Sees oder einer Pfütze nach einem langen Regenschauer im Garten. Bei diesen Gedanken kamen Kindheitserinnerungen in ihr hoch. Als Kind hatte sie es geliebt, mit Gummistiefeln genau durch diese Pfützen im Garten zu springen. Caro war nicht wie die anderen, die sich, sobald ein paar Tropfen vom Himmel fielen, in die Häuser verzogen. Sie mochte den Geruch von frischem Regen und das

Geräusch, wie die Tropfen rhythmisch auf den Boden prasselten. Auch später hatte sie niemand davon abhalten können, bei solchem Wetter Ausritte mit ihrer Stute zu machen. Auch wenn sie ihr Pferd danach einmal komplett säubern musste, liebte sie es, durch den Regen zu jagen.

„An was denkst du?", wollte Patrick wissen.

„Deine Augen erinnern mich an den Regen", antwortete Caro.

„Regen? Aber sie sind doch grün und nicht blau. Bist du etwa farbenblind?", lachte Patrick.

Caro gab ihre Gedanken preis und erklärte ihm, dass seine Augen in ihr ein Gefühl von Heimat auslösten.

„So etwas Schönes hat noch niemand über meine Augen gesagt, Caro. Ich fühle mich sehr geehrt", antwortete Patrick gerührt. „Aber weißt du, an was mich deine blauen, klaren Augen erinnern? An das karibische Meer und all die Abenteuer, die wir dort zusammen erlebt haben."

Caro kicherte und ihr fiel plötzlich etwas ein.

„Dann sind wir ja wie in dem Lied, das ich bei der ersten Crewparty gesungen habe, Regen und Meer."

Patrick nickte zustimmend und lächelte sie liebevoll an. Auf einmal lag wieder dieses Knistern in der Luft. Je länger sie sich anschwiegen und tief in die Augen blickten, desto schneller schlug Caros Herz. Sie war innerlich total aufgewühlt und nicht mehr fähig, irgendeinen klaren Gedanken zu fassen. Ihre Hände wurden feucht vor Aufregung und die Schmetterlinge in ihrem Bauch flogen einen Looping nach dem anderen. Obwohl sie ahnte, dass es unweigerlich gleich zu einem Kuss kommen würde, hielt Caro diese Anspannung nicht mehr aus. Sie war innerlich bereit, bereit für diesen Kuss und konnte nicht mehr warten, bis Patrick sich endlich nach vorne beugte. Diesmal würde sie die Initiative ergreifen. Sie sah ihn unverwandt an, als sie sich zögernd näherte. Langsam schloss sie ihre Augen und ließ passieren, was passieren sollte. Patricks Atem streifte sie und als sie nur noch wenige Millimeter voneinander getrennt waren, spürte Caro die Wärme seiner Lippen auf den ihren. Ihr entfuhr ein kleiner Seufzer, als ihre Sehnsucht endlich gestillt wurde, und sie genoss die noch sanfte Berührung. Patrick erwiderte den Kuss und legte ihr zärtlich eine Hand auf die Wange. Caro hatte das Gefühl, die Welt um sie herum würde stehenbleiben, denn alles andere war nebensächlich geworden. Das Donnergrollen und Prasseln des Regens nahm sie nur noch aus weiter Ferne wahr. Ihr Kuss begann leidenschaftlicher zu werden und sie bemerkte, wie sich ihre Lippen ohne Widerstand leicht öffneten. Patricks Kopf war leicht geneigt und Caros Mund öffnete sich Stück für Stück etwas mehr. Ihre Zunge liebkoste langsam und zärtlich seine Lippen. Patrick benutzte nun auch seine Zunge und erwiderte Caros Berührungen. Der Kuss wurde immer leidenschaftlicher, bis ihre Zungen zusammen einen wilden Tango tanzten, bei dem jede ihrer Bewegungen perfekt aufeinander abgestimmt war.

Sie waren so mit sich selbst beschäftigt, dass sie das Gewitter um sie herum gar nicht mehr wahrnahmen. Das Schiff schaukelte und ächzte unter der wütenden See, doch Caro und Patrick passten sich den Bewegungen des Schiffes an.

Es entging Caro nicht, dass sich Patrick immer ein kleines Stückchen mehr vorwagte, aber nie so weit, dass es ihr unangenehm gewesen wäre. Vielmehr konnte sie ihre Finger auch nicht von ihm lassen und begann ebenfalls, seinen Körper zu erkunden. Caro konnte es kaum erwarten, sich Zentimeter für Zentimeter vorzutasten, und ihr Herz veranstaltete einen Trommelwirbel dabei. Sie war aufgeregt und erregt zugleich. Sie konnte sich nicht daran erinnern, jemals schon einmal so etwas gefühlt zu haben. Als Patrick dann ihr T-Shirt ein Stück anhob, um seine Hand darunter zu schieben, hielt Caro den Atem an. Sie hatte das Gefühl, dieser Spannung nicht länger standhalten zu können. Alles in ihr sehnte sich nach Patrick, seinen Berührungen und seinem Körper. Als sich ihre Blicke für einen Moment trafen, wusste sie, dass es ihm genau so erging. Er schob ihr Shirt ganz langsam weiter nach oben und stoppte direkt an ihrer BH-Linie.

„Nicht aufhören", dachte Caro und sah ihn flehend an.

Er verstand ihren Blick und streifte ihr nun das Oberteil ab. Wie selbstverständlich machte sie sich nun an Patricks Polo-Shirt zu schaffen und zog es ihm umständlich über den Kopf. Caro fühlte sich, als wäre es ihr erstes Mal. Obwohl sie sich Patrick so vertraut fühlte, war doch alles neu und sie fühlte sich aufgrund ihrer Aufregung so unbeholfen. Sie war froh, dass Patrick das Kommando übernahm und sie sich nur fallenzulassen brauchte.

Kaum war sein Oberkörper entblößt, zog er Caro an ihren Hüften heran und rollte sie auf sich. Das Gefühl, als ihre warmen Oberkörper aufeinandertrafen, raubte Caro erneut die Sinne. Sie drückte sich automatisch fester an ihn, während er ihr Gesicht ergriff und sie leidenschaftlich küsste. Mit einem Ruck rollte Patrick sie zurück neben sich und kletterte bedacht über sie. Er fing an, sanft ihren Bauch zu küssen. Caro stöhnte bei jeder zarten Berührung seiner weichen Lippen auf. Er wanderte immer weiter nach oben und hauchte ihr immer mehr Küsse auf ihren Oberkörper. Caro griff fest in seine Haare und bäumte sich unter ihm auf. Sie wusste nicht, wie sie das noch länger aushalten sollte. Sie hatte noch nie so sehr das Bedürfnis verspürt, mit jemandem schlafen zu wollen. Doch er ließ nicht von ihr ab und als er ihren BH erreichte, sah er sie fragend und auffordernd zugleich an. Sie nickte nur leicht und drückte ihm als Antwort einen Kuss auf den Mund. Anstatt ihr den BH auszuziehen, klappte er einfach die Körbchen um und fing an, auch ihre Brüste mit Küssen zu bedecken, achtete jedoch darauf, nie ihre Warzen zu berühren.

Caro stöhnte und wimmerte. Sie genoss jede Berührung und doch war es zeitgleich eine Qual, noch länger hingehalten zu werden. Als er dann mit einem Mal ihre Brustwarze berührte und vorsichtig mit der Zunge liebkoste, stöhnte sie ungehalten auf, drückte sich ihm entgegen und merkte, wie ihre Erregung ins Unermessliche wuchs.

Caro fühlte sich wie benebelt und wollte sich Patrick endlich komplett hingeben, als aus weiter Ferne eine Stimme erklang. Auch Patrick hatte es gehört und hielt für einen Moment inne. Als sie realisierten, dass es der Kapitän war, sahen sie sich erschrocken um.

„…, daher freue ich mich Ihnen mitteilen zu können, dass der gröbste Sturm vorbei ist. Sie dürfen Ihre Kabinen nun wieder verlassen. Beachten Sie dennoch, dass es weiterhin schaukeln wird und seien Sie vorsichtig. Spätestens morgen früh hat aber auch das Geschaukel ein Ende. Ich wünsche Ihnen einen schönen Abend."

Es hat eine Weile gebraucht, bis Caro und Patrick realisierten, dass es sich um eine weitere Lautsprecherdurchsage handelte. Die Nachricht, dass der Sturm etwas abgeklungen war, hätte sie eigentlich freuen sollen, doch das hieß auch, dass sie nun schleunigst von der Kuschelinsel, die im öffentlichen Bereich der Gäste stand, verschwinden mussten.

„Das ist mit Abstand der unpassendste Moment", stellte Patrick fest und streichelte Caro dabei liebevoll über die Wange

„Und wie", stimmte Caro ihm zu.

„Wir sollten trotzdem zusehen, dass wir hier wegkommen. Sonst finden uns gleich die ersten Gäste", kicherte Patrick.

Er stand auf, reichte Caro ihr T-Shirt und zog sich selbst wieder an. Caro sah ihm wehmütig dabei zu.

„He, guck nicht so", lachte Patrick. „Mir fällt es mindestens genauso schwer, von dir abzulassen", versicherte er ihr. „Aber das bedeutet doch nicht, dass wir in meiner Kabine nicht genau da weitermachen können, wo wir aufgehört haben!"

Er ergriff Caros Hand, zog sie hoch und gab ihr einen Kuss, der ihre Lust sogleich wieder entflammte.

Sie wollte schon loslaufen, als Patrick rief: „Hast du nicht was vergessen?"

Caro sah an sich herunter, weil sie schon befürchtete, dass sie ihr Shirt nicht angezogen hatte, als sie bemerkte, dass er ihr seine Hand hinhielt. Caro kicherte und ergriff sie.

Caro grinste über beide Ohren und war überglücklich. Genau in diesem Moment spürte sie, dass sich ihr Herz entschieden hatte. Es waren nicht seine wilden Berührungen, nicht seine sinnesbetörenden Küsse, sondern diese kleine Geste, die ihr bewusst werden ließ, dass Patrick der Richtige für sie war.

Als sie endlich diese Entscheidung getroffen hatte und sich im Klaren darüber war, was ihr Herz ihr riet, blieb sie für einen Moment stehen. Sie war überwältigt von der ganzen Situation. Noch bevor Patrick fragen konnte, was los war, schmiss sie sich ihm glückselig in die Arme. Sie umarmte ihn so stürmisch, dass sie das Gleichgewicht verloren und bei der ersten Welle umkippten. Nachdem Caro sich vergewissert hatte, dass Patricks Wunde am Kopf von dem Sturz nichts abbekommen hatte, sah sie ihn freudestrahlend an.

„Es ist mir bewusst, dass ich dich jetzt schon zum dritten Mal umgehauen habe. Aber weißt du was? Du hast mich auch umgehauen! Du bist der Wahnsinn," sagte sie lachend.

Patrick sah sie zärtlich an und strich ihr eine Haarsträhne hinter das Ohr.

„Ach, Caro. Ich bin so froh, dass du mich ständig umhaust und überglücklich, dass es dir mit mir genau so geht", antwortete er etwas ergriffen.

Als die Beiden den Crew-Bereich erreichten, fiel Caro schlagartig ein, dass sie sowohl Sonja als auch der Dame aus Kabine 534 zugesichert hatte, noch einmal nach dem Rechten zu sehen.

„Patrick, ich muss kurz nach Sonja und der Urlauberin sehen. Ich habe es ihnen versprochen", erklärte sie ihm.

„Aber lass mich nicht zu lange warten", schmunzelte er sehnsüchtig. „Ich besorge uns in der Zwischenzeit etwas Leckeres zum Abendbrot. Wir treffen uns dann in meiner Kabine, okay?", schlug er ihr vor.

Caro stimmte zu und machte sich wieder auf den Weg eine Etage höher, um nach der Frau zu sehen, die sie vorhin grün angelaufen auf Deck 10 gefunden hatte. Sie klopfte vorsichtig an die Tür, doch nichts rührte sich.

„Entweder schläft sie oder hat bereits die Kabine verlassen. Beides wäre ein gutes Zeichen", dachte Caro und machte auf dem Absatz kehrt, um Sonja einen Besuch abzustatten. Sie konnte es kaum erwarten, zurück zu Patrick zu gehen.

„Es ist keine fünf Minuten her, dass ich ihn gesehen habe und ich vermisse ihn jetzt schon", dachte Caro verzückt.

Vor Sonjas Kabine machte sie ebenfalls halt und klopfte auch hier leise an die Tür. Sonja öffnete diese nach ein paar Sekunden.

„Wie siehst du denn aus?", platzte es aus ihrer Arbeitskollegin heraus, als sie Caro erblickte.

„Warum? Eigentlich wollte ich nur kurz nach dir gucken, aber es scheint dir ja wieder gut zu gehen", entgegnete Caro.

„Deine Haare sind total durcheinander! Hast du mit dem Sturm gekämpft, damit er aufhört zu wüten?", lachte Sonja jetzt.

Caro lief rot an. Sie wusste, dass es nur an ihrer wilden Kuschelei mit Patrick liegen konnte. Auch bei Sonja hatte es derweil Klick gemacht.

„Ich hatte also Recht. Dein Herz hat sich endlich entschieden! Glückwunsch, Caro. Mir geht es gut, ihr könnt also genau da weitermachen, wo ihr aufgehört habt!", sagte sie freudestrahlend.

Caro war wieder einmal beeindruckt von Sonjas Fähigkeiten, eins und eins zusammenzählen zu können und bestätigte ihre Aussage nur mit einem glücklichen Grinsen.

„Ab mit dir! Wir reden morgen", forderte Sonja sie auf.

„Ist gut, Sonja. Aber melde dich trotzdem bei mir, falls es dir wieder schlechter gehen sollte!", rief Caro ihr noch zu, während sie schon in Richtung Patricks Kabine unterwegs war.

„Wird gemacht, versprochen", hörte sie Sonja noch sagen und dann war Caro auch schon um die Ecke gebogen.

Caro beschloss, sich noch einmal schnell in ihrer eigenen Kabine frisch zu machen und ihre Haare zu bändigen. Sie frischte bei der Gelegenheit auch noch ihr Make-up auf, das ebenfalls in Mittleidenschaft gezogen worden war. Sie sprühte etwas Parfüm auf ihren Hals und verließ gutgelaunt ihre Kabine.

Patrick hatte sie bereits vernommen und seine Tür geöffnet.

„Und? Alle Patienten wohlauf?", wollte er wissen.

„Sonja geht es zum Glück besser. Die Patientin aus der Kabine 534 hat nicht geöffnet. Sie muss entweder tief und fest schlafen oder ihre Kabine verlassen haben. Beides wäre ein gutes Zeichen", berichtete Caro ihm.

„Dann können wir uns also getrost wieder dem gemütlichen Teil des Abends widmen", lächelte Patrick vielsagend.

Als Caro die Kabine betrat, sah sie, dass Patrick in der kurzen Zeit versucht hatte, sein Chaos auf seinen sieben Quadratmetern zu beseitigen. Er hat außerdem auf seinem winzigen Bett ein kleines

Picknick aufgebaut, eine Flasche Wein sowie Wasser besorgt und statt dem ungemütlichen Deckenlicht eine Lichterkette eingeschaltet.

„Wow, wie hast du das denn so schnell hinbekommen und wo kommt die Lichterkette her?", wollte Caro beeindruckt wissen.

„Ich habe da so meine Beziehungen", grinste Patrick.

Caro sah ihn weiterhin auffordernd an und so gab er zu, dass er die Lichterkette der „Crew-Party-Dekoration" entwendet hat.

„Du bist toll."

Mehr fiel Caro dazu nicht ein. Sie war begeistert, wie viel Mühe Patrick sich für sie gab.

„Komm, setz dich!", schlug Patrick vor und nahm Caros Hand.

Caro folgte ihm und sie kuschelten sich im Schneidersitz auf sein Bett.

„Ich habe von allem ein bisschen mitgenommen", erklärte er und deutete auf das Essen.

„Es ist perfekt, Patrick. Du bist perfekt", seufzte Caro verzückt.

„Jetzt wo ich das Essen sehe, bekomme ich sogar richtig Hunger", ergänzte Caro, als ihr Magen wie zur Bestätigung zu grummeln begann.

„Na dann greif zu!", forderte Patrick sie auf, schenkte ihnen zwei Gläser Wein ein und reichte ihr eins.

„Auf uns", verkündete Patrick verheißungsvoll und sah Caro tief in die Augen.

Während des Essens unterhielten sie sich über ihr Leben zuhause, fernab vom Kreuzfahrtschiff. Zum ersten Mal an diesem Abend fiel Caro ihr „Noch-Verlobter" wieder ein und sie beschlich für einen Moment das bekannte schlechte Gewissen. Wie schon so oft, beschloss sie es zu verdrängen, nahm sich aber vor, sobald sie in Venedig angekommen waren, Sam anzurufen, um ihm reinen Wein einzuschenken. Für diesen Abend jedoch ignorierte sie die Tatsache, dass sie noch einen Verlobten hatte und berichtete Patrick nur von ihrer Familie, den vielen Tieren, ihrer Ausbildung in München und ihrer heimlichen Bewerbung bei der Reederei.

„Wow, du bist echt zielstrebig und weißt genau, was du willst. Ich hätte mich nicht ohne das Wissen meiner ganzen Familie und Freunde beworben", lobte Patrick sie anerkennend.

„Wenn er wüsste", dachte Caro schuldbewusst, doch sie ließ sich nichts anmerken.

Schnell versuchte sie, das Gespräch von sich abzulenken und fragte ihn über seine Heimat aus. Sie wusste bereits, dass er zwei Jahre älter war als sie und aus München stammte. Er hatte eine Ausbildung als Hotelkaufmann absolviert und bereits in einigen Hotels, auch im Ausland, gearbeitet.

„Ich hatte genug von der Hotellerie. Es ist zwar spannend und das Berufsfeld reizt mich immer noch, aber es ist auch genau so anstrengend. Ich wollte endlich wieder Zeit für sportliche Aktivitäten haben und genau deshalb bin ich auch als Scout an Bord gekommen. Man hatte mir zunächst angeboten, die Leitung an der Rezeption zu übernehmen", berichtete Patrick.

„Und das wolltest du nicht?", hakte Caro überrascht nach.

„Nein. Mir ging es nicht um Verantwortung oder mehr Gehalt. Ich wollte während der Vertragslaufzeit Spaß mit den Gästen haben und ihnen unvergessliche Ausflüge bereiten. Während der sportlichen Aktivitäten entsteht eine viel engere Bindung zu den Urlaubern. Man erlebt schöne Dinge zusammen, meistert anstrengende Fahrradtouren oder springt durch enge Löcher von Wasserfällen", zwinkerte er Caro zu.

„Hey, weich nicht vom Thema ab. Ich bin nur gesprungen, weil du mich sonst ewig als Angsthase bezeichnet hättest", verteidige sich Caro gespielt ernst.

„Weiß ich doch. Aber du wärst der süßeste Angsthase der Welt gewesen", neckte Patrick sie und zwickte Caro in die Seite.

„Und was wirst du nach dem halben Jahr machen?", wollte Caro nun wissen und versuchte, ihre Frage betont beiläufig klingen zu lassen.

Dieses Problem beschäftigte sie schon die ganze Zeit. Auch wenn sie noch nicht annähernd bereit dazu waren, über eine gemeinsame Zukunft zu sprechen, wollte sie wissen, ob es so weit überhaupt kommen könnte. Sie war froh, dass sich das Gespräch ganz von allein in diese Richtung entwickelt hatte und sie so unbemerkt lässig ihre Frage stellen konnte.

„Ich weiß es, um ehrlich zu sein, noch nicht", gab Patrick zu. „Ich habe ein Angebot von einem Hotel in München bekommen, in dem ich bereits früher schon einmal gearbeitet habe. Ich könnte mir aber auch vorstellen, sofern es mir überhaupt angeboten wird, den Vertrag hier an Bord zu verlängern oder komplett ins Ausland zu gehen."

Caro nickte und schwieg. Sie wusste nicht, was sie davon halten sollte. München wäre nicht so weit weg von ihrem Zuhause. Doch würde sie dahin überhaupt langfristig zurückkehren wollen?

„Wie sehen denn deine Pläne aus? Gesangskarriere im Showensemble?", zwinkerte Patrick ihr zu.

„Verdammt!" entfuhr es Caro. „Tritt das Ensemble heute auf? Ich habe ganz vergessen, dass ich eventuell noch einmal für Katja einspringen muss. Wie spät ist es?", wollte Caro unverzüglich wissen.

„Entspann dich! Ich kann mir nicht vorstellen, dass sie bei dem Seegang überhaupt auftreten. Aber es ist halb neun", entgegnete Patrick verdattert.

„Komm mit!", wies sie Patrick an und nahm ihn bei der Hand.

Im Eiltempo hastete Caro mit Patrick im Schlepptau in Richtung Bühnenraum. Der Kapitän hatte Entwarnung gegeben und nichts davon gesagt, dass das Abendprogramm ausfallen würde. Mario hatte ihr zwar nicht zu- aber auch nicht abgesagt.

„Sicher ist sicher", dachte Caro.

Als sie den Proben- und Backstagebereich betraten, waren einige Artisten bereits versammelt.

„Wo ist Mario?", wollte Caro von Simone, einer Sängerin, wissen.

„Mario ist seekrank. Genau wie ungefähr die Hälfte der Truppe. Gut, dass du kommst. Wir dachten schon, dich hat es auch erwischt", erklärte sie ihr.

„Mario hat mir nicht Bescheid gesagt, ob mein Einsatz heute gefordert wird. Aber das ist auch kein Wunder, wenn er im Bett liegt. Doch kann das Musical überhaupt stattfinden, wenn so viele fehlen?", wollte Caro wissen.

„Ach so, ja, sorry, habe ich ganz vergessen zu erwähnen. Wir improvisieren heute und singen einfach unsere Lieblingslieder. Am besten ihr sucht euch jeder ein, zwei Lieder aus und tragt euch in die

Liste dort drüben ein. Ich gebe sie gleich dem Tontechniker, damit er die Instrumentalversionen heraussuchen kann", erkläre Simone.

„Wir? Du meinst ich auch", wollte Patrick verdutzt wissen.

„Wir können jeden gebrauchen. Wenn du auch nur einigermaßen passabel singen kannst, dann zieh dir was Passendes an und schnapp dir ein Mikro", wies sie Patrick an und drehte sich bei diesen Worten um, um sich selbst fertig zu machen.

Caro konnte nicht anders und brach in schallendes Gelächter aus.

„Wer von uns beiden ist nun der süßeste Angsthase auf der Welt", prustete sie und ihre Augen tränten vor Lachen.

„Wo finde ich ein Mikro und ein Bühnenoutfit?", war jedoch sein ganzer Kommentar.

Sie riss die Augen überrascht auf, führte ihn jedoch zu den Outfits. Sie suchten sich beide etwas Passendes aus und Caro besorgte ihnen ein Mikrofon.

„Willst du tatsächlich singen?", fragte Caro ihn.

„Na klar, was denkst du denn? Ich singe irgendeinen Schlager, den jeder mitgrölen kann. Das habe ich auf Hotel-Karaoke-Partys auch schon geschafft", erklärte er stolz.

„Du bist auch immer für eine Überraschung gut", sagte Caro zärtlich und nahm liebevoll seine Hand.

Es tat ihr etwas leid, dass sie ihn anfangs so ausgelacht hatte, vor allem nachdem er heute schon einen nicht unbedeutenden Unfall gehabt hatte, doch bei dem Gedanken daran, dass er gleich singen musste, weil er quasi zur falschen Zeit am falschen Ort war, ließ ihr bereits wieder ein Grinsen über die Lippen huschen.

„Kannst du denn mit leichter Gehirnerschütterung wirklich singen?", vergewisserte sie sich trotzdem.

„Caro, ich habe absolut keine Kopfschmerzen. Nur die genähte Wunde zwickt ein bisschen, aber das solltest du ja selbst kennen", beruhigte er sie.

„Ihr müsst eure Lieder jetzt aufschreiben, schnell. Ich muss unserem Tontechniker wenigstens noch zehn Minuten Zeit geben, damit er sich darauf vorbereiten kann", wies Simone sie an.

Caro und Patrick gingen hinüber und Caro zückte den Stift.

„Ich werde ein anderes Lied von Juli singen, ‚Die perfekte Welle', ist doch passend", lachte sie und schrieb ihren Titel auf.

„Und du?", fragte sie Patrick.

„Ich nehme „Eine neue Liebe ist wie ein neues Leben" von Jürgen Marcus", grinste Patrick.

Caro fragte sich insgeheim, ob er ihr damit sagen wollte, dass er sich in sie verliebt hatte und sie merkte, wie ihre Schmetterlinge wieder Purzelbäume schlugen.

„Seid ihr soweit?", unterbrach Simone sie.

Caro überreichte ihr die Liste.

„Caro, du musst mindestens zwei Lieder singen. Du bist gut und wir müssen die Show füllen. Wir sind mit euch beiden gerade Mal zu fünft!"

Caro war bisher gar nicht aufgefallen, dass sie tatsächlich nur so wenige waren.

„Okay, dann schreib noch eins auf", erwiderte Caro.

Sie überlegte krampfhaft. Sie suchte nach einem Song, der Patricks Titel ähnelte und ebenfalls als Andeutung verstanden werden könnte. Dann fiel ihr das passende Lied ein.

„Ich singe noch ‚You belong with me' von Taylor Swift", sagte sie an Simone gerichtet.

Als sie zu Patrick herüberblickte, zwinkerte er ihr wohlwissentlich zu und gab ihr, als Simone sich umdrehte, einen sanften Kuss auf die Stirn.

„And you belong with me", wisperte er ihr ins Ohr und Caros Herz begann zu schmelzen.

Simone hatte derweil die Liste überflogen und rief: „Gute Wahl. Wir haben langsame und schnelle sowie deutsche und englische Lieder aus verschiedenen Genres. Damit sollten wir dem Publikum wenigstens eine kleine Freude bereiten, falls überhaupt jemand da ist. Mehr als die Hälfte traut sich bestimmt erst morgen wieder aus ihren Kabinen. Also, Luc beginnt, dann du Fabio, Caro, ich und als Letzter Patrick. Dann von vorn, nur, dass du Patrick, nicht noch ein zweites Mal singen musst. Alles klar? Dann legen wir los!"

Zu ihrer Überraschung hatten sich doch einige Passagiere eingefunden und warteten gespannt auf den Beginn der Show. Simone trat zuerst auf die Bühne und verkündete dem Publikum, dass heute ein Alternativprogramm stattfinden würde, weil auch die Künstler nicht vor der Seekrankheit verschont geblieben waren. Anstatt zu protestieren, fing das ganze Theatrium an zu lachen. Erleichtert erklärte Simone ihnen, was sie vorbereitet hatten und erntete am Schluss ihrer Rede klatschenden Beifall. Wie geplant, traten erst Luc und Fabio auf, ehe Caro sich für ihr erstes Lied bereitmachte. Caro war zwar nicht so nervös wie zwei Tage zuvor, doch trotz dieses Erfolges ließ sie der bevorstehende Bühnenauftritt nicht kalt.

„Du schaffst das locker. Wenn hier einer Angst haben muss, dann doch wohl eher ich", zwinkerte Patrick ihr zu.

„Er hat recht", dachte Caro. „Er stellt sich nur auf die Bühne, um mir bzw. der Band zu helfen, obwohl er nicht wirklich singen kann. Dann schaffe ich das heute auch noch einmal", sprach sie sich selbst Mut zu.

Sie trat auf die Bühne und fing an, ihr Lied „Das ist die perfekte Welle" zu singen. Das Publikum lachte und klatschte Beifall, als es mitbekam, worum es in dem Song ging. Einige grölten bei dem Refrain sogar mit und Caro entschied sich spontan dazu, ihr Mikrofon vereinzelten Zuschauern vor die Nase zu halten. Zu ihrer Verwunderung zierte sich niemand und alle sangen beherzt ins Mikrofon. Caro hatte aufgrund der jüngsten Ereignisse niemals mit so gutgelaunten und ausgelassenen Zuschauern gerechnet. Sie und das gesamte Publikum hatten sichtlich Spaß und als ihr Lied dem Ende zusteuerte, war sie fast traurig, dass es vorbei war. Sobald sie auf der Bühne stand, hatte sie jegliche Scheu verloren. Sie blühte regelrecht auf und genoss es, im Rampenlicht zu stehen. Sie verstand gar nicht, warum sie vor den Auftritten trotzdem immer so nervös war.

Als sie von der Bühne ging, wurde sie von Simone abgelöst. Im Backstagebereich umarmte Patrick sie.

„Das war wieder einmal ein ,perfekter' Auftritt, Baby", lobte er sie anerkennend.

„Dankeschön", entgegnete sie peinlich berührt.

„Es ist so süß, dass du rot anläufst, wenn ich dir ein Kompliment mache", kicherte Patrick, was dazu führte, dass Caros rote Gesichtsfarbe sich noch tiefer verfärbte.

„Du bist gleich dran", versuchte Caro vom Thema abzulenken.

„Ich weiß. Aber das Publikum ist gut drauf. Sie werden mir verzeihen, wenn ich nicht jeden Ton treffe", sagte Patrick gelassen.

„Wie machst du das bloß? Ich bin jedes Mal so aufgeregt, wenn ich nur in die Nähe der Bühne komme und du bist die Ruhe selbst!", stellte Caro mit einem Hauch von Neid fest.

„Ich möchte einfach gute Laune verbreiten und Spaß haben", sagte er achselzuckend.

Als Simone von der Bühne kam, hielt Caro Patrick beide Daumen entgegen, wobei schon die Anfangsakkorde seines Liedes erklangen. Bereits in den ersten Sekunden hatte er die Menge in seinen Bann gezogen. Jeder schien das Lied zu kennen und es war schwer, Patrick überhaupt herauszuhören, weil der komplette Saal mitsang. Er veranstaltete eine regelrechte Schlagerparty auf der Bühne und Caro musste schmunzeln bei dem Gedanken, dass er sich bei seinem Musikgeschmack wohlmöglich blendend mit ihrer Oma verstehen könnte. Überhaupt war sie begeistert von Patricks Art, Herausforderungen anzugehen. Als er kurze Zeit später grinsend von der Bühne zurückkam, sprang Caro ihm schon entgegen.

„Du warst klasse! Ich hätte vorhin ehrlich nicht damit gerechnet, dass du das machst", gluckste sie.

„Ich möchte doch nicht als Angsthase dastehen", konterte er belustigt.

Auch den Rest der Show brachten die fünf erfolgreich hinter sich. Das Publikum schien am Ende nicht enttäuscht vom Alternativprogramm gewesen zu sein. Im Gegenteil, sie verlangten sogar eine Zugabe. Und wer hätte es gedacht, es war Patrick, der seinen Schlager noch einmal zum Besten gab. Obwohl sie mit den geringsten Mitteln klarkommen mussten, hatten sie es geschafft, die Passagiere zu begeistern. Sie waren alle mächtig stolz auf sich und auch Simone, die anscheinend die Leitung in Abwesenheit von Mario übernommen hatte, lobte alle erleichtert.

„Ich hätte niemals gedacht, dass wir den Abend so hervorragend wuppen würden", gab sie zu. „Ihr habt das klasse gemacht. Caro und Patrick, danke noch einmal, dass ihr ausgeholfen habt. Ohne euch wäre es nur halb so gut gewesen! Wir haben noch Sekt im Kühlschrank. Darauf sollten wir anstoßen!"

Caro und Patrick saßen noch eine Weile mit den anderen drei Künstlern zusammen, tranken Sekt, lachten über die Show und feierten ihren kleinen Erfolg. Es war bereits nach Mitternacht, als Caro und Patrick sich gemeinsam auf den Weg zurück zu ihren Kabinen machten.

„Obwohl ich mir den Abend etwas anders vorgestellt habe, war er wirklich schön. Mit dir wird es einfach nicht langweilig – aber genau das liebe ich an dir", gestand Patrick.

„Geht mir genauso. Der ganze Tag heute war wunderbar, obwohl draußen das größte Unwetter tobte, dass ich je gesehen habe!", erwiderte Caro.

Vor ihren Kabinen entstand eine kurze peinliche Stille. Keiner wusste, ob er sich verabschieden oder fragen sollte, ob sie die Nacht gemeinsam verbringen wollten. Dann fingen sie beide genau im selben Moment an zu reden.

„Willst du …?", fing Patrick an, als Caro sagte: „Ich könnte…?"

„Sag du zuerst!", forderte Caro Patrick auf.

„Nein du!", entgegnete er.

„Na gut. Ich wollte vorschlagen, dass ich heute Nacht bei dir schlafen könnte!", sagte Caro leise.

Sie war es nicht gewohnt den ersten Schritt zu machen, aber es hatte sich richtig angefühlt.

„Das wäre schön. Genau das Gleiche wollte ich dich fragen", lächelte Patrick sie liebevoll an.

„Ich hole mir kurz ein paar Sachen und komme dann zu dir!", schlug Caro vor.

„Ich kann es kaum erwarten", antwortete Patrick zwinkernd und gab ihr einen hastigen Kuss.

Caro beeilte sich, in ihre Kabine zu kommen, um schnell ihre Sachen zu packen.

„Caro, wo hast du denn die ganze Zeit gesteckt? Ich habe mir schon Sorgen gemacht!", ertönte Sally aufgebracht, kaum hatte sie den Kopf in die Tür gesteckt.

„Oh, ich dachte du bist bei Justin. Bei mir ist ziemlich viel passiert!", grinste sie verlegen.

In einer Kurzversion erzählte sie ihr, während sie ihre Sachen für die Nacht zusammensuchte, von der seekranken Urlauberin, Patricks und ihrem gemeinsamen Date auf der Kuschelinsel, dem Bühnenauftritt und der bevorstehenden Nacht.

„Das nenne ich mal Neuigkeiten! Es scheint mir so, als hättest du damit die richtige Entscheidung getroffen. Dann kann ich heute wohl guten Gewissens bei Justin übernachten!", grinste Sally schelmisch.

„Ich fühle mich vollständig in Patricks Nähe. Ich weiß, dass er der richtige Mann an meiner Seite ist. Aber ich habe trotzdem Angst davor, Sam das alles zu erzählen!", gab Caro zu.

„Das ist normal, mein Liebe. Schließlich hast du mit Sam fast dein halbes Leben verbracht. Aber du hast noch genug Zeit bis Venedig, dir eine Strategie zu überlegen, ich helfe dir dabei. Hauptsache du sagst ihm die Wahrheit und hältst ihn nicht unnötig hin. Aber darüber kannst du auch noch morgen nachdenken. Jetzt geh zu deinem Verehrer und genieß die Zeit! Selbst wenn du es Sam jetzt sagen wolltest, hättest du keinen Empfang!", beruhigte Sally sie.

Caro wusste, dass sie recht hatte und ihr Gewissen damit besänftigte.

„Dann schlaf schön, Sally und grüß Justin lieb von mir!", verabschiedete sich Caro von ihrer Freundin.

„Mache ich und du meinen Kollegen. Er soll bloß nett zu dir sein!", flötete Sally.

„Das hat aber lange gedauert", begrüßte Patrick sie gespielt gekränkt.

„Ich habe auch noch eine Mitbewohnerin und keine Kabine für mich allein. Da bleiben Frauengespräche nicht aus", gab Caro gespielt brav zurück.

„Frauengespräche?", wollte er wissen und blickte sie fragend an.

„Genau. Ein Gespräch zwischen zwei Frauen. Also nicht für deine Ohren bestimmt!", neckte Caro ihn weiter.

„Ich weiß nicht, ob ich dich jetzt noch hereinlassen kann", sagte Patrick streng.

„Ich hätte es nicht weit in mein eigenes Bett!", konterte Caro belustigt.

Sie sah an Patricks Augen, dass er nur mit ihr spielte und so sprang sie auf den Zug auf.

„Ganz schön frech, Frau Wecker. Wie wollen Sie das nur wiedergutmachen?", fragte er sie.

„Ich wüsste da schon was!", platzte es aus Caro heraus und sie merkte, wie sie bereits erneut rot anlief.

„Da bin ich jetzt aber gespannt!", antwortete Patrick keck und gab endlich den Weg in seine Kabine frei.

Sie ließ sich auf das Bett fallen und streckte sich. Langsam merkte sie, wie kaputt sie eigentlich war.

„Bist du etwa müde, Liebling?", wollte Patrick wissen.

Bei dem Wort „Liebling" zog sich ihr Magen wie schon so oft an diesem Tag wohlig zusammen.

„Ein bisschen", gab sie zu.

Patrick setzte sich neben Caro auf die Bettkante und streichelte ihr behutsam über den Rücken und zog vorsichtig an ihrem Oberteil.

„Caro, zieh dein T-Shirt aus. Ich massiere dich!", wies er sie an.

Perplex folgte sie seiner direkten Aufforderung, wusste aber nicht, was sie davon halten sollte. Dann begann Patrick sanft zu massieren. Schon nach den ersten Handgriffen hatte sie alle Bedenken über Bord geworfen.

„Massieren kann er. Und wie", dachte sie nur noch schläfrig.

Kapitel 16

Caro schreckte hoch. Sie wurde von einem Nerv tötenden Piepen geweckt. Sie wollte aus dem Fenster gucken, doch da war keins. Panik beschlich sie in der Dunkelheit und sie tastete sich am Bett entlang und schreckte zurück, als sich neben ihr etwas bewegte.

„Guten Morgen", gähnte eine ihr inzwischen sehr vertraute Stimme entgegen.

Erst jetzt dämmerte ihr, dass sie bei Patrick übernachtet hatte und seine Kabine kein Fenster besaß. Das schrille Geräusch musste sein Wecker sein.

„Wann bin ich eingeschlafen?", dachte Caro.

Sie tastete an sich herab und bemerkte, dass sie nur Unterwäsche anhatte.

„Patrick muss mich ausgezogen haben", kombinierte sie.

„Was ist denn los, Caro? Kuschelst du dich noch fünf Minuten an? Ich habe den Wecker auf sieben gestellt. Du hast noch eine Stunde bis zur Schicht", beruhigte Patrick sie.

Caro ließ sich zurück in die Kissen fallen und schmiegte sich halbnackt an einen ebenfalls nur mit Unterhose bekleideten Patrick.

„Du, Patrick? Wann bin ich denn eingeschlafen?", wollte Caro nun endlich wissen.

Er kicherte verhalten und drückte sie fest an sich.

„Liebling, ich habe dich keine fünf Minuten massiert und du hast tief und fest geschlafen. Ich wollte dich nicht wecken und so habe ich dir nur vorsichtig die Hose ausgezogen und mich danebengelegt!", klärte er sie auf.

„Wahnsinn, so etwas ist mir noch nie passiert. Ich hätte schwören können, ich werde spätestens dann wach, wenn mir jemand an die Wäsche will", sagte Caro schockiert.

„Vielleicht fühlst du dich bei mir einfach besonders wohl und weißt, dass dir hier nichts passieren kann", plauderte Patrick fröhlich weiter.

Caro kuschelte sich noch fester an ihn und befürchtete, dass er mit seiner Aussage sogar Recht haben könnte. Trotzdem tat es ihr leid, dass sie so schnell eingeschlafen war.

„Wir holen das nach!", versprach sie ihm in der Dunkelheit und bemerkte, wie auch er sich nun ein kleines Stück fester an sie schmiegte.

Als der Wecker zum dritten Mal klingelte, zwang sich Caro endlich dazu sich aufzusetzen.

„Ich würde viel lieber heute bei dir bleiben!", seufzte sie.

„Echt unpraktisch, dass du immer dann viel arbeiten musst, wenn wir auf See sind. Aber so kannst du mich wenigstens auf meinen Landgängen begleiten. Ich besuche dich dafür später im Salon", versprach Patrick.

„Das klingt nach einem Lichtblick", freute sich Caro und erhob sich endgültig aus dem Bett, um sich startklar für den Tag zu machen.

„Wir sehen uns dann später", verabschiedete sie sich.

„He, bekomme ich keinen Abschiedskuss?", protestierte Patrick.

Caro beugte sich zu ihm herunter und gab ihm hastig einen Kuss, da es zwischenzeitlich schon recht spät geworden war und sie sich beeilen musste.

Als Caro völlig außer Atem im Salon eintraf, wartete Sonja bereits auf sie. Sie hatte sich nur noch schnell in ihrer Kabine frischgemacht, umgezogen und war auf dem Weg zum Fahrstuhl schnell in der Kantine vorbeigelaufen, um sich ein Brötchen auf die Faust mitzunehmen.

„Hey du frisch Verliebte. Gut, dass du kommst. Wir haben heute einen straffen Zeitplan. Viele Kunden, die gestern nicht kommen konnten, haben ihre Termine auf heute verlegt. Es gibt quasi keine Zeit zum Luftholen. Am Empfang sitzt bereits deine erste Kundin. Die Dame, die gerade eine Tasse Kaffee in der Hand hält, bekommt Strähnchen und Spitzenschneiden", erklärte Sonja gehetzt.

„Ich habe es geahnt. Dann mal los", antwortete Caro gelassen.

„Ach und Caro?", fragte Sonja und bevor diese etwas entgegnen konnte, fuhr sie fort: „In unserer Mittagspause möchte ich alles ganz genau wissen!"

Caro lachte und drückte ihre Kollegin kurz. So viel Zeit musste sein.

„Auf jeden Fall! Übrigens schön, dass du wieder ganz die Alte bist", zwinkerte Caro ihr zu.

Sonja verdrehte die Augen, kicherte aber.

Fünf Kunden später war es endlich Zeit für ihre Mittagspause. Caro hatte währenddessen nicht einmal einen Moment gehabt, um auf die Uhr zu sehen und war überrascht, wie schnell der Vormittag vergangen war. Erst jetzt fiel ihr auf, dass Patrick sich noch nicht hatte blicken lassen, aber im Endeffekt hätte sie sowieso absolut keine Zeit für ihn gehabt.

„Das Mittagessen haben wir uns heute redlich verdient. Gehen wir!", seufzte Sonja und hakte sich bei Caro ein.

Gemeinsam räumten sie den Salon auf und machten sich dann auf den Weg zur Kantine.

„Bist du denn wieder komplett fit?", wollte Caro von ihrer Kollegin wissen.

„Fit wie ein Turnschuh und ich habe Hunger wie ein Bär", erklärte Sonja gutgelaunt. „Gestern hat es mich echt erwischt, aber die Tablette hat etwas geholfen und je kleiner die Wellen wurden, desto besser ging es mir wieder! Übrigens danke nochmal, dass du trotz deiner aufregenden Gesellschaft nach mir geguckt hast."

„Na klar, Sonja. Was wäre ich sonst für eine Freundin!", entgegnete Caro.

Als sie die Kantine betraten, war diese deutlich voller als den Tag zuvor. Scheinbar so gut wie alle hatten sich von dem Unwetter erholt und wagten sich wieder an das Buffet heran. Caro und Sonja hatten Mühe, einen Platz zu finden, doch das Glück kam ihnen zur Hilfe und im richtigen Moment wurde ein Tisch frei.

„Ich hätte mich normalerweise auch irgendwo dazugesetzt, aber bestimmt nicht heute, wo du mir alles haarklein berichten sollst", flötete Sonja, als sie sich auf den Stuhl sinken ließ.

Nun war es Caro, die amüsiert ihre Augen verdrehte.

„Na los! Ich bin gespannt wie ein Regenschirm", forderte sie ihre Kollegin auf.

Doch anstatt zu berichten, fing Caro an zu kichern. „Gespannt wie ein Regenschirm? Das muss ich mir merken. Das klingt süß!", feixte sie, berichtete ihr aber dann was gestern alles geschehen war.

„Wahnsinn. So viel passiert bei mir in einem Jahr und nicht an einem Tag", kommentierte Sonja die Geschichte beeindruckt.

„Und Patrick hat tatsächlich mit Gehirnerschütterung gesungen? Das hätte ich gern gesehen!", lachte sie.

„Aber Rummachen auf den Kuschelwiesen im Gästebereich? Hattet ihr keine Angst, dass ihr erwischt werdet. Immerhin wäre das ein Grund für eine fristlose Kündigung gewesen!" fügte sie mit mahnendem Blick hinzu.

„Daran habe ich noch gar nicht gedacht", entfuhr es Caro und sie war nun selbst schockiert. „Wir hatten schließlich nicht geplant, dort übereinander herzufallen. Eigentlich wollten wir das Unwetter beobachten und Patrick wollte auf den Horizont schauen, damit ihm nicht so übel wird."

„Du hattest das vielleicht nicht geplant. Aber glaube mir, Patrick hat das bestimmt im Schilde geführt", kicherte Sonja.

Caro war die Situation unangenehm und sie sah betreten auf ihren Teller.

„Ob Patrick tatsächlich von Anfang an geplant hatte, mich dort zu verführen. Gut, dass uns die Durchsage unterbrochen hat!", dachte sie nun beschämt.

Sie ärgerte sich, dass sie so schnell darauf angesprungen war. Doch im tiefsten Inneren wusste sie, dass sie diesem Mann mit Haut und Haaren verfallen war und sich nichts sehnlicher wünschte, als ihm nahe zu sein.

Nach dem Essen hatten Caro und Sonja noch genug Zeit, bevor um 16:00 Uhr ihre zweite Schicht starten würde und so beschloss Caro, Patrick einen Besuch abzustatten. Als sie klopfte, tat sich zunächst einmal nichts. Erst nach dem dritten Hämmern an der Tür öffnete ein verschlafener Patrick.

„Oh sorry, ich wollte dich nicht wecken. Ich hatte nicht damit gerechnet, dass du schläfst!", stammelte Caro verlegen.

„Du darfst mich immer wecken, Liebling. Komm rein!", säuselte Patrick benommen.

Caro trat ein und setzte sich zu Patrick auf das Bett.

„Ich war vorhin noch einmal zur Kontrolle beim Schiffsarzt. Ihm war scheinbar zu Ohren gekommen, dass wir gestern auf der Bühne die Sau rausgelassen haben, obwohl mir strengste Bettruhe verordnet worden war. Danach wollte ich mich eigentlich nur kurz hinlegen und bin wohl eingeschlafen", versicherte Patrick ihr.

„Habe ich doch gesagt, dass Singen nicht die beste Idee war. Heute wirst du dein Bett jedenfalls nicht mehr verlassen. Hast du Hunger? Dann hole ich dir etwas", bot Caro ihm an.

„Nein Danke. Jetzt, wo du da bist, geht es mir schon viel besser!", gestand Patrick.

„Na gut. Aber nach meiner nächsten Schicht bringe ich uns Abendbrot mit und dulde keine Widerrede!", befahl Caro.

„Aye, Aye, Chef!", spurte Patrick gespielt.

Caro musste kichern und ließ sich auf die gemütlichen Kissen fallen.

„Ich bin auch ganz schön müde", gestand sie. „Vielleicht sollten wir gemeinsam noch ein kleines Nickerchen machen, bis ich wieder los muss", schlug sie vor.

„Mmmhm, klingt gut!", nuschelte Patrick, während er es sich neben ihr bequem machte und sie in seinen Arm nahm.

„Du musst noch den Wecker stellen, ich darf nicht schon wieder zu spät kommen! Auf halb vier, ok?", bat Caro ihn.

Patrick tat, wie ihm geheißen, und keine fünf Minuten später waren beide eingeschlafen. Als der Wecker zum zweiten Mal an diesem Tag klingelte, hatte Caro ein Déjà-vu. Doch im Gegensatz zum letzten Mal, wusste sie, wo sie sich befand, und war, zu ihrem eigenen Erstaunen, putzmunter. Gutgelaunt setzte sie sich auf und knipste die Nachtischlampe an.

„Patrick, ich muss los zur Arbeit. Bleib ruhig liegen und schlaf weiter. Ich bringe dir später dann etwas zu essen mit", flüsterte sie.

„Ist gut, Liebling", murmelte Patrick und Caro tapste leise aus dem Zimmer.

Die zweite Tageshälfte verlief im selben Akkord wie die erste. Sonja und Caro gönnten sich keine Minute Verschnaufpause. Doch Caro war ausgeschlafen, fit und vor allem frisch verliebt. Ihr konnte nichts und niemand die Laune verderben und so behielt sie bis zum Schluss ein

Grinsen im Gesicht. Vor allem, als sie ihre letzte Kundin erblickte, musste sie schmunzeln. Es war genau die Dame, die sie gestern mit Mühe und Not taumelnd zur Krankenstation gebracht hatte. Auch sie erkannte Carolin wieder und lachte auf.

„Das sind weitaus erfreulichere Umstände, Sie heute zu sehen", wurde sie von der Dame begrüßt.

„Nennen Sie mich doch bitte Caro. Es freut mich, dass es Ihnen wieder besser geht. Ich habe gestern noch einmal an die Kabinentür geklopft, doch es hat keiner geöffnet", empfing Caro ihre Kundin.

„Dann musst du mich aber auch Lieselotte nennen", entgegnete die Passagierin und reichte Caro die Hand. „Danke, dass du dich gestern so liebevoll um mich gekümmert hast. Erich, meinem Ehemann, und mir ging es echt bescheiden. Wir haben nach der Einnahme der Medikamente bis heute Morgen durchgeschlafen. Du glaubst nicht, wie erleichtert wir waren, als wir nach dem Aufstehen feststellen konnten, dass das Unwetter vorbei war", lachte sie.

„Das glaube ich gern. Was kann ich denn heute für dich tun?", wollte Caro wissen.

Liselotte wollte den Ansatz ihrer grauen Haare überfärben und die Spitzen schneiden lassen. Im Handumdrehen war die Farbe im Haar verteilt und musste jetzt einwirken.

„Möchtest du etwas trinken?", erkundigte sich Caro bei ihrer Kundin.

„Gern, ich nehme einen Cappuccino und bitte bring dir auch etwas zu trinken mit. Das geht auf meine Rechnung – als kleines Dankeschön!", wies sie Caro an.

Caro bedankte sich und bestellte sich ebenfalls einen Cappuccino. Während der Einwirkzeit der Farbe tranken sie gemeinsam ihren Kaffee und unterhielten sich über dieses und jenes. Caro liebte es, wenn ihre Kunden redselig waren und sie fand es spannend, sich ständig mit anderen Menschen austauschen zu können. Besonders aber mochte sie Kunden wie Liselotte. Sie war aufgeschlossen und Caro hatte das Gefühl, als würden sie sich schon ewig kennen.

„Vielleicht schweißt eine Ausnahmesituation, wie es gestern eine war, doch zusammen", überlegte Caro.

Liselotte schien es ähnlich zu gehen, denn nachdem ihre Haare gewaschen und die Spitzen geschnitten waren, erkundigte sie sich, ob Caro schon wüsste, wann sie das nächste Mal frei haben würde.

„Leider erst wieder, wenn das Schiff im Hafen liegt. Natürlich nutzen die Urlauber die Gelegenheit zum Friseur zu gehen, wenn wir auf See sind. Außerdem arbeite ich noch im Show-Ensemble, das momentan auch alle Hände voll zu tun hat, damit ihr jeden Abend eine andere Show bestaunen könnt", zwinkerte Caro.

„Nun gut. Dann schlage ich vor, dass du Erich und mich bei einem Landausflug begleitest, damit wir dich noch einmal zum Essen einladen können", schlug sie vor.

„Das ist aber nicht nötig", wollte Caro abwiegeln.

Doch Liselotte hob abwehrend die Hände. „Davon will ich gar nichts hören. Für mich warst du die Rettung in letzter Sekunde und ich möchte mich gern dafür revanchieren. Sobald du deinen Dienstplan für nächste Woche kennst, sag mir Bescheid. Du kannst auch eine Notiz an die Kabinentür heften, wenn wir nicht da sein sollten", ordnete sie an.

Caro lachte und versprach ihr, sich umgehend zu melden, wenn der neue Dienstplan feststand. Nachdem Caro die Kundin verabschiedet hatte, sah sie in Sonjas verdutztes Gesicht.

„Wie machst du das bloß", wollte sie wissen.

„Was meinst du?", fragte Caro erstaunt zurück.

„Na, die Leute fressen dir förmlich aus der Hand", erklärte Sonja ihr.

„Ach Quatsch. Sie war nur so nett, weil ich sie gestern grün angelaufen auf Deck zehn gefunden und verarztet habe", wehrte Caro ab.

„Treffen wir uns heute noch auf einen Drink in der Crewbar?", wollte Sonja wissen.

„Tut mir leid, heute wird das nichts. Patrick hat Bettruhe verordnet bekommen und ich möchte mich um ihn kümmern. Scheinbar war Dr. Gebauer nicht so begeistert von unserer Bühneneinlage gestern", sagte Caro betrübt.

Sie wollte nicht, dass die neue Beziehung zu Patrick etwas an ihrer Freundschaft mit Sonja oder auch Sally änderte. Daher fügte sie hinzu: „Aber morgen können wir gern auch zwei oder drei Drinks nehmen. Ich frage Sally, ob sie auch Lust hat. Dann machen wir einen Mädelsabend."

„Das klingt gut. Dann grüß mir deinen Romeo. Wir sehen uns dann morgen in alter Frische im Salon!", antwortete Sonja und Caro war erleichtert, dass sie es ihr nicht krumm nahm, dass sie sie heute versetzte.

Geschickt balancierte Caro das Abendessen zu Patricks Kabine. Da sie keine Hand mehr frei hatte, stieß sie behutsam mit dem Fuß an die Tür. Kurz darauf streckte Patrick den Kopf aus der Tür. Er war frisch geduscht und sah wesentlich besser aus als vorhin.

„Da bist du ja endlich, Baby!", begrüßte er sie heiter.

„Anscheinend geht es dir wieder besser!", freute sich Caro.

„Allerdings und ich habe einen Bärenhunger", bestätigte er ihre Aussage.

„Damit kann ich dienen, wenn du mich endlich hereinlässt", kicherte Caro.

„Na klar, warte ich nehme dir etwas ab."

Kurze Zeit später hatten sie das Essen wie tags zuvor auf dem Bett drapiert. Caro hatte so viel mitgenommen, wie sie tragen konnte. Eine kleine Käseplatte mit Brot, Weintrauben und Nüssen, zwei Schalen Obstsalat, zwei Stücke von der Lasagne, zwei Stückchen Kuchen und eine Flasche Wasser.

„Wahnsinn, wie konntest du das alles tragen?", wollte Patrick anerkennend wissen.

„Für seinen Liebsten macht man halt so Einiges!", kicherte Caro.

Nachdem die Beiden ihr Abendessen fast vollständig verputzt hatten, es blieb nur ein kleines Stück vom Kuchen übrig, kuschelten sie sich gemeinsam ins Bett und schalteten den Fernseher ein. Patrick hatte vor der Reise einige Filme auf einem USB-Stick gespeichert. Sie entschieden sich für eine Komödie, die noch keiner von ihnen kannte. Caro hatte sich in Patricks starken Armen eingekuschelt und fühlte sich in dieser Position pudelwohl. Patrick hatte seine freie Hand wie selbstverständlich unter ihr Shirt geschoben und auf ihren Bauch gelegt. Dies wiederum führte dazu, dass Caro nicht eine Sekunde wachsam dem Film folgen konnte, sondern nur Patricks sanfte Bewegungen auf ihrer sensiblen Haut wahrnahm.

Als sie sich nach kurzer Zeit zu ihm drehte, erkannte sie in seinen Augen, dass das Feuer auch bei ihm entfacht war. Und wie bereits am Tag zuvor vergaß sie alles um sich herum und fühlte sich nur noch magisch von Patrick und seinen gekonnten Handgriffen angezogen. Sie vergaßen den Film und küssten sich leidenschaftlich. Caro wusste, dass nun der Zeitpunkt gekommen war, wo sie nichts und niemand stören würde und sie sich ganz ihren Gefühlen hingeben konnte. Patrick schien das Gleiche zu denken und erkundete Caros Körper mit seiner Hand immer weiter. Auch wenn Sonja sie vorhin noch darauf aufmerksam gemacht hatte, dass Patrick sie schon gestern mit diesen Absichten zu den Liegeinseln geführt hatte, war es ihr in diesem Moment egal. Sie wollte ihn genau so sehr wie er sie. Caro ließ sich von Patrick führen und genoss jede sanfte Berührung, die Wärme, die zwischen ihren beiden Körpern entstand, den Geruch von seinem Parfüm, das sie bereits seit ihrem ersten Treffen liebte, und vor allem seine kleinen Komplimente, wie „du bist so schön, Caro" oder „dein Körper ist der Wahnsinn", die er ihr während seiner Erkundungstour machte. Caro schwebte auf einer Wolke umringt von vielen kleinen Schmetterlingen, die um sie herum und in ihrem ganzen Körper zu flatterten schienen. Sie wollte noch nie etwas sehnlicher, als endlich Patrick in sich zu spüren. Nie zuvor hatte sie sich so zu jemandem hingezogen gefühlt.

Als Patrick sich endlich an ihrem letzten Kleidungsstück zu schaffen machte, wuchs ihre Erregung ins Unermessliche. Wo Patrick sie gestern noch fragend angeschaut hatte, hielt er heute nicht mal mehr einen Moment inne. Er wollte es so sehr wie sie, da war Caro sich sicher. Um ihm jedoch die nötige Bestätigung zu geben, dass er keinen Schritt zu weit gegangen war, beugte Caro sich vor, um auch ihn von seinen Shorts zu befreien. Er blickte ihr tief in die Augen und flüsterte:

„Was hast du nur mit mir gemacht, Carolin Wecker?"

Und er küsste sie zärtlich auf den Mund. Caro spürte, wie er mit diesem Kuss all seine Gefühle, die er für sie hegte, auszudrücken versuchte und sie erwiderte den Kuss ebenso ergriffen.

Als Patrick sich daraufhin einen Moment von ihr löste, aufstand, den Fernseher ausschaltete und anschließend hektisch in seinem Schrank zu wühlen begann, war Caro sichtlich verwirrt. Erst als sie sah, dass er mit einem kleinen Plastikpäckchen zurückkam, wusste sie, dass er ein Kondom gesucht hatte. Als wäre er ewig weg gewesen, zog sie ihn sehnsüchtig wieder zu sich heran. Das Herz schlug ihr bis zum Hals, als er ihr das kleine Päckchen entgegenhielt. Caro war verunsichert, schließlich war es Jahre her gewesen, als sie das letzte Mal einem Mann das Kondom übergestreift hatte. Sam und sie waren schnell auf die Pille umgestiegen, doch sie fand es beachtlich, dass Patrick noch in diesem Moment daran dachte. Um die Stimmung nicht zu zerstören, nahm sie das Kondom entgegen und machte sich trotz zittriger Hände daran, es ihm möglichst elegant überzustülpen. Zu ihrer Erleichterung klappte es auf Anhieb und er stöhnte erwartungsvoll auf, als sie ihn zum ersten Mal an seiner intimsten Stelle berührte. Caro wusste, dass ihr sehnlichster Wunsch in wenigen Sekunden wahr werden würde und sie schob sich ihm automatisch entgegen.

„Okay?", vergewisserte sich Patrick nun doch noch einmal bei ihr.

„Mehr als das", flüsterte Caro begierig zurück.

Patricks Lächeln wurde breiter und er strich ihr zärtlich durch die Haare, bevor er sich über sie legte. Er stützte sich mit seinen Armen neben ihr ab, damit nicht sein ganzes Gewicht auf ihr lastete und sah ihr unentwegt in ihre endlosen, tiefblauen Augen, die in dem schummrigen Licht der Lichterkette unergründlich schienen.

Caro lag angespannt, aufgeregt und erregt zugleich unter Patrick und konnte nun auch spüren, dass sein Herz im gleichen Tempo schlug wie ihres. Patrick übereilte nichts und küsste sie sanft. Selbstbewusst, von ihrer eigenen Lust getrieben, übernahm nun Caro das Kommando und ließ die Küsse leidenschaftlicher werden. Als sie sich berührten, rang Caro mit der Fassung und stöhnte liebestrunken auf. Auch Patrick konnte sich nicht länger zurückhalten und drang endlich behutsam in sie ein. Caro schloss intuitiv die Augen, um sich ganz dem Gefühl hinzugeben. Patrick fing langsam an, sich rhythmisch vor und zurück zu bewegen und Caro wand sich ihm entgegen. Sie genoss seine Bewegungen und spürte, wie sich jede einzelne Faser in ihrem Körper immer mehr anspannte. Sie wusste, dass es nicht mehr lange dauern würde und auch Patricks Atemzüge wurden immer kürzer, sein Stöhnen dafür umso lauter. Mit einem Mal konnte Caro es nicht länger aufhalten, sie ließ sich fallen und sie wurde von einem derartigen Höhepunkt überrollt, wie sie es noch nie zuvor erlebt hatte. Patrick schien beinahe zeitgleich seine Erlösung zu finden und stöhnte immer wieder ihren Namen, ehe er erschöpft über ihr zusammensackte.

So blieben sie eine Weile im Halbdunkel liegen, ohne dass jemand etwas sagte. Caro merkte erst, als sie ihren Arm um Patricks Hüfte legte, dass sie beide nassgeschwitzt waren, aber es machte ihr nichts aus. Sie umschlang Patrick und er schmiegte sich wohlig an sie. Erst nach einer gefühlten Ewigkeit löste Patrick sich von ihr und rollte sich behutsam neben sie.

„Das war wunderschön", gestand Patrick ihr und strich Caro mit seiner Hand über die Wange.

Caro nickte zustimmend und flüsterte: „So etwas habe ich noch nie zuvor erlebt!"

Jetzt war es Patrick, der wohlwissentlich nickte und ihr tief in die Augen blickte. Er sah sie so zärtlich an, als wäre sie zerbrechlich und könnte kaputtgehen, wenn er etwas Falsches sagte. Trotzdem bewegte er seine Lippen und Caro vernahm seine bedächtig gewählten Worte.

„Caro, mein Liebling, von der ersten Sekunde an, als ich dich auf der Bühne in München gesehen habe, habe ich mich in dich verliebt und mit jedem Tag, den ich dich länger kannte, wusste ich, dass du etwas ganz Besonderes bist", gestand er ihr seine Gefühle.

Caro rang mit ihrer Fassung und eine vereinzelte Träne lief ihr die Wange hinunter. Nicht, weil Patrick etwas gesagt hatte, dass sie, bildlich gesehen, zerbrochen hatte, sondern vor Rührung und Glückseligkeit. Sie hatte das Gefühl, angekommen zu sein. Diese Wahrnehmungen vermengt mit all den Aufregungen ihrer bisherigen Reise, dem Auf und Ab ihrer Gefühle und vielleicht auch einem Hauch von schlechtem Gewissen brachen über sie herein. Patrick küsste ihr die Träne von der Wange.

„Regen und Meer gehören nun einmal zusammen", er grinste sie aufmunternd an.

Caro sah ihm an, dass es ihn verunsicherte, dass sie weinte und wollte die Situation auflockern, erreichte damit aber das genaue Gegenteil. Sie war so gerührt von seinen Worten und davon, dass er sie mit Regen und Meer verglich, dass sie nicht anders konnte. Sie fiel ihm um den Hals und schniefte:

„Ich habe mich auch in dich verliebt!"

Insgeheim fragte sie sich, wie sie es überhaupt geschafft hatte, Patrick so lange fern zu bleiben. Sie zweifelte keine Sekunde mehr daran, dass er der Richtige war. Sie wusste es, sie wusste es mit jeder Faser ihres Körpers. Ihr fielen all die verkorksten Missverständnisse zwischen ihnen ein und ihre eigene Überzeugung, dass sie sich selbst eingeredet hatte, bereits den richtigen Mann an ihrer Seite gefunden zu haben. Bei dem Gedanken an Sam zuckte sie ein wenig zusammen.

Patrick sah sie immer noch verunsichert an, weil Caro weiterhin dicke Tränen über die Wangen kullerten. Für einen Moment überlegte sie, ihm alles von Sam zu erzählen und ihm zu versichern, dass sie sich, sobald sie wieder Handyempfang hätte, endgültig von ihm trennen würde. Doch sie wollte den magischen Moment nicht zerstören und so beschloss sie, sich einfach eng an Patrick zu kuscheln und seine Nähe zu genießen.

Als ihre Tränen versiegt waren, traute Patrick sich erneut zu fragen, ob alles okay sei.

„Mehr als das, Patrick. Ich bin einfach überglücklich und überwältigt von der Situation und besonders von dir. Noch nie habe ich so starke Gefühle für jemanden gehegt. Schon gar nicht nach so kurzer Zeit", sagte sie liebevoll.

Patrick entspannte sich sichtlich und antwortete zärtlich: „Mir geht es genauso, mein Liebling."

Nach kurzem Schweigen brach Patrick die Stille erneut.

„Begleitest du mich unter die Dusche?", wollte er wissen.

Caros Augen begannen erneut aufzuflackern und sie nickte. Auch wenn das Bad an Bord das kleinste Bad mit der kleinsten Dusche, die sie je gesehen hatte, war, konnte sie sich nichts Schöneres vorstellen. Abgesehen davon wollte sie in diesem Moment keine Sekunde ohne ihn sein.

Als am nächsten Morgen der Wecker klingelte, war es Caro, die als erste reagierte, das Licht anknipste und das nervige Geräusch abschaltete. Sie gähnte beherzt und beugte sich dann über Patrick, der scheinbar nicht wach geworden war. Vorsichtig strich sie ihm über die Wange.

„Aufwachen mein Schatz", flüsterte sie und bemerkte, dass sie ihm zum ersten Mal bewusst einen Kosenamen gegeben hatte.

Patrick schlug die Augen auf und blinzelte ihr entgegen.

„Schatz?", schnurrte er fragend.

Ihm war es scheinbar auch aufgefallen und er streckte sich zufrieden. Caro war froh, dass Patrick an diesem Morgen selbst zur Schicht eingeteilt war und sie somit nicht unpünktlich sein würde. Obwohl sie erst spät eingeschlafen waren, fühlte sie sich erstaunlich fit und vor allem glücklich. Letzte Nacht hatten sie sich ein weiteres Mal unter der Dusche geliebt, sich anschließend gegenseitig gewaschen und abgetrocknet. Caro schwebte auf Wolke sieben. Sie genoss jede Berührung von Patrick. Nie im Leben hätte sie sich erträumen lassen, dass sie auf einem Kreuzfahrtschiff nicht nur die verschiedensten eindrucksvollen Länder bereisen, sondern auch, ohne zu wissen, dass sie danach suchte, den Mann ihrer Träume finden würde. Sie fühlte sich frei und geborgen zugleich, als ob ihr alle Türen der Welt offenstehen würden, die sie aber nicht alleine würde öffnen müssen. Sie wusste, dass Patrick stets an ihrer Seite war. Aber anders als Sam, würde er sie in ihren Träumen und Visionen unterstützen, mehr sogar, er teilte die gleiche Reiselust. Bettfertig, erschöpft und glücklich waren sie nach der ausgiebigen Dusche in die Federn gefallen. Doch anstatt zu schlafen, hatten sie noch lange geredet. Manchmal hatten sie auch einige Minuten einfach nur so dagelegen und sich in den Armen gehalten, bis sie irgendwann spät in der Nacht eingeschlafen waren.

„Patrick, ich muss kurz rüber und mir frische Sachen holen. Wir treffen uns gleich vor den Kabinen und gehen noch zusammen frühstücken, okay?", schlug Caro vor.

Patrick nickte und verabschiedete sie, obwohl es nur für einige Minuten sein würde, mit einem langen Kuss. Gutgelaunt verließ Caro beinahe hüpfend ihre Kabine.

„Das würde mir niemand glauben, dass ich um diese Uhrzeit einmal gutgelaunt umherspringen würde", dachte Caro belustigt und trat in ihre Kabine ein.

Sie erschrak, als Sally sich aus dem Badezimmer beugte und ihren Kopf herausstreckte.

„Was machst du denn hier?", wollte Caro von ihr wissen.

„Ich wohne hier, schon vergessen?", maulte Sally sie an.

„Was ist ihr denn über die Leber gelaufen", wunderte sich Caro und war perplex, ihre Freundin in so einer schlechten Gemütslage anzutreffen.

Doch bevor Caro sie fragen konnte, was mit ihr los war, sah sie, dass Sally Tränen in die Augen stiegen.

„Tut mir leid, Caro. Aber ich bin sauer. Oder traurig. Oder, ach was weiß ich. Ich bin einfach der größte Hornochse der Welt. Ich hab's verbockt!", entfuhr es Sally.

Caro verstand nur Bahnhof und sah sie verwirrt an. Sally seufzte langgezogen und versuchte ihre Tränen zu unterdrücken, als Caro endlich ihre Sprache wiederfand.

„Sally, du meine Güte, was ist denn los?", wollte sie endlich wissen.

„Kurzum es ist vorbei mit Justin. Ich habe es vermasselt. Wie kann man nur so dumm sein?", fing Sally wieder an, mit sich zu hadern.

Caro wusste zwar immer noch nicht, was genau passiert war, verstand aber wenigstens um was oder noch besser um wen es hier ging.

„Sally, setz dich erst einmal hin und erzähl mir kurz, was passiert ist. Mit Sicherheit hast du es nicht verbockt", beruhigte Caro sie.

„Oh doch. Und wie", versuchte sie, Caro zu überzeugen.

Trotzdem setzte sie sich auf das Bett ihrer Zimmergenossin und Caros Blick fiel auf die obere Etage und stellte fest, dass Sallys Bett noch zerwühlt und ungemacht war.

„Sally hatte also hier geschlafen", dachte Caro bestürzt. „Wäre ich nur hier gewesen."

„Sally, du hättest mich doch jederzeit holen können! Du wusstest doch, dass ich direkt gegenüber bei Patrick war", mahnte sie ihre Freundin liebevoll.

„Das war nicht zu überhören", entgegnete Sally unwirsch und Caro lief rot an.

Hatte man sie gehört? Sally vergrub ihre Hände vor ihrem Gesicht.

„Caro, es tut mir leid. Wirklich!", schluchzte nun ihre Freundin ungehalten.

Caro beschloss ihren Kommentar zu vergessen und legte einen Arm um sie.

„Sally, bitte, du musst mir erzählen, was passiert ist, damit ich dir folgen kann!", bat sie ihre Mitbewohnerin.

„Justin hat mich gefragt, ob wir nun ein Paar sind und naja. Du weißt, dass ich damit keine guten Erfahrungen gemacht habe", jammerte Sally.

„Und weiter?", fragte Caro, obwohl sie eine leise Vorahnung hatte, was passiert war.

„Dann habe ich Panik bekommen. Ich habe ihn gefragt, ob er nicht zufrieden sein kann, so wie es ist. Aber der Idiot hat darauf beharrt, dass er wissen wolle, woran er ist", erzählte Sally nun endlich.

Caro traute sich nicht mehr zu fragen, was dann passierte, musste sie auch nicht, denn nun sprudelte der ganze Rest der Geschichte aus Sally heraus.

„Dann habe ich ihm gesagt, dass ich auf die Nummer bestimmt nicht reinfalle, damit er mich in Sicherheit weiß und dann, wenn ich mich komplett auf ihn einlasse, mit einer anderen hinter meinem Rücken rummacht", schluchzte Sally.

Caro schwieg immer noch.

„Er ist aufgesprungen und wollte wissen, warum ich ihm so etwas unterstellen würde. Caro, du hättest seine Augen sehen sollen. Er war so verletzt. Ich habe es nicht ausgehalten, ihn so zu sehen und bin zur Tür gerannt. Ich habe ihm zugebrüllt, dass es aus ist und er eine andere an der Nase herumführen kann", beendete sie ihre Geschichte.

Caro fehlten für einen Moment die Worte. Natürlich kannte sie den Hintergrund für Sallys Unsicherheit, doch niemals hatte sie geahnt, dass ihr Schmerz noch immer so tief saß.

„Aber Sally, bist du denn nicht in ihn verliebt?", wollte Caro schließlich wissen.

„Doch", weinte sie. „Das macht das Ganze ja umso schlimmer."

Sally hatte ihre Beine eng an die Brust gezogen, ihren Kopf zwischen die Knie gesteckt und mit den Armen ihre Füße umklammert. Bevor Caro wieder etwas sagen konnte, klopfte es an der Tür. Sally zuckte zusammen und für einen Moment stieg Panik in ihr auf.

„Das ist Patrick", beruhigt Caro sie. „Ich bin gleich wieder für dich da".

Sie öffnete die Tür, schlüpfte vor die Kabine, damit Patrick Sally nicht in diesem Zustand zu Gesicht bekam und zog die Tür bis auf einen Spalt ran.

„Caro, du siehst ja noch genauso aus, wie du mich eben verlassen hast. Wolltest du dich nicht umziehen?", scherzte er.

„Patrick, tut mir leid, du musst allein frühstücken. Sally geht es nicht sonderlich gut. Ich bleibe bei ihr, bis die Schicht beginnt", erklärte sie ihm laut genug, damit Sally sie hören konnte. „Guck mal, ob du Justin finden kannst und schick ihn zu Sally. Ich glaube, die Beiden müssen sich dringend unterhalten", flüsterte sie dann Patrick ganz leise ins Ohr und gab ihm anschließend wieder laut genug einen Abschiedskuss.

Patrick nickte verschwörerisch und antwortete für alle hörbar: „Das ist aber schade. Dann verschieben wir unser Date auf die Mittagspause, okay?"

„Geht klar, bis dann", verabschiedete sich Caro.

Als sie zurück in die Kabine trat, sah sie erleichtert, dass sich an Sallys Haltung nichts verändert hatte und sie somit nichts von ihrer Anweisung an Patrick mitbekommen hatte.

„Sally, wenn du ihn liebst, dann musst du ihm vertrauen", fing Caro an ihr zuzureden. „Es sind nicht alle gleich und ich kann verstehen, dass Justin verletzt war", Caro redete schnell weiter, als Sally noch lauter zu weinen begann, „aber er liebt dich auch. Rede mit ihm und erklär ihm, wo deine große Angst herrührt", schlug Caro vor.

„Und dann glaubt er, ich bin verrückt und eifersüchtig", jammerte Sally nur.

„Nein, meine Süße, dann weiß er, warum du so skeptisch bist. Gib ihm wenigstens die Chance, es zu verstehen. Wenn er dich liebt, wird er dir verzeihen und dir dabei helfen, ihm zu vertrauen!", antwortete Caro.

„Meinst du wirklich?", stammelte Sally.

„Sally, du kannst nicht dein Leben lang allein bleiben, weil dich ein Idiot auf die mieseste Weise hintergangen hat. Hör auf dein Herz! Genau das hast du mir doch auch geraten!", schlug sie Sally nun mit ihren eigenen Waffen.

„Okay", flüsterte Sally kaum hörbar.

„Am besten machst du dich ein bisschen frisch und dann suchst du Justin, damit ihr das ein für alle Mal klären könnt" schlug Caro vor.

Sally nickte nur und wischte sich über ihr verweintes Gesicht. Bevor sie jedoch im Bad verschwinden konnte, hielt Caro sie fest und zog sie in ihre Arme. Sally erwiderte die Geste und fing erneut an zu schniefen.

„Caro, ich habe dich so vermisst letzte Nacht", gestand sie. „Aber ich bin so froh, dass du dich endlich entschieden hast und ich wollte dich nicht stören. Schon gar nicht, wenn …"

An dieser Stelle verstummte sie, doch Caro wusste, was sie damit meinte.

„Ich bin immer für dich da. Egal wann. Das nächste Mal holst du mich! Apropos, Sonja und ich planen heute einen Mädelsabend, bist du dabei?" wollte Caro wissen.

„Auf jeden Fall", versprach Sally und endlich grinste ihre Freundin wieder, wenn auch nur zaghaft.

Kurz vor acht verließen die beiden Mitbewohnerinnen die Kabine - Caro, um pünktlich zur Arbeit zu erscheinen und Sally, um nach Justin zu suchen. Gerade als sie um die Ecke biegen wollten, kam ihnen ein junger, sportlicher, blonder Mann auf dem Gang entgegen.

Sally blieb unmittelbar stehen und sah ihn mit großen Augen an, die sich sofort wieder mit Tränen füllten und sie stammelte nur: „Justin?!"

Caro war erleichtert, dass Justin Patricks Rat gefolgt war. Das hieß im Umkehrschluss, dass er sich auf ein Gespräch mit ihr einlassen würde.

Caro grüßte Justin kurz, drücke Sally aufmunternd die Hand und verabschiedete sich schnell in Richtung Salon.

Schon von Weitem bemerkte Caro das breite Grinsen auf Sallys Gesicht. Caro hatte im Laufe des Tages nichts mehr von ihrer Freundin gehört und auch während ihrer Mittagspause war Sally unauffindbar gewesen. Doch nun, pünktlich zum Mädelsabend, saß sie als Erste an einem Tisch in der Crewbar und winkte Caro gutgelaunt zu.

„Na du strahlst ja wieder. Ich nehme also an, du konntest den Streit mit Justin klären?", begrüßte sie Sally.

Ihre Mitbewohnerin nickte heftig.

„Noch besser! Ich bin nun offiziell in festen Händen", strahlte sie stolz.

„Oh Sally, das freut mich wirklich für dich. Und ich bin total davon überzeugt, dass es das Richtige ist", ergänzte Caro noch.

In diesem Moment steuerte auch Sonja auf ihren Tisch zu.

„Was ist das Richtige?", wollte sie sogleich wissen.

„Ich bin mit Justin zusammen", kicherte Sally.

„Ich weiß. Aber das doch schon seit mehreren Wochen?", entgegnete Sonja verwirrt.

Sally warf Caro einen verschwörerischen Blick zu und antwortete: „Schluss jetzt mit dem Gerede über Männer, heute geht es um uns! Ich hole uns die erste Runde!"

„Cheers Mädels", prosteten sie sich gegenseitig zu und nahmen einen kräftigen Schluck von ihrem Prosecco.

Scheinbar hatte Sally Lust, zu feiern oder zumindest auf ihre neue feste Beziehung anzustoßen und was eignete sich dazu besser als Prosecco. Auch wenn dieser prickelnde Schaumwein nicht zu Caros Lieblingsgetränken zählte, verstand sie den Wink und zog selbstverständlich mit. Sie genoss es, mit ihren zwei liebsten Freundinnen beisammen zu sitzen, zu erzählen, zu lachen und Prosecco zu schlürfen. Obwohl so viel in letzter Zeit passiert war, verliefen die Tage auf See doch gemäß einem immer wiederkehrenden Rhythmus. Sie waren jetzt schon fast eine Woche auf dem Meer unterwegs, was nicht nur hieß, dass Caro und Sonja nonstop arbeiten mussten, sondern dass sie auch schon ewig kein Land mehr unter den Füßen gehabt hatten.

„Wird Zeit, dass wir endlich mal wieder von Bord gehen können oder was meint ihr?", wollte sie daher wissen.

„Auf jeden Fall", stöhnte Sonja.

„Ach, wieso?", schritt Sally ein, doch Sonja schnitt ihr direkt das Wort ab.

„Dass du damit kein Problem hast, ist klar. Du musst im Augenblick auch nicht wirklich arbeiten!"

Sally kicherte.

„Das stimmt. Für euch ist es natürlich wesentlich härter", beteuerte sie.

„Ich habe das Gefühl, dass bald jeder einzelne Gast bei uns im Salon war. Wird Zeit, dass in Venedig neue Gäste einchecken und vor allem, dass wir endlich Unterstützung bekommen. Hoffen wir nur, dass die neue Kosmetikerin nett ist", sagte Sonja.

„Das hoffe ich auch", bestätigte Caro und Sally nickte.

Nach der ersten Flasche folgte eine zweite und das Gekicher wurde immer lauter. Erst weit nach Mitternacht taumelten die Drei gutgelaunt zurück in ihre Kabinen und beschlossen, mindestens einmal pro Woche solch einen Mädelsabend zu veranstalten.

„Caro, ich schlafe bei Justin, ok?", nuschelte Sally.

„Ok, dann schlafe ich bei Patrick", kicherte Caro zurück und sie umarmten sich zum Abschied.

Wankend hielt Caro vor Patricks Kabine inne und klopfte. Kurze Zeit später ließ er sie herein und sie fiel beschwipst aufs Bett.

„Hallo, mein Schatz. Gut, dass du noch nicht schläfst", verkündete Caro ihm.

Patrick legte seinen Kopf schief und musterte Caro amüsiert.

„Ich vermute, euer Abend war gut?", fragte er belustigt.

„Oh ja, ganz toll. Das machen wir jetzt jede Woche", antwortete Caro.

„Und ihr habt auch etwas getrunken?", erkundigte sich Patrick.

„Nur etwas Prosecco", log Caro.

Dass es drei Flaschen waren und somit jeder eine ganze Flasche geleert hatte, wollte sie lieber für sich behalten.

„Etwas?", hakte Patrick weiterhin sichtlich amüsiert nach.

„Etwas! Vielleicht auch etwas mehr", kicherte Caro.

Daraufhin setzte sich Patrick neben Caro und gab ihr einen Kuss auf die Wange.

„Man bist du niedlich, wenn du einen kleinen Schwips hast", lächelte er.

„Wart erst einmal ab, wie sexy ich dann sein kann, Baby", sagte Caro verschwörerisch und schwang sich lasziv auf Patricks Schoß.

Kapitel 17

Eine gute Woche später steuerte das Schiff endlich den neuen Heimathafen Venedig an. Caro fühlte sich innerlich hin- und hergerissen. Zum einen freute sie sich auf die neue Route, die neuen Gäste und es beruhigte sie, dass sie in Venedig auch näher an ihrer Familie war. Zum anderen graute es ihr vor dem Moment, ihr Handy wieder einzuschalten und Sam reinen Wein einschenken zu müssen.

Auch als das Schiff bereits die Anker in Venedig gelichtet hatte, fühlte Caro sich noch nicht bereit, ihr Handy auf Empfang zu stellen. Sie hatte spätestens ab dem Zeitpunkt, wo sich ihr Herz für Patrick entschieden hatte, ein neues Leben begonnen und den belastenden Faktor, dass sie eigentlich noch verlobt war, komplett ausgeblendet. Solange sie nicht darüber nachdachte, was ihr bevorstand, ging es ihr hervorragend. Natürlich wusste sie, dass sie mit Sam reden musste, und sie war sich auch bewusst, dass sie das Gespräch nun nicht länger hinauszögern konnte. Aber auch, wenn sie sich sicher war, dass sie mit Patrick zusammen sein wollte, hatte sie große Angst vor Sams Reaktion. Sie kannte ihn gut genug, um zu wissen, dass es ihm den Boden unter den Füßen wegreißen würde. Zumindest wäre das noch vor drei Monaten so gewesen, als sie gemeinsam im Allgäu gewohnt und ihre Hochzeit geplant hatten. Sam hatte es keinesfalls verdient, verletzt zu werden, und gerade Caro, die so harmoniebedürftig war und mit Streit nicht gut umgehen konnte, sträubte sich bei dem Gedanken, dass sie der Grund dafür sein sollte, dass es Sam schlecht gehen würde.

„Na komm, Caro, gib dir einen Ruck. Du hast heute Vormittag frei und Patrick begleitet einen Ausflug mit den Neuankömmlingen. Das ist die beste Gelegenheit, um mit Sam zu telefonieren", riet Sally ihr.

Zunächst tingelte Caro gedankenverloren um ihr Handy herum und suchte nach Ausreden, warum sie es noch nicht einschalten konnte. Erst als die Kabine so aufgeräumt war, wie lange nicht mehr, das Bad geputzt und die Schminke auf ihrem Schminktisch feinsäuberlich sortiert war, griff Caro nach ihrem Handy und ließ sich aufs Bett plumpsen.

„Dann wollen wir mal", dachte Caro deprimiert.

Sie hielt den Anschalter lange gedrückt und das Display begann zu leuchten. Nachdem Caro ihren Pin eingegeben hatte, versuchte das Gerät eine Netzverbindung herzustellen.

„Bitte finde kein Netz", flehte Caro insgeheim.

Doch dann erschienen zwei Balken, was bedeutete, dass der Empfang sogar relativ gut war.

„Verdammt", fluchte sie.

Kaum war ihr Handy auf Empfang, summte es auch schon ununterbrochen. Erst als es wieder verstummte, wagte Caro einen Blick auf die Nachrichten und scrollte sie zunächst durch, ohne eine davon zu öffnen. Da waren Nachrichten von ihrer Mutter, Kim, weiteren Freundinnen aus der Heimat, ihrem Bruder und sogar eine von ihrem Vater. Doch Sam hatte nicht einmal geschrieben. Caro scrollte noch einmal hoch und runter, doch die letzte Nachricht in Sams Fenster war ihre eigene, die sie noch kurz vor ihrer Überfahrt geschrieben hatte.

„Komisch, das sieht Sam gar nicht ähnlich. Hoffentlich ist ihm nichts passiert", dachte Caro.

Sie begann hastig die anderen Nachrichten zu lesen, doch nichts davon wies darauf hin, dass Sam etwas zugestoßen sein könnte. Ihre Eltern hätten es ganz sicher mitbekommen und ihr definitiv mitgeteilt. Erst heute Morgen hatte ihre Mutter die letzte Nachricht geschrieben, in der stand:

<Guten Morgen mein Kind,

wenn ich mich nicht verrechnet habe, müsstest du

heute in Venedig eintreffen. Du glaubst gar nicht,

wie froh ich bin, endlich wieder von dir zu hören. Es

ist schon komisch, so gar keinen Kontakt zu seiner

Tochter zu haben. Also rufe mich bitte so schnell wie

möglich an.

Hier ist alles beim Alten, die Welpen machen sich

ganz prächtig, ich schicke dir noch ein paar neue

Fotos.

Ich habe dich ganz dolle lieb, Mama>

Caro war gerührt von der Nachricht ihrer Mutter und beschloss kurzerhand, zuerst sie anzurufen.

„Caro, wie schön, dass du dich meldest! Wie geht es dir?", vernahm sie ihre Stimme am Telefon.

Caro berichtete ihr ausführlich von der Überfahrt, den anstrengenden Tagen bei der Arbeit, dem Unwetter, ihrer Patientin, ihren Ausflügen, die sie machen konnte, und den neu gewonnenen Eindrücken. Nur von Patrick erzählte Caro ihr nichts. Sie hatte zwar das dringende Bedürfnis, sich ihr anzuvertrauen, doch wollte sie zuerst mit Patrick sprechen. Sie hatte Angst, dass ihre Mutter sie umzustimmen versuchte, und Caro wollte sich in diesem Punkt von nichts und niemandem beeinflussen lassen.

Im Gegenzug informierte ihre Mutter sie haarklein über die Hundebabies und Caro spürte einen kleinen Anflug von Wehmut, dass sie die Kleinen nicht hautnah erleben konnte.

„Gib allen einen Kuss von mir und Laila, der stolzen Hundemami, gleich zwei", sagte Caro, als sie sich von ihrer Mutter verabschiedete.

„Das mache ich", versprach sie. „Und du, pass weiterhin gut auf dich auf. Es ist schön zu wissen, dass du nun wenigstens wieder etwas näher bei uns bist."

„Das finde ich auch, mach's gut", flüsterte Caro und legte auf.

Erst jetzt, wo sie mit ihrer Mutter telefoniert hatte, bemerkte sie, dass sie zwar nicht das Allgäu, wohl aber ihre Familie und die Tiere vermisste.

„Bloß jetzt nicht schwach werden", dachte Caro, riss sich zusammen und wählte schweren Herzens Sams Nummer.

Caro hatte sich keinen Plan zurechtgelegt. Jedes Mal, wenn sie versucht hatte, sich Sätze zu überlegen, die sich für eine Trennung nach sieben Jahren Beziehung und drei Monaten Verlobung eigneten, endete es meistens damit, dass sie schlechtgelaunt und ohne den geringsten Erfolg nach ein paar Minuten aufgab. Dabei waren ihr Sätze wie „Es liegt nicht an dir, sondern an mir", oder „Du bist ein ganz, ganz toller Mann, nur eben nicht der richtige für mich" in den Sinn gekommen.

„Das ist wie in einem schlechten Film, wo ich mich jedes Mal über die Leute ärgere, die solche Phrasen benutzen", hatte Caro dabei zerknirscht erkannt.

Irgendwann hatte sie beschlossen, einfach spontan, aus der Situation heraus zu entscheiden.

„Warte einfach ab, wie das Gespräch verläuft. Vielleicht möchte Sam dich nach eurer Pause auch nicht mehr, dann hast du dir ganz umsonst Sorgen gemacht", hatte Sonja sie ermutigt.

Doch Caro wusste, dass Patrick nicht der Typ dafür war, um Schluss zu machen. Er würde sie nie verlassen, da war sie sich sicher.

Jetzt, wo sie endlich allen Mut zusammengefasst hatte und endlich den unliebsamen Anruf bei Sam hinter sich bringen wollte, meldete sich nur der Anrufbeantworter, so dass sie unverrichteter Dinge wieder auflegte. Automatisch begann sie, die Zeitverschiebung auszurechnen, bis ihr einfiel, dass sie nun in Europa war und es keine Zeitverschiebung mehr gab.

„Dann ist er bestimmt schon bei der Arbeit", dachte Caro beruhigt.

Trotzdem griff sie zu ihrem Handy und versuchte es ein zweites Mal, jedoch wieder ohne Erfolg.

Trübselig verließ sie ihre Kabine, setzte sich in der Kantine an einen freien Tisch und schlürfte einen Kaffee. Sie war spät dran und der Speiseraum für die Besatzung war fast leergefegt. Die meisten hatten den An- und Abreisetag dazu genutzt, um von Bord zu gehen, sich Venedig anzugucken oder einige Besorgungen zu machen. Caro war nur deshalb an Bord geblieben, damit sie endlich ihre Angelegenheiten klären konnte. Viel lieber hätte sie Patrick bei seinem Ausflug begleitet oder wäre mit Sonja in ein großes Einkaufszentrum zum Shoppen gegangen.

„Immerhin sind wir jetzt öfter in Venedig!", munterte sie sich selbst ein wenig auf.

Schon in drei Tagen würden sie wieder hier im Hafen anlegen. Da die neue Turnusreise, die eine Woche umfasste, wieder an einem Samstag starten sollte und sie aufgrund der langen Überfahrt an einem Mittwoch angekommen waren, bot der Kreuzfahrtveranstalter eine Art „Schnupperkreuzfahrt" für drei Tage an. Die Tour würde von Venedig nach Zadar und zurückgehen.

Nach dem Frühstück entschied Caro sich zu einem kleinen Nickerchen, nachdem sie noch einmal ohne Erfolg versucht hatte, Sam zu erreichen. Zwar schlief Caro trotz des Ein-Personen-Bettes, das sie sich fast jede Nacht mit Patrick teilte, immer tief und fest, aber leider nie länger als fünf bis sechs Stunden. Jetzt legte sie sich zur Abwechslung einmal in ihr eigenes Bett und war keine Minute später eingeschlafen.

„Erst haust du ab, lässt mich mit allem hier allein und jetzt willst du mich abservieren? Was fällt dir eigentlich ein? Ich schufte hier, damit wir unsere Hochzeit bezahlen können und du verliebst dich in einen anderen? Findest du das fair?", schrie Sam erzürnt.

Caro zitterte und hielt den Hörer krampfhaft ans Ohr. Sie hatte mit allem gerechnet, jedoch nicht mit einem derartigen Wutausbruch. Einen kurzen Moment fragte sie sich, woher Sam wusste, dass sie sich in Patrick verliebt hatte, traute sich jedoch nicht zu fragen. Überhaupt brachte sie kein einziges Wort mehr über die Lippen. Tränen liefen ihr über die Wangen und sie fühlte sich hundsmiserabel.

„Ich …", fing Caro an zu stottern.

„Was ich? Ich, ich, ich! Alles dreht sich immer nur um dich. Erst gehst du für eine unsinnige Ausbildung drei Jahre nach München, dann bewirbst du dich heimlich bei einem Kreuzfahrtunternehmen und schwups, keinen Monat später fliegst du nach Jamaika. So funktioniert das nicht, Carolin. In einer Partnerschaft nimmt man Rücksicht aufeinander. Wie stehe ich jetzt da? Ich stecke dir einen Ring an den Finger und du hast nichts Besseres zu tun, als dir einen anderen Mann zu angeln? Wir waren verlobt! Wir wollten heiraten!", wetterte Sam weiter.

„Ich wollte das nicht", schluchzte Caro nun. „Glaub mir, ich wollte dir nie wehtun."

Doch Sam wollte davon nichts hören. Er schnaubte nur verächtlich ins Telefon.

„Am besten du bleibst für immer auf deinem Kreuzfahrtschiff. Hier will dich niemand mehr sehen, das kannst du mir glauben. Selbst deine Familie wird dir das niemals verzeihen. Du bist allein, Carolin. Hoffentlich war es dir das wert für diesen Patrick!", sagte er gehässig.

Caro schniefte und schluchzte immer lauter. Sie hatte das Gefühl, jeden Menschen, der ihr lieb und teuer war, zu verlieren. War es das wirklich wert gewesen, fragte sie sich jetzt selbst. Doch plötzlich dämmerte ihr, dass sie den Namen „Patrick" nie erwähnt hatte.

„Woher wusste er …?", überlegte Caro noch, ehe sie schweißgebadet aufwachte.

Es dauerte noch einige Sekunden, bis sie sich ganz sicher war, dass sie dieses grauenvolle Gespräch gerade bloß geträumt hatte. Ihr Herz schlug ihr bis zum Halse und sogar Tränen liefen ihr über die Wangen. So einen lebhaften Traum hatte sie zuletzt als Kind gehabt.

Caro versuchte, sich zu beruhigen, setzte sich auf und trank einen Schluck Wasser. Sie fühlte sich wie gerädert und kein bisschen erholt. Der Traum ging ihr nicht mehr aus dem Kopf und sie fragte sich, ob Sam wirklich so reagieren würde.

„Was ist, wenn meine Familie sich tatsächlich auf seine Seite stellte?", überlegte sie traurig, schüttelte dann aber energisch den Kopf. „Nein, meine Familie steht immer hinter mir. Natürlich wird es für alle eine Umstellung sein, aber früher oder später würden sie es akzeptieren. Vor allem, wenn sie Patrick kennenlernen."

Ein Blick auf ihr Handy verriet ihr, dass Sam sich immer noch nicht gemeldet hatte. Doch im Augenblick war sie ganz froh darüber, denn nach diesem Traum fühlte sie sich nicht in der Lage, sofort im Anschluss daran tatsächlich dieses oder ein ähnliches Gespräch zu führen. In zwei Stunden würde sie zur Arbeit gehen und anschließend war sie mit Patrick verabredet. Das bedeutete, dass aus ihrem Plan heute nichts mehr werden würde.

„So schlimm?", erkundigte sich Sonja bei ihr, als sie den Salon betrat.

„Schlimmer", antwortete Caro, „ich habe ihn nicht erreicht."

„So ein Mist. Dann probierst du es morgen noch einmal. Auf einen Tag mehr oder weniger kommt es jetzt auch nicht mehr an", versuchte sie Caro aufzumuntern.

Missmutig bereitete sich Caro auf ihren ersten Kunden vor. Sie hatte ganz vergessen, wie sich schlechte Laune anfühlte. Die letzten Wochen waren so aufregend und schön gewesen, dass sie das Gefühl hatte, an diesem Tag besonders tief zu fallen.

„Caro, ich verstehe, dass dich das beschäftigt, aber guck mal, so schlimm ist es auch nicht. Schließlich war der Wille da und morgen ist auch noch ein Tag. Oder du probierst es direkt nach Feierabend noch einmal", versuchte es Sonja erneut.

In diesem Augenblick ahnten die beiden Frauen noch nicht, dass dieses Hinauszögern, ob nur für ein paar Stunden oder für einen Tag, die ganze Geschichte sehr wohl beeinflussen würde.

Caro fiel vor Schreck die Schere aus der Hand.

„Was machst du denn hier?", schrie sie entsetzt auf.

„Wer ist das?", wollte Sonja unvermittelt wissen.

„Hey, ich bin Sam, Caros Verlobter", antwortete Caros vermeintlicher Kunde.

„Na, ist mir die Überraschung geglückt? Ich weiß, dass wir zuletzt einige Schwierigkeiten hatten, mein Schatz, aber ich dachte, ein bisschen gemeinsame Zeit würde uns guttun", begrüßte Sam sie und nahm seine Verlobte in den Arm.

Caro war sprachlos. Für einen Moment überlegte sie, ob ihr Gehirn versuchte, ihr wieder einen Streich zu spielen und sie eigentlich schlafend in ihrer Kabine lag, doch dieses Mal wollte sie einfach nicht aufwachen.

„Aber, aber wie ist das möglich?", stotterte sie schließlich.

„Ich habe die Tour schon gebucht, als ich wusste, dass du auf diesem Schiff arbeiten würdest. Ich wollte dich überraschen", grinste er.

„Aber du verlässt deine Heimat nie. Schon gar nicht freiwillig", versuchte Caro es noch einmal.

„Unsere Heimat", verbesserte er sie. „Und Ausnahmen bestätigen die Regel. Freust du dich gar nicht?", wollte er nun wissen.

Caro sah für einen Moment hilflos zu Sonja hinüber.

„Mich freut es, dich kennenzulernen. Ich habe schon viel von dir gehört! Ich bin Sonja", mischte sich Caros Freundin und Kollegin in das Gespräch ein und hielt ihm die Hand hin.

Er schüttelte sie und die Beiden unterhielten sich einen Moment. Caro stand wie angewurzelt da. Sie konnte nicht glauben, was sich gerade vor ihren Augen abspielte.

„Was ist, wenn Patrick ihn sah? Was soll ich jetzt machen?", dachte sie panisch und versuchte mit aller Macht, in der Kürze der Zeit einen Notfallplan auszutüfteln.

Sie mussten hier weg, weg aus dem Salon.

„Sam musste weg", dachte sie immer wieder.

„Wollen wir in deine Kabine gehen?", schlug sie schließlich hoffnungsvoll vor.

„Später, Caro", lächelte er. „Ich habe ganz offiziell einen Termin bei dir und meine Haare haben es bitternötig. Schließlich war die Friseurin meines Vertrauens zuhause nicht da", witzelte er.

„Wie kann er so gutgelaunt sein, nach allem, was vorgefallen war", dachte Caro verärgert. „Er tut gerade so, als wäre nichts gewesen. Das kann ja heiter werden. Ich werde ihm das Herz brechen, genau wie im Traum!"

Sam setzte sich auf einen der Frisierstühle und Caro begann, ihm wie in Trance die Haare zu schneiden. Sie hatte das Gefühl, als wäre sie eine Marionette und jemand anderes würde für sie sprechen und die Bewegungen übernehmen. Sie richtete ihre ganze Konzentration darauf, einen Plan zu schmieden, wie sie am elegantesten aus der Situation herauskommen würde, ohne dass Patrick je davon etwas erfahren musste. Natürlich würde sie Patrick irgendwann von Sam erzählen, aber in ihrer Version, ohne allzu viele Details und Zeitangaben preisgeben zu müssen.

Gerade als sie Sams Haar den letzten Schliff verpasst hatte, kam es, wie es kommen musste. Schon aus weiter Ferne vernahm sie Sally gefolgt von einer ihr mehr als vertrauten Stimme. Zum zweiten Mal an diesem Tag ließ sie ihre Schere fallen und blickte panisch zu Sonja.

„Oh, oh", murmelte nun auch diese und versuchte unauffällig, Sally per Handzeichen mitzuteilen, wer vor Caro auf dem Stuhl saß.

Caro sah, wie Sally die Augen weit aufriss und sofort schaltete. Man sah ihr förmlich an, wie nun auch ihre Gehirnzellen zu arbeiten begannen.

„Hallo, meine Schöne", rief Patrick jetzt zu allem Überfluss Caro zu.

„Wir wollten uns nur kurz zurückmelden und gucken, ob es dir besser geht", verkündete er.

Sally musste ihm wohl erzählt haben, dass sie sich nicht fühlte und deshalb lieber an Bord bleiben wollte, anstatt ihn beim Ausflug zu begleiten.

„Alles bestens, danke. Ich habe gerade viel zu tun, ich melde mich später bei euch", versuchte Caro ihn abzuwimmeln.

Insgeheim war sie dankbar, dass sie sich während der Arbeit oder generell auf dem Schiff nie öffentlich küssten, da das von den Offizieren nicht gern gesehen wurde.

„Oh, ich habe unten etwas vergessen!", ließ Sally geistesgegenwärtig verlauten. „Patrick, kannst du mir tragen helfen?", versuchte sie, ihn möglichst galant wegzulocken.

Es war Sam selbst, der die Situation aus dem Ruder laufen ließ.

„Willst du mich nicht vorstellen? Ich bin Sam, Caros Verlobter!", verkündete er stolz.

„Oh, wenn man nach nur einem Friseurbesuch mit dir verlobt sein kann, sollte ich auch mal kommen", witzelte Patrick.

Er schien nicht sofort zu verstehen, dass Sam das selbstverständlich ernst meinte und es kein Witz gewesen war. Dann überschlugen sich die Ereignisse.

„Wir müssen los!", rief Sally und griff nach Patricks Arm.

Caro zog scharf die Luft ein, Sonja wedelte nur panisch mit ihren Armen in der Luft herum und Sam antwortete, als einziger gelassen:

„Wenn es nur so einfach gewesen wäre. Ganze sieben Jahre hat es gedauert, bis sie endlich ja gesagt hat!"

Er drehte sich zu Caro um und zwinkerte ihr verschwörerisch zu. Patrick blickte Caro tief in die Augen. Er suchte dort nach einer plausiblen Antwort für das Ganze, die ihm sagte, dass alles nicht stimmte, was er gerade hörte. Doch sie starrte nur schuldbewusst zurück. Sie brachte es immer noch nicht fertig, sich zu bewegen, als Patrick rückartig auf dem Absatz kehrtmachte und fast rennend den Salon verließ.

„Patrick!", Caro versuchte ihn aufzuhalten, doch ihre Stimme versagte.

Sie war sich ganz sicher, dass er inzwischen verstanden hatte, was Sache war.

Caro wies Sally durch eine kurze Geste an, ihm zu folgen und hoffte, dass sie genug Empathie hatte, ihm die Situation in groben Zügen zu erklären. Sie hoffte, dass ihre Freundin sie in Schutz nehmen und versuchen würde, ihn zu beruhigen. Später würde sie selbst mit Patrick sprechen und ihm alles beichten, doch jetzt würde sie erst einmal mit dem immer noch ahnungslosen Sam sprechen müssen. Als sie endlich ihre Stimme wiedergefunden hatte, drehte sie sich zu ihm um und sagte mit einer ruhigeren Stimme, als sie sich selbst zugetraut hätte:

„Sam, lass uns in deine Kabine gehen. Wir müssen unbedingt reden!"

Sie registrierte, wie seine gutgelaunten Gesichtszüge verschwanden und ein trauriger Schatten über sein Gesicht huschte. Er ahnte wohl, um was für eine Art Gespräch es sich dabei handeln würde.

Sams Kabine lag auf Deck 7. Auf dem Weg dorthin hatte keiner der Beiden etwas gesagt. Schweigend traten sie nun ein und Caro sah sich erstaunt um. Die Kabine war zwar ähnlich klein wie die, die sie mit ihrer Mitbewohnerin teilte, jedoch wesentlich geschmackvoller eingerichtet. Hier hatte man nicht das Gefühl, in einem beengten Raum zu wohnen. Jede Ecke war perfekt genutzt und durch verschiedene Lichter, Bemalungen an den Wänden und viele verschiedene, schöne Stoffe wirkte der Raum wesentlich einladender. Dann fiel ihr Blick auf Sam, der mit hängenden Schultern und leerem Blick auf seinem Bett saß. Er hielt den Kopf gesenkt und versuchte, sich seine Gefühlslage nicht anmerken zu lassen. Doch Caro wusste, wie sehr er litt und es brach ihr bereits jetzt das Herz. Sie setzte sich neben ihn und schlang einen Arm um ihn.

„Sam, es tut mir so leid", begann sie kläglich, doch er erwiderte nichts.

„Sam, guck mich an", bat Caro ihn und er gehorchte monoton.

Sie griff nun nach seinen Händen und hielt sie ganz fest.

„Sam, ich mag dich, sogar sehr", sie versuchte, ihre Worte bedacht zu wählen. „Wir hatten eine wundervolle Zeit und du bist der perfekte Mann. Aber ich habe mich verändert. Vielleicht habe ich mich schon damals verändert, als ich nach München gezogen bin. Ich bin nicht mehr das Mädchen, dass in einem Dorf leben und für den Rest seines Lebens auf dem Hof arbeiten möchte."

Caro hielt für einen Moment inne und überlegte, wie sie fortfahren sollte.

„Ich habe die Zeit während der Überfahrt gebraucht, um mir über das alles klar zu werden. Und so sehr es schmerzt bei allem, was uns verbunden hat und wir gemeinsam erlebt haben, bin ich zu dem Entschluss gekommen, dass wir nicht heiraten sollten. Es wäre nicht richtig, wir haben nicht mehr die gleichen Ziele im Leben. Verstehst du das?"

Caros Stimme klang fast flehend. Erst als Sam langsam nickte, stieß Caro die Luft aus. Sie hatte gar nicht bemerkt, dass sie sie vor Anspannung angehalten hatte.

„Und jetzt?", wollte Sam wissen.

„Ich weiß es nicht", gestand Caro.

Einige Minuten sagte keiner etwas, dann stand Sam auf.

„Ich werde von Bord gehen, ehe das Schiff ablegt. Ich habe hier nichts mehr verloren", sagte Sam entschlossen und Caro meinte, auch eine Spur von Vorwurf in seiner Stimme zu hören, doch sie nickte nur.

Sam griff nach seinem Koffer, der noch ungeöffnet in einer Ecke stand, und wandte sich zum Gehen ab, hielt dann aber noch einmal inne.

„Ich habe es geahnt, Caro. Doch ich wollte es einfach nicht wahrhaben. Ich habe immer gehofft, wir würden es irgendwie hinbekommen. Aber vielleicht hast du Recht, du hast dich verändert. Leider", flüsterte er, damit Caro nicht merkte, dass seine Stimme bebte.

Doch sie bemerkte es und ließ den Tränen, die sie versucht hatte zurückzuhalten, nun freien Lauf.

„Sam", keuchte sie. „Glaub mir, ich wollte dir nicht wehtun!"

Sie ging auf ihn zu und umarmte ihn stürmisch. Er erwiderte die Umarmung. Sie verharrten für einige Minuten so und weinten gemeinsam. Sam hatte sich als Erster wieder gefangen und löste sich vorsichtig von ihr.

„Caro, ich muss jetzt gehen", sagte er mit belegter Stimme.

Caro ließ ihn frei und blickte ein letztes Mal in seine treuen braunen Augen. Ihr fiel der Abschied, dieses Endgültige, so schwer, dass sie für einen Moment mit ihrer Entscheidung haderte, doch sie riss sich am Riemen. Ehe sie darüber nachdenken konnte, platzte der klischeehafte und von allen verhasste Satz aus ihr heraus. Sie selbst hatte sich in Filmen schon immer gefragt, wie blöd die Leute eigentlich waren, und nun stand sie hier, verheult, verzweifelt mit einer Ladung schlechtem Gewissen und Verlustängsten und sagte ihn selbst:

„Wollen wir Freunde bleiben?"

Sam sah ihr direkt in die Augen und überlegte einen Moment.

„Caro, ich weiß nicht, ob ich das kann. Natürlich würde ich mir wünschen, dass wir uns weiterhin verstehen, vor allem auch wegen unserer Familien. Aber noch ist es zu frisch. Ich werde mich bei dir melden, wenn ich bereit dazu bin", antwortete er.

Dann drehte er sich zur Tür und öffnete sie.

„Mach's gut, Caro und pass auf dich auf!", flüsterte er.

„Leb wohl, Sam", schluchzte Caro, als die Tür auch schon ins Schloss fiel.

Caro blieb allein zurück. Sie fühlte sich leer, benommen aber auch einen Hauch erleichtert. Sie ließ sich zurück aufs Bett sinken und weinte. Sie weinte so lange, bis sie das Gefühl hatte, ihren Vorrat an Tränen fürs ganze Leben aufgebraucht zu haben. Dann richtete sie sich auf und lehnte sich mit einem Kissen gepolstert an die Wand. Ihr Schädel brummte und tausend Gedanken schwirrten ihr durch den Kopf. Sam war ruhig geblieben, er hatte sie verstanden und es ist nicht so schlimm gekommen, wie sie es in ihrem Traum durchlebt hatte. Vielleicht würden sie sogar Freunde bleiben.

„Das wäre schön", dachte sie. Er hatte sie nicht einmal auf Patrick angesprochen.

„Oh nein, Patrick!" erinnerte sich Caro jetzt.

Er hatte im Salon eins und eins zusammengezählt und war verletzt sowie wutentbrannt abgerauscht. Es würde eine Menge Überzeugungskraft benötigen, um sein Vertrauen zurückzugewinnen. Falls das überhaupt möglich war.

„Ich habe beide verloren", dachte Caro bestürzt. „Ich habe es nicht anders verdient!"

Und siehe da, die Tränen, die sie aufgebraucht geglaubt hatte, flossen erneut über ihr Gesicht und sie versank in Selbstmitleid.

Nach einiger Zeit hatte sie sich wieder unter Kontrolle und einen Plan geschmiedet. Zuerst würde sie versuchen, möglichst ungesehen in ihre Kabine zu gelangen. Ihr Gesicht war aufgequollen und rot vom vielen Weinen. So wollte sie niemandem über den Weg laufen. Dann würde sie ihre Mutter anrufen und ihr von allem berichten, bevor sie es von Sams Mutter erfuhr. Außerdem hoffte sie, dass Sally in der Kabine auf sie wartete. Ihre Freundin konnte sie nun wirklich gut gebrauchen, denn sie benötigte ihre Hilfe, um das Herz von Patrick zurückzugewinnen.

„Hallo Schatz, hast du schon wieder Sehnsucht?", begrüßte ihre Mutter sie gutgelaunt.

„Ich muss mit dir reden", presste Caro hervor und sie sah aus dem Augenwinkel, wie Sally den Daumen hochhielt.

Sie war dankbar gewesen, dass Sally für sie da war. Sally hatte bereits mit vielen Tafeln Schokolade, Eis und Chips auf sie gewartet. Sogar einen Wein hatte sie besorgt, dabei war es noch nicht einmal Mittag und Caro musste am Nachmittag noch arbeiten. Wortlos hatte sie Caro in den Arm genommen und zum dritten Mal an diesem Tag hatte Caro ihren Tränen freien Lauf gelassen. Nach einer Weile hatte sie ihr erklärt, was passiert war und Sally fand, dass das Gespräch und Sams Reaktion nicht besser hätten ausfallen können. Das beruhigte Caro ein wenig und sie traute sich zu fragen:

„Was ist mit Patrick?"

Sallys Miene verfinsterte sich.

„Das wird wohl ein härterer Brocken", antwortete sie wahrheitsgemäß. „Er war außer sich. Sauer, verletzt, traurig, enttäuscht. Alles zusammen. Er wollte nicht hören, was ich zu sagen hatte. Ihr steckt doch alle unter einer Decke, hat er mich angebrüllt. Ich glaube, du musst ihm etwas Zeit geben und ihn dazu bringen, dir zuzuhören."

„Ich hätte es ihm von Anfang an sagen müssen. Jetzt ist es zu spät", flüsterte Caro betroffen.

„Es ist nie zu spät. Ihr liebt euch und seid füreinander geschaffen. Natürlich ist es gerade nicht besonders gut gelaufen, aber wir überlegen uns was!", munterte Sally sie auf.

„Was ist los, mein Schatz?", hörte Caro ihre Mutter durchs Telefon fragen.

Sie klang nicht mehr fröhlich, eher besorgt.

„Mir geht es gut, Mama", beruhigte Caro sie. „Zumindest körperlich."

„Sag mir, was passiert ist!", forderte ihre Mutter sie auf.

Caro hob ihren Blick und sah Sally an, die mit den Händen gestikulierte, was so viel heißen sollte, wie „komm zum Punkt" oder „erzähl es ihr endlich".

Caro seufzte schwer und bevor sie es sich anders überlegen konnte, sagte sie:

„Sam und ich haben uns getrennt. Beziehungsweise ich habe mich getrennt."

Für einen Moment hörte Caro nichts am anderen Ende bis auf ein Stöhnen. Dann fragte ihre Mutter ganz sachlich, wie es dazu gekommen war. Caro konnte ihrer Stimme nicht entnehmen, was sie von dem Ganzen hielt. Also befolgte sie die Aufforderung, begann zu berichten und ließ dabei nichts aus. Sie berichte von der ersten Begegnung mit Patrick beim heimlichen Bewerbercasting, ihrem kurzen panischen

Moment bei der Verlobung, dem Wiedersehen mit Patrick, Sams neuer Kollegin, der erschwerten Situation durch die Fernbeziehung, den vielen Streitereien, der verheimlichten Verlobung mit Sam vor Patrick und letztlich von den jüngsten Ereignissen an Bord.

Ihre Mutter hatte währenddessen nichts gesagt, sich alles in Ruhe angehört und auch jetzt schwieg sie.

„Bist du noch dran?", wollte Caro deshalb wissen.

„Ja, Schatz, ich bin noch dran. Meine Güte, was für ein Gefühlskarussell! Und das hast du so lange für dich behalten können? Wie geht es dir?", wollte ihre Mutter besorgt wissen.

„Nein, Mama, natürlich hatte ich jemanden zum Reden. Du weißt doch, ich habe eine bezaubernde Mitbewohnerin. Sie war und ist immer für mich da, es geht mir soweit ok."

Dabei sah Caro Sally an und versuchte so viel Dankbarkeit, wie nur ging, in ihren Blick zu legen.

„Ich habe Gewissensbisse gegenüber Sam und Patrick habe ich wahrscheinlich verloren. Er ist außer sich. Aber ich kann es ihm nicht verübeln. Schließlich wusste er nichts von Sam. Und ich habe Angst, wie die Familien, wie ihr reagiert. Ihr versteht euch so gut mit Sam und seinen Eltern, ich möchte euch das nicht kaputtmachen", schluchzte sie.

Ihre Mutter stöhnte wieder.

„Du machst Sachen, Kind. Aber die Liebe kann man nicht beeinflussen, sie sucht sich einen eigenen Weg. Und das müsst ihr ganz alleine entscheiden. Ich stehe immer hinter dir und wenn du mich fragst, bin ich froh, dass es vor der Hochzeit passiert ist. Ich bin stolz auf dich, dass du deinen eigenen Weg gehst und nicht etwas zu sein versuchst, nur um andere glücklich zu machen. Du bist nicht wie der Rest im Dorf, du bist reiselustig, aufgeschlossen und immer auf der Suche nach etwas Neuem. Und Caro, das ist völlig okay. Nur weil du nicht rund um die Uhr hier bist, weiß ich ganz genau, wie wichtig wir dir sind. Ich kenne es nur zu gut aus eigener Erfahrung, mein Schatz. Auch Sam wird es überstehen, er findet hier, wie du bereits weißt, eine gute Ablenkung in seiner Kollegin. Sie ist ein nettes Mädel und liebt unsere Heimat. Wenn mich nicht alles täuscht, wird er schnell wieder in festen Händen sein", mutmaßte ihre Mutter.

„Was?", entfuhr es Caro. „Ich habe hier so ein schlechtes Gewissen, dabei flirtet er selbst mit seiner Kollegin in UNSERER Wohnung?"

Das „unserer" zog Caro extra in die Länge. Ihre Stimmung kippte schlagartig um und sie war mit einem Mal auf hundertachtzig.

„Schatz, beruhig dich. Noch ist nichts passiert, es ist nur eine Vermutung. Außerdem wäre es für dich doch auch gut, wenn er schnell jemand anderes finden würde", versuchte ihre Mutter sie zu beruhigen.

Caro schwieg und dachte darüber nach. Vielleicht hatte ihre Mutter Recht. Wenn er auch eine Neue hätte, dann würde sich ihr schlechtes Gewissen in Grenzen halten.

„Und was mache ich mit Patrick?", wechselte Caro das Thema.

„Reden", antwortete ihre Mutter knapp. „Überzeug ihn von deiner Liebe, erklär ihm die Situation so wie mir. Wenn er dich liebt, wird er dir verzeihen."

Nun seufzte Caro.

„Wenn das mal so einfach wäre", sagte sie.

„Lass dir etwas einfallen, mein Schatz. Ich drücke dir die Daumen und hoffe, dass ich den jungen Mann bald kennenlernen werde!", munterte ihre Mutter sie auf.

„Das hoffe ich auch", antwortete Caro gedankenverloren.

„Kopf hoch, Kind. Und wenn etwas ist, kannst du mich immer erreichen", versprach ihre Mutter.

„Danke, Mama. Du bist die Beste. Erzählst du es auch Papa und Tim!", bat sie ihre Mutter.

„Mache ich und keine Sorge, sie werden es akzeptieren. Mach's gut mein Schatz und grüß deine Mitbewohnerin von mir."

Caro nickte, obwohl ihre Mutter es nicht sehen konnte.

„Mach's gut, Ma!" Dann war ihr Gespräch beendet.

Sofort rutschte Sally an sie heran und nahm sie in den Arm, aber Caro weinte nicht. Sie fühlte sich besser, nachdem sie mit ihrer Mutter gesprochen hatte. Sie war erleichtert darüber, dass sie endlich reinen Tisch gemacht hatte und es, abgesehen von Patrick, echt gut gelaufen war. Aber das Wichtigste war, dass sie ganz sicher wusste, dass es das Richtige gewesen ist. Sie liebte Sam nicht mehr. Beziehungsweise sie liebte ihn schon, aber auf eine andere Weise, eher wie einen Bruder. Nicht zu vergleichen mit den Gefühlen, die sie für Patrick hegte.

„Patrick", kam er ihr wieder in den Sinn.

Als könnte Sally Gedanken lesen, sagte sie:

„Wir überlegen uns etwas, wie wir Patrick überzeugen können, dass er der Einzige für dich ist. Heute Abend berufe ich einen Mädelsabend ein – aber besser in unserer Kabine. Ich sage Sonja gleich Bescheid."

Caro nickte nur. Sie war mit ihren Gedanken ganz woanders.

„Soll ich bei ihm klopfen?", wollte Caro wissen.

Sally zuckte die Schultern.

„Probieren kannst du es, aber ich glaube nicht, dass es etwas bringt!",
sagte sie.

Doch Caro hatte sich schon erhoben und stand bereits an der Tür.

Ihr Herz schlug schnell, als sie an seine Kabinentür klopfte. Sie hatte
sich keinen Plan überlegt, was genau sie ihm sagen wollte. Sie zitterte
am ganzen Körper und lauschte angestrengt, ob sie Schritte hinter der
Tür vernahm. Dann hörte sie tatsächlich etwas. Caros Kopf glühte und
es überkam sie das Gefühl, wegrennen zu wollen. Dann öffnete er die
Tür.

„Patrick!", rief Caro erleichtert aus.

„Was gibt's?" fragte er schroff.

„Kann ich reinkommen?", bat Caro ihn zurückhaltend.

„Nein!", antwortete Patrick knapp.

Caro standen bereits Tränen in den Augen und ihre Stimme zitterte.

„Patrick, ich muss mit dir reden, bitte!", wimmerte sie.

„Das hättest du dir früher überlegen sollen, Caro."

Patricks Stimme war barsch und kühl. Doch in seinen Augen sah
Caro mehr als das. Sie sah Trauer, Enttäuschung und Zorn.

„Ich wollte dich nicht verletzen. Bitte glaub mir das. Ich habe mich
von Sam getrennt!", versuchte sie es erneut.

„Auch das hättest du früher tun sollen!", war Patricks gereizte
Antwort.

So würde das Gespräch in die falsche Richtung laufen. Caro brauchte
Zeit, Zeit ihm alles in Ruhe zu erklären. Doch die gab er ihr nicht.

„Bitte, Patrick! Bitte! Lass es mir dir erklären", flehte sie.

„Ich habe jetzt keine Zeit. Ich habe für heute genug gesehen und gehört. Lass gut sein", sagte Patrick schroff und knallte ihr die Tür vor der Nase zu.

Caro blieb eine Weile schluchzend vor der Kabine stehen, bis eine Hand von der anderen Seite nach ihr griff und sie sanft in ihre eigene Kabine zurückzog.

„Setz dich erst einmal hin, Caro. Du zitterst ja am ganzen Körper! Ich werde jetzt Sonja benachrichtigen, dich bei der Arbeit entschuldigen und versuchen, den Schiffsarzt zu erreichen, damit er nach dir sieht. Nicht, dass du für das Fehlen heute noch Ärger bekommst. Anschließend setzen wir uns zusammen und überlegen uns etwas, versprochen!"

Caro nickte und Sally legte ihr eine Decke um.

„Danke!", flüsterte Caro und Sally gab ihr einen Kuss auf die Stirn.

„Immer!", sagte sie noch, ehe sie die Kabine verließ.

Obwohl Caro von dem ganzen Chaos der Kopf brummte, wusste sie es zu schätzen, dass ihre Freundin für sie da war. Sie wusste nicht, was sie ohne sie gemacht hätte.

Dann klopfte es an der Tür. Ehe in Caro die Hoffnung aufkeimen konnte, dass es vielleicht Patrick sein könnte, wurde mittels einer Kabinenkarte der Riegel geöffnet und ein Mann trat ein. Caro erkannte ihn sofort, es war Dr. Gebauer.

„Caro, wo drückt der Schuh?", wollte er unmittelbar von ihr wissen.

„Ich habe Kopfschmerzen, mir ist übel und ich zittere die ganze Zeit!", antwortete sie und ihr fiel auf, dass es nicht einmal gelogen war.

„Mhm, das klingt nach einer Virusinfektion", mutmaßte er.

Nachdem er sie komplett durchgecheckt hatte, reichte er ihr ein kleines Päckchen mit Tabletten.

„Die sind gegen die Kopfschmerzen und Übelkeit. Eine für heute Abend sollte zunächst reichen, morgen früh dann bei Bedarf die nächste. Ich konnte sonst nichts weiter Auffälliges feststellen. Wenn du Glück hast, ist es morgen schon wieder vorbei. Wenn nicht, kommst du bitte noch einmal zu mir. Ich gebe deine Krankmeldung bei Frau Peters ab. Das ist doch deine Chefin, oder?"

Caro nickte stumm.

„Und Caro, Kopf hoch", sagte er und zwinkerte ihr zu.

„Wusste Dr. Gebauer Bescheid? Hatte Sally ihm von ihrem Liebeskummer erzählt?", überlegte Caro und antwortete laut: „Danke!"

Kaum hatte Dr. Gebauer die Kabine verlassen, flog die Tür auch schon wieder auf. Erschrocken hob Caro ihren Kopf und sah aus dem Augenwinkel, wie ihre zwei besten Freundinnen vollgepackt eintraten. „Hey du Trauerkloß! Wir haben alles dabei für einen Abend zum Pläneschmieden – Wein, Schokolade, Chips, Kuchen, Wodka und Patricks Dienstplan", triumphierte Sonja.

„Wodka? Patricks Dienstplan?", wollte Caro wissen.

„Wie gesagt, wir sind bestens vorbereitet! Jetzt setz dich zu uns und hör auf, in Selbstmitleid zu versinken. Wir sind da, um Lösungen zu finden. Wäre doch gelacht, wenn uns das nicht gelänge", sagte Sonja bestimmt.

„Jawohl, Sherlock!", antwortete Caro unwirsch.

Die drei Mädels machten es sich so gut es ging in der kleinen Kabine bequem, nippten gedankenverloren an ihrem Wein und knabberten Chips.

„Und wenn du ihn solange auf Ausflüge begleitest, bis er einfach wieder mit dir reden muss?", schlug Sally halbherzig vor.

Aber Caro und Sonja schüttelten sofort mit dem Kopf. Sie überlegten nun schon über drei Stunden, wie sie Patrick dazu zwingen konnten, Caro zuzuhören. Er musste erfahren, was sie zu sagen hatte.

„Es muss etwas Besonderes sein, etwas, dass ihm und der ganzen Welt beweist, dass du nur ihn willst!", erklärte Sonja.

„Das ist es!", schrie Sally begeistert.

„Was meinst du?", wollten Sonja und Caro fast gleichzeitig wissen.

„Die ganze Welt! Du bist ein Genie, Sonja!", Sallys Stimme überschlug sich fast und sie hüpfte in der kleinen Kabine auf und ab, so dass sich die Chips aus der Tüte, die sie in der Hand hielt, in der ganzen Kabine verteilten.

Caro und Sonja sahen sie fragend an. Sie verstanden nur Bahnhof.

„Ihr Dummerchen, wo auf dem Schiff kommen die meisten Menschen zusammen, um sich etwas anzusehen?", fragte sie verschwörerisch.

Man konnte förmlich beobachten, wie es bei Caro und Sonja ratterte und sie beinahe gleichzeitig anfingen zu begreifen. Ein breites Grinsen breitete sich auf Sonjas Gesicht aus und sie klatschte in die Hände:

„Du hast Recht, das ist es!"

Caro schüttelte nur fassungslos den Kopf. Sie wusste nicht, ob sie begeistert sein sollte. Doch eins musste man Sally lassen, so würde es auf jeden Fall jeder wahrnehmen.

Hitzig steckten sie noch die ganze Nacht ihre Köpfe zusammen und schmiedeten einen Plan. Erst gegen fünf, verließ Sonja die Kabine und Sally und Caro fielen müde aber zufrieden ins Bett.

„Das wird nicht leicht werden, aber ich werde es schaffen. Ich werde Patrick davon überzeugen, dass ich immer noch genau die Person bin, in die er sich verliebt hat! Koste es, was es wolle. Auch wenn das in diesem Fall bedeutet, dass ich dabei mein Innerstes auf dem Silbertablett präsentieren muss", mit diesen entschlossenen Worten schlief Caro voller Hoffnung ein.

Am nächsten Morgen war Caro trotz der kurzen Nacht voller Tatendrang und sprang förmlich aus dem Bett. Sie nahm eine schnelle Dusche, frisierte die Haare zu einem geflochtenen Zopf, schminkte sich dezent und verließ die Kabine. Sie hatte noch vor Arbeitsbeginn eine Mission. Erst als sie die höheren Decks betrat, fiel ihr auf, dass sie schon wieder angelegt hatten und sie sich nicht mehr in Venedig befanden.

„Wir sind schon in Kroatien", schoss es Caro durch den Kopf.

Vor lauter Stress hatte sie gar nicht bemerkt, wie das Schiff abgelegt hatte. Sam musste gerade noch so von Bord gekommen sein.

Auf Deck 9 hielt Caro vor einer ihr mittlerweile sehr vertrauten Tür an. Sie klopfte, trat aber ohne abzuwarten, ob jemand sie hereinbat, ein.

Sie blickte sich im Backstage-Bereich des Theatriums um, konnte aber niemanden ausmachen.

„Verdammt, die schlafen wohl alle noch!", stellte sie resigniert fest.

In diesem Moment öffnete sich die Tür, durch die kurz zuvor Caro gegangen war, erneut und sie blickte in ein ihr vertrautes Gesicht.

„Caro, was machst du denn so früh hier?", erschrak Mario, als er sie erblickte.

„Tut mir leid, ich wollte dich nicht erschrecken. Ich habe gehofft, dich hier zu treffen. Ich muss mit dir reden!", begrüßte Caro ihn ohne Umschweife.

Mario zog die Augenbrauen hoch und guckte sie fragend an.

„Ich bin ganz Ohr", versicherte er ihr.

Gutgelaunt verließ Caro nach einer Dreiviertelstunde das Theatrium wieder. Es hatte eine Weile gedauert, bis sie Mario alles, wenn auch nur in groben Zügen, erklärt hatte. Doch er war sofort Feuer und Flamme von ihrer Idee gewesen und zum ersten Mal hatte Caro der Verdacht beschlichen, dass Mario eventuell schwul sein könnte. Normalerweise kannte sie ihn als einen eher kühlen, herrischen Mann, der versuchte, seinen Job zu machen und sein Team unter Kontrolle zu halten. Doch seine Euphorie, die Tränen in seinen Augen, die sich gebildet hatten, als Caro ihm ihre Geschichte anvertraute, und sein krampfhafter Wunsch auf ein Happy End verrieten ihn in gewissem Maße. Doch Caro kam der Umstand mehr als gelegen. So viel Enthusiasmus und Mitgefühl konnte sie bei der Umsetzung ihres Plans gut gebrauchen.

Bevor Caro ging, hatten sie sich für heute Abend, nach dem Ende der Show, verabredet. Caro würde Sonja und Sally mitbringen und Mario meinte, dass Simone ihnen auch eine große Hilfe sein könnte.

„Caro, versuch bis heute Abend schon einmal alles, was dir einfällt chronologisch aufzuschreiben, das hilft uns enorm. Je mehr dir einfällt, desto schneller können wir proben", ermunterte er sie.

Caro nickte, umarmte Mario und flüsterte ihm ein „Danke" ins Ohr.

„Liebes, glaub mir, du bist genau zum Richtigen gekommen. Wir werden die beste Show der Welt auf die Bühne bringen. Dein schnuckliger Patrick wird sich die Finger nach dir lecken", antwortete Mario und dieses Mal war es unüberhörbar, dass Mario schwul war.

Caro kicherte, drückte ihn noch einmal fest und verließ den Raum.

Das war er also – der Plan, der Patrick dazu bringen sollte, ihr zuzuhören. Mehr noch, nicht nur er, sondern die ganze Welt würde mit ansehen, wie sich alles zugetragen hatte. Wie alle kleinen Geschichten einen Sinn zum großen Ganzen ergaben. Caro wollte ihr ganzes Privatleben auf die Bühne bringen und sie selbst würde die Hauptrolle spielen. Sally hatte diese Idee gehabt und Caro war einverstanden gewesen. Hatte sie überhaupt eine Wahl? Sie wollte Patrick unter keinen Umständen verlieren, sie musste ihn überzeugen, dass ihre ganze Liebe ihm galt, ihm allein. Doch die Vorstellung, dass jeder einen Einblick in ihr Privatleben erhaschen würde, bereitete ihr zeitgleich eine Heidenangst. Doch nun war es zu spät, um einen Rückzieher zu machen. Die Sache war ins Rollen gekommen.

Kapitel 18

Caro hatte sich, wie verlangt, sofort nach dem Gespräch daran gemacht, ihre Geschichte aufzuschreiben. Angefangen mit den guten Jahren, die Sam und sie hatten, als seine Familie neben ihre gezogen war, fortgeführt von ihrem ersten Aufbruch nach München, um dort ihre Ausbildung anzutreten. Als sie dann zum brisanten Teil kam, zog sich Caros Herz krampfhaft zusammen. Sie konnte sich noch genau daran erinnern, wie sie Patrick zum ersten Mal bei ihrem heimlichen Bewerber-Casting in die grünen Augen geblickt hatte. Dass sie fast wegen ihm so abgelenkt gewesen wäre, dass sie das Casting nicht bestanden hätte.

„Wie sich die Geschichte wohl dann entwickelt hätte? Ob ich dann immer noch mit Sam verlobt sein würde?", fragte sie sich kurz.

Energisch schüttelte sie den Kopf.

„Nein, Sam und ich waren nicht füreinander bestimmt. Früher oder später hätte ich es auch ohne Patrick herausgefunden", da war sich Caro mittlerweile sicher.

Als sie fertig mit Schreiben war, blickte sie noch einmal über ihre Notizen. Es waren einige Seiten zusammengekommen. Die letzte Notiz handelte von dem Gespräch, das sie versucht hatte, mit Patrick zu führen, als sie verheult vor seiner Tür gestanden hatte, er ihr aber nicht zuhören wollte. Tränen der Verzweiflung stiegen wieder in ihren Augen auf. Sie sehnte sich danach, Patrick die Wahrheit zu sagen. Sie vermisste ihn, seine grünen, funkelnden Augen, den gut geformten Körper, seinen Duft und vor allem das Gefühl, mit ihm verbunden zu sein. Sie versuchte, die Gedanken abzuschütteln. Sie hatte einen Plan, an dem sie festhalten würde. Noch war nichts verloren. Ihre Geschichte sollte als Musical aufgeführt werden, nicht nur, um die Zuschauer mit ihrem Gesang zu begeistern, sondern auch weil Mario der Meinung war, dass Musik die größte Wirkung auf die Seele hätte.

„Musik ist der Schlüssel zum Herzen", hatte er gemeint.

Caro hatte über seine Worte nachgedacht. Dabei fielen ihr Lieder ein, die sie bereits nach so kurzer Zeit mit Patrick verbunden hatten. Sie griff nach ihren Notizen und kritzelte noch einige Songtitel darunter.

Abends überreichte sie Mario und Simone die Notizen, die ihr förmlich aus der Hand gerissen wurden. Caro, Sonja und Sally waren in der Annahme gekommen, dass sie weiter darüber reden würden, wie sie vorgehen wollten, doch Mario hob nur die Hand und sagte:

„Kommt morgen wieder vorbei, wir lesen jetzt erst einmal Caros Geschichte."

Mit diesen Worten schickte er sie nach nicht einmal drei Minuten wieder weg. Sally und Sonja bemerkten Caros Enttäuschung, nahmen sie in die Mitte und hakten sich bei ihr unter. So machten sie sich auf den Weg zur Crew-Bar. Aus einem Drink ergab sich der nächste, draus der nächste und wieder der nächste.

Irgendwann taumelten Sally und Caro gutgelaunt und beschwipst zu ihrer Kabine zurück. Gerade, als sie fast am Ziel waren, bog Patrick um die Ecke. Als Caro ihn erblickte, erstarrte sie und hatte das Gefühl, mit einem Schlag wieder nüchtern zu sein. Doch ehe sie etwas sagen konnte, schob sich Patrick, bedacht darauf, sie nicht zu berühren, an ihnen vorbei und lief schnellen Schrittes in Richtung Kabine.

„Patrick", hauchte Caro kaum hörbar.

Er hielt inne, drehte sich noch einmal um und blickte ihr tief in die Augen, bevor er die Kabine betrat. In seinem Blick lagen Trauer, Schmerz, Sehnsucht und ein Hauch von Besorgnis. Caro stiegen sofort wieder Tränen in die Augen, die leise über ihre Wangen kullerten.

„Komm, Caro. Bald wird alles gut werden. Gib ihm Zeit", tröstete Sally sie.

Caro nickte, doch ihre Tränen, die eben noch wie dicke Regentropfen aus ihren Augen gekullert waren, verwandelten sich nun zu einem reißenden Fluss. Sally tätschelte ihr schwesterlich den Rücken und zog sie sanft mit in ihre Kabine.

Am nächsten Morgen klopfte es wie wild an ihrer Kabinentür. Sally, die zurzeit, obwohl sie selber frisch verliebt in Justin war, bei Caro in der Kabine schlief, reagierte als Erste. Sie sprang aus dem Bett, schlürfte zur Tür und öffnete sie mit einem ausgiebigen Gähnen.

„Es ist noch nicht einmal sieben", nörgelte sie dem Störenfried zur Begrüßung entgegen.

„Morgenstund' hat Gold im Mund", vernahm Caro einen Singsang, der immer näher kam.

Sie wollte nicht aufwachen und in die Realität zurückkehren. Sie hatte gerade noch von Patrick geträumt, wie er sie einfach nur im Arm gehalten hatte und für sie da war. Sie wollte daran festhalten und nicht von der niederschmetternden Wahrheit umgehauen werden.

Als sie dann doch die Augen aufschlug, stand Mario bereits mitten in ihrer kleinen Kabine und wedelte wie wild mit einem Batzen Blätter in der Hand.

„Caro, vertrau mir, dass wird die beste Show, die unsere Gäste je zu Gesicht bekommen haben", gluckste er triumphierend.

Caro war noch nicht in der Lage, die Szene, die sich direkt vor ihrem Bett abspielte, einzuordnen.

„Habt ihr das Skript schon fertig?", hörte Caro Sally fragen.

„Ich komme direkt aus dem Probenraum. Wir saßen die ganze Nacht daran und hier ist es!", triumphierte Mario und wedelte weiter mit seinem Papier.

Langsam begriff Caro, was sich hier zutrug und setzte sich ruckartig auf.

„Was? So schnell?", wollte sie wissen und schnappte aufgeregt nach Luft.

„Liebes, bei der Geschichte brauchte es nicht viel. Das ging wie von selbst von der Hand! Wir müssen nur noch ein paar Requisiten für das Bühnenbild besorgen und dann können wir mit den Proben beginnen. Und wo könnte man besser Requisiten bekommen als in einer der romantischsten Städte, der Welt. Venezia!", rief er ergriffen und hielt eine Hand auf sein Herz.

Obwohl Caro müde war, sich gestern Nacht in den Schlaf geschluchzt hatte und ihr Kopf vom ganzen Alkohol dröhnte, musste sie von seiner übertriebenen Geste und nahezu schauspielerischen Darbietung kichern. Sally fiel in ihr Kichern mit ein und selbst Mario hielt sich nun seinen Bauch und gab glucksende Geräusche von sich. Mario kichern zu hören, war so komisch, dass Caro sich nun vor Lachen nicht mehr halten konnte. Sie prustete und schnappte nach Luft. Mario und Sally ließen sich von ihr anstecken. Sie lachten so sehr, dass Mario irgendwann vornüberkippte und quer über Caro aufs Bett plumpste. Sie wollte protestieren, doch ihre Worte wurden von ihrem eigenen Gelächter erstickt.

„Hey" oder „Schwer", brachte sie hervor, was aber nur dazu führte, dass Sally und Mario noch mehr lachten.

Als sie sich wieder beruhigt hatten, rollte sich Mario von Caro herunter und blieb neben ihr auf der Seite liegen.

„Ich werde jetzt ein paar Stunden schlafen, bis wir in Venedig einlaufen und dann gehen wir Requisiten shoppen. Ich habe nachgesehen, ihr habt heute frei, Sonja muss arbeiten. Also was ist, kommt ihr mit?", fragte Mario und gähnte herzhaft.

„Na klar sind wir dabei!", schrien Caro und Sally im Chor.

Von Mario war nur noch ein zustimmendes Grunzen zu hören und dann war er auch schon eingeschlafen.

„Ist Mario tatsächlich gerade in meinem Bett eingeschlafen?", flüsterte Caro Sally erstaunt zu.

Die hielt eine Hand vor den Mund gepresst, um nicht direkt wieder einen Lachanfall zu bekommen.

„Nimm ihm vorsichtig das Skript aus der Hand, dann gehen wir frühstücken und lesen mal, was die Beiden die ganze Nacht über zu Papier gebracht haben", wies Sally halb kichernd, halb versucht, ernst zu bleiben Caro an.

Caro schlich sich vorsichtig aus dem Bett, löste behutsam Marios Hand von dem Stapel Papier und ging zu Sally hinüber. Lautlos zogen sich die beiden Mädels um und verließen mucksmäuschenstill die Kabine.

Als sie die Kantine erreichten, waren nur eine Handvoll Mitarbeiter dort. Der Großteil lag wahrscheinlich noch in ihren Betten und schlief. Sie holten sich einen großen Kaffee und ein Brötchen und ließen sich an einem freien Tisch auf die Stühle plumpsen.

„Dann wollen wir mal", sagte Caro und legte das Skript in ihre Mitte, sodass sie beide lesen konnten.

„Wow!", entfuhr es Sally, „es ist wunderschön!"

Caro nickte nur ergriffen. Ihre Augen hatten sich schon wieder mit Tränen gefüllt, aber nicht, weil es ihr schlecht ging, sondern weil das Drehbuch sie zutiefst rührte. Mario und Simone hatten sich mächtig ins Zeug gelegt und für diese Arbeit einen Orden verdient. Obwohl sie nichts an der Geschichte verändert hatten, war es ihnen gelungen, es so zu erzählen, dass alles einen Sinn ergab. Sie hatten Caro als Hauptperson so gut getroffen, dass es jedem ein Leichtes wäre, sich in ihre Situation hineinversetzen zu können. Besonders das Ende gefiel Caro – ein Happy End und was für eins. Bei dem Gedanken daran, dass ihre Geschichte so ausgehen könnte, wuchs ihr Herz auf das Doppelte an und ihr wurde ganz warm und wohlig.

Ganz oben auf dem Skript war noch eine Notiz angeheftet, auf der stand, dass Caro, Sonja und Sally ihre Charaktere selbst besetzen würden. Die männliche Hauptrolle würde Mario übernehmen. Dieser

Teil erfreute Caro ganz besonders. Es gab ihr Mut, in dieser einmaligen Situation umringt von Mario und ihren Freundinnen vor das Publikum treten zu können.

„Ich soll auf die Bühne?", entfuhr es Sally genau in diesem Moment.

Caro hatte schon die Befürchtung, dass ihre Freundin etwas dagegen haben könnte, doch ein Blick zu ihr reichte, um zu sehen, dass ihre Augen vor Begeisterung weit aufgerissen waren.

„Das ist der Wahnsinn! Krass! Ich wollte schon immer Schauspielerin werden!", verkündete sie laut

Caro kicherte und umarmte ihre Freundin.

„Und du wirst es hervorragend machen. Danke, dass du diese brillante Idee hattest", sagte Caro ergriffen.

„Komm, wir gehen zurück und versuchen, unseren schlafenden Regisseur aus deinem Bett zu schmeißen. Wenn mich nicht alles täuscht, legen wir gerade an!", schlug Sally vor.

Das Schiff machte verschiedene Geräusche und der Motor wurde lauter. Dies war eigentlich immer ein sicheres Indiz dafür, dass der Kapitän mit aller Vorsicht und Konzentration das Schiff an einen zugewiesenen Liegeplatz manövrierte. Sobald das Schiff nah genug am Ufer war, wurden viele dicke Seemannsseile ans Ufer geschmissen und mithilfe vieler starker Männer festgezogen. Der Vorgang dauerte meist eine gute halbe Stunde, sodass es höchste Zeit war, Mario aus den Federn zu schmeißen. Auch wenn der arme Kerl gerade mal zwei Stunden geschlafen hatte. Es war noch viel zu erledigen und heute war vorerst der letzte Tag, an dem es möglich sein würde, Requisiten zu kaufen.

Als Caro und Sonja ihre Kabine betraten, schlummerte Mario noch immer friedlich vor sich hin. Vorsichtig schlich Caro an das Bett heran und griff behutsam nach seiner Hand. Automatisch ergriff er sie und nuschelte im Schlaf.

„Noch ein paar Minuten, Benno. Ich bin so müde."

Caro sah fragend zu Sally hinüber. Sie zuckte grinsend mit den Schultern.

„Ich glaube, einer der Tänzer heißt Benno!", flüsterte sie.

„Mario, mein Lieber, ich bin es, Caro, Benno ist leider nicht hier. Du musst aufstehen, wir wollen doch shoppen gehen", probierte es Caro zaghaft und streichelte ihm über den Handrücken.

Kaum hatte sie das Wort „shoppen" ausgesprochen, schlug Mario seine Augen auf und strahlte sie an.

„Hast du gerade was von shoppen gesagt? Ich bin dabei!", zwinkerte er ihr zu.

„Wahnsinn, als wäre der Kerl die ganze Zeit wach gewesen. Von null auf hundert in nicht mal drei Sekunden. Das schafft keine Achterbahn schneller", kicherte Sally vom anderen Ende des Raumes und Caro und Mario stimmten mit ein.

„Ich mache mich kurz in meiner Kabine frisch und wir treffen uns in ein paar Minuten am Pier!", sagte er in seinem Caro inzwischen vertrauten Singsang. „Und wehe, ihr fangt ohne mich an!", rief er noch über seine Schulter.

Dann war er auch schon aus dem Raum geschwebt.

„Was für ein Typ!", lachte Sally und Caro nickte amüsiert.

Kurz darauf warteten sie bereits auf Mario am Pier und Caro befand sich zum ersten Mal auf italienischem Boden. Der Hafen war groß und es lagen viele andere riesige Kreuzfahrtschiffe dort vor Anker. Venedig schien für viele Anbieter ein Dreh- und Angelpunkt in Sachen Ausgangshafen zu sein. Sie sah die zahlreichen Reisenden, die aufgeregt ihr Gepäck in Richtung eines der Schiffe manövrierten. Belustigt beobachtete sie eine Familie mit drei Kindern, die soeben auf ihr fahrendes Hotel zusteuerte. Dem Familienvater oblag anscheinend die Verantwortung für das ganze Gepäck, was bei einer fünfköpfigen Familie nicht gerade wenig war. Die Mutter hingegen versuchte, die drei Kinder zusammenzuhalten, was alles andere als einfach schien. Es handelte sich um drei Jungs. Der größte von ihnen war vielleicht elf Jahre alt und in seinem Handy versunken. Er trottete kommentarlos ein paar Schritte hinter dem Rest der Familie her. Der Mittlere, ungefähr ein, zwei Jahre jünger, schien sich für all die Schiffe zu interessieren und blieb an jeder Ecke stehen, um sie sich genau anzugucken. Der Kleinste, Caro schätzte ihn auf fünf Jahre, tobte wild allen voran und achtete nicht auf die anderen Reisenden. Fast wäre er mit einem älteren Ehepaar kollidiert und hätte um ein Haar die Koffer vom Gepäckwagen gefegt. Trotz allem schien die Familie glücklich und im Einklang zu sein. Keiner wirkte verärgert oder genervt. Wahrscheinlich freuten sie sich auf die gemeinsame Reise und würden die Zeit im Kreise der Familie genießen. Genau das wünschte sich Caro später auch. Eine eigene Familie, mit der sie noch weitere Teile der Welt erkunden konnte.

In diesem Moment erreichte der Kleinste das Pier, an dem sie standen und sah Caro und Sally mit großen Augen an.

„Arbeitet ihr auf dem Schiff?", fragte er neugierig.

Sally nickte und Caro grinste ihn an und sagte:

„Mensch, du passt ja richtig auf. Das stimmt! Wir arbeiten auf dem Schiff. Und ihr? Beginnt heute eure Kreuzfahrt?"

Jetzt nickte der Junge.

„Die erste!", verkündete er stolz, als der Rest der Reisegruppe zu ihnen aufschloss. Caro und Sally begrüßten die Ankömmlinge professionell und hießen sie im Namen der Crew willkommen. Sobald sie mit Gästen in Kontakt kamen, war es ihre Pflicht, ihnen angemessen gegenüberzutreten, doch Caro empfand es nicht als Aufgabe. Für sie war es selbstverständlich und sie mochte es, mit den Gästen zu plaudern.

„Und seid ihr aufgeregt?", fragte Sally die Jungs.

Caro ging das Herz auf, als alle drei heftig nickten und bis über beide Ohren strahlten. Selbst der älteste Bruder hatte dafür sein Handy zur Seite gelegt und betrachtete nun erwartungsvoll die schwimmende Ferienanlage auf Zeit.

Als sie Mario kommen sahen, verabschiedeten sie sich und wünschten ihnen eine schöne Zeit an Bord.

„Und verpassen Sie nicht die Premiere unserer neuen Show am Freitag", rief Mario, der wohl die letzten Wortfetzen aufgeschnappt hatte, ihnen noch hinterher.

„Freitag?", entfuhr es Sally und Caro fast gleichzeitig.

„Freitag", antwortete Mario knapp und sein Gesicht war dabei unergründlich.

„Wie wollen wir das denn schaffen? Texte lernen, Lieder üben, Kostüme aussuchen und das Bühnenbild bauen?", erkundigte sich Caro beinahe panisch.

Doch Mario hatte auf alles eine Antwort.

„1. Die Texte werden von den Personen gelernt, die das Szenario bereits hautnah erlebt haben. Notfalls improvisiert ihr. Und was mich angeht, Mädels, ich mache das, seit ich denken kann. Wenn ich das nicht schaffe, wer sonst? Hallo?", erklärte er und machte dabei eine typische drehende Handbewegung, wie sie so manchem Schwulen eigen war.

Caro wollte ihn schon knuffen und umarmen. Sie liebte die neue Art an Mario, die ihr anfangs gar nicht aufgefallen war. Das lag wohlmöglich aber auch daran, dass sie vor ihrem ersten Bühnenauftritt so nervös gewesen war, dass neben ihr ein Außerirdischer hätte landen können und sie es nicht bemerkt hätte. Doch bevor sie ihr Vorhaben in die Tat umsetzen konnte, hielt Mario warnend die Hand hoch und redete weiter.

„2. Die Lieder hast du größtenteils bereits gesungen und alle weiteren von mir ergänzten Lieder werden von den anderen Schauspielern übernommen. Die können ruhig mal wieder etwas arbeiten für ihr Geld, anstatt Woche für Woche die gleiche Leier runterzuträllern. 3. Welche Kostüme? Hier an Bord tragen wir sowieso nur unsere Uniform. Für alles, was fernab der Arbeit spielt, schlage ich vor, dass ihr die eigenen Klamotten nehmt. Das verleiht dem Ganzen sowieso mehr Authentizität."

Dieses Wort betonte er so sehr, dass Caro an eine ihrer ehemaligen Lehrerinnen erinnert wurde. Sie war Französin und hatte den ganzen Tag von nichts anderem als Authentizität gesprochen. Egal wie eine Person geschminkt werden sollte. Ob für eine Rolle, eine Hochzeit oder einen netten Abend im Ballkleid, alles musste authentisch sein. Caro konnte sich ein Kichern nicht verkneifen. Doch Mario ließ sich nicht beirren und fuhr fort.

„4. Das Bühnenbild. Genau deshalb bin ich hier. Ich verstehe nicht, worauf wir eigentlich warten. Schließlich müssen wir Caros Wohnung in ihrer Heimat, die Castingsituation, die Kabine an Bord und einige weitere Orte auf dem Kreuzfahrtschiff nachstellen. Vite, vite!"

Die letzten Worte, die er auf Französisch rief und so viel hießen wie „schnell, schnell", brachten das Fass zum Überlaufen. Caro brach, wie schon so oft in der Zeit, die sie mit Mario verbrachte, in schallendes Gelächter aus.

„Du hörst dich genauso an wie meine französische Lehrerin!", prustete sie. „Fehlt nur noch, dass du einen roten Hut mit Feder trägst und beim Sprechen die Nase rümpfst, als würdest du dich vor etwas ekeln."

„Ungefähr so?", wollte Mario wissen und zog seine Nase in kleine Falten.

Dies führte nur dazu, dass Caro vor Lachen nun die Tränen kamen und sie mit der einen Hand ihren Bauch und sich mit der anderen an Sally stützen musste.

Abrupt verstummte Caro jedoch, als hätte man den Ton abgestellt. Verkrampft blickte sie in Richtung Gangway und als Mario und Sally ihrem Blick folgten, sahen sie ihn. Patrick verließ gerade das Schiff und schritt auf sie zu. Gerade als er auf ihrer Höhe angekommen war, wollte Caro etwas sagen, doch er kam ihr zuvor.

„Du scheinst ja auch gut ohne mich klarzukommen. Ich kann mich zumindest nicht daran erinnern, dass du in meiner Gegenwart je so gelacht hast!", sagte er zynisch und lief, ohne auf eine Antwort zu warten, weiter.

„Patrick! Ich muss …", setzte Caro an, doch verstummte dann.

„Lass gut sein, Caro. Es wird der Moment kommen, da wird er alles verstehen. Sehr bald", sagte Sally tröstend.

„Freitag!", fügte Mario verschwörerisch hinzu.

Dann schoben auch sie sich in Richtung Hafenausgang und stiegen in ein Taxi. Aber es war kein gewöhnliches Taxi, sondern ein Wassertaxi. Und schon bald war der unangenehme Zwischenfall zwar nicht vergessen, dafür schmerzte es zu sehr, aber wenigstens für den Moment verdrängt.

In rasantem Tempo lotste der Fahrer sie über das Wasser und später durch die kleinen Gassen von Venedig. Caro war so beeindruckt von der Wasserstadt, dass sie sofort ihre Digitalkamera zückte und ein Foto nach dem anderen schoss. In dem Moment, als sie die erste Gondel sah, schrie sie verzückt auf.

„Eine Gondel mit Gondolieri, genau so habe ich es mir vorgestellt. Wenn wir später noch Zeit haben, lade ich euch auf eine Fahrt ein! Auch wenn ihr wahrscheinlich lieber mit Justin oder Benno fahren würdet!", verkündete Caro aufgeregt.

„Liebes, das ist eine tolle Idee, aber wie kommst du auf Benno?", fragte er stirnrunzelnd und Caro bemerkte, dass ein Hauch Panik in seiner Stimme mitschwang.

„Bleib cool, Maria!", neckte Caro ihn, indem sie aus Mario Maria machte. „Du hast im Schlaf geredet und dass du schwul bist, habe ich spätestens gemerkt, als du beim Wort „shoppen" erwacht bist, als hätte der Prinz Dornröschen aus dem ewigen Schlaf geküsst."

„Du hast ja Recht, Süße!", sagte Mario und zum ersten Mal sprach er diese Worte stockschwul.

Caro und Sally kicherten. Dann wurde Mario wieder ernst.

„Mädels, ich weiß, wir sind Freunde. Daher sollt ihr natürlich alles erfahren, aber ihr müsst mir versprechen, dass ihr es für euch behaltet. Benno ist mein Mitbewohner an Bord und wir sind ein Paar, aber nicht offiziell. Er hat sich noch nicht geoutet und nun ja …", Mario sah betreten umher, ehe er weitersprach, „… nun ja, ich bin sein erster Freund", gestand er dann.

Sally klatschte in die Hände und Caro, die neben Mario saß, legte ihren Arm um seine Taille.

„Du meinst, er stand vor dir auf Frauen?", wollte Sally unverblümt wissen.

Mario schüttelte den Kopf.

„Nein, er hat sich noch nie für Frauen interessiert, genau wie ich. Aber seine Familie konnte schon seine Berufswahl, nämlich Tänzer, nicht akzeptieren. Wenn er ihnen noch erzählen würde, dass er schwul ist, würden sie wahrscheinlich durchdrehen!", erzählte er traurig.

„Das verstehe ich nicht. Selbst ich, die aus einem Dorf in Bayern kommt, weiß, dass es Menschen gibt, die sich eben vom gleichen Geschlecht angezogen fühlen. Aber das ändert den Menschen doch nicht. Ich für meinen Teil finde es toll, dass du deine Liebe gefunden hast!", verkündete Caro.

Nun war es Mario, der dankbar ihre Hand ergriff und sie drückte.

„Gib ihm noch etwas Zeit! Genau wie Caro braucht er einen guten Moment, wo seine Familie ihm zuhört. Solange sie noch sauer ist, hat das keinen Sinn. Genießt die ungestörte Zeit an Bord. Welch ein Glück, dass ihr sogar in einer Kabine wohnt. Das würde ich mir mit Justin auch wünschen!", munterte Sally ihn auf.

„Ey!", protestierte Caro laut. „Willst du damit sagen, dass du lieber mit Justin zusammenwohnen würdest als mit mir?"

Sally schüttelte sofort energisch den Kopf.

„Auf gar keinen Fall! Du bist und bleibst natürlich die beste Mitbewohnerin der Welt. Aber Justin könnte wenigstens gegenüber untergebracht sein!", lachte Sally.

„Gegenüber", murmelte Caro nur und ihre Gedanken wanderten zurück zu Patrick, zurück in die Realität und zu dem Grund, warum sie überhaupt hier waren.

„Wahnsinn!", entfuhr es Caro und Sally japste „Kneif mich", als sie den venezianischen Laden mit allerlei Dekorationen, Masken, Kostümen und vielem weiteren Kleinkram betraten.

Der ganze Raum war bis unter die Decke gefüllt. Obwohl nicht ein Zentimeter von der Wand zu sehen war und sich die bunten Stoffe,

Requisiten und handverzierten, venezianischen Masken nur so stapelten, hatte man jedoch keinesfalls das Gefühl, erdrückt zu werden. Trotz einer gewissen Unordnung hatte es den Anschein, dass sich jedes einzelne Teil am richtigen Fleck befand. Inmitten des Raumes stand ein kleiner, runder Mann mit einer tiefsitzenden Brille, über die er hinweg in ihre Richtung blickte. Als er Mario erblickte, fing er an zu grinsen und klatschte begeistert in die Hände, sodass sein Bauch mitwippte.

„Ciao Mario! Come stai?", fragte er Mario auf Italienisch.

„Antonio! Schön, dich zu sehen. Es geht mir hervorragend. Wie immer, wenn ich bei dir bin", antwortete er. „Mädchen, das ist Antonio. Ihm gehört dieser wunderbare Laden. Willkommen im Paradies", erklärte er seinen Begleiterinnen und machte eine einladende Bewegung.

Caro hielt Antonio strahlend ihre Hand entgegen. Dieser schob sie jedoch weg, packte Caro und gab ihr beherzt einen Kuss links, dann einen Kuss rechts auf die Wange und nuschelte dabei sowas Ähnliches wie „bella ragazza", was so viel wie „schönes Mädchen", bedeutete. Dasselbe wiederholte er bei Sally. Der ganze Laden mitsamt seinem bizarren Besitzer wirkte so surreal und doch fühlte sich Caro wohl hier. Sie mochte den kleinen Mann mit seiner schiefen Brille und dem runden Bauch mindestens so sehr wie das bunte Innenleben des kleinen, von außen eher unscheinbar wirkenden Lädchens abseits der touristischen Gassen von Venedig.

„Mario, wie kann ich dir heute helfen?", wollte Antonio nun wissen.

Mario seufzte, umarmte ihn freundschaftlich und sagte: „Tony, wir brauchen deine Unterstützung. Am Freitag wollen wir ein ganz neues

Stück auf die Bühne bringen, doch bislang fehlt es uns noch an allem. Meine liebe Caro wird dir erzählen, worum es in dem Stück geht, schließlich ist es ihr Drehbuch. Und was für eins, sage ich dir. Aber es gibt noch viel Arbeit und deswegen sind wir bei dir. Ich weiß, wenn uns einer helfen kann, dann du", schloss er seine kleine Rede.

Antonio oder Tony, wie Mario ihn nannte, schwieg, nickte nachdenklich, ehe er dann zu Caro blickte.

Caro räusperte sich verlegen und sagte:

„Es handelt von einer jungen Frau, die eigentlich bereits verlobt ist und sich während ihres Aufenthaltes an Bord eines Kreuzfahrtschiffes in einen anderen Mann verliebt."

Caro blickte Antonio in die Augen und sah, wie etwas darin aufflackerte. Aber es war kein Interesse, keine Anerkennung, es war purer Schalk. Tony war belustigt, belustigt von ihr und ihrer Geschichte. Doch bevor sie etwas sagen konnte, mischte Mario sich ein.

„Caro, konzentriere dich. Du musst das Ganze schon etwas genauer beschreiben, damit Tony es auch fühlen kann. Wie soll er uns sonst helfen?"

Caro sah von Mario zu Antonio und wieder zurück.

„Die Geschichte fühlen?", dachte sie und nun musste sie grinsen.

Dann machte sie sich bewusst, wie wichtig dieses Stück für sie war, wie viel davon abhing und schloss die Augen. Sie atmete tief ein und fing an zu erzählen. Es sprudelte förmlich aus ihr heraus und die Bilder liefen vor ihrem inneren Auge wie ein Film ab. Sie ließ ihren Emotionen dabei freien Lauf. So verzog sie ihr Gesicht, als sie erzählte, wie sie Sam angelogen hatte, um zu einem Bewerbercasting zu gehen, lächelte, als sie von den Welpen berichtete, und weinte, als sie ihre Geschichte mit der Trennung von Sam und dem wutentbrannten Patrick beendete.

Erst als sie fertig war, öffnete sie ihre Augen wieder. Schluchzend hielt Tony ihr ein Taschentuch entgegen.

„La mia bella, was für eine Storia", schniefte er und wischte sich ebenfalls die Tränen aus den Augen.

Von der anfänglichen Belustigung war nichts übriggeblieben.

„Was ist das Ende der Geschichte?", wollte er wissen.

Caro schüttelte nur mit dem Kopf und zuckte die Schultern.

„Ein Happyend natürlich", rief Mario aus und klatschte in die Hände. „Genau deswegen veranstalten wir die neue Show überhaupt. Wir werden dafür sorgen, dass Patrick im Publikum sitzt und die schöne Caro, die nebenbei bemerkt eine ganz hervorragende Sängerin ist, spielt sich selbst in der Hauptrolle."

„Perfetto! Semplicimente perfetto!", stieß Tony aus. „Er wird auf die Bühne springen und dich vor allen küssen. Wer kann danach noch nein sagen, la mia bella!", verkündete er nun gutgelaunt.

„Ich hoffe es sehr!", flüsterte Caro kaum hörbar.

„Ma naturalemente, selbstverständlich, la mia bella Caro!", sagte er strahlend. „Und ich habe die perfekten Requisiten für euch. Bene, lasst uns anfangen!"

Nachdem die vier gemeinsam den gesamten Laden auf den Kopf gestellt haben, ließen sich Caro, Sally und Mario erschöpft aber zufrieden in die Sitze ihres Wassertaxis fallen. Das Taxi war gerammelt voll und beladen mit viel zu viel neuen Errungenschaften für das

Showensemble. Doch Mario ließ sich nicht davon abhalten und versicherte, das würde das Budget nicht sprengen.

Während der Fahrt schwiegen die drei und Caro ließ die Ereignisse von eben noch einmal Revue passieren.

Sie hatten eine gemütliche, bunte Couch gekauft, die Caro sofort in ihre eigene Wohnung gestellt hätte. Mitsamt einigen Bildern, einer Stehlampe, einem Teppich, einem kleinen Couchtisch und Gläsern sollte das Wohnzimmer ihrer einstigen gemeinsamen Wohnung mit Sam nachgestellt werden. Für das Bewerbercasting würden sie Stühle und Tische aus dem Konferenzraum an Bord nehmen, sodass sie an dieser Stelle sparen konnten. Zudem hatten sie viel Bastelmaterial gekauft, mithilfe dessen sie einige Schilder, Wegweiser, Straßennamen usw. erstellen wollten. Außerdem hatten sie geplant, den Ausflug nachzustellen, als Caro den Sprung von der Klippe gewagt hatte. Somit benötigten sie eine Menge Pappmaschee, um Felsen und Wasserfälle imitieren zu können. Besonders interessant fand Mario auch den Teil der Geschichte, als Patrick und sie auf den Kuschelinseln im Innenbereich des Schiffes während des Sturms zum ersten Mal rumgemacht haben. Doch so sehr er auch nach einer brauchbaren Insel suchte, es ließ sich im Laden nichts Vergleichbares finden. Caro hatte schon aufgeatmet, denn sie wollte eigentlich nicht, dass ihr Techtelmechtel mit Patrick im Besucherbereich an die Öffentlichkeit geriet, als er, wie von der Tarantel gestochen, aufschrie.

„Ich hab's!", kreischte er. „Wir spielen die Szene tatsächlich auf einer der Kuschelinseln an Bord. Die Inseln stehen doch auf Deck 10. Das Theatrium geht von Deck 9 bis 11. Das heißt, die Zuschauer, die auf

Deck 10 sitzen, können sich einfach umdrehen. Für alle anderen werden wir die Szene filmen und live auf der Bühnenleinwand übertragen. So haben wir auch gleich noch viel mehr Interaktion mit dem Publikum. Das wird super! Genau so können wir es übrigens auch mit den Welpen und deiner Hündin Laila machen! Wir zeigen einfach dafür deine Fotos, die deine Mutter dir geschickt hat. Ich bin ein Genie!"

Offensichtlich waren alle von der Idee begeistert, abgesehen von Caro. Ihr war das Ganze extrem unangenehm. Sie hatte sich zwar darauf eingelassen, ihre Geschichte preiszugeben, doch wollte sie natürlich nicht, dass jeder die pikanten Details ihres Liebeslebens erfahren würde.

„Caro, außer dir und Patrick weiß doch keiner der Zuschauer, wie es wirklich gewesen ist. Und glaub mir, die Zuschauer stehen auf sowas. Darauf kommt es doch nun auch nicht mehr an", zwinkerte er.

Caro wusste, dass er Recht hatte. Darauf kam es wirklich nicht mehr an. Schließlich würde sie sowieso all ihre Gefühle, ihre Wünsche und Hoffnungen auf einem Silbertablett präsentieren, um ihr großes Glück zurückzugewinnen oder aber dabei alles zu verlieren. Also gab sie sich geschlagen und überließ Mario freie Hand.

Obwohl es Caro Spaß gemacht hatte, in dem Laden, der voller Überraschungen stecke, herumzustöbern, fühlte sie sich mit einem Mal sehr, sehr müde. Als sie endlich fertig waren und die Sachen in dem Taxi verstaut hatten, verabschiedeten sie sich von Tony. Tony war bei der hitzigen Suche nach den besten Teilen so ins Schwitzen geraten, dass er ganz rot im Gesicht war. Doch auch er schien glücklich zu sein. Es war nicht die Art von Glück, die widerspiegelte, dass er sich über die horrende Summe freute, die Mario ihm gezahlt hatte. Es war eher eine Zufriedenheit, mehr noch die Gewissheit, dass alles gut werden würde und Tony freute sich, mit seinen Möbeln und Requisiten seinen Teil zu der Geschichte beitragen zu können. Die Verabschiedung fiel dementsprechend auch sehr herzlich aus und Sally, Caro sowie natürlich Mario versprachen, ihn bei nächster Gelegenheit besuchen zu kommen, um ihm vom Ausgang der Geschichte zu berichten.

„Buona fortuna, la mia bella Carolin!", rief er ihnen hinterher.

„Viel Glück, meine schöne Carolin!", übersetzte Mario für sie.

„Grazie, danke!", rief Caro zurück, ehe das Taxi losfuhr.

Kapitel 19

Die nächsten Tage an Bord vergingen wie im Flug. Nach der routinemäßigen Arbeit im Salon war Caro jede freie Minute damit beschäftigt, mit Mario und den anderen am Musical herumzubasteln. Trotz der immer näher rückenden Premiere am Freitag ließen sie sich nicht verrückt machen und arbeiteten Hand in Hand. Sally und Sonja waren, so oft es die reguläre Arbeit zuließ, mit von der Partie und bevor alle abends geschafft ins Bett fielen, wurde stets noch fleißig Text geübt.

Tagsüber war Caro so abgelenkt, dass sie den Schmerz, der sie überfiel, wenn sie an Patrick dachte, gut ausblenden konnte. Doch sobald sie abends im Dunkeln in ihrem Bett lag, war die Sehnsucht nach ihm sofort wieder da. Als würde man beim Lichtausschalten zeitgleich die Gedanken an Patrick anschalten. Besonders schlimm war es, dass Caro die Nächte allein verbringen musste. Sie hatte Sally zwar zugesichert, dass es völlig in Ordnung wäre, wenn sie bei Justin schliefe, doch insgeheim hätte sie sich gewünscht, wenn ihre beste Freundin bei ihr gewesen wäre. Aber sie war so froh, dass Sally endlich Justin offiziell an ihrer Seite hatte, dass sie das Glück ihrer Freundin auf keinen Fall aufs Spiel setzen oder ihr im Weg stehen wollte. Abgesehen davon war Caro so gerührt, wie sich all ihre Freunde und Kollegen ins Zeug legten, um ihr eigenes Stück am Freitag auf die Bühne zu bringen.

Je näher der Stichtag rückte, desto nervöser wurde Caro. Natürlich war sie immer noch fest davon überzeugt, dass dies die einzige Möglichkeit sei, Patrick zum Zuhören zu bewegen, aber sobald sie daran dachte, dass gerade er dieses Stück sah, wurden ihre Beine weich wie Wackelpudding. Dies bestätigte sich noch einmal, als Patrick ihr zufällig in der Mittagspause, als sie vom Salon zum Theatrium hastete, über den Weg lief. Kaum hatte er Caro erblickt, verfinsterte sich sein Gesicht und er machte auf dem Absatz kehrt. Er war so schnell davon gestakst, dass Caro nicht einmal die Chance hatte, ihn anzusprechen. Seine Reaktion versetzte ihr einen entsetzlichen Stich ins Herz und sie zweifelte stark daran, dass Patrick sich die Show überhaupt ansehen würde. Caro war froh, dass sie sowieso auf dem Weg zum Probenraum war, denn dieses Problem musste unbedingt geklärt werden.

„Wir könnten ihm einen Zettel an die Kabine heften mit einer Einladung für die Show!", schlug Sonja vor.

„Und wenn er keine Lust hat und nicht kommt?", wand Caro ein.

„Wir müssen jemanden finden, mit dem er gemeinsam hingeht!", überlegte Mario, „damit er nicht absagen kann!"

„Er geht mit Justin!", rief Sally aufgeregt. „Justin erzählt ihm einfach, dass ich darin mitspiele und es gerne sehen möchte und keinen hat, der sonst mitkommen kann, weil ich ja Teil des Stückes bin und ich ihn deshalb nicht begleiten kann!"

„Aber kann Patrick sich dann nicht denken, dass ich auch darin mitspiele?", wollte Caro wissen.

„Und wenn schon. Das macht ihn erst recht neugierig. Er ist zwar sauer und verletzt, aber er liebt dich immer noch. Er will alles wissen, was mit dir zu tun hat. Glaub mir!", säuselte Mario verschwörerisch.

„So machen wir es! Aber Justin soll sich ansonsten bedeckt halten. Die einzige Information, die Patrick bekommen soll, ist, dass es sich um ein neues Stück handelt und Sally darin vorkommt", entschied er schließlich.

Caro nickte versonnen und dachte über das Gesagte nach.

„Ob es ihn wirklich interessiert, was ich mache?", überlegte sie.

Ihr gefiel die Vorstellung, dass sie ihm nicht vollkommen egal war.

„Caro, hör auf zu träumen! Übermorgen ist die große Premiere und wir haben noch alle Hände voll zu tun. Am besten du suchst mit Sally zusammen die Fotos aus, die wir für die Show verwenden sollen, und ihr gebt sie dann dem Techniker. Er muss genau wissen, an welcher Stelle die Bilder auf der Leinwand gezeigt werden sollen. Bekommt ihr das hin?", wollte Mario wissen.

Caro und Sally nickten einvernehmlich und klappten sofort den Laptop auf. Den Abend davor hatten sie bereits eine Vorauswahl ihrer privaten Bilder auf einen Stick gezogen: Bilder von Zuhause, den Welpen, ihrer Hündin Laila, ihrer Kabine und den Ausflügen. Es gab so viele schöne Bilder, dass es schwer war, sich festzulegen. Doch kurz bevor Caros Mittagspause vorbei war, hatten sie sich geeinigt und eine Liste für den Bühnentechniker erstellt.

Sonja, die speziell für die Szenen im Friseursalon eingeteilt war, hatte sich währenddessen damit beschäftigt, das passende Bühnenbild hierfür zusammenzustellen. Dafür wurden Spiegel, Stühle, Kittel, Scheren und einige Farben aus dem Salon herübergeschafft. Dies hatte sie selbstverständlich im Vorfeld mit der Spa-Chefin abgeklärt. Spätestens als diese erfahren hatte, dass sie auch in dem Stück, zwar von einer anderen Schauspielerin gespielt, vorkommen würde, war sie einverstanden. Mario hatte es sich nicht nehmen lassen, die Szene mit Pia und den Lila gefärbten Haaren in das Stück zu integrieren. Caro war sich nicht sicher, ob es klug war, diesen Fauxpas den Gästen an Bord zu zeigen.

„Es weiß doch keiner, dass das alles wirklich passiert ist. Niemand wird ernsthaft glauben, dass sich so eine Geschichte vor einigen Wochen tatsächlich auf genau diesem Schiff zugetragen hat!", hatte Mario amüsiert geantwortet.

Jegliche Widerworte wären sowieso zwecklos gewesen, daher hatte Caro sich damit zufriedengegeben.

Auf dem Weg zurück in den Salon, erzählte Sonja ihr, dass das Bühnenbild so gut wie fertig war. Besonders stolz präsentierte sie ihr die lila Perücke, die sie für die Szene extra eingefärbt hatte.

„Da kommen Erinnerungen hoch, nicht wahr?", kicherte sie.

„Allerdings!", antwortete Caro zähneknirschend.

Sie dachte nicht gern an dieses Drama zurück. Schließlich hatte sie in den ersten Minuten tatsächlich an ihren eignen Fähigkeiten gezweifelt. Die Tatsache, dass Pia das Ganze absichtlich inszeniert hatte und sie daraufhin von Bord gehen musste, hatte es zwar besser gemacht, Caro aber trotzdem zugesetzt.

„Und alles nur, weil Patrick sich für mich entschieden hat. Mich, die eigentlich verlobt war. Hätte Pia das von Anfang an gewusst, wäre es nie so weit gekommen", dachte Caro gequält.

Einen Tag vor der großen Premiere lag das Schiff im Hafen von Zadar, sodass Caro vormittags nicht in den Salon musste. Bisher hatte sie von ihrer neuen Tour auf der Adria kaum etwas mitbekommen. Sie hatte lediglich ein paar Mal aus dem Fenster gesehen, als sie in den Häfen lagen. Da das Wetter diese Woche eher durchwachsen war, fand sie es auch weniger schlimm, dass sie an keinem der Ausflüge teilnehmen konnte. Sie investierte jede freie Minute in die morgige Aufführung.

„Schon morgen!", dachte sie panisch.

Auf dem Weg zum Probenraum überlegte sie, was sie heute zusammen noch alles erledigen mussten. Auf jeden Fall würde spät abends, wenn keiner derjenigen, die normalerweise nicht zum Showensemble gehörten, mehr arbeiten musste und die Gäste größtenteils schlafen gegangen waren, auf der Bühne die Generalprobe stattfinden. Bei der Vorstellung drehte sich Caro der Magen um. Nicht weil sie Angst hatte, sie könnte den Text vergessen. Schließlich kannte sie den Text besser als jeder andere und notfalls könnte sie improvisieren. Viel mehr beschäftigte sie die emotionale Seite dieses Stückes. Normalerweise riet man Schauspielern, sich in die Rolle hineinzuversetzen, doch in diesem Fall spielte Caro sich selbst. Es würde um ihre ganz persönliche Geschichte, einen Teil ihres Lebens, gehen. Der Gedanken, die Vergangenheit erneut aufleben zu lassen, beunruhigte sie. Sie hatte das alles noch nicht verdaut, wie auch, wenn Patrick ihr keine Chance ließ, mit ihm zu reden. Es würde für sie ein Leichtes sein, ihre Rolle authentisch zu spielen. Doch was, wenn sie plötzlich in Tränen ausbrach? Wenn ihr die Stimme wegblieb? Allein mit dem Lied „Regen und Meer", das sie unter anderem singen würde, verband sie so viel. Schon vor der Reise war es eines ihrer absoluten Lieblingslieder gewesen. Doch seit sie es im Schiffsbauch auf der Crewparty gesungen und mit Patrick zum ersten Mal tiefe Blicke ausgetauscht hatte, verband sie damit noch so viel mehr.

Gedankenverloren betrat sie den Probenraum und ließ sich auf einen der freien Stühle plumpsen. Sie seufzte und schüttelte den Kopf.

„Was ist dir denn über die Leber gelaufen, Liebes?", begrüßte sie Mario.

Erst jetzt bemerkte Caro, dass ihre Füße sie wie von selbst hierhergetragen hatten und sie blickte auf.

„Ich kann das nicht!", murmelte sie und Tränen stiegen ihr in die Augen.

„Caro, Schatz, natürlich kannst du das. Das ist die Aufregung vor der Show. Und ja, ich gebe zu, für dich ist es natürlich nervenaufreibender als für uns alle. Aber du kannst auch stolz auf dich sein. Du hast dein eigenes Stück geschrieben, das nun vor einem riesigen Publikum aufgeführt wird. Und das Beste daran ist, dass du damit deine große Liebe zurückgewinnen wirst!", versuchte Mario sie aufzuheitern.

„Und wenn das alles genau das Gegenteil bewirkt?", schniefte Caro.

„Glaub mir, Liebes, das wird es nicht. Wie kann jemand nicht erkennen, wie sehr du kämpfst. Wer sonst hat sich so etwas Einzigartiges einfallen lassen, um seine Liebe zurückzugewinnen?", konterte Mario.

„Und wenn ich in Tränen ausbreche? Meine Stimme versagt? Oder noch schlimmer, ich vor Aufregung auf die Bühne kotze?", jammerte Caro weiter.

„Caro, jetzt hör auf damit", lachte Mario. „Wenn du weinst, dann weine. Schließlich bist du die Hauptfigur. Was du tust ist Drehbuch, verstehst du? Wenn deine Stimme versagt, dann baut sich nur die Spannung auf, bis du weitersprechen kannst. Und naja, das letzt genannte Szenario solltest du vielleicht vermeiden!"

Mario zwinkerte ihr zu, nahm sie in den Arm und drückte sie ganz fest. Dann sah er ihr tief in die Augen.

„Liebes, ich habe noch nie jemanden wie dich getroffen. Du bist wunderschön, hast ein großes Herz und bist ein Ausnahmetalent auf der Bühne. Ich fühle mich geehrt, dein Stück morgen Abend präsentieren zu dürfen. Wir haben so viel Herz, Seele und Zeit investiert. Jetzt bringen wir es auch zu Ende, okay?", fragte er sie ernst.

Caro wusste, dass er Recht hatte und nickte stumm. Sie hatte Mario, seitdem sie befreundet waren, lange nicht mehr so ernst gesehen. Es schmeichelte ihr, dass er so viel von ihr hielt. Andersherum erging es ihr genauso. Sie liebte Mario wie einen besten Freund oder einen

Bruder. Sie fühlte sich mit ihm verbunden und war dankbar für seine Hilfe. Erst jetzt wurde ihr so richtig bewusst, wie viel auch er eigentlich investiert hatte. Schließlich musste er nebenbei auch noch einen guten Job machen und das Publikum an Bord unterhalten. Ihr zuliebe und vielleicht, weil die Story einfach zu verrückt war, um sie zu ignorieren, hatte er mit seiner Crew das Stück entwickelt. Tränen stiegen ihr wieder in die Augen, doch diesmal vor Rührung.

„Danke, Mario! Du bist wirklich ein wahrer Freund! Ich bin froh, dass wir uns gefunden haben!", versicherte Caro ihm und umarmte ihn noch einmal.

„Liebes, behalt die Emotionen für dich, sonst muss ich gleich mitheulen!", schniefte er so vertraut schwul, wie Caro es liebte.

Sie sah, dass auch er den Tränen nahe war und drückte ihn nur noch fester.

Kapitel 20

Das Publikum klatschte, nein, es tobte vor Begeisterung. Die Zuschauer waren von ihren Stühlen aufgesprungen und jubelten ihr entgegen. Das Stück war gut angekommen und es war ihnen gelungen, die Zuschauer in ihren Bann zu ziehen. Caro blickte um sich. Als sie ihre Kollegen, Sally, Mario, Sonja und den Rest des Ensembles, betrachtete, sah man jedem einzelnen förmlich die Erleichterung darüber an, dass alles so fantastisch geklappt hatte. Trotz der Kürze der Zeit hatten sie es möglich gemacht, ein Stück mit Bühnenbild, Text, Ton und allem, was dazugehört, auf die Beine zu stellen. Da war es nicht verwunderlich, dass die gesamte Besetzung nun erleichtert aufatmete. Alle, nur Caro nicht.

Ihr Blick schweifte weiter umher. Sie war auf der Suche nach ihm, dem Mann, für den sie ihr gesamtes Leben wie auf einem Präsentierteller zur Schau gestellt hatte, mit dem einzigen Ziel, den Mann, den sie liebte, wieder für sich zu gewinnen. Sie hatte die ganze Zeit versucht, sich nicht die größten Hoffnungen zu machen, doch tief in ihrem Inneren hatte sie gehofft, dass er, sobald das Stück vorbei war, auf die Bühne stürmen und sie küssen würde. Sie hatte gehofft, ihm in die wunderschön grün leuchtenden Augen blicken zu können und zu sehen, dass all sein Ärger verflogen war.

Genau in diesem Moment erblickte Caro ihn. Sie schaute ihm direkt in die Augen. Doch statt grün leuchtenden Augen traf sie der Blick von fast schwarz funkelnden Schlitzen. Patrick war sauer. Nein, er schäumte vor Wut. Dieser Blick sprach Bände und reichte Caro, um zu wissen, dass Patrick außer sich war.

„Nein", dachte Caro widerstrebend.

„Nein", flüsterte sie dann flehend, doch es bemerkte keiner.

Patrick betrachtete sie mit einem letzten herablassenden Blick, drehte sich dann ruckartig um und stolzierte Richtung Ausgang. Ohne zu wissen, was Caro tun sollte, sprang sie von der Bühne und rannte ihm hinterher.

„Patrick!", brüllte sie, doch die tosende Menge verschluckte ihre Stimme.

„Patrick!", versuchte sie es erneut.

Zu ihrer eigenen Verwunderung blieb er stehen und drehte sich ganz langsam um. Caro erschrak, als er ihren Blick erwiderte. Patricks Gesicht war wutverzerrt, er atmete stoßweise und zitterte am ganzen Körper. Bevor sie reagieren konnte, zischte er beinahe giftig wie eine Schlange:

„Was hast du dir dabei gedacht, Carolin? Willst du mich bloßstellen? Hat es dir nicht gereicht, mich an der Nase herumzuführen? Muss jetzt auch noch jeder wissen, wie du mich gedemütigt hast?"

Caros Kehle war wie zugeschnürt und Patricks Worte bohrten sich tief in ihr Herz. Sie versuchte, das Gesprochene zu verarbeiten, doch sie verstand es nicht.

„Konnte man das Stück so falsch interpretieren? Es sollte ein Beweis meiner Liebe zu ihm sein, ihn aber nicht verletzten oder gar demütigen", dachte sie.

„Patrick, ich liebe dich!", schluchzte sie schließlich.

Anstatt ihr zu antworten, legte Patrick zu ihrer Verwunderung nun den Kopf in den Nacken und begann, schallend zu lachen. Es war nicht das fröhliche, manchmal etwas alberne oder bubenhafte Lachen, dass Caro kannte und liebte. Er presste sein Lachen boshaft heraus, es war falsch, gespielt ohne eine Spur von Emotionen. Caro wich erschrocken zurück, denn sie kannte diese Version von Patrick nicht. Sie fragte sich sogar, ob das wirklich noch ihr Patrick war, der immer so liebevoll und einfühlsam gewesen war. Hilflos blickte sie sich um. Wie aus dem Nichts tauchte in diesem Moment eine blonde, hübsche Frau auf und legte einen Arm um Patricks Taille.

„Reg dich nicht auf, Baby", säuselte sie ihm beruhigend ins Ohr.

Gerade als Caro überlegte, woher sie diese Stimme kannte, hob die Unbekannte den Kopf und blickte Caro aufgesetzt unschuldig an.

„Pia!", entfuhr es ihr.

„Caro, meine Liebe. So schnell sieht man sich wieder. Du hast doch nicht allen Ernstes geglaubt, ich lasse mich abschieben wie eine Versagerin", grinste sie zynisch.

„Wie kann das sein?", flüsterte Caro panisch.

Ihr Kopf schwirrte und sie verstand die Welt nicht mehr. Hatte sie sich so sehr auf das Stück konzentriert und die Vorstellung, dass dann alles wieder gut werden würde, dass ihr dabei entgangen war, was um sie herum passiert war. Hatte Patrick längst mit ihr abgeschlossen?

„Caro, nachdem du den armen Patrick so hintergangen hast, wurde ihm so Einiges klar. Er entlastete mich und ich durfte zurückkehren", säuselte Pia süßlich.

Doch dann veränderte sich ihre Miene. Nun passte sie perfekt zu Patrick. Man hätte die Beiden im Gruselkabinett aufstellen können. Ihr Gesicht war genauso verzogen und ihre Augen zu Schlitzen verengt.

„Du wirst uns unsere Liebe nicht noch einmal kaputt machen!", zischte sie boshaft.

Caro trat unwillkürlich einen Schritt zurück, Tränen stiegen ihr in die Augen, als sie sah, wie Pia Patrick an sich zog und küsste.

„Patrick, was soll das? Es tut mir leid. Ich wollte dich nie verletzen. Ich liebe dich!", schniefte sie jetzt.

Bei diesen Worten löste sich Pia aus Patricks Umarmung und sprang förmlich auf Caro los. Sie sah noch, wie Pia zu einer Backpfeife ausholte, doch der Schlag blieb aus.

Stattdessen öffnete Caro panisch die Augen. Sie atmete flach und schnell, ihr Puls raste und Tränen liefen ihr aus den Augen. Vorsichtig sah sie sich um, doch alles war dunkel. Langsam kehrte ihr Bewusstsein zurück und dann dämmerte ihr, dass sie geträumt hatte. Sie richtete sich auf, ertastete den Lichtschalter und knipste das Licht an. Mit der Helligkeit kam auch ihr Verstand zurück. Sie griff nach der Wasserflasche, die direkt neben ihrem Bett stand, und nahm einen kräftigen Schluck. An Schlafen war nicht mehr zu denken, also schwang Caro ihre Beine aus dem Bett, schnappte sich ihren Morgenmantel, die Bordkarte und ihr Handy und verließ ihre Kabine.

Ein Blick auf das Display ihres Handys verriet ihr, dass es 5:20 Uhr war. Sie beschloss, auf das Außendeck des Crewbereiches zu gehen, um etwas Luft zu schnappen. Als sie vor die Tür trat, wehte ihr eine kühle Brise durch die Haare. Caro schnappte sich eine der Liegen und eine Decke und kuschelte sich ein. Es war noch dunkel draußen, die Wolken hatten sich verzogen und sie blickte hinauf in die Sterne.

„Wenn ich nur wüsste, was ihr für mich bereithaltet", flüsterte Caro an die Sterne gerichtet.

Erschöpft ließ sie sich noch tiefer auf die Liege sinken. Erst jetzt, wo sie zur Ruhe kam und Zeit hatte nachzudenken, fiel ihr auf, wie verzweifelt sie war. Ihre tief verletzten Gefühle holten Sie mit einem Schlag wieder ein. Sie war so durch die Vorbereitungen abgelenkt gewesen, dass ihre Sorgen zwar immer gegenwärtig waren, doch durch die Arbeit an dem Stück und die Hoffnung auf ein gutes Ende zumindest etwas in den Hintergrund traten. Erst der Traum hatte sie wachgerüttelt und ins Grübeln versetzt.

„Was ist, wenn das Stück kein Happyend für mich bereithält?", fragte sie sich.

Erst jetzt gestand sie sich ein, dass sie immer daraufhin gearbeitet hatte, dass am Ende, also quasi morgen, alles gut werden würde. Sie hatte es bei der Planung einfach vorausgesetzt.

„Was ist, wenn er mich nicht mehr will?", dachte sie panisch. „Wie konnte ich so dumm sein und immer davon ausgehen, dass alles gut werden würde?"

Erneute Panik ergriff sie und die Tränen rannen ihr übers Gesicht. Sie konnte sich ihre Zukunft ohne Patrick nicht vorstellen. Sie brauchte ihn so sehr an ihrer Seite. Noch nie zuvor hatte sie solch eine Verbundenheit zu einem anderen Menschen gespürt. Hätte sie längst versuchen sollen, mit Patrick zu reden? Denkt er vielleicht, sie hätte ihn schon aufgegeben? Sie hatte nur ein einziges Mal bei ihm an der Tür geklopft. Danach waren sie sich immer nur kurz begegnet und er war ihr aus dem Weg gegangen. Schlimmer noch, er hatte sie zusammen mit Mario und Sally lachend in Venedig angetroffen.

„Er muss denken, ich liebe ihn gar nicht mehr!", schoss es ihr durch den Kopf. „Kein Wunder, dass ich träume, dass er sich von mir hintergangen fühlt. Er wird denken, ich nutze die Geschichte als Sprungbrett auf die Bühne."

Ihre Angst erdrückte sie nun beinahe. Sie zitterte am ganzen Körper, Angstschweiß hatte sich auf ihrer Stirn gebildet und sie hatte das Gefühl, ohnmächtig zu werden. Mit letzter Kraft versuchte sie sich auf die Sterne zu konzentrieren.

„Caro? Caro, kannst du mich hören?", vernahm sie eine Stimme aus weiter Ferne.

„Carolin! Sieh mich an!", befahl ihr die Stimme.

Doch sie wollte nicht hören. Sie konnte nicht. Alles um sie herum war verschwommen. Ihre Sicht war getrübt durch den Schleier ihrer Tränen. Ihre Ohren rauschten und sie hatte kaum noch Kraft, gegen den Schleier anzukämpfen.

„Caro! Bitte!", flehte die Stimme weiter. „GUCK MICH AN!", schrie sie jetzt.

Doch das löste in Caro nur aus, dass ihr Herz noch schneller schlug. Sie kannte die Stimme nur zu gut und schlagartig wurde ihr klar, dass sie genau zu der Person gehörte, die sie unbedingt sprechen musste – Patrick.

„Patrick?", flüsterte sie sicherheitshalber noch einmal mit aller Kraft, die sie aufbringen konnte.

„Ja, Caro, ich bin hier. Bitte sag mir doch, was los ist!", bat er sie nachdrücklich und sie hörte seine Besorgnis in der Stimme.

Nur langsam beruhigte sich ihr Körper und vorsichtig blinzelte sie ihm entgegen.

„Was machst du denn hier?", fragte sie ihn vorsichtig.

„Ich konnte nicht schlafen", antwortete er ihr kurz. „Viel wichtiger ist, was du hier machst und was zum Teufel mit dir los ist! Soll ich Dr. Gebauer rufen?"

„Ich muss unbedingt mit dir reden!", bat Caro ihn, ohne auf seine Fragen zu antworten.

„Erst sagst du mir, warum du zitternd und in Schweiß gebadet mitten in der Nacht allein auf dem Liegestuhl sitzt!", forderte er bestimmend.

Caro seufzte, zuckte mit den Schultern und beschloss, ihm die Wahrheit zu sagen.

„Ich hatte einen furchtbaren Alptraum. Ich brauchte frische Luft. Kurze Zeit wurde es auch besser, aber als ich wieder zur Ruhe kam, haben mich meine Gefühle erdrückt", gestand sie.

„Ich vermisse dich so", fügte sie flüsternd hinzu.

Nun stieß Patrick einen langen Seufzer aus. Er hatte sich zu ihr auf die Liege gesetzt, berührte Caro jedoch nicht. Caro hatte Angst, er würde aufstehen, ohne sie vorher anzuhören und die mittlerweile allzu bekannte Panik schlich wieder in ihr hoch.

„Patrick", schluchzte Caro, „bitte hör mir wenigstens zu!"

Ihre Stimme bebte und brach beim letzten Wort. Tränen rannen ihr erneut über das Gesicht. Hilflos blickte Patrick sie an.

„Caro, ich …", er verstummte kurz, sagte dann jedoch: „Ich vermisse dich auch. Aber ich weiß nicht, ob ich schon bereit dazu bin, dir zu verzeihen!"

Caros Herz machte bei seinen Wörtern einen kleinen Hüpfer.

„Er vermisst mich", dachte sie.

Sie hielt sich an diesen Worten fest und ignorierte den Rest von dem, was Patrick gerade gesagt hatte.

„Es besteht immerhin noch Hoffnung!", ermutigte sie sich. „Ich möchte nur, dass du weißt, dass es mir unendlich leidtut. Ich habe einen riesigen Fehler gemacht und dich damit tief verletzt. Das hätte nicht passieren dürfen. Aber es gibt niemanden, für den ich so viel empfinde wie für dich. Ich liebe dich, Patrick!", wimmerte Caro.

Sie streckte die Hand nach ihm aus, doch er wich ihr immer noch aus und stand auf. Niedergeschlagen ließ sie ihren Kopf hängen.

„Komm, ich bringe dich in deine Kabine. Du solltest noch ein bisschen schlafen", sagte er schließlich.

Wortlos stand Caro auf und folgte ihm. Als sie vor ihren Kabinen standen, drehte sich Patrick noch einmal zu ihr um.

„Caro, ich habe Angst. Angst, noch einmal diese Schmerzen zu durchleben, die ich gefühlt habe, als ich dich mit Sam sah und erfahren habe, dass du verlobt bist!", gestand er.

„War!", unterbrach Caro ihn. „Verlobt war!", wiederholte sie sicherheitshalber noch einmal.

„Das ändert nichts daran, dass es mir in diesem Moment den Boden unter den Füßen weggezogen hat. Diese Gefühle haben so eine Macht über mich, wie ich es noch nie erlebt habe. Woher soll ich wissen, dass ich dir jetzt vertrauen kann?", fragte er unsicher und drehte sich zu seiner Kabinentür.

Caro wusste, dass das Gespräch für ihn beendet war, doch sie fasste all ihren Mut zusammen.

„Tust du mir einen letzten Gefallen?", wollte sie wissen.

Patrick drehte sich erneut um und blickte ihr direkt in die Augen. Sie sah die Wärme in seinen grünen Augen, die nichts mit den hasserfüllten Augen des Patricks in ihrem Albtraum gemeinsam hatten. Als er nichts sagte, fuhr Caro fort.

„Komm bitte morgen um 20:00 Uhr ins Theatrium zur Premiere der Show!", bat sie ihn.

Verwirrt nickte er.

„Justin hat mich sowieso gebeten, ihn zu begleiten. Sally spielt auch mit, richtig? Er ist ganz stolz auf sie. Ich habe mir schon gedacht, dass du auch Teil der Show sein wirst", antwortete er wahrheitsgemäß.

Caro sah ihm an, dass er versuchte, sich einen Reim daraus zu machen, warum es ihr so wichtig war, dass er zuschaute.

„Also wirst du kommen?", vergewisserte sie sich noch einmal.

Wieder nickte Patrick, diesmal ein wenig skeptisch. Caro ging einen Schritt auf ihn zu, doch bevor sie ihm zu nahe kommen konnte, schloss er hastig seine Tür auf und verschwand mit einem eiligen „Gute Nacht!" in seiner Kabine. Es wirkte fast so, als hätte er Angst, er könnte sich an Caro verbrennen.

Niedergeschlagen betrat auch Caro ihre Kabine. Doch je länger sie darüber nachdachte, desto mehr hatte sie das Gefühl, Patrick wieder ein Stück näher gekommen zu sein. Er war ernsthaft besorgt um sie gewesen und hatte ihr wenigstens ein wenig zugehört.

„Und er hat versprochen, morgen die Show anzusehen!", dachte sie. „Das heißt dann wohl, es gibt wirklich kein Zurück mehr!"

Bei dem Gedanken musste sie sogar ein wenig schmunzeln. Obwohl es draußen mittlerweile hell wurde, schlüpfte Caro zurück unter ihre Decke. Sie hatte an diesem Tag sowieso frei und musste erst nachmittags ins Theatrium, um sich für die Show vorzubereiten. Sie fühlte sich erschöpft, aber dieses Mal lag es an ihrer Müdigkeit. Nach dem Gespräch mit Patrick wusste sie, dass er sie nicht vergessen hatte. Sie wusste, dass er sie noch liebte und er würde nun auch bald wissen, dass sie die Show wegen ihm und nicht auf seine Kosten veranstalten würde. Er würde ihrer Geschichte zuhören bzw. zusehen und vielleicht würde seine Skepsis bröckeln und er würde ihr verzeihen.

Die Kabinentür fiel ins Schloss und Caro schrak aus ihrem Schlaf hoch. Sie blinzelte mehrmals ehe Sie die Umrisse ihrer besten Freundin ausmachte. Sally stand vor ihrem Bett und hatte die Arme verschränkt.

„Wie um alles in der Welt kannst du so seelenruhig schlafen, wenn heute die Premiere ist? Ich habe letzte Nacht vor Aufregung kaum ein Auge zugetan!", rief sie empört.

Caro richtete sich langsam auf, schwank ihre Beine aus dem Bett und gähnte herzhaft.

„Ich konnte heute Nacht auch nicht schlafen, wenn es dich beruhigt! Aber ich habe mit Patrick gesprochen!", entgegnete Caro.

„DU HAST WAS?", wollte Sally aufgebracht wissen.

„Beruhig dich wieder, es hat sich eigentlich nichts geändert", wiegelte Caro ab.

Sie erklärte ihrer Freundin kurz, was letzte Nacht passiert war.

„Na, ich finde schon, dass sich etwas geändert hat!", meinte Sally nachdem sie Caro zugehört hatte. „Immerhin hat er sich Sorgen gemacht, dir eingestanden, dass er dich vermisst, und versprochen, zur Show zu kommen!"

„Ich weiß, das Gleiche habe ich auch schon gedacht. Trotzdem möchte ich mir, vor allem nach meinem Alptraum, nicht zu große

Hoffnungen für heute Abend machen. Ich bin froh, dass er zusehen wird und auf dieses Weise die ganze Wahrheit erfährt. Danach werde ich ihm die Zeit geben, die er braucht, wenn er mich überhaupt zurückhaben will!", versuchte Caro, die Fakten sachlich darzulegen.

Dabei verschwieg sie Sally, dass sie innerlich wesentlich nervöser war, als sie zugab.

„Klingt vernünftig", stimmte Sally zu. „Dann steh endlich auf und mach dich fertig. Wir gehen schnell Mittag essen und dann nichts wie los zum Theatrium."

Erst jetzt bemerkte Caro erschrocken, dass es bereits kurz vor 12:00 Uhr war. Schnell schlüpfte sie in ihre Klamotten, putzte die Zähne und knotete ihre Haare schnell zu einem Dutt zusammen.

„Kann losgehen", verkündete sie entschlossen.

Sie fühlte sich fit und war froh darüber, noch einmal eingeschlafen zu sein, und zwar ohne lästige Alpträume. Caro war bereit für den Tag, mehr noch, bereit für die erste Premiere ihres eigenen Drehbuchs.

Die anfängliche Euphorie ebbte jedoch mit jedem Schritt, den sie dem Theatrium näherkam, beachtlich ab. Und als sie die Tür erreicht hatten, beschlich Caro das Gefühl, jemand würde Ihr die Kehle zuschnüren. Sie bekam kaum Luft. Ihre Beine waren wackelig und ihr Kopf schwirrte.

Ehe sie sich jedoch diesem Gefühl länger hingeben konnte, wurde die Tür von der anderen Seite aufgerissen und Mario steckte seinen Kopf hindurch. Er hatte Caro und Sally wohl nicht so nah vor der Tür erwartet, denn er erschrak, kreischte und sprang einen Satz zurück.

„Mädels, da seid ihr ja endlich. Ich habe mich schon gefragt, ob die Show ohne euch stattfinden soll!", sagte er schließlich, nicht ohne einen Vorwurf in der Stimme.

„Es ist doch gerade mal Mittag. Wir haben noch sieben Stunden Zeit bis zur Show!", entgegnete Sally.

Anstatt zu antworten, zog Mario die beiden Mädels herein und wedelte mit weit aufgerissenen Augen melodramatisch um sich.

„Sieht das hier annähernd fertig aus?", wollte er schließlich von Sally wissen.

Sally ging nicht auf seine Frage ein. Stattdessen zuckte sie lediglich mit den Schultern, was Mario noch weiter anfixte.

„Das Bühnenbild für die Schlussszene ist noch nicht fertig, die Kostüme müssen noch gebügelt werden, wir alle müssen noch in die Maske und mit dem Setting können wir auch erst beginnen, wenn die meisten Leute beim Abendessen sind. Das wird alles verdammt knapp", japste Mario und seine Stimme überschlug sich beinahe.

Caro, die sich das Schauspiel bisweilen nur als stillschweigender Beobachter angesehen hatte, prustete auf einmal los vor Lachen, sodass Mario und Sally aufhörten sich gegenseitig anzufunkeln und ihre Köpfe verwundert zu Caro drehten.

„Was ist los?", sagten sie beinahe zeitgleich.

Es dauerte eine Weile, bis Caro sich wieder beruhigt hatte.

„Und ich dachte, ICH wäre aufgeregt", erklärte sie schließlich und knuffte Mario freundschaftlich in die Seite.

Man konnte förmlich sehen, wie Mario versuchte empört und verletzt zu wirken, doch es gelang ihm nicht und er kicherte ebenfalls.

„Meine liebe Caro, wir haben uns da ganz schön was eingebrockt. Es muss einfach gut werden, schließlich werde ich dafür bezahlt. Also bitte, bitte packt mit an und lasst uns heute ein grandioses Stück auf die Bühne bringen! Ok?", versuchte es Mario schließlich noch einmal.

„Aye, Aye, Sir!", antworte Caro vergnügt und wunderte sich über ihre ständigen Stimmungsschwankungen.

Sobald sich Caro und Sally in die Vorbereitungen gestürzt hatten, verstrich die Zeit wie im Flug. Mario hatte Recht gehabt, es gab an allen Ecken und Enden noch etwas zu tun. Erst als Mario sich auf einen Stuhl stellte, um sich Gehör zu verschaffen, unterbrachen alle ihre Arbeit.

„Ihr Lieben, es ist jetzt kurz vor sechs. Die Show startet in ca. zwei Stunden."

Als er das sagte, blickten alle verwirrt auf ihre Uhr und rissen die Augen auf. Auch Caro hatte nicht bemerkt, dass es inzwischen schon so spät geworden war und ihr wurde erneut ganz flau im Magen.

„Wer will, sollte jetzt noch einmal etwas essen gehen, damit wir gegen 18:30 Uhr unverzüglich mit der Maske starten können. Also, ich erwarte euch spätestens in einer halben Stunde wieder hier. Die Bühnenbauer starten nun mit dem Setting. Es kann losgehen! Ihr habt wirklich großartige Arbeit geleistet. Auch wenn wir nicht viel Zeit, ach was sage ich, eigentlich gar keine Zeit hatten, ein ganz neues Stück vorzubereiten, bin ich sehr zufrieden und der festen Überzeugung, dass der Abend ein voller Erfolg werden wird. Und jetzt ab mit euch zum Essen!"

Sally hakte sich bei Caro ein und zog sie in Richtung Speisesaal.

„Sally, ich habe gar keinen Hunger!", murmelte Caro.

„Glaubst du ich? Aber ich denke, wir sollten noch etwas essen, bevor es losgeht", antwortete Sally angespannt.

Erst jetzt bemerkte Caro, dass selbst Sally nervös war. Wortlos setzten sie sich mit ihrem Tablett an einen freien Tisch und knabberten gedankenverloren an ihrem Essen.

„Was ist euch denn über die Leber gelaufen?", fragte eine bekannte Stimme und riss die Beiden damit aus ihren Gedanken.

Sonja hatte neben ihnen Platz genommen.

„Bist du nicht aufgeregt?", frage Caro sie.

„Warum denn?", wollte Sonja wissen. „Ich spiele doch lediglich mich selbst, was sollte da schiefgehen?", zwinkerte sie. „Außerdem war im Salon die Hölle los, ich hatte gar keine Zeit, darüber nachzudenken."

„Du Arme, du hättest mich doch holen können, dann hätte ich dir geholfen!", meinte Caro und ein schlechtes Gewissen machte sich bei ihr breit.

„Sei nicht albern. Heute ist dein großer Tag und ich habe alles gut hinbekommen! Übrigens …", begann Sonja.

„Ja?" wollten Caro und Sally zeitgleich wissen.

„Ich hatte heute Besuch im Salon. Von Patrick!", berichtete sie.

„Was?", entfuhr es Caro.

„Was wollte er?", fragte Sally aufgeregt.

„Ich habe ihn begrüßt und darauf hingewiesen, dass du heute frei hast. Aber er hat den Kopf geschüttelt und gemeint, dass er zu mir wolle. Nachdem er bemerkt hatte, dass ich skeptisch wurde, ist er mit der Sprache herausgerückt!", berichtete sie weiter.

„Und dann? Jetzt erzähl schon!", drängte Caro sie.

„Er wollte wissen, um was es in dem Stück heute Abend geht", kicherte Sonja. „Er sagte, dass alle unbedingt wollen, dass er es sich anguckt und dass er es letzte Nacht sogar dir versprochen hätte!"

Sonja sah sie fragend an und Caro nickte zustimmend.

„Ja, ich habe ihn heute Nacht getroffen, als ich von einem Alptraum aufgewacht bin und an die Luft musste. Er hat mich gefunden und zurück zu meiner Kabine begleitet", brachte Caro ihre Freundin auf den neuesten Stand.

„Ah, das erklärt Einiges. Er sagte, du warst ziemlich durch den Wind. Er hat sich Sorgen um dich gemacht. Aber als ich ihm nicht verraten wollte, worum es in dem Stück geht, hat er sich ziemlich schnell verabschiedet", beendete Sally ihren Bericht.

„Oh, oh. Hoffentlich kommt er überhaupt!", unkte Caro.

„Er wird kommen!", sagte Sonja. „Ganz sicher, dafür ist er viel zu neugierig."

„Und er hat Justin versprochen, ihn zu begleiten!", fügte Sally hinzu.

„Wir werden es sehr bald wissen!", seufzte Caro und warf einen Blick auf die Uhr.

Ihre Freundinnen folgten ihrem Blick und da es Zeit wurde, erhoben sie sich ohne ein weiteres Wort, um zurück ins Theatrium zu gehen.

Caro beobachtete hinter den Kulissen, wie das Licht auf der Bühne gedimmt wurde. Die Zuschauerreihen waren komplett besetzt, aber bisher hatte sie Patrick nirgends entdeckt. Ihr Herz schlug bis zum Hals und ihre Hände zitterten. Trotzdem verspürte sie auch dieses erregte Kribbeln im Bauch, das sie überkam, kurz bevor sie auf die Bühne musste. Auch wenn sie vor Lampenfieber kaum atmen konnte, war sie doch heiß darauf, endlich die Bühne zu betreten. Als dann ein Spotlight die Stelle beleuchtete, auf die Mario gleich treten würde, hielt Caro die Luft an. Mario drehte sich noch einmal zu Caro um und sie sahen sich tief in die Augen. Dann nickte Mario ihr ein letztes Mal aufmunternd zu und verließ sein Versteck hinter den Kulissen, um die Show zu eröffnen.

Caro ließ vor ihrem inneren Auge noch einmal die letzte Stunde Revue passieren. Nachdem sie vom Abendessen zurück gewesen waren, war im Backstage-Bereich ein kleines Chaos ausgebrochen. Alle hatten sich umgezogen und jeder wollte zuerst in die Maske. Dadurch, dass fast jeder sich selbst spielte, war es Caro mithilfe von Sonja jedoch gelungen, allen möglichst schnell ein bisschen Make-Up aufzutragen. Die Kostüme waren auch keine wirklichen Verkleidungen, wie man es für gewöhnlich kannte, dennoch hatte jeder seine festen Outfits bekommen. Caro selbst musste sich während des Stücks von allen Mitwirkenden am meisten umziehen, da sie an fast jeder Szene beteiligt war. Sie hatte ihre Outfits im Umkleidebereich chronologisch an eine Stange gehängt. Da war ihr Outfit für Ihre Zeit im Allgäu, ihr Businessoutfit beim Vorstellungsgespräch, ihre Arbeitsuniform, ein Partyoutfit, Strandmode, Freizeitkleidung und sogar ihr eigener Pyjama. Sie hoffte inständig, dass sie es schaffte, immer innerhalb von Sekunden ihre Kleidung zu wechseln, denn mehr Zeit blieb ihr dafür nicht. Sie selbst hatte sich für die erste Szene, die in ihrer Heimat spielte, ihren seitlich geflochtenen Zopf gemacht, dezent geschminkt und eine Latzhose angezogen. Für gewöhnlich würde sie zwar auf dem Hof niemals eine Latzhose tragen, doch Mario war der Meinung gewesen, es würde der Szene mehr Ausdruck verleihen. Generell sagte er, dass man die Bilder immer so darstellen müsse, dass der Zuschauer den Sachverhalt möglichst schnell erfassen konnte.

Nachdem sie fertig gestylt war, hatte sie gerade noch Zeit dafür gehabt, einen Schluck von ihrem obligatorischen Glas Wodka-Maracuja zu trinken, ehe Mario die Schauspieler hinter der Bühne versammelt hatte. Er hatte kurz noch einmal den Ablauf zusammengefasst und allen Hals und Beinbruch gewünscht, ehe er Caro und alle anderen Akteure für die Anfangsszene auf ihre Plätze verwies.

„Meine Damen und Herren", hörte Caro nun die Worte von Mario durch alle Lautsprecher dröhnen, „ich freue mich sehr, Sie heute in unserem Theatrium begrüßen zu dürfen. Es ist mir eine ganz besondere Freude, Ihnen heute unser neues Stück ‚Regen und Meer' zu präsentieren. Es ist gerade deswegen so besonders, weil es auf einer wahren Begebenheit beruht. Aber nun will ich Sie nicht länger auf die Folter spannen und wünsche Ihnen viel Spaß!", beendete Mario die Ansprache und das Publikum klatschte Beifall, während das Licht erneut gedimmt wurde.

Als sich kurz darauf der Vorhang öffnete, verstummten die Zuschauer erwartungsvoll. Das Licht wurde wieder heller und man erkannte einen liebevoll zurechtgemachten Raum mit einem gemusterten Sofa, einem Teppich, auf dem ein Couchtisch stand, und einige Bilder, die an der Bühnenwand befestigt waren.

Auf einmal erklang ein lautes Piepen. Caro knipste das Licht neben dem Sofa an, streckte sich und blinzelte verschlafen in Richtung der

Zuschauer. Sie suchte die Umgebung nach dem dröhnenden Geräusch ab, bis sie dessen Ursprung entdeckte. Sie griff nach dem Wecker auf dem kleinen Tisch und stellte ihn ab. Dann rieb sie sich die Augen, schlug die Decke zurück und setzte sich langsam auf.

„Was für ein schöner Traum", überlegte sie laut.

Schließlich stand Caro auf, schlüpfte in ihre Latzhose und überlegte laut:

„Was steht heute alles an? Zuerst gehe ich mit Laila eine kleine Runde Gassi, dann füttere ich schnell die Pferde. Meine Arbeit im Friseursalon beginnt um 08:30 Uhr. Dann sollte ich mich jetzt beeilen!"

Sie griff nach ihrer Tasche und verließ die Bühne.

Das Bühnenbild wurde in Windeseile umgebaut, ehe Caro erneut mit vielen anderen Akteuren die Bühne betrat. Die Musik setzte ein und sie performten gemeinsam zu dem Lied ‚9 to 5' von Dolly Parton. Während sie über einen Arbeitstag von ‚neun bis fünf' sangen, tat Caro so, als würde sie Kunden empfangen, ihnen die Haare waschen, schneiden und föhnen. Zwischendurch fügte sie sich immer wieder geschickt in den Tanz ihrer Mitstreiter ein. Das Publikum klatschte im Takt mit und Caro wirbelte mit ihren Kollegen über die Bühne. Sie fühlte sich frei und bei dem Lied musste man einfach gute Laune bekommen. Zudem hatte sie so viel Adrenalin im Blut, dass all ihre Zweifel über diesen Auftritt beiseitegeschoben wurden. Während des Refrains tanzten sie alle synchron. Caro und die anderen als Friseurin verkleideten Darsteller schwangen ihre übergroßen Frisierscheren im Takt und wirbelten im Kreis, während diejenigen, die die Kunden des Salons darstellten, jeweils zwischen den Friseurinnen tanzten.

Doch trotz der ausgelassenen Stimmung, suchten Caros Augen immer noch, sofern sich eine Möglichkeit bot, das Publikum nach Patrick ab. Gerade als das Lied fast zu Ende war, erblickte sie ihn und sie hielt für eine winzige Sekunde inne, was aber außer ihr und Patrick niemand bemerkte. Ihre Augen trafen sich nur für einen kleinen Augenblick. Caro konnte Verwunderung, Zweifel, Angst und auch ein wenig Bewunderung darin erkennen. Sie selbst versuchte in ihren Blick all ihre Liebe zu legen, die sie für ihn empfand, ehe sie sich wieder ganz dem Stück widmete. Sie bezweifelte, dass Patrick schon verstanden hatte, dass sich das Stück um ihr und damit auch um sein Leben drehen würde.

Während der letzten Klänge des Liedes verwandelte sich die Bühne wieder in Caros Wohnzimmer und mit dem letzten Ton ließ sie sich erschöpft auf die Couch sinken und alle anderen verließen die Bühne.

„Was für ein Arbeitstag!", seufzte Caro und in dem Moment klingelte ein Telefon.

Caro sah sich um und griff nach Ihrem Handy.

„Hallo?", fragte sie.

Über die Lautsprecher ertönte eine andere weibliche Stimme.

„Hey Caro, hier ist Kim!", sagte diese.

„Kim, wie geht es dir? Schön, dass du anrufst!", sprach Caro weiter, legte aber etwas Trauriges in ihre Stimme als sie antwortete.

„Mir geht es soweit gut, du hingegen klingst etwas betrübt!", bemerkte Kim.

Caro zögerte und zerwühlte mit der freien Hand ihre Haare.

„Ach Kim, weißt du, ich habe heute Nacht etwas Seltsames geträumt", begann Caro.

„Caro, du weißt doch, dass du mit mir über alles reden kannst. Was ist los?", hörte man wieder die Stimme von Kim. „Ich habe geträumt, ich würde das Meer sehen. Du weißt schon, endlich einmal den Sand unter den Füßen spüren, das Wasser mit den Zehen berühren", träumte Caro sehnsuchtsvoll am Telefon.

„Ach Süße, ich weiß, wie sehr du dir das wünschst. Aber warum machst du es dann nicht einfach?", fiel Kim ihr ins Wort.

„Was soll ich machen?", wollte Caro wissen. „Na, dem Meer einen Besuch abstatten!", entgegnete Kim.

„Ich habe kein Geld, das weißt du doch!", nörgelte Caro in den Hörer.

„Dann arbeite doch auf einem Kreuzfahrtschiff!", ertönte Kims Stimme über die Lautsprecheranlage.

Daraufhin kehrte Ruhe ein und Caro sah sich fragend um, ehe sie antwortete.

„Auf einem Kreuzfahrtschiff? Als Make-Up-Artist?", sie kicherte nervös.

„Na klar, auf jedem großen Schiff gibt es einen eigenen Beauty-Salon", erklärte Kim.

Caro sprang vom Sofa auf und lief unruhig auf der Bühne hin und her.

„Ich rufe dich wieder an, Kim, ich muss los!", wimmelte sie ihre Freundin ab und sie hörte vereinzelte Leute aus dem Publikum kichern.

Caro ergriff den Laptop, der auf einem Hocker platziert war, und schaltete ihn ein. Auf einer großen Leinwand zentral auf der Bühne erschien das gleiche Bild, das Caro auf dem Laptop sah, sodass jeder Zuschauer imstande war, alles mitzuverfolgen. Zunächst war nur der Bildschirmschoner zu sehen. Er zeige Caro neben ihrer Stute mit Laila, ihrem Hund, auf dem Sattel. Wieder kicherte das Publikum. Dann öffnete Caro das Internet, gab etwas in die Suchmaschine ein und öffnete eine Stellenanzeige, und zwar genau die, die sie damals wirklich im Internet gefunden hatte.

„Soll ich mich darauf bewerben?", überlegte sie laut. „Ich habe doch hier meine Familie, meine Tiere und vor allem meinen Freund! Andererseits möchte ich nicht im Allgäu versauern und die Welt entdecken!", rief sie.

Beherzt verfasste sie eine Bewerbung per E-Mail an die Reederei und klickte auf „senden". Das Publikum verfolgte ihre Handlung gebannt über den Screen. Gerade als Caro ihre E-Mail abgeschickt hatte, betrat ein Mann die Bühne.

„Hey Schatz, ich bin zu Hause", sagte er an Caro gewandt.

Caro schloss hastig ihren E-Mail-Account und klappte den Laptop zu.

In den nächsten beiden Szenen wurden die Einladung zum Bewerber-Casting und die Verabschiedung von ihrem Freund unter dem Vorbehalt, dass sie Kim in München besuchen würde, kurz dargestellt.

Dann wurde das Bühnenbild blitzartig in eines der Bürogebäude der Reederei umgebaut. Caro hatte sich währenddessen schnell umgezogen und betrat in einem Business-Outfit und hochgesteckten Haaren die Bühne. Es waren Stühle aufgebaut, so wie es auch damals bei der Begrüßung gewesen war. Nachdem Caro, wie auch andere potenzielle

Bewerber Platz genommen hatten, fing der Casting-Leiter an zu sprechen: „Ahoi und herzlich willkommen. Wir freuen uns, dass ihr euch alle für einen Job an Bord interessiert. Wir handhaben es immer so, dass ihr euch zunächst in dieser Runde kurz vorstellt und wir euch dann in Gruppen einteilen. Innerhalb der Gruppe werdet ihr dann verschiedene Rollenspiele zu meistern haben. Wer die besteht, kommt in die nächste Runde und führt ein Einzelgespräch. Am Ende des Tages treffen wir uns dann noch einmal hier wieder und verkünden, wen wir in Kürze an Bord begrüßen dürfen. Ich wünsche euch allen viel Glück!"

Obwohl Caro wusste, dass es sich hierbei nur um ein Theaterstück handelte, wuchs ihre Aufregung. Sie erinnerte sich noch gut an den Moment, wo sie nach vorne trat und sich vor allen blamierte. Es jetzt mit voller Absicht noch einmal zu wiederholen, war nicht unbedingt leichter. Doch ehe sie sich versah, trugen ihre Beine sie nach vorne und zu allem Überfluss konnte sie von dieser Stelle aus direkt zu Patrick ins Publikum sehen.

„Ahoi Matrosen. Mein Name ist Carolin Wecker. Ich komme aus einem beschaulichen Ort aus dem Allgäu und würde gern Berge gegen die Meeresweite eintauschen. Ich bin gelernte Make-Up-Artistin und sehne mich nach etwas Abwechslung. Mit meinen 26 Jahren habe ich Deutschland noch nie verlassen und finde es ist nun mehr als überfällig. Wenn ich nicht arbeite, reite ich gern oder treibe viel Sport. Für die Zukunft wünsche ich mir immer eine Handbreit Wasser unterm Kiel", sprach sie ihren Text auf.

Als sie wieder zurück auf ihren Platz ging, blickte sie noch einmal in Patricks Richtung und sie konnte erkennen, dass er lachte.

„Na immerhin etwas", dachte Caro und setzte sich peinlich berührt zurück auf ihren Stuhl.

Wäre dies nur irgendeine Rolle für sie, würde sie dies alles nicht so persönlich treffen. Aber es ging nun einmal um ihr Leben. Und auch wenn das Publikum davon nichts ahnte, so wusste es zumindest Patrick und das war, wie Caro fand, Grund genug, um rot anzulaufen.

Doch viel Zeit hatte sie nicht nachzudenken, denn ihr Rollenspiel begann und zum ersten Mal fiel sein Name auf der Bühne. Sie hatte sich wie damals gut in der Gruppe geschlagen, nur als Mario, alias Patrick, an der Reihe war, ließ sie sich ablenken. Wie zu jener Zeit schlenderte sie mit ihm zurück und er ergriff das Wort:

„Ahoi, ich bin Matrose Patrick!"

Caro lachte peinlich berührt und antwortete: „Ahoi Patrick! Ich bin Caro! Dank dir wäre ich fast diejenige gewesen, die das Casting frühzeitig verlassen hätte."

Er sah sie unschuldig an. „Meine Schuld? Warum das denn? Ich habe nur meinen Job gemacht", verteidigte er sich grinsend.

„Allerdings – ziemlich gut sogar. Du schaffst es bestimmt durch das Casting! Für was hast du dich denn beworben?", fragte Caro nach.

„Ich würde gern als Scout arbeiten. Ich bin sehr sportlich und interessiere mich für die Aktiv-Touren, die den Gästen angeboten werden. Fahrradtouren, Kayaking, Wandern oder Ausflüge mit einem Segway", erwiderte Patrick alias Mario ihr. „Und du, Caro? Du möchtest als Friseurin und Make-Up-Artistin arbeiten? Hätte ich mir schon denken können bei deiner süßen Frisur und überhaupt siehst du sehr hübsch aus!"

Caro wusste nicht, was sie sagen sollte und stammelte ein kurzes „Genau".

Jetzt war es raus. Ein kurzer Blick zu Patrick verriet ihr, dass er jetzt verstanden hatte, worum es in diesem Stück ging. Nicht nur, weil ihm die Handlung bekannt vorkommen mochte, sondern auch, weil Mario und Caro sich bewusst dafür entschieden hatten, alle Namen beizubehalten. Patrick stand regelrecht der Mund vor Verblüffung offen und er machte Anstalten aufzustehen. Justin, der neben ihm saß, hielt ihn jedoch am Ärmel fest und flüsterte ihm etwas zu. Caro dankte Sally stumm dafür, dass sie das mit Justin so geschickt eingefädelt hatte. Wer weiß, ob Patrick sonst noch weiter dem Stück folgen würde.

Ab dem Moment, wo Patrick sich entschlossen hatte, auf seinem Platz sitzen zu bleiben, verfolgte er gebannt jede Szene. Das Aufeinandertreffen an Bord, die Crewparty, das Dilemma mit Pia, der erste Bühnenauftritt und sogar die intimen Momente auf der Kuschelinsel. All die Momente, die Caro an Bord erlebt hatte, teilte sie nun eins zu eins mit dem riesigen Publikum, das gebannt zuschaute, und mit Patrick. Der einzige Unterschied bestand darin, dass sie, um aus der Geschichte ein Musical zu machen, zwischendurch immer wieder ein Lied, selbstverständlich passend zum Stück, eingebaut hatten.

Obwohl Mario zu Beginn erzählt hatte, dass es sich um eine wahre Begebenheit handelte, ahnte aus dem Publikum mit absoluter Sicherheit niemand, dass die Hauptperson tatsächlich auf der Bühne stand. Niemand, außer einer. Patrick war zwar auf seinem Platz geblieben, doch er hatte seine Hände regelrecht in die Armlehnen gekrallt und saß stocksteif auf seinem Stuhl. Ihm sprang die Anspannung förmlich aus allen Poren. Er hatte die Augen zusammengekniffen und Falten lagen auf seiner Stirn. Selbst wenn Caro die Zeit gehabt hätte, genauer hinzuschauen, hätte sie nicht erkennen können, was in ihm vorging. Das war auch der Grund, warum sie, obwohl es zum Ende des Stückes zuging und das Lampenfieber längst verebbt war, immer angespannter wurde. Es standen nur noch die Szenen mit der Trennung von Sam und den unerwiderten Annährungsversuchen an Patrick aus.

In der letzten Szene gab Caro noch einmal alles und kämpfte um ihre große Liebe. Als Pointe und Schussszene sang Caro allein das letzte Lied auf der Bühne. Vielleicht war auch das der Grund dafür, dass sie noch immer so aufgewühlt war, denn der Song war mit absoluter Sicherheit die größte musikalische und emotionale Herausforderung, der sie sich je vor Publikum gestellt hatte, ein Whitney Huston Song. Welches Lied sonst könnte besser geeignet sein als das legendäre Herzschmerzlied ‚I will always love you'.

Caro stand mitten auf der Bühne, aber sie rührte sich nicht. Sie stand ganz still. Bei dem Lied war jegliche Art von Tanz überflüssig. Sie versuchte, all ihre Emotionen und Energie allein in ihre Stimme zu legen. Kaum hatte sie die erste Strophe gesungen, zückten einige Zuschauer aus dem Publikum ihre Handys, schalteten die Taschenlampen ein und schwenkten sie, als ob es sich um Feuerzeuge handelte. Es ging wie ein Lauffeuer durch die Reihen und bald gab es kaum jemanden, der nicht im Takt der Musik sein Handy hin- und herbewegte. Caro war überwältigt von dem Anblick. Als sie einen Blick zu Patrick wagte, konnte sie seine Gesichtszüge im Dunkeln nicht erkennen. Dennoch versuchte Caro, ihn zu fixieren und die ganze Botschaft des Liedes ihm zu widmen.

Die ganze Atmosphäre war so magisch und emotional aufgeladen, dass Caro ihre Tränen nicht länger zurückhalten konnte und sie rannen ihr über die Wangen. Ihre Stimme zitterte ein wenig, aber für jemanden, der sie nicht so gut kannte, war es kaum merklich. Sie war froh, dass das Lied bald vorbei sein würde, denn sie war sich nicht sicher, wie lange sie sich noch auf ihre Stimme verlassen konnte. All die gescheiterten Versuche, auf Patrick zuzugehen, spulten sich in ihrem Kopf wie eine rasend schnelle Dauerschleife ab und ihr Herz verkrampfte sich. Gleich würde sich entscheiden, wie Patrick reagieren würde und es gab kein Zurück mehr.

Mit den letzten Worten ‚I will always love you' beendete Caro das Lied. Noch während das Spotlight auf sie gerichtet war, ließ sie sich schluchzend auf einen Stuhl sinken, der zum Glück noch auf der Bühne stand, und dann ging das Licht aus. Auch die Taschenlampen verblassten und es wurde dunkel im Raum.

Das Publikum rührte sich nicht. Es war mucksmäuschenstill im Theatrium, nur ein leises Schluchzen, was von der Bühne kam, war zu hören. Das Stück war vorbei und der gewünschte Erfolg ist scheinbar ausgeblieben.

Langsam betrat Mario die Bühne, das Licht war nur auf ihn gerichtet, doch man konnte Caro, die schluchzend auf der Bühne saß, immer noch hören.

„Meine sehr verehrten Damen und Herren. An dieser Stelle endet unser Theaterstück. Wie ich bereits anfänglich erwähnt habe, beruht die

Geschichte auf einer wahren Begebenheit. Nun, wie es scheint, kann leider nicht jede Geschichte ein Happyend haben. Ich hoffe sehr, dass Ihnen das Stück trotzdem gefallen hat und wünsche Ihnen und Ihren Liebsten einen magischen Abend. Und denken Sie daran, halten Sie immer an dem fest, was Ihnen am wertvollsten ist", mit diesen Worten verbeugte sich Mario und schritt von der Bühne.

Er versuchte gar nicht erst, Caro dazu zu bewegen mitzukommen.

Das Publikum sah sich verwirrt um, einige hatten selbst mit den Tränen zu kämpfen, andere küssten ihren Partner, wieder andere waren drauf und dran aufzustehen und zu gehen.

„Bleiben Sie sitzen. Bitte, bleiben Sie noch einen Moment sitzen", ertönte plötzlich eine Stimme aus den Lautsprechern.

Caro hob verwirrt den Kopf und versuchte, ihre Tränen wegzuwischen. Sie wusste, wessen Stimme das war, doch sie konnte nicht ausmachen, woher die Stimme kam, schließlich sprach derjenige durch ein Mikrophon. Das Publikum war ebenfalls verwirrt und versuchte zu verstehen, was hier vor sich ging. Dann sprach die Stimme weiter:

„Liebe Zuschauer, damit Sie mir folgen können, möchte ich mich erst einmal vorstellen - ich bin Patrick. Und ob Sie es glauben oder nicht, das kleine Häufchen Elend auf der Bühne mit dieser Wahnsinnsstimme, die allen unter die Haut geht, ist Caro. Die Caro, der wirklich genau das, was sie gerade gesehen haben, passiert ist."

Kaum hatte Patrick das offenbart, ging ein Raunen durch das Publikum und Caro riss erschrocken die Augen auf, doch Patrick sprach weiter.

„Ich muss zugeben, ich habe mich schon gefragt, was ihr ausheckt und habe euch sogar heimlich beobachtet. Als dann die Einladung zu diesem heutigen Theaterstück kam, hatte ich zwar mit allem aber ganz bestimmt nicht mit dem hier gerechnet!"

Das Publikum lachte.

„Lachen Sie nur, sehr verehrtes Publikum! Aber Sie können sich sicher vorstellen, dass mir nicht zum Lachen zumute war. Ich saß wie versteinert auf meinem Platz, wurde von meinem Kumpel festgehalten, damit ich nicht fliehen konnte und dazu gezwungen, mir noch einmal das anzusehen, was mich bisher in meinem Leben am meisten getroffen hat!"

Patrick verstummte und auch das Publikum schwieg.

Caro war aufgestanden und sah sich suchend um. Sie versuchte, Patrick ausfindig zu machen, doch sie konnte ihn beim besten Willen nicht entdecken. Einer aus der Regie drückte ihr ein Mikrofon in die Hand und das Licht war längst wieder auf sie gerichtet. Verwirrt blickte sie auf das Mikrofon in ihrer Hand und begann zögerlich zu sprechen.

„Patrick, es tut mir so leid", schniefte sie leise.

Es verging eine Minute, doch nichts geschah. Auch das Publikum blickte sich erwartungsvoll um und versuchte, Patrick zu erspähen. Doch zu seinem Vorteil wusste von ihnen niemand, wie er wirklich aussah.

Caro hatte wieder begonnen zu weinen und sie fühlte sich dem Publikum ausgesetzt.

„Kann nicht mal jemand das Licht abstellen", dachte sie.

Doch im Grunde war es ihr auch egal. Schließlich hat sie sowieso gerade ihre ganze Geschichte preisgegeben. Der einzige Lichtblick war, dass morgen neue Gäste an Bord kommen würden, die von all dem nichts wissen würden.

In diesem Moment hielt das Publikum die Luft an, doch ehe Caro verstehen konnte, was der Grund dafür war, schlossen sich von hinten zwei Arme um ihre Taille. Langsam drehten diese Arme sie um, bis sie in die schönsten grünen Augen der Welt blicken konnte.

Patrick hob langsam das Mikrofon an seinen Mund, ließ Caro jedoch nicht eine Sekunde aus den Augen.

„Mach das nie wieder!", flüsterte er.

Dann ließ er sein Mikrofon fallen, umfasste Caros Wangen und küsste sie zärtlich.